RIDI PAPER 4

ORIGINAL
밀리 오리지널

SFWUK
한국과학소설
작가연대

SF

한국과학소설작가연대
오리지널 SF 연재 시즌 1

오직 밀리에서만!

흥미진진한 단편 소설을 밀리의 서재에서 만나보세요.

시즌 1   대환장 파티   7월 작가 라인업

배지훈

박애진

김마법사

각성

7/11

귀여움이
세상을
구원하리라

7/18

ㅇ 서녜
ㅁ ㅄ회

7/25

The Earthian Tales

Nº 3

Be *my* IDOL

You are My Heaven on Earth.

"세상은 여전히 쓸쓸하고
인간은 여전히 외롭다"

봄꽃이 피고 지는 내내, 정보라 소설집 《저주토끼》의 부커상 인터내셔널 부문 최종후보 선정 소식이 뜨겁게 각종 지면을 달궜고 한국 장르문학의 역사를 새로 썼다는 평가를 받았지만, 수많은 인터뷰를 하면서 자신의 작품에 대한 정보라 작가의 평가는 소설집의 후기에 쓴 말을 크게 넘어서지 않았다.

"원래 세상은 쓸쓸한 곳이고 모든 존재는 혼자이며 사필귀정이나 권선징악 혹은 복수는 경우에 따라 반드시 필요할지 모르지만, 그렇게 필요한 일을 완수한 뒤에도 세상은 여전히 쓸쓸하고 인간은 여전히 외롭다는 얘기를 하고 싶었다."

전 세계 18개국 언어로 번역될 정보라 작가의 '외로움'은 어떤 모습일지 궁금하지만, 그 모든 사람들에게 그리 낯선 감정은 아닐 것이다. 상식을 뒤집는 이야기 속에서 느끼게 되는 인류 본연의 낯익은 민낯. 복수로도 사랑으로도 채워지지 않는 우리의 빈 곳. 〈어션 테일즈〉 이번 호의 주제는 사실 그것이다.

Be my IDOL, 빈 곳을 채워줘.

앞선 두 호와 마찬가지로, 글의 수록은 형식별로 묶지 않고 독자들이 편하게 읽을 수 있도록 편집자의 의식의 흐름을 따랐다. 여기 글 소개는 형식별로 묶어서 다룬다.

이나경의 초단편 〈유배행성에서의 20일〉은 작품에 앞서 단 한 줄 작가 소개로 편집실을 들끓게 만들었다. 그가 얼마나 대단한 이야기꾼인지 오금이 저릴 지경이다. 듀나의 〈외계 달팽이의 무덤〉은 잘 쓰인 메타픽션으로, 이 작품이 시작일지 클라이맥스일지는 물론 아무도 모를 일이지만, 주인공

박지철 씨의 앞날이 어떻게 펼쳐질지 언제고 꼭 다른 작품으로 알려주셨으면 좋겠다. 〈천사 머신〉을 쓴 정이담과 〈순수의 시대〉를 쓴 남세오, 두 작가는 본인들도 모르는 사이 하나의 소재로 필담을 주고받으셨다. 어서 잡지가 발행되어 두 작가가 즐겁게 놀라는 모습을 보고 싶다. 카카오페이지와 함께했던 폴라리스 창작 워크숍을 수료한 윤이안의 초단편 〈파울볼〉은 제목이 이러하면 으레 그러 듯, 파울볼이 아니라 홈런볼이다. 종말을 앞두고도 이렇게 유쾌한 여름밤을 그릴 수 있다면 이 작가 의 다른 작품들이 궁금할 수밖에.

이번 호 원고를 청탁하던 지난 봄, 일찌감치 원고 게재를 거절한 작가가 한 분 계셨는데 그 사유 가 이러하였다.

"'코끼리를 생각하지 마'도 아니고 아이돌, 그것도 대문자로 IDOL이라 하면
윌리엄 깁슨의 《아이도루》를 어떻게 생각하지 않을 수가 있겠는가."

작가님의 조언을 마음에 새겨 이번 호 단편소설 필진은 '아이도루'를 생각하면서도 '아이돌' 생각 을 조금은 더 할 수 있을 만한 작가들로, 신중에 신중을 더해 꾸릴 수밖에 없었다. 그리고 원고를 받 아본 바, 적어도 당분간은 '아이돌'이라는 주제가 나오면 《아이도루》 대신 이 다섯 작가의 작품을 떠 올리게 되지 않을까 싶다. 근래 두 해 SF 어워드 중단편 부문 대상을 이어 받은 아밀(《아이돌 하려고 태어난 애》)과 이서영(《X같이 사랑해요》)의 작품은 두 작가가 왜 지금 가장 주목받고 있는지 스스로 증명한다. 김창규(《에이돌》)와 홍지운(《시공검열관리국 생활안전과−라그랑주 데이트》)은 언제 어느 지 면에서건 독자를 실망하게 하는 법이 없지만, 여기 쓰인 소설을 읽으며 이 작가들이 그간 이룬 것보 다 앞으로 이룰 것들이 더 많을 것이라는 점을 다시 한 번 느끼게 된다. 최근 첫 소설집을 낸 연여름 의 단편 〈생일을 전당포에 맡긴 후 생긴 일〉을 읽고 나서의 가장 큰 부작용은 작가의 다른 소설을 계 속 찾아서 읽을 수밖에 없게 된다는 것이다.

발행되는 잡지가 쌓이면서, 묵직하고 든든하게 자리를 지켜주는 연재물들이 얼마나 중요한지도 깨닫게 된다. 천선란의 장편 《지도에 없는 행성》은 이제 두 번째 에피소드를 공개하고, 루토(《중력의 눈밭에 너와》)와 진규(《시간여행에 대한 구 패러다임》)의 그래픽노블, 그리고 OOO의 카툰은 모두 세 번째를 맞이한다. 점점 흥미를 더해가는 이야기와 끝을 향해 달려가는 이야기, 힘껏 달리다 잠시 쉬 어가는 한숨 같은 이야기. 그 섞임과 어우러짐이 좋다.

'아이돌'이라는 주제에 가장 걸맞은 시인을 고민하다 청탁한 이소호 시인의 시는 보자마자('읽자 마자'가 아니다) 편집부 모두 딱 한마디 감탄밖에 할 수 없었다.

"우와!"

특히 〈동태〉의 좌우 페이지를 잘 살펴보길 바란다.

에세이를 살펴보자면, 먼저 지난 호에서 '시간여행'에 관한 이야기를 못다 한 정보라 작가가 나머지 이야기를 풀어냈다. 2호에 수록된 작가의 에세이와 함께 읽으면 좋을 것이다. 이번 호 주제와 관련한 에세이는 두 편인데, '아이돌'이라는 주제에 《스타 메이커》 소개를 들고 나온 고호관 작가의 우문현답 같은 농담 덕분에 한참을 웃었다. 작가의 고사에도 불구하고 이 잡지의 시작은 당분간 고호관 작가가 계속 이어주시길 바란다. 넓고도 깊으니 편하다. 시아란 작가는 창간호에서 '단편 소설'을 썼고 2호에서 SF 어워드 대상 기념 '인터뷰'를 했는데 3호에서는 '주제 에세이'를 쓰게 되었다. 그리고 이번 에세이는 다음 4호에 실릴 '단편 소설'로 이어지게 되었다. 목적적이지는 않았으나 우연한 일도 아닌데, 독자 여러분께서 1호부터 차례대로 4호까지 시아란 작가를 추적해보시면 그 이유를 알게 되실 터다. 세 번째를 맞이하는 김보영 작가의 창작 에세이는 본격적인 집필론에 들어가면서 평소의 두 배로 분량이 늘었지만, 지금의 두 배가 된다 해도 길게 느껴지지 않을 듯하다.

연재 코너 'SF TMI', 이번 호는 이산화 작가의 화학 TMI다. 너무 재미있어서 전혀 'too much'처럼 보이지 않는다는 단점이 있다. 창작 에세이 코너를 늘려야 하나 한참 고민하게 되었다. 한승태 작가의 에세이 〈어떤 노동의 진실〉은 이번에도 역시 이게 지금 사회에서 말이 되는 소리인가 싶지만 슬프게도 진실인 만큼, '논픽션 SF'를 읽는 것처럼 느껴진다. 과거와 미래가 현재에서 휘몰아친다.

늘 가장 정성을 쏟는 리뷰 코너에는 기존의 박문영, 구한나리, 이주혜, 김주영 작가에 더해 이번 호에서는 최의택, 서계수, 황모과, 이하진, 해도연 작가가 최근 1년 내로 발간된 한국 SF 작품을 소개해주었다. 소개되는 책들이 많은 만큼 더 다양한 작가들이 쓴 리뷰를 앞으로도 선보이려 한다. 앞선 두 호에서 아작이 출판한 책들을 의도적으로 빼다 보니 이번 호에는 어쩔 수 없이 아작 책이 많아졌다. 다음 호부터는 자연스레 균형이 맞춰지리라 본다.

이수현 작가의 'Memento SF'. 왜 코너 앞에 '스페셜'이라고 붙어 있는가, 하고 작가가 물으셨다는데 국내외 SF 작품을 그처럼 특별히 방대하게 읽는 이수현 작가는 그 자체로 '스페셜'이며, 그의 안목은 특별히 존중받아 마땅하지 않은가 지면을 빌려 답을 대신한다. 또한 이번에도 풍성한 '서바이벌 SF 키트'의 단신에 거듭 덧붙이는 말인데, 부디 팟캐스트를 구독하여 나머지 소식들을 두루 접하시길 바란다.

이번 호 새로 시작된 '작가론' 코너, 그 처음으로는 "2022년은 김보영의 해다!"라고 줄곧 외쳐온대로 김보영 작가론을 실었다. 제2회 포스텍 SF 어워드 심사를 맡기도 했던 박인성 평론가가 '김보영'을 논했다. 더 많은 평론가들이 '김보영'을 논해주길 기대한다. 세 번째를 맞이하는 심완선의 칼럼 〈SF와 우리의 세계〉, 이번 호 주제는 'SF와 (비)정상의 세계'다. 이 꾸준한 천착이 조금은 우리 세계를 밝히고 있을 것이다.

마지막 기사 두 꼭지는 근래 작가 에이전시로 주목받는 블러썸 크리에이티브와 그린북 에이전시의 이야기다. 시대가 흐르면서 작가와 출판사 간의 관계에도 다양한 변화의 바람이 불고 있지만, 굳이 해외의 사례를 들지 않고 웹소설이나 웹툰 등으로만 영역을 넓혀서 보더라도 작가 에이전시의 활성화는 곧 다가올 미래라기보다 이미 와 있는 현실임에 분명하다.

지난 두어 달 정보라 작가의 인터뷰가 지면마다 차고 넘쳤으며 기자 간담회까지 개최를 했지만, 기록을 남겨두는 차원에서라도 굳이 정보라 작가의 인터뷰를 실었다. 함께 수록한 인터뷰는 이제 막 작가의 길을 걷게 되는 이신주(제2회 문윤성 SF 문학상 중단편 부문 대상 수상자)와 김한라(제2회 포스텍 SF 어워드 단편 부문 대상 수상자) 작가다. 세 작가의 탁월함이 또 다른 시간에서, 또 다른 자리에서 더욱 빛날 거라 믿어 의심치 않는다.

명색이 잡지인데 왜 광고가 하나도 없느냐는 질문이 많았다. 두 권 정도는 만듦새를 보아야, 그리고 계속 만들어질 거라는 기대가 되어야 어느 광고주라도 광고를 선뜻 주지 않을까 싶어 미루고 미루다 3호에선 광고 의뢰를 받아보았다. SF에 공을 들이고 있는 두 플랫폼과, 과학의 대중화에 깊이 기여하고 있는 과학서평 계간지가 흔쾌히 광고를 게재해주었다. 부디 눈 밝은 광고주들의 마음이 이 잡지에 와닿길 바란다. 발행부수는 여느 대중매체에 비할 바가 아니나 여기 한국 SF를 정말로 사랑하는 독자들이 있노라고, 나는 우리의 독자들을 자랑할 수밖에 없지 않겠는가.
Be my ADVERTISER.

2022년 6월
편집장 최재천

The
Earthian
Tales

3

Be *my*
IDOL

Intro

최재천　"세상은 여전히 쓸쓸하고 인간은 여전히 외롭다"

Essay

고호관　많은 작품의 원조가 된 《스타 메이커》
김보영　김보영의 창작 에세이 ❸: 독자는 작가보다 영리하다. 집중할 마음이 없을 뿐.
시아란　타인의 우상숭배에 관심을 끄는 미덕에 관하여
이산화　SF를 쓰고 싶은 사람을 위한 TMI ❸: 쉽고 솔깃한 가상의 화학물질 레시피
정보라　시간여행을 꿈꿔온 여행자들의 시간 ❷: 시간은 없다
한승태　어떤 공간의 멸종 ❸: 어떤 노동의 진실

Short Short Story

듀나　외계 달팽이의 무덤
정이담　천사 머신
이나경　유배행성에서의 20일
윤이안　파울볼
남세오　순수의 시대

Short Story

이서영　X같이 사랑해요
연여름　생일을 전당포에 맡긴 후 생긴 일
홍지운　시공검열관리국 생활안전과—라그랑주 데이트
아밀　아이돌 하려고 태어난 애
김창규　에이돌

Serial Novel

천선란　지도에 없는 행성 ❷

Interview

정보라
이신주
김한라

Poem

136 　이소호　아무 시 챌린지 | 동태 | 우리는 9시 뉴스로 종지부를 찍었다

4-Cut Cartoon

144 　OOO　종교

Graphic Novel

254 　진규　시간여행에 대한 구 패러다임 ❸
284 　루토　중력의 눈밭에 너와 ❸

Memento SF

304 　최의택　《우리가 다시 만날 세계》
307 　서계수　《나인》
310 　김주영　《아마벨》
313 　박문영　《나와 밍들의 세계》
316 　구한나리　《붉은 실 끝의 아이들》
319 　황모과　《극히 드문 개들만이》
322 　이주혜　《다섯 번째 감각》
325 　이하진　《베르티아》
328 　해도연　《중력의 노래를 들어라》

Study of Writer

332 　박인성　현재로 귀환하는 SF — 김보영론

Column

344 　심완선　SF와 우리의 세계 ❸: SF와 (비)정상의 세계

Article

353 　정지혜　"그래서, 무슨 일을 한다고?"
357 　임채원　책이 아니라 작가를 팝니다

Special

360 　이수현　당신이 놓쳤을지 모르는 책

News Brief

366 　서바이벌SF키트　시간요원이 내일의 SF를 전해드립니다

많은 작품의 원조가 된 《스타 메이커》

고호관

당연한 말이겠지만, SF를 쓰려면 먼저 SF를 읽어봐야 한다. SF가 아니라 그 어떤 장르라고 해도 마찬가지다. 뭔지도 모르면서 쓸 수는 없는 노릇 아닌가. 웬만한 경우라면 출발은 평범한 독자로서일 것이다. 아무 관심도 없다가 뜬금없이 'SF가 쓰고 싶어졌으니 SF를 읽어야겠어!'라고 생각할 일이 얼마나 될까. 보통은 좋아해서 즐겨 읽다가 '나도 이런 걸 써보고 싶어!'라고 생각하는 편이 자연스럽다.

아마 어떤 작가에게나 그런 계기는 있을 것이다. 과거의 작품은 오늘날의 작가에게 영향을 끼치고, 오늘날의 작품은 미래의 작가에게 영감을 준다. 처음 SF에 발을 들여놓으면서 우상으로 삼았던 작가나 작품은 생각보다 오랜 시간 동안 마음속에 남아서 자신이 쓰는 글에 영향을 끼칠지 모른다.

세계의 SF 작가를 다 모아서 누구에게 가장 큰 영향을 받았느냐고 설문 조사를 돌려본다면 어떤 결과가 나올지 자못 궁금하다. 오늘날의 SF를 만드는 데 누가, 혹은 어떤 작품이 가장 큰 영향을 끼쳤다고 할 수 있을까? 당연히 어느 하나만을 꼽을 수는 없겠지만, 남들보다 표를 좀 더 받는 대상은 있을 것이다. 이른바 빅3(아이작 아시모프, 아서 C. 클라크, 로버트 하인라인)나 SFWA(미국 SF 판타지 작가 협회)의 그랜드마스터 칭호를 받은 이들, 혹은 지금은 미국 팝컬처 박물관이 주관하는 'SF 명예의 전당'에 오른 이들 중에 있을 수도 있다. 아니면, 얼마든지 다른 누군가일 수도 있다.

그런 작가와 작품을 소개하고 싶은데, SF의 역사는 적어도 200년이 넘고, 후대에 큰 영향을 끼친 작품만 고른다고 해도 이 지면에서 다 소개하기는 어렵다. 그랜드마스터로 추대된 작가만 해도 40명에 육박한다. 목록이 겹치긴 하겠지만 명예의 전당에 오른 이는 더 많고… 그중에서 일부만 소개하자니 그것도 마땅치 않아 보여 오랫동안 고민한 끝에 외람되지만 문득 내 머릿속에 떠오른 작품 하나만 소개하기로 한다. 못마땅해도 양해해주시길.

그 한 작품이란 바로 올라프 스태플든의 《스타 메이커》다. 하고 많은 작품 중에서 이 소설을 고른 건 적어도 내가 읽어본 것 중에서는 이후의 SF에 등장한 주제와 소재를 가장 폭넓게 망라하고 있는 작품이기 때문이다. 나만 그렇게 생각했다면 내 선택이 무리수일 수도 있겠지만, 세간의 평가를 봐도 SF에 상당한 영향력을 발휘한 작품으로 소개하기에 손색이 없어 보인다. 사실, 처음 읽었을 때는 욕심이 심해도 너무 심한 게 아닌가 하는 생각이 들 정도였다.

윌리엄 올라프 스태플든은 1886년 영국에서 태어났다. 옥스퍼드대학교에서 현대사로 학사와 석사 학위를 받았고, 한동안 교사와 사무직으로 일하다가 1차 세계대전 때는 양심적 병역거부로 군 복무를 하지 않는 대신 프랑스와 벨기에에서 구호부대의 구급차 운전사로 활동했다. 이때의 일로 프랑스 무공 십자훈장을 받았다.

이후 1925년에는 리버풀대학교에서 철학 박사학위를 받았다. 철학자가 되어 학교에 머물기를 희망했지만, 여의치 않아 거의 현대사를 강의하며 생애를 보냈다. 하지만 자신의 철학적 아이디어를 폭넓은 대중에게 전달하겠다는 생각으로 쓰기 시작한 소설이 높은 평가를 받으면서 뜻하지 않게 SF 작가로 역사의 한 자리를 차지하게 되었다.

SF 작가이자 번역가. 옮긴 책으로는 《카운트 제로》,《낙원의 샘》,《신의 망치》,《머더봇 다이어리》 등이 있고, 〈하늘은 무섭지 않아〉로 2015년에 한낙원과학소설상을, 〈아직은 끝이 아니야〉로 제6회 SF 어워드 중단편 부문 우수상을 받았다.

고호관

1

윌리엄 올라프 스태플든,《스타 메이커》, 1937, 초판본 표지
Photo by L. W. Curry, Inc.

《스타 메이커》는 스태플든이 1937년에 발표한 장편소설이다. 미국에서는 사회에 관한 관심보다는 과학적 아이디어와 모험을 중시하는 펄프 SF가 인기를 누렸던 1920~1930년 대, 사회적·정치적으로 큰 변동을 겪고 있던 유럽에서는 예브게니 잠야틴과 올더스 헉슬리, 카렐 차펙과 같은 작가들이 좀 더 사색적이고 철학적인 SF를 발표했다. 《스타 메이커》가 나온 당시 유럽에서는 파시즘이 피어오르며 2차 세계대전으로 향하는 길을 걷고 있었다. 앞서 전쟁의 참상을 겪은 스태플든은 이런 혼란한 시기에 인류가 어떻게 나아가야 할지를 생각했고, 오랜 사유의 결과를 작품에 담았다.

《스타 메이커》는 스태플든이 발표한 네 번째 소설로, 시공간적으로 매우 장대하다. 별다른 정보 없이 《스타 메이커》를 처음 읽는 사람이라면 당혹스러울 수도 있다. 어느 날 밤하늘을 바라보던 주인공(아마도 작가 자신)의 의식은 갑자기 우주로 날아가 다른 세상을 여행하게 된다. 그곳에서 또 다른 존재와 만나 합류하고, 이들은 계속해서 의식의 형태로 여러 장소와 시대를 방문하며 많은 문명의 흥망성쇠를 목격한다. 이 여행은 점차 규모가 아득하게 거대해지더니, 급기야는 신이라고 할 수 있는 존재에까지 이르게 된다.

사실 SF 팬이 아닌 사람에게까지 권할 만한 소설은 아니다. 일단 이야기로서의 재미는 영 별로다. 뚜렷한 흐름을 가지고 진행되는 이야기가 아니라서 별생각 없이 따라가다 보면 이게 도대체 어디로 가는 이야기인가 싶어 금세 지루함을 느낄 수 있다. 애초에 스태플든은 독자의 흥미를 끌어당기는 플롯을 만드는 데 관심이 없다. 통속적인 재미를 추구한다면 《스타 메이커》에 만족하기 어렵다. 대신 스태플든은 소설 형태를 빌려 자신이 그때까지 쌓아 올린 인간 사회의 문제와 전망, 비전에 관한 사유를 쏟아내는 데 집중한다.

스태플든의 관심사는 인류 정신의 진화다. 인류의 미래에 비관적인 전망이 난무하던 시기였지만, 스태플든은 희망을 가졌던 셈이다. 우리에게 교훈을 제시하기 위해 여러 문명의 성공과 실패를 관찰하며 그 이유를 짚어보는데, 다양한 외계인의 모습을 묘사하면서도 스태플든은 이들을 흔히 '다른 인류'라고 부른다. 왜 이런 이야기를 썼는지 충분히 짐작할 수 있게 해주는 부분이다.

재미없고 지루할 수 있다면서 굳이 이 작품을 소개하는 이유는 앞서 이미 말했듯 이후 수많은 SF에 등장하는 주제와 소재를 이 안에서 한가득 찾아볼 수 있기 때문이다. 아무 맥락 없이 별안간 의식이 우주로 날아가버리는 첫 장면부터 한동안은 이런 (SF라기보다는) 신비주의적인 여행이 마음에 들지 않을 수 있다. 초반에 여러 차례 등장하는 외계인 사회의 역사도 너무 뻔한 인간 사회의 알레고리다. 하지만 참을성 있게 계속 읽어나간다면 이후에 SF를 다채롭게 만들어준 아이디어를 무수히 찾아낼 수 있다.

처음의 신비주의적인 분위기와 달리 다른 생명체와 천체, 우주에 대한 묘사는 꽤 상세

2
1979년 1월 발행 판본
(Littlehampton Book Services Ltd)

3
1973년 2월 발행 판본 (Penguin Books)

4
1988년 발행 판본 (Penguin)

5
1999년 11월 발행 판본 (Gollancz)

2

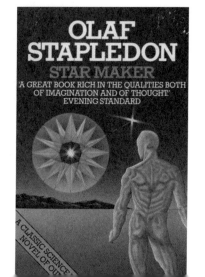

하다. 외계의 지적 존재에 대한 아이디어도 풍부하게 담겨 있다. 공생 인류를 비롯한 여러 외계 종족, 예컨대 가스처럼 우리와 완전히 다른 형태의 생명체, 더 나아가 지성을 갖춘 별이나 성운, 은하까지 이야기한다고 귀띔하면 짐작이 되지 않을까 싶다. 또, 생체공학, 테라포밍, 다이슨 구의 단초가 된 행성 배치, 텔레파시, 집단 지성의 진화 등의 여러 아이디어가 여기서 등장했거나 상세하게 다루어지고 있다. 중도에 포기하지 않고 끝까지 읽는다면 분명히 보람을 느낄 수 있는 작품이고, 왜 많은 이들이 이 작품이 SF에 큰 영향을 끼쳤다고 이야기하는지 알 수 있을 것이다.

스태플든은 《스타 메이커》 외에도 《최후이자 최초의 인간》, 《이상한 존》, 《시리우스》 등의 작품을 남겼으며 국내에도 번역이 되어 나왔다. 그중 《이상한 존》과 《시리우스》는 《스타 메이커》와 달리 일반적인 소설과 같아 좀 더 쉽게 접근할 수 있다. 《이상한 존》은 초인을 소재로 한 SF인데, 과거 아동용으로 나와 많은 어린이에게 충격을 안겨주기도 했다. 《시리우스》는 인간의 지능을 지닌 개 시리우스에 관한 이야기다.

스태플든은 비교적 과작한 작가이지만, 각각의 작품은 후대에 커다란 영향을 끼쳤다. 특히 《스타 메이커》는 SF의 역사에서 매우 높은 평가를 받는 작품으로, 아서 C. 클라크, 브라이언 올디스, 스타니스와프 렘과 같은 작가들에게도 깊은 인상을 남겼다. 스태플든의 팬으로 널리 알려진 클라크는 《스타 메이커》를 일컬어 "역사상 가장 강력한 상상력의 산물"이라고 하기도 했다.

첫머리에서 한 이야기지만, SF를 쓰려면 먼저 SF를 읽어야 한다. 그것도 많이. 어느 한 작가나 작품의 영향을 받아 시작할 수는 있지만, 한 종류의 이야기에만 천착할 게 아니라면 결국에는 다양한 SF를 섭렵해야 한다. 그 과정에서 새롭게 우러러볼 대상을 찾게 될 수도 있다. 안타깝게도, 과거의 모든 작품을 섭렵하는 건 시간적으로도 취향적으로도 쉬운 일은 아니다. 어쩔 수 없이 골라서 읽을 수밖에 없다면 그중에는 꼭 이 《스타 메이커》를 포함시키는 게 효율적인 일이 아닐까 싶다.

6
《최후이자 최초의 인간》, 1930,
Methuen & Co. Ltd.
Photo by John W. Knott Bookseller LLC

7
《이상한 존》, 1935, Methuen.
Photo by Hyraxia Books

8
《시리우스》, 1944, Secker & Warburg.
Photo by Hyraxia Books

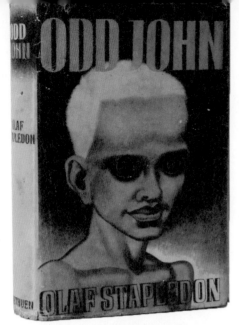

7

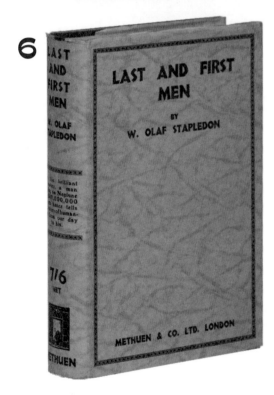

6

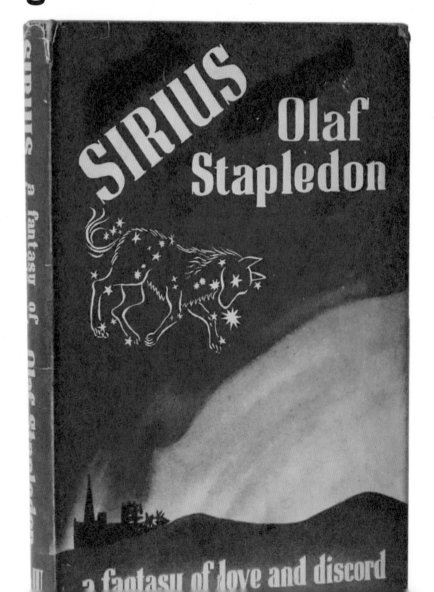

8

(but)

chance!

be forgotten

(oh)

→

and

what?

김보영의 창작 에세이
③

독자는 작가보다 영리하다.
집중할 마음이 없을 뿐.

김보영

신인 시절에 나는 한 독자가 이렇게 푸념하는 말을 들은 적이 있다. 15년 전쯤이다. "예전에 SF를 읽을 때는 말이죠. 이전에 없던 새로운 과학 이론도 제시하고, 아직 과학이 개척하지 않은 분야를 예측하기도 하고, 경이감이 엄청났는데 말이죠, 요즘 SF는 그런 면이 부족해요…." 그분은 나를 슬픈 눈으로 보며 깊은 한숨을 내쉬었다. 세상이 어쩌다 이 꼴이 되었는지 모르겠다는 듯이. 나는 그 말을 들으며 생각했다. 오, 쉬벌.

김보영

SF 작가, 2004년 〈촉각의 경험〉으로 데뷔했다. 작품 및 작품집으로 《다섯 번째 감각》, 《얼마나 닮았는가》, 《저이승의 선지자》, 《스텔라 트릴로지 오디세이》, 《역병의 바다》, 《천국보다 성스러운》 등이 있다. 2021년 로제타상 후보, 전미도서상 외서부문 후보에 올랐다.

왜
그런 걸 바라는데

보통 소설가가 듣는 비판은 묘사력이 어떻다든가 감성이 어떻다든가, 뭐 그런 예쁘장한 것이어야 마땅하지 않은가. 내가 새로운 과학 이론을 제시하고 과학이 아직 개척하지 못한 세계를 예측할 수 있으면 〈네이처〉지에 논문을 내고 노벨상을 타지 왜 집구석에 틀어박혀 소설이나 쓰고 앉았냐 말이고. 저 아서 클라크조차도 1960년대니 할 수 있었지 21세기에는 잘 안 될 거 같은데. 그 사람도 영국인이고 영어 쓰니까 됐지 한국 사람이었으면 또 힘들었을 것 같은데. 하지만 진짜 불편했던 것은 "우와. 진짜 그런 소설을 쓸 수 있으면 얼마나 좋을까." 하는 내 마음의 소리였다. 아무래도 이 업계에는 광기 비슷한 것이 흐른다.

"요즘 SF 계는 도리가 땅에 떨어져 하드 SF도 안 쓰고!" 하는 독자의 한탄에 대한 작가의 불평은 여전히 은은하게 업계를 흘러다니는 것 같다. 이렇게 애매하게 쓰는 이유는, 그 한탄이 실제로 많은가에 의문이 있어서다. 실제로 그런 한탄이 많고 정말로 독자 대다수가 이를 원한다면 작가들은 무슨 수를 쓰든 하드 SF를 쓰고 있을 것이다. 첨언하자면 한국에도 좋은 하드 SF는 적지 않게 있다. 하드 SF가 없다며 한탄하는 독자가 정말 그 소설들에 열광하는지도 의문이 있다.

이들이 써 달라고 말하는 하드 SF는 정말 '하드 SF'일까? 물론 열성적인 SF 팬들은 '일반 독자가 보기에' 더 어려운 작품을 선호하는 것 같기는 하다. 하지만 그 '어려움'이 '하드함'일까.

나는 영화 〈스파이더맨: 노 웨이 홈〉을 보며 새 인물이 등장할 때마다 환호하며 좋아했고, 내 지난 세월에 주는 선물 같은 영화라고 기뻐했다. 하지만 스파이더맨이나 마블 유니버스 작품을 한 번

도 본 적이 없는 사람에게 이 영화는 처음부터 끝까지 무슨 말인지 모를 소리로 가득할 것이다. 물론 영화만 따로 놓고 보면 그저 신나는 액션 활극이다. 단지 그 서사가 '독자가 많은 전작을 이미 보았다'는 전제하에 흘러갈 뿐이다.

SF의 지식은
계승되고 변주된다

셰릴 빈트는 《에스에프 에스프리》에서, "SF 최고의 작품들은 그 영역의 새로운 추가물이자, 장르의 역사에 관한 비평적인 논평"이라고 한 바 있다. SF 소설계는 마치 다른 차원의 과학이 흐르는 평행우주처럼, 이전에 출간된 소설에 등장한 개념이 후대에 계승되거나, 변주되거나, 반박된다.

200년 전 메리 셸리가 시체를 모아 사람을 만들었다면, 일단 이 책을 본 독자는 같은 이야기를 다시 보기를 바라지 않는다. 다음에 보는 이야기는 그 이상의 것이기를 바란다. H. G. 웰스가 타임머신을 타고 먼 미래로 가서 인류가 퇴보하는 모습을 한번 보여주었다

셰릴 빈트, 《에스에프 에스프리》, 전행선 옮김(아르테, 2019), p 110

독자는 작가보다 영리하다. 집중할 마음이 없을 뿐.

면, 이 책을 본 독자는 다음에는 그 이상의 것을 보기를 원한다. '이미 내가 어떤 작품을 보았는지 작가가 충분히 고려해서', 자신이 아직 보지 못한 새로운 세계를, 동시에 이미 읽은 작품에서 얻은 지식도 같이 감안한 세계를 펼쳐주기를 바란다. 그렇기에 현대의 SF 팬들이 SF에 바라는 수준은 상당히 높다. 나는 이런 소설을 원하는 마음을 설명할 길이 없어 '하드 SF'라고 단순하게 치환해서 말하는 것이 아닌가 의심한다.

하지만 이 요구에 응하면, 그렇지 않은 독자는? 현대에 태어난 독자들은? 같은 SF 팬이라고 해도, 다른 작품에 몰두한 사람들은?

솔직히 말해서, 작가 생활을 하며 내게 훨씬 더 관건이 된 반응은 "무슨 말인지 모르겠다." 쪽이었다. 지금이야 독자들이 "아마 내가 문과라서 모르나 보다." 하며 취향이 안 맞겠거니 너그러움을 보여주시지만(나도 문과다.), 아무도 모르는 작가의 '무슨 말인지 모를' 소설은 그저 못 썼다고 해석될 뿐이다. 데뷔 전에 내 소설에 대한 주변인의 반응은 '지성을 가진 내가 무슨 말인지 모를 소리만 하니 이 사람은 제정신이 아닐 것이다.' 쪽에 훨씬 더 가까웠다.

그렇다고 또 가장 열성적인 팬을 외면하는 장르는 과연 살아남을 수 있을까? 열성적인 팬은 후에 작가와 연구자가 되며, 콘텐츠 생산자가 된다.

이 모순적인 상황에서 사실 가장 모순적인 문제는, 바로 우리들, 작가 스스로가 SF를 넘치도록 사랑하는 팬 중의 팬일 가능성이 높다는 점이다. 나 역시 웬만큼 신선하지 않은 이야기에는 만족하지 못하는 바보 같은 독자에 속한다. 새 작품을 집어 들 때마다 어처구니없게도, 내가 이제껏 한 번도 본 적이 없는 새로운 세계가 펼쳐지기를 바란다. 말했듯이 이 업계에는 약간의 광기가 흐른다.

그러므로 내 글쓰기에는 늘 두 개의 관건이 있다. SF 팬(은 파악할 수 없으니 실제로는 나 자신)을 만족시키는 소설을 쓰는 동시에, SF에 아무 관심이 없는 사람도 함께 만족시키는 과제다. 전자는 나를 만족시키면 그만이니 후자가 늘 관건이었다.

나는 '무슨 말인지 모르겠다'라는 반응을 줄이기 위해, 점점 더 쉬운 과학을 넣으려 애썼던 적도 있다. 그런데 그렇지가 않았다. 소설에 양자역학이 들어가든 2차 방정식이 들어가든 덧셈 뺄셈이 들어가든, 어려워하는 사람은 똑같이 어려워했다. 그래서 나는 '어렵다'는 것이 단순히 개념의 어려움의 문제가 아니라는 생각을 조금씩 하게 되었다.

다음 내용은 나와 비슷한 고뇌를 하시는 분들을 위한 두 가지 팁이다. 아는 분들은 이미 아시려니 한다.

어려움이란 무엇인가

아무리 어려운 개념이라도 중학생도 이해할 수 있게 설명해야 한다는 말이 있다. 이 말에 저항도 있다. 어려운 개념은 어려우니까 어려우므로, 어렵게 설명할 수밖에 없다는 것이다. 둘 다 맞는 말 같다.

실제로 '중학생도 이해하도록'이라는 원칙에 충실한 나머지, 진짜 중학교 수준의 과학을 빼곡히 설명하는 소설도 있다. 하지만 곰곰 생각해보자. 누가 그걸 좋아할까? 그 내용을 아는 사람은 지루해할 것이고 모르는 사람은 열 배로 지루해할 것이다.

나는 독자가 '모른다'고 가정하고 글을 쓰는 태도는 곤란하다고 본다. 독자는 작가보다 많이 안다. 단지 집중하지 않을 뿐이다. 중학생도 이해할 수 있게 쓰라는 말은 정확하지 않다고 본다. 그보다는, 당신이 하는 말에 아무 관심이 없으며, 그래서 집중할 마음이 조금도 없는 사람도 귀를 기울이고, 그러다 자기도 모르게 이해하도록 쓰라는 말이 정확할 것이다.

독자는
(작가보다 많이)
안다.

Readers
Know (more
than Writers).

✴

독자는 작가보다 영리하다. 집중할 마음이 없을 뿐.

우선,
정보량을 조절하자

얼마 전 지브리 스튜디오 프로듀서가 쓴 《콘텐츠의 비밀》이라는 책에서 재미있는 내용을 읽었다. 저자는 지브리에 입사한 뒤 회사에서 '정보량을 조절한다'라는 말을 계속 듣는다. 정보량이 많으면 사람들이 여러 번 다시 찾는 작품이 되는데, 대신 어려워져서 아이들이 보기 힘든 작품이 되므로 정보량을 조절해야 한다는 것이다. 이 사람이 "그런데 정보량이 뭡니까?" 하고 묻자, 다른 프로듀서가 "그림의 정보량이란 선의 수입니다."[2] 하고 간명하게 답한다. 말하자면, 그림에 선의 수가 많으면 정보량은 많아진다.

이 이야기에는 결이 더 많지만 일단 몹시 흥미로웠다. 내용이 심오하거나 어려운 개념을 써서가 아니라, '그림에 선이 많으면 어렵다'라니. 그러면 실사영화는 선이 훨씬 더 많으니 어린이가 더 어려워할까? 저자는 그렇다고 말한다. 내 체험으로도 그렇다.

소설도 마찬가지일까? 내용의 어려움과 관계없이, 단순히 담긴 정보의 수가 많으면 어려워질까?

인간의 기억구조는 감각기억 ➡ 단기기억 ➡ 장기기억으로 이루어져 있다. 감각으로 얻은 정보에 관심을 기울이면 일단은 단기기억에 저장된다. 단기기억은 컴퓨터의 램과 비슷한 역할을 하며, 용량이 작아 빠른 속도로 소멸한다. 단기기억을 장기기억으로 옮겨야 비로소 기억이 저장된다. 단기기억을 장기기억으로 옮기는 가장 잘 알려진 방법은 반복 학습이다.

'밀러의 매직 넘버 7'로 잘 알려진 가설이 있다. 조지 밀러가

2   가와카미 노부오,《콘텐츠의 비밀》, 황혜숙 옮김(을유문화사, 2016), p.41

1956년에 발표한 가설로, 단기기억에 저장할 수 있는 정보의 수는 7개 수준이라는 가설이다. 인간 개개인의 지능의 차이와는 관계없이, 애초에 인간이라는 생물을 만들 때 확장성을 크게 간과한 듯하다. 그 이상을 기억하는 사람은 정보 단위를 7개 이하로 줄이거나, 다른 맥락을 써서 암기한다고 한다. 이 이론을 비판하는 후속 연구도 있는데, 7개가 아니라 3~4개 정도라고 한다. 어느 쪽이든, 인간이 한 번에 기억할 수 있는 정보의 수는 극히 적으며, 수월하게 기억할 수 있는 정도는 1~2개로 보는 편이 좋다. 그렇다면 어려움의 관건은 정보의 내용보다 수라는 가설은 매우 그럴듯하다.

공모전에는 여러분의 예상과는 달리 의외로 하드한 SF도 많이 투고된다. 하지만 이들 중 많은 수가 짧은 단편 안에 과학 이론을 대량으로 쏟아붓는 실수를 한다. 이런 글은 아무리 쉬운 개념을 넣어도 어렵다. 이들은 마치 교수님에게 리포트를 올리는 학생처럼 소설을 쓴다. 교수님은 작성자가 '얼마나 많이 아는지' 알고 싶어 하므로 이런 글에 점수를 줄 수 있지만, 독자는 그렇지 않다.

슬롯의 한계를 넘어서 많은 정보를 기억하게 하는 방법은 물론, 하나의 정보를 충분히 장기기억으로 넘긴 뒤 다음 정보를 제시하는 것이다.

좋은 창작자는 대부분 이 원칙을 알고 있는 듯하다. 무르 래퍼티의 소설 《식스 웨이크》는 우주선에서 일어난 사고로 여섯 명의 클론이 동시에 잠에서 깨어나는 것으로 시작한다. 하지만 책을 자세히 보면, 1장 내내 독자가 보는 사람은 여섯 명이 아니라 마리아와 히로라는 두 명뿐이다. 독자가 두 사람을 충분히 외우고, '그런데 다른 사람은 왜 안 나오는 거야?' 싶어질 즈음, 두 번째 장에서야 세 번째 인물이 나선다. 영화 〈어벤져스〉에서도 초반을 끌어가는 인물은 블랙 위도우와 캡틴 아메리카며, 아이언맨은 영화가 시작한 지 42분이 지나서야 등장한다.

《콘텐츠의 비밀》에 의하면, 작품에 담긴 정보가 많으면 여러 번 다시 보게 하는 작품이 되기는 한다. 하지만 동시에 어려워지므로, 고려하여 정보의 수를 조절해보자.

소멸하는 집중력을
따라잡기

정보의 수를 조절했으면 구조를 생각해보자. 독자의 집중력은 보통 초반에 가장 크며, 소설이 끝날 무렵에는 거의 남아 있지 않다.

독자의 집중력의 강도

보편적인 이론에 따라 소설의 결정적인 순간은 기, 승, 전, 결의 '전' 부분이다.

| 기 | 승 | 전 | 결 |

결정적인 순간

저 결정적인 순간은 소설의 중추며 핵심이며 그간 쌓여온 갈등이 폭발하는 지점이다. 그리고 작가가 소설에 넣은 개념은 이 결정적인 순간에 가장 화려하게 쓰일 것이다. 그러지 않으면 어려운 개념이나 정보는 넣을 이유가 없고, 혹시 넣었다면 얼른 삭제하기 바란다. 이때는 결정적인 순간이기에 감성만으로 가득한 때다. 새로운 정보를 기억할 때가 아니다. 그러므로 이 순간이 오기 전까지 독자는 당신이 제시하는 개념을 충분히 이해하고 기억하고 있어야 한다.

만약 당신이 소설에 양자역학을 넣고자 한다면, 독자는 이 지점

에서 이미 양자역학이 뭔지 감을 잡고 있어야 한다는 뜻이다. "왜 양자역학을 소설에 넣어?" 하고 기겁하는 평범하고 선량한 사람들에게는 따뜻한 차 한 잔과 과자를 내어주고 도망친 뒤 계속해보자.

다시, 독자의 집중력 강도

독자의 집중력이 소멸하는 시한을 생각하면, 작가의 개념 설명을 독자가 들어줄 만큼 집중력이 살아 있는 시점은 소설의 초반뿐이다. 하지만 소설의 첫 장면은 이 소설이 앞으로 얼마나 재미있을지 증명하는 상견례 자리다. 독자가 이 소설을 계속 읽을지, 아니면 책장을 예쁘게 장식하기 위해 꽂아둘지 결정하는 가장 중요한 자리다. 첫 장면은 가장 흥미를 끌 만한 사건이어야 한다. 이때부터 세계 설정이니 개념 정리니 하는 것이 쏟아져 나왔다가는 독자들이 다 도망쳐버릴 것이다.

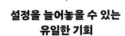

**설정을 늘어놓을 수 있는
유일한 기회**　　　　**결정적인 순간**

그러므로 설정이나 정보를 늘어놓을 수 있는 유일한 기회는 그 다음뿐이다. 이때는 아직 독자의 집중력과 호의가 살아 있으며, 그렇다고 지금 소설을 내려놓기에는 이미 읽어버린 초반이 아까울 때다. 기습적으로 지루한 장면을 넣을 가장 좋은 자리다.

추리 기법을 쓰는 소설에서는 독자가 추리할 기회를 충분히 주기 위해 설명이 더 늦게 등장하기도 한다.

독자는 작가보다 영리하다. 집중할 마음이 없을 뿐.

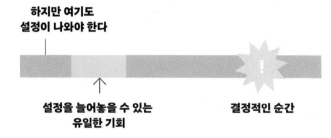

**하지만 여기도
설정이 나와야 한다**

**설정을 늘어놓을 수 있는
유일한 기회**

결정적인 순간

그래도 여전히 설정은 처음부터 등장하는 것이 좋다. 여전히 서두는 독자의 집중력이 가장 높은 부분이기 때문이다. 서두가 독자의 흥미를 최대한 끌어야 한다는 원칙을 같이 생각하면, 서두는 작가의 주요 설정으로 발생한 흥미로운 에피소드로 꾸미는 것이 좋겠다.

영화 〈어벤져스〉는 로키가 신비한 스페이스 스톤을 써서 다른 차원에서 나타나는 것으로 시작한다. 이 스페이스 스톤은 결정적인 순간에 다시 차원을 닫는 용도로 쓰인다.

양자역학을 소재로 한 그렉 이건의 《쿼런틴》에서 사립탐정인 주인공은 한 실종된 환자를 찾아달라는 의뢰를 받는다. 그 과정에서 '버블'이라는 영문 모를 단어가 띄엄띄엄 나타난다. 이 세계가 검은 버블이 태양계를 감싸버린 세계라는 설명은 서두가 마무리된 뒤에야 시작한다.

게르트 브란튼베르그의 《이갈리아의 딸들》은 뱃사람이 되고 싶은 아들을 엄마와 여동생이 조롱하는 영문 모를 장면으로 시작한다. 다음 장면에서 선생님이 등장하여 남녀가 역전된 세계관을 설명한다.

물론 이 장면조차도 할 수만 있다면 에피소드에 녹여 지루하지 않게 하는 것이 좋다. 존 스칼지의 《신 엔진》에서는 하위 신들이 인간의 노예가 된 세계관에 대한 설명이 초반부터 등장하지만, 이

설명을 인간이 신을 채찍으로 후려치는 흥미진진한 장면 속에 녹인다.

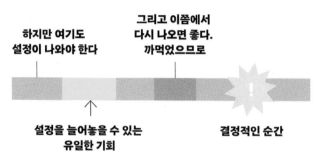

**하지만 여기도
설정이 나와야 한다**

**그리고 이쯤에서
다시 나오면 좋다.
까먹었으므로**

**설정을 늘어놓을 수 있는
유일한 기회**

결정적인 순간

설정을 다 알려줬다! 하고 안심하지 않는 것이 좋다. 결정적인 순간은 보다시피 한참 남았고 독자는 그때는 설정을 까먹을 수도 있다.

그러니 잊었을 만한 부분에서 한 번쯤 더 등장시킨다. 소설이 길다면 몇 번쯤 새로 등장시키는 것이 좋다. 그러면 설정을 잊은 사람뿐만 아니라, 그때 귀찮아서 안 읽고 넘어간 사람도 '뭐지, 이게?' 하며 다시 앞으로 돌아가 그게 무슨 말인지 확인할 것이다. 때로 독자는 소설의 문장을 휙휙 넘기며, 때로는 대사와 대사 사이의 지문을 건너뛴다.

중요한 정보를 독자가 놓치지 않게 하는 방법은 두세 번 반복해서 등장시키는 것이다. 물론 반복한다는 사실을 눈치챌 수 없게 요령껏 하자.

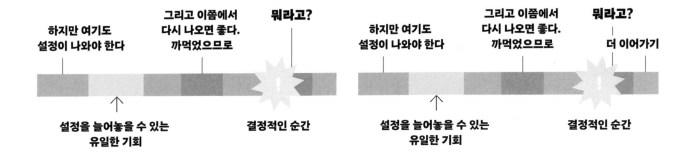

드디어 결정적인 순간에 도달했다! 하지만 이때도 복병은 있다. 이미 독자의 집중력이 소멸하고 있어서 이 결정적인 장면을 놓치고 지나갈 가능성이 언제나 있다.

나는 소설의 가장 중요한 부분을 놓치거나 읽지 않고 넘어가는 독자들을 많이 만난 이후로는 중요한 장면은 세 번 강조하거나 반복한다는 원칙을 지키는 편이다. 많은 작가들이 주인공 옆에 "뭐라고?" 하고 물어보는 멍청한 사람을 한 명 둔다. 이들은 초심자거나 어린아이들, 아니면 작가의 세계관에 익숙하지 못한 다른 세계의 이방인이다. 이들은 주인공 옆에 찰싹 붙어 "무슨 일이야?" 혹은 "어떻게 된 거야?", "요약해서 설명해줘!" 하고 매달리며 설명을 요구한다. 우리는 이런 역할을 하는 인물을 SF 영화에서 흔히 볼 수 있다. 그들은 민폐 덩어리도 바보도 아니다! 독자의 눈높이에서 세계를 설명해주는 충실한 안내인이다.

그런데 실제로는 이 결정적인 순간을 놓치는 데다 "뭐라고?" 하고 되묻는 지점까지 놓치고 넘어가는 독자도 있다.

이 때문에 결정적인 순간은 결말보다 다소 앞에 있어야 하며, 이미 할 이야기를 한 뒤에도 조금 더 이야기를 이어가는 것이 좋다. 그래야 꾸벅꾸벅 졸던 독자들이 "응? 뭐야, 이 둘은 아까까지 싸우고 있었는데 언제 결혼한 거지?" 하며 앞으로 돌아가서 확인해줄 것이다.

이렇게까지 하는 이유는, 물론 우리가 소설에 어려운 개념을 넣기를 좋아하는 약간의 광기가 있는 SF 작가라서다.

요약하면 다음과 같다.

독자는 작가보다 영리하다. 집중할 마음이 없을 뿐.

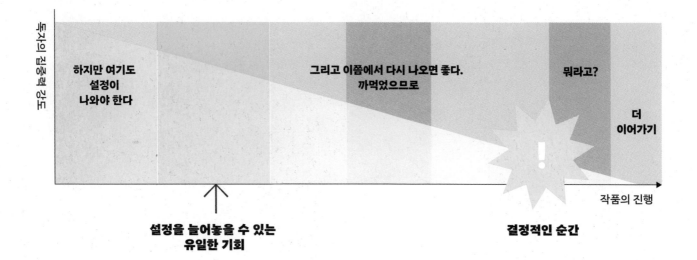

독자의 집중력 강도

하지만 여기도
설정이
나와야 한다

그리고 이쯤에서 다시 나오면 좋다.
까먹었으므로

뭐라고?

더
이어가기

작품의 진행

설정을 늘어놓을 수 있는
유일한 기회

결정적인 순간

만약 독자가 알아야 하는 개념이 많다면? 다수의 인물을 소개할 때와 마찬가지로, 충분히 하나의 설정을 숙지한 뒤 다음 개념을 제시한다. 마블 유니버스 영화 시리즈는 이 과정을 정석적으로 진행한다. 한 영화에서 신비한 스톤 하나를 보여주고 그 능력을 충분히 외우게 했기 때문에, 나중에 한 영화에서 다섯 개의 스톤의 힘이 마구잡이로 난립하는 풍경마저도 관람객이 이해할 수 있게 된다.

물론 잘 쓴 글은 모든 규칙을 벗어난다. 나는 이전에 우로부치 겐이 쓴 라이트노벨《페이트 제로》를 읽다가 폭소한 적이 있다. 이야기가 한참 전개되다가 갑자기 여덟 페이지에 걸쳐 총의 구조를 설명하는 장면이 등장하는 것이 아닌가. 전후 맥락도 없고 읽지 않고 넘어가도 아무 상관이 없는, 완벽하게 아무 의미도 없는 장면이었다. 그런데 어찌나 작가가 열과 성을 다해 썼는지 그 부분을 다 읽게 되는 데다가 작가에 대한 호감도도 급속도로 치솟았다. 이 정도로 미친 작가라면 믿고 볼 수 있겠다 싶었다. 때로는 독자를 이해시키려는 노력을 다 팽개친 어려운 소설이 주는 지적인 쾌감도 있다. 소설은 많이 계산하고 써야 하지만 계산에 매몰되면 곤란하다.

그래도, 당신이 소설에 어려운 개념을 넣기를 좋아하는 다소의 광기가 있는 작가라면, 독자가 느슨한 집중력으로 보아도 최소한 소설의 마지막 페이지를 넘길 때까지는 그 내용을 이해할 수 있도록 구조 안에서 최선을 다해보는 것도 좋지 않을까. 그럴 수만 있다면 당신이 소설에 미적분을 넣든 양자역학을 넣든 상대성 이론을 넣든 개념 자체의 어려움은 큰 문제가 아닐 것이다. ……아마도.

CHUNG BORA

정보라

인터뷰어나 에디터라는 역할을 떼고 그저 한 명의 출판노동자로서, 출판업계 사람들을 만나 술을 마시다 보면 가끔씩 '우리 모 작가님 제발 잘 됐으면 좋겠다!'라며 눈물을 흩뿌리게 될 때가 있다. 그 '모 작가님'으로 언급되려면 모니터와 메일계정 뒤에 상처투성이의 출판노동자가 웅크리고 있다는 것을 잘 헤아리는 인격체여야만 한다(글을 잘 쓰는 '본업존잘'이어야 하는 건 당연지사다).

Interviewed by **SEOL JAEIN**, Photo by **AUGUSTINE PARK**

금요일, 홍대나 합정 인근에서 저렴한 안주와 소주 몇 병을 앞에 두고 두 손을 비비며 기도를 하는 무리가 있다면 눈여겨보길 바란다. 아마도 '우리 모 작가님이 잘 되는 합리적인 출판계와 아름다운 세상'을 꿈꾸며 출판계의 신에게 기원하는 출판노동자들의 테이블일 가능성이 농후하다.

어느 술자리에서 선창했다. "우리 정보라 작가님 부커상 수상하소서!" 동석한 타사 노동자들도 같이 따라 외쳤다. "이야아! 수상하소서!" 아마 작가 자신도 모르는 이런 순간이 왕왕 있었단 얘길 정보라 작가에게 한다면 그는 큰 눈을 부릅뜨고서 "으아아….."라고 신음을 흘리고는 어찌할 바를 모르며 발을 구를 것이다. 혹은 "으음, 저는 아주 난폭하고요… 전혀 상냥하지 않은데요….."라고 '취미가 데모'(부커상 최종후보 노미네이트 이후 가진 기자간담회에서 작가가 직접 밝힌 사실이다)인 자신의 자존심을 세우려 들지도 모른다.

한국 시각으로 5월 27일 새벽 발표된 최종 수상작은 인도 작가 기탄잘리 슈리의 《모래의 무덤》이었다. 작가는 "후련하다"고 말했다. 어차피 토끼들은 전 세계에 퍼져 무언가를 아각아각 갉아먹으며 저들 나름의 정의를 행하고 있으니 말이다.

데모를 시작하기 전에는, 마음에 남는 불의하고 부당한 일이 있으면 그걸 소설로 썼어요. 하지만 괜찮아지지 않았어요. 소설을 쓴다고 현실이 바뀌진 않으니까요. 그런데 데모를 시작하고 노조도 가입해 이곳저곳 다니며 활동하다 보니 "아, 이제 저 잔악한 놈들을 이렇게 때려 부수자고 하면 되는구나"를 깨달았어요. 물론 때려 부수는 게 쉽진 않죠. 그래도 '이 방향으로 가면 시도는 할 수 있겠다'라는 자신감이 생겼고, 그러니까 저의 삶도 굉장한 구체성을 띠게 되었어요.

소설에도 물론 여전히 그 생각들이 담겨 있죠. 〈저주토끼〉에서 저주의 대상이 왜 대기업이 됐느냐 묻는다면, 그건 쓰레기만두 파동 때문이었어요. 〈그녀를 만나다〉는 차별금지법 제정을 촉구하는 얘기고, 〈문어〉는 모 대학교에서 있었던 물리학과 폐과 반대 농성에 지지농성을 갔던 날 밤에 쓴 단편이죠. 간밤의 농성장에 나타난 외계 문어를 라면에 넣어 먹은 내용을 뺀 60퍼센트 정도는 사실에 기반한 소설이에요.

작가는 전체 인터뷰의 대부분을 데모 이야기를 하는데 썼다. 마치 북 치는 고수처럼 옆에서 "어허이!"를 외치는 인터뷰어의 장단에 따라 '썰'은 점점 다채롭고 신명나게 변해갔다.

데모를 하면 정말 다채로운 인간 군상을 만나거든요. 물론 실존하시는 분들 이야길 제가 함부로 소설에 쓸 순 없지만, 장면 장면을 막연히 머릿속에서 먹물로만 흐리게 그리는 게 아니라 아주 입체적인 경험에서 우러나오는 대로 연출하는 능력을 가지게 되었다는 게 소설가로서의 제게 데모가 가지는 큰 의미이기도 할 것 같아요. 저는 재미있는 데모 얘기를 내일까지 한없이 할 수 있거든요.

2016년, 낙태죄 폐지를 부르짖던 '검은 시위' 때였어요. 같은 날 같은 시간 빈곤철폐연대도 가까운 장소에서 행진을 하고 계셨는데, 저희랑 어느 순간 딱 마주쳐버렸어요. 두 시위대가 마주치니까 갑자기 인원이 늘어났고, 잠시 경찰력이 통제를 하는 바람에 그 자리에서 각자의 구호만 외칠 수밖에 없게 되었어요. 근데 웃긴 일이 일어났어요. 빈곤철폐연대 구호는 "최저임금 인상하라!"였고 저희는 "낙태죄 폐지하라!"였는데 그 두 구호가 섞여버린 거죠. 구호가 순식간에 "최저임금 폐지하라…!"가 되어버렸어요…. 저를 비롯한 몇몇 사람들이 두 손 마구 흔들면서 "안 돼! 뭔 소리야! 그만 해! 하지 마!" 하고 비명을 지르는데 "최저임금 폐지하라…!"에 계속 묻혀서 혼란의 도가니가 되었죠. 나중엔 "다들 정신차려…." 하고 그만 피식피식 웃게 되더라고요.

시위에 참여하시는 종교인 선생님들 관련해서도 사연이 정말 많은데, 목사님의 아멘 소리에 맞춰 목탁 두드려주시는 스님도 계셨고, 2020년 차별금지법 제정을 위한 오체투지에서는 몇 날 며칠을 계속 참여하시는 스님도 계셨어요. 나중엔 제가 다 걱정이 되어서 "아, 국회가 스님을 살리기 위해 결단을 내려야 하는 게 아닌가?"라는 의문을 가지기도 했죠.

사실 어느 곳이든, 시위의 의제 자체는 너무나 심각해요. 저는 아직도 세월호가 침몰된 후의 시위 현장들을 잊을 수가 없는데요. 처음부터 끝까지, 평생에 걸쳐 가장 괴로웠던 시기였어요. 너무나 힘들었는데, 그래도 그 안에서 일상에서 절대 만날 수 없는 이상한 장면들이 생겨나고 그로 인해 아주 조금이나마 웃을 수 있게 되는 게 그렇게 고맙고 소중할 수가 없더라고요. 웃는 걸 두고 '유가족스럽지' 않다고, 분노하는 '시늉만' 하는 거라고 욕을 퍼붓는 사람들도 있었지만 그 순간들마저도 없다면 사람이 어떻게 그 암담함을 버틸 수 있었겠어요?

정보라

'이상한' 슬라브 문학에 푹 빠져 박사까지 마쳤으며 번역에도 일가견이 있는 정보라 작가는, 당연한 인간의 권리를 당연하지 않게 여기는 부당함에 맞서 싸우는 현장에서의 '이상한' 순간들을 마주하여 마침내 국내 문학의 어느 흐름과도 별로 닮아 있지 않은 자신만의 '이상한' 정보라 월드를 만들어 냈다.

삶의 구석구석에 아귀가 안 맞는 상황들이 있잖아요. 아주 시각적인 예를 하나 들자면… 저는 예전에 수녀님이 덤프트럭 타고 가시는 걸 본 적이 있어요. 수녀님과 덤프트럭이라는 아주 평범한 두 개념이 그런 식으로 연결되니까 정말 흥미롭죠. 저는 평소에 자동 반사적으로 인식하고 있던 세상이 갑자기 뒤틀리고 거기서 벗어나 새로운 걸 감각하게 되는 경험들을 사랑해요.

그러더니 "인터뷰니까 내용 따시기 편하게 인용 하나 할까요?"라고 말을 이었다. 역시 노동자의 편!

1920년대 문학연구가 빅토르 슈클롭스키가 그 유명한 러시아 구조주의의 서막을 연 논문에서 이런 말을 했어요. "예술의 언어는 일상의 언어와는 달리 구부러져 있으며, 그 구부러짐을 통해서 인식의 과정을 느리게 하고 재확인한다." 그러니까, 우리에게 익숙했던 대상의 형태와 색을 다른 방면으로 볼 수 있게, 더 느리고 더 섬세하게 인식할 수 있게 만들어주는 게 예술의 역할이라고 했거든요. 그래서 문학의 언어는 일상의 언어와 정반대의 특징을 띠어야 하죠. 일상의 언어에서는 정보를 정확하고 신속하게 전달하는 경제성을 일순위로 여기지만 문학의 언어는 그 반대로 지각을 느리게 하게끔 정보를 모호하게 만들어 인식의 절차를 재확인하도록 만들어야 한다는 거예요.
　저는 슈클롭스키가 말한 예술의 기능에 잘 부합하는 장치가 바로 '이상한 이야기'라고 생각해요. 그런 의미에서 제가 스스로 만족하는 제 작품은 환상문학웹진 '거울'에 기고한 단편 〈가면〉일 거예요. 어떤 분이 '머리가 이상해질 것 같음.'이라는 댓글을 달아주신 적이 있는데 너무 뿌듯하더라고요! 미국 밸런코트 사에서 나온 세계호러선집에도 그 단편이 번역되어 실렸는데 그곳 편집장님이 굉장히 좋아하셨죠.

그리고 보니, 어느 인터넷서점의 독자가 《저주토끼》에 단 구매평이 생각났다. '글 속 화자들이 모두 돌아이라 마음이 너무 편했다. 부커상이란 게 어쩌면 약간의 돌아이 기질이 있어야 받을 수 있는 듯하다. 다른 세상을 바라보지 않고 이미 그 세상 속에 들어와 있는 사람이라면 강추.' 작가에게 그 구매평을 읽어주었더니 "너무 감사하네요. 보람이 있습니다! 그렇게 돌아버린 놈들에게 위안을 받으셨으면 좋겠어요."라는 답변이 돌아왔다.

완벽하고 정제된 것보다, 사람 정신을 쏙 빼놓는 요상한 것들이 훨씬 매력 있어요.

　제가 소설에서 종종 쓰는 이른바 '변사식 문체'도 그 일환이에요. 러시아 문학의 영향인데요, 거기서는 그런 문체로 진행되는 글을 '스까스'라고 불러요. 단어 자체는 '썰'이나 '이야기'라는 뜻인데, 스까스에 대한 이론도 논문도 논쟁도 엄청나요. 응용도 다방면으로 되고, 쓰이는 장르에 제한도 없고요. "내가 말이야, 오늘 우리 언니한테 되게 재미있는 이야길 들었는데 언니 친구가 말이야…"로 진행되는 게 바로 스까스예요. 1인칭으로 말하는데 주인공은 저 밖의 다른 사람인 거죠. 러시아 문학 공부하면서 체화된 거 같아요. 아, 이걸 테크닉으로서 구사할 수 있구나, 내가 정신없이 좋아하며 읽었던 게 이런 거였구나, 하면서. 번역자 입장으로서는 옮기기 굉장히 어려운 문체지만 기막히게 재미있는 걸 어떡하나요.

이토록 '이상한 이야기'를 사랑하는 작가지만 툭하면 나오면 말버릇이 있다. "작가 하지 마세요. 다시 잘 생각해보세요." 이유를 묻자 "마감해야 하잖아요."라는 답이 왔다. 데뷔 이후 마감을 한 번도 어기지 않은 그답다. 그러나, 그래도 글을 쓰겠다는 용감무쌍한 이들에게는 이런 말을 하고 싶단다.

제 글을 쓰면서도, 다른 분들 글 읽는 심사 하면서도 뼈저리게 생각했던 게 있어요. 요즘처럼 아무도 책을 읽지 않는 시대에 굳이 책을 찾아 읽는 독자들은, 작가보다 몇 수 위예요. 작가로서 제가 알고 있는 걸 독자들은 이미 다 간파하고 있죠. 트릭, 기법, 반전이랍시고 집어넣는 것들, 모두 다. 그래서, 독자들을 깜짝 놀라게 하겠다거나, 상상력을 뛰어넘겠다거나, 머리싸움에서 이기겠다는… 그런 야심은 좀 버리시는 게 좋을 것 같다고 생각해요. 그런 욕심을 가진 글은 너무 뻔히 의도가 보이기도 하고, 심지어 실현도 불가능해요. 길 가는 사람 아무나 붙잡아도 그 분이 저보다 이야기의 트릭을 잘 알고, 백 배 천 배 똑똑해요. 게다가 작가가 글을 아무리 잘 써도 화려한 시각효과, 넷플릭스와 유튜브를 이길 순 없죠. 그러니 베스트셀러의 꿈도 버리시는 게 현명하겠지요. 그런 시대예요.

　그러면 대체 어떤 자세로 무슨 이야기를 써야 하는가. '내가 정말 세상에 내놓고 싶은 이야기'죠, 뭐. 저는 "어차피 다 들켰으니 내 맘대로 쓰자, 첫 문장부터 '뽀록'이 날 텐데 뭐…."라는 자세로 글을 쓰지만 명확한 소망 하나를 가지고 있어요. 독자가 다 알고 있는 이야기라도, 다 읽었더니 어딘지 모르게 위안이 되네, 하는 마음이 들었으면 좋겠어요. 그게 다예요.

정보라

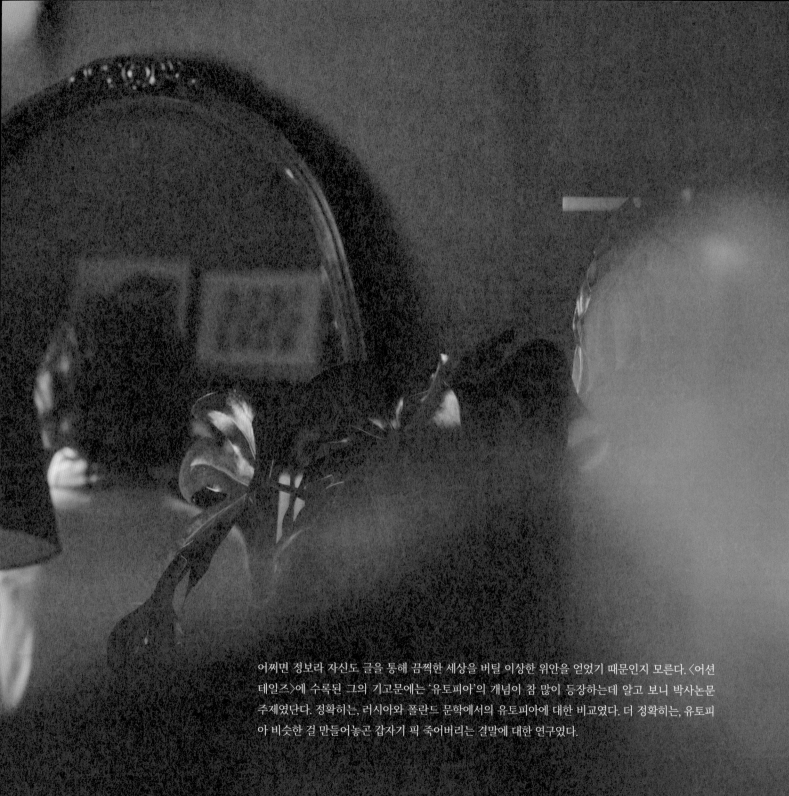

어쩌면 정보라 자신도 글을 통해 끔찍한 세상을 버틸 이상한 위안을 얻었기 때문인지 모른다. 〈어션 테일즈〉에 수록된 그의 기고문에는 '유토피아'의 개념이 참 많이 등장하는데 알고 보니 박사논문 주제였단다. 정확히는, 러시아와 폴란드 문학에서의 유토피아에 대한 비교였다. 더 정확히는, 유토피아 비슷한 걸 만들어놓곤 갑자기 픽 죽어버리는 결말에 대한 연구였다.

사실 세상의 모든 유토피아는 고통과 결핍에서 비롯되었어요. 저는 각국의 민속적인 유토피아를 참 좋아하는데, 가장 좋아하는 건 중세유럽의 '코케뉴'예요. 가만히 누워 있으면 구운 거위가 입으로 날아오고, 초콜릿으로 된 집이 다리가 달려서 뛰어다니고, 우유와 꿀과 포도주가 흐르는 강이, 찾아갈 필요도 없이 입만 벌리면 그 안으로 졸졸 들어오고.

그런데 세상에, 러시아와 폴란드 문학에선 유토피아가 완성되는 그 시점에서 인물들을 죽여버리는 거예요! 너무 충격 받아서 연구를 시작했어요. 그래서, 결론이요? '유토피아는 없다'였죠. 인간이란 너무나 되어먹지 못한 동물이기 때문에 유토피아에서 살게 만들어지지 않았고 행여나 그게 잠깐 존재한다 하더라도 결국 때려 부술 것이다. 그래서 우리가 이 지경이다!

그게 어떻게 위안이 되느냐 하면, 그래서 위안이 되어요. 외국 떠돌며 쓸쓸하게 살다가 한국에 들어왔는데 너무나도 열 받는 일투성이니까 "다 망해라 이놈들아!" 같은 마음을 먹게 되거든요? 그런 생각을 러시아와 폴란드의 선지자들이 이미 다 남겨놓은 거예요. 인간에겐 국물도 없는 거죠.

인간들이 너무나 되어먹지 못했기에 작가는 데모를 한다. 모든 목소리의 현장에 직접 가고 싶어 한다. "오체투지도 제가 해보니 무척 힘들지만, 단식은 정말 안 돼요. 사람이 더 이상 단식을 하지 않았으면 좋겠어요." 인터뷰 시점에 국회 앞에서 단식 중이던 차별금지법제정연대 이야길 하면서 작가는 서둘러 가방을 꾸렸다. 부커상 최종 후보 선정 후 진행된 기자간담회를 마치고도 그는 바로 데모를 하러 갔다. 인터뷰를 하고도, 미팅을 하고도, 마감을 하고도 그 다음 일정은 줄곧 '데모'다. 노동자에게 상냥하고 되어먹지 못한 것들에게 사나운 작가. 그러니 책상머리에 붙어 그의 원고를 기다리는 출판노동자로서 바랄 것은 하나뿐이다. 건강히 데모하길. 그 과정에서 많이 웃을 수 있길. 그리고 더 많은 이상한 이야기로 이상한 위안을 주길. ꙮ

정보라

SHORT SHORT STORY

초단편

Short Short Story

p. 40 - 62

Grave *of* *the* (Alien) Snail

외계 달팽이의 무덤

듀나

1990년대부터 통신망에서 SF와 영화글을 써왔다.

최근 낸 책으로는 《평형추》와 《옛날 영화, 이좋은 걸 이제 알았다니》가 있다.

내가 〈외계 달팽이의 무덤〉이라고 이름을 붙인 이 단편을 여는 문장을 쓰는 동안, 주인공이 문을 열고 들어왔다. 박지철이라는 이름의 정장 차림의 남자로 나이는 스물넷, 키는 180센티미터가 조금 넘는다. 헬스클럽에서 공들여 다듬은 근육질 몸매가 인상적이지만 자세가 조금 구부정하고 얼굴은 특징 없이 애매하다. 남자는 내가 두 번째와 세 번째 문장을 쓰는 동안 대기실에 놓인 열두 개의 접이식 의자 중 맨 뒤 오른쪽 자리에 앉아 먼저 와 있는 다섯 명의 뒤통수를 훔쳐보았다.

남자의 사연을 이야기하기 전에 일단 설정을 설명해야겠다. 이 이야기는 20세기 중반에 유행했던 기생 외계인 침략물 장르에 속한다. 시대는 22세기 중엽. 그리고 인류는 반세기 전인 21세기 말에 외계 종족의 침입을 받았다. 콩알만 한 우주선 27만 대가 남극대륙을 제외한 지구의 모든 지역에 착륙했고 두 개의 작은 구멍에서 나온 포자들이 호흡기를 통해 주변의 동물들을 감염시켰다. 오로지 인간의 몸에 들어간 포자만이 살아남았고 그것들은 숙주의 뇌로 들어가 달팽이처럼 생긴 엄지손톱만 한 기생충으로 자라났다.

지구인들은 10년 동안 서서히 외계인의 침략에 대해 알게 되었다. 달팽이들은 수줍게 자신을 은폐했기 때문에 뇌 스캔을 통하지 않고서는 감염 사실을 알아내기가 어려웠다. 달팽이들이 적극적으로 개입하면 숙주의 건강은 오히려 더 좋아졌다. 숙주의 건강을 위해서는 서식 환경의 개선이 중요했기 때문에 이들이 지구에 와서 맨 처음에 한 일은 공해와 기후 문제를 해결하는 것이었다. 달팽이에 감염된 과학자들은 일련의 놀라운 해결책을 내놓았고 그러는 동안 누군가가 자신에게 정보를 넣어주고 있다는 사실을 깨달았다. 그리고 교통사고로 죽은 숙주를 부검하는 동안 첫 번째 달팽이의 존재가 확인되었다.

1950년대 SF 영화라면 달팽이 대 지구인의 전쟁으로 이어졌겠지만 이 세계에선 그런 일은 일어나지 않았다. 달팽이들은 지구인들에게 별다른 악의가 없었다. 반대로 그들이 가진 모든 정보를 지구인에게 공개했다. 후손들을 우주로 쏘아 올릴 우주선을 만들려면 지구인들의 도움이 필요했다.

그러는 동안 달팽이에 감염된 숙주들은 서서히 인간 세계 계급 피라미드의 꼭대기로 올라가기 시작했다. 그들은 더 똑똑하고 성실하다고 여겨졌다. 이들 중 상당수가 독특한 성적 취향을 드러내긴 했지만, 달팽이들의 지난번 숙주가 늪에 사는 3미터 길이의 양성구유 스프링이었다는 걸 생각하면 충분히 이해가 갔고 이 역시 장점으로 여겨졌다. 모든 사람이 공유하는 취향과 욕망은 족쇄이기 때문에.

그러자 일어날 일이 일어나고 말았다. 사람들이 자기 아이들을 자발적으로 달팽이들에게 바치려 하기 시작한 것이다. 부유한 사람들, 권력을 가진 사람들은 달팽이들을 독점하려 했지만 달팽이들은 자기만의 기준과 취향이 있었다. 일단 이들이 지구 사회에 받아들여지자 포자는 엄격하게 관리되었다. 이들의 통제 아래, 숙주들은 모든 계급, 모든 지역, 모든 인종에서 나왔다. 그리고 그들은 피라미드의 꼭대기로 올라갔다.

박지철도 그렇게 선택된 숙주였다. 무책임한 부모의 네 아들 중 막내였던 이 남자에 겐 미래고 뭐고 없는 것 같았다. 태어난 지 사흘째 되던 날 아직 산부인과 병실에 있던 박지철의 엄마에게 두 숙주가 찾아와 아들의 콧구멍에 포자를 불어넣어도 되겠냐고 제안하기 전까지는. 엄마는 주저 없이 승낙했다. 그건 로또에 당첨되는 것과 같은 일이었다.

박지철의 인생이 그 뒤로 술술 풀렸다고 말한다면 거짓말이다. 달팽이들은 가족에게 어떤 경제적 지원도 하지 않았다. 준 것은 아기가 달팽이의 숙주라는 확인서뿐이었다. 아이는 끔찍한 가족 사이에서 고통스러운 나날을 보냈다. 툭하면 형들에게 얻어맞았고 부모들은 그런 아이들을 방치했다. 다행히도 달팽이의 보호 아래 아이는 건강한 몸의 우등생으로 자랐다. 확인서만으로도 장학금을 받으며 좋은 학교에 다닐 수 있었다. 그건 가족을 피해 학교 기숙사로 달아날 수 있었다는 것을 의미했다.

그 뒤로 좋은 일만 있었다면 나는 이 이야기를 쓰지 않았을 것이다. 박지철을 주인공으로 만들어주는 역경이 중학교 3학년 때 일어났다. 뇌 속의 달팽이가 죽었던 것이다. 처음엔 몰랐다. 앞에서도 말했지만 달팽이는 수줍은 동물이었으니까. 달팽이의 개입 없이 몇 달을 넘기는 일도 흔했다. 하지만 두 달, 석 달이 지나자 박지철은 달팽이가 죽었다는 걸 확신할 수 있었다. 평생 자신의 일부였던 무언가가 사라지고 없었다. 이제 박지철은 제목이 가리키는 '외계 달팽이의 무덤'이 됐다. 이 제목은 줄거리를 만들고 글을 쓰기 직전에

외계 달팽이의 무덤

떠올랐는데 지금 생각해도 괜찮은 것 같다.

정상적인 절차대로라면 달팽이들에게 신고를 해야 했지만, 박지철은 그대로 버티기로 결심했다. 이럴 때 정직하게 군다면 장학금을 박탈당하고 학교에서도 쫓겨날지 몰랐다. 그건 다시 끔찍한 형들에게 돌아가 비웃음과 구박을 견뎌야 한다는 뜻이기도 했다.

박지철은 그 뒤로 미친 것처럼 공부하고 미친 것처럼 몸을 챙겼다. 감기 기운 같은 것이 느껴지면 약을 먹어서라도 증상을 감추었다. 고등학교에 입학해 새 기숙사에 들어가자 스프링 모양의 자위 도구를 사서 일부러 침대 위에 놓았다. 저런 것들이 다른 숙주들에게 무슨 쾌락을 주는지 궁금해하며. 역시 장학금을 받으며 학교에 다니는 다른 숙주들과 교류할 때는 바짝 긴장한 채 그들의 소소한 제스처들을 흉내 내고 농담들을 따라 했다. 그리고 방으로 돌아와 뭔가 잘못했을 가능성을 상상하며 공포에 떨었다. 그 결과 성적이 떨어지지는 않았지만 조금씩 정신은 망가져갔다.

다시 우리는 첫 문단이 묘사한 방으로 돌아온다. 이곳은 노틸러스 우주개발회사의 면접시험이 있는 5층 대기실이다. 공식적으로는 응시자가 숙주인지, 아닌지를 묻는 것은 불법이다. 하지만 면접관 모두 '달팽이 확인서'를 받은 사람들의 리스트를 갖고 있고 이는 비공식적으로 점수에 반영이 된다. 숙주 유무가 영향을 끼치지 않는 다른 회사에 들어가는 방법도 있지 않았을까? 하지만 자신이 짜놓은 거짓말에 갇힌 박지철은 예정된 루트에서 벗어나는 것 자체를 상상하지 못한다.

앞에서 누군가가 박지철의 이름을 부른다. 우리의 주인공은 느릿느릿 일어나 열린 문을 향해 걸어간다. 이것은 이야기의 시작일 수도, 클라이맥스일 수도 있다. 하지만 아쉽게도 나는 이미 주어진 원고지 15매를 다 써버렸다. 죽은 달팽이가 그렇듯, 이야기꾼이자 신인 나는 박지철에게 해줄 수 있는 게 없다. 이제부터 작가의 도움 없이 스스로 이 위기를 개척할 수밖에.

천사 머신

정이담

정이담

심리학 석사. 상담전문가판에 근무하며 소설을 쓴다. 판세츄얼.

정글의 구획을 넘나들며 심리적이고 환상적인 요소를 통해 가려진 목소리들의 세계를 드러낸다.

대표작으로 퀴어 로맨스릴러 《괴물장미》, SF 판타지 《물든한 파랑》, 《순백의 비명》이 있다.

이 기계는 우리가 소위 말하는 명계… 그러니까 영혼의 세계에 접촉하여 일부를 다시 우리 물질계에 현시합니다. 비록 이곳에서의 육체는 죽었어도 의식은 저 너머로 가 나름의 작용을 하지요. 당신이 지불한 금액이라면… 1분 정도 당신의 우상이 이곳으로 돌아올 수 있습니다. 어디 보자… 먼저 그를 구성했던 요소들을 출력합니다. 다음과 같네요. 좀 생소한 리스트지만, 영혼들은 이런 표상을 통해 작동한답니다. 자, 이게 당신이 알던 이가 맞나요?

은하수, 그을음, 황금, 나비
날개, 여신, 증오, 어린 동물
보석, 슈크림, 아기, 흰 돌고래
눈물, 거짓, 꽃잎, 무지개, 촛불
오르골, 공허, 달콤한 과일

대체직으론 맞다고요. 네, 확신하셔도 좋습니다. 사람이 너무 좋은 면만 있을 수는 없잖아요. 이 정도 비율이면 완벽하죠. 우린 보통 우상의 단면만을 봅니다. 그들이 빛나는 이유는 타인들이 자신의 결핍을 제물로 바치기 때문이니까요. 그 덕에 우상은 더욱 환하게 빛나지만, 채굴된 빛은 얼마 못 가서 허기진 존재들에게 끝없이 빨아 먹힙니다. 공유경제랄까요. 뭐, 그래서 한때는 우상으로 착취되는 것들을 보호하려 우상을 숭배하지 말라는 말도 있었습니다만… 여기까지 오셨으니 그게 궁금하진 않으시리라 믿습니다. 아,

Angel
Machine

당신의 그대는 아주 아름답군요. 천사는 가장 슬픈 모습으로 다가오는 법입니다. 그가 떠나 슬펐다면 이분은 천사에 가까운 존재겠지요. 오래도록 서로를 잊지 못하셨군요. 이렇게 완벽했으니 이해합니다.

자, 이제 다른 정보들을 더 주세요. 천사를 당신이 알던 시절의 형태로 구현할 기초적인 정보들 말입니다. 예, 생일은. 그렇군요. 키와 몸무게도 아시나요. 네. 가족 관계는 어땠죠? 무엇을 가장 사랑했습니까, 얼굴, 몸, 재능? 성장 과정 중 기억나는 것과 연애사를 알려주세요…. 사람들은 그를 뭐라고 불렀나요? 좋습니다. 음, 데이터가 좀 다른데. 아니에요, 공식 사이트에 명시되어 있으면 그게 맞겠죠. 그럼 이분은 스스로를 어떻게 생각했죠? 모르겠다고요. 인스타그램엔 그렇게 쓰여 있었군요. 네, 네. 그런데 갑작스러운 자살이라니. 이렇게 예쁘게 웃는 사람이 죽음을 선택했다는 게 믿기지 않으셨군요. 그 후 더욱이분을 알 수 없어졌고요. 당연합니다. 자연스러운 일이에요, 이곳에는 그런 분들이 아주 많이 옵니다.

하지만 이제 당신은 천사의 진심을 만날 겁니다. 동의서에 쓰여 있었듯이, 의뢰자가 알려준 정보로 구현하는 존재에는 한계가 있을지도 몰라요. 그래도 당신은 그를 사랑하지 않았습니까? 세상에서 가장 강력한 힘은 바로 사랑이에요. 이 기계는 오직 당신의 사랑에 초점을 맞추며 노력할 것입니다. 사소한 오류는 눈감아주세요. 연구 결과 출력물의 생각 중 92.9퍼센트는 구현된 존재가 실제 가지고 있던 것과 일치한다는 게 밝혀졌어요. 우린 고인의 일기장이나 비밀 SNS 기록 등을 수집해 왔습니다. 어디까지나 기계의 정확도를 높이기 위해서요. 공익적인 목적이었죠. 그러니 이곳에 나타난 분의 목소리는 진심이라 믿으셔도 좋습니다. 너무 걱정은 마세요.

이분은 따뜻한 사람이었군요. 자주 팬들을 위로했다고요. 항상 에너지가 넘쳤고 웃었다고요. 메이크업 덕이었겠죠. 짙은 화장은 진짜 안색을 가리는 법이니. 보통 사람의 우울은 눈빛을 보면 알 수 있습니다만… 조명 아래선 그마저도 가려지죠. 하지만 이제 천사가 된 이들은 위장 없이도 빛난답니다. 얼마나 아름다운지 직접 목격하세요. 자, 당신은 이제 참된 진실을 만나는 소수의, 선택받은 팬이 됩니다. 그가 끝없이 노력하는 사람이었다는 걸 알잖아요. 우리도 노력해야죠.

물론 사람이 너무 애를 쓰면 소진됩니다. 기력을 다 쓰면 재기할 여력마저도 남지 않죠. 사람들에겐 페르소나라는 게 있어요. 사회적으로 세련되게 행동하려 쓰는 가면, 당신의 우상들이 썼던 가면. 그게 너무 견고하면 천사의 속이 썩는 법입니다. 그들은 오히려 지금에서야 자유로워요. 편안하고, 행복합니다. 응원봉 가지고 오셨죠? 천사들은 빛을 좋아하죠. 그들이 더 이상 외롭지 않도록 빛을 밝혀주세요. 저희의 특허 받은 기술이 당신들의 사랑을 이룰 겁니다. 저는 이 기계에 자부심이 많답니다. 아, 준비가 끝났군요. 기계를 켤 테니 나머지는 직접 확인하시죠.

하나, 둘, 셋.

울지 마세요. 당신이 알던 모습 그대로라고요? 저희의 기술력을 믿으시라고 말씀드렸잖아요. 자, 여기 이 헤드폰을 쓰면 저분이 하는 말도 들을 수 있습니다. 본래 너머의 세계에선 목소리로 말하지 않아요. 일종의 심상을 보내죠. 우린 그걸 해독하여 음성 자료로 번역하는 데에 성공했습니다. 많이 떨리시나요? 아직 시간은 많으니…. 천천히 심호흡하세요. 상상하세요, 그가 얼마나 아름다운 울림으로 말할지…. 자, 이제 목소리가 들립니다….

그가 사랑한다고 말했나요? 아, 정말 아름다운 천사군요… 축하합니다. 여기 휴지 있습니다. 오늘이 마지막은 아니니 진정하시고, 준비하셨던 말을 하세요. 벌써 30초 지났군요. 이제 15초 남았습니다. 시간 참 빠르죠. 돈을 더 지불하신다면 5분까지는 연장할 수 있어요. 그 이상은 안 됩니다. 영혼들도 피곤해하거든요. 땅에서 시달렸던 그들을 더 괴롭히고 싶진 않으시죠. 하지만 연간 회원권을 끊으신다면 1년 중 원하는 때에 오셔서 이 목소리를 들을 수 있습니다. 나가실 때 안내문을 드리도록 하죠. 바로 연장하시겠다고요. 감사합니다. 그럼 출력을 좀 더 높이겠습니다….

네? 갑자기 왜 그러시죠? 소리를 지르시고. 그가 불행하다고 말했다고요? 잠시만요. 그럴 리가 없는데…. 오퍼레이터!

오퍼레이터, 빨리 이쪽으로 와봐요. 저번에도 음성 출력이 겹치더니 이게 무슨 일이야. 당장 수정해. 아니, 저건 영혼의 목소리가 맞지만…. 내가 누구라고 생각하는 거야? 매니지먼트 경력이 얼만데 그쯤은 구분할 수 있어. 쉿. 지금 중요한 건 그게 아냐. 고객의 욕구가 무엇인지 몰라? 이래서 기술자들이란…. 우리가 만족시켜야 할 건 소비자들이야. 진짜 영혼이 뭐라고 하는지 따위는 필요 없다고. 그들은 달콤하고 천사 같은 말을 하는 인형을 원해. 상품은 그래야 하는 법이야. 더 완벽해지면, 지상의 존재보다 아름다우면 팬들도 그들을 사랑할 거야. 너머의 그들도 만족할걸. 시체를 늘릴 뿐이라고? 알 게 뭐야? 육체도 없는데. 모든 영혼은 다 그렇게 살아. 알겠지? 우린 좋은 일을 하는 거야. 산 사람들을 위한 일이라고. 그러니 어서 녹음 파일을 제대로 입혀.

흠흠. 죄송합니다. 손님. 방금은 기술상의 사소한 오류가 있었어요. 가끔 악의적인 마음으로 오시는 분도 있거든요. 자신이 불행하게 만든 누군가의 목소리를 듣는 악취미죠. 채널이 뒤섞였나 봅니다. 이제 전부 복구됐어요. 사과의 의미로 10분을 더 드리겠습니다. 자, 저 아름다운 목소리가 들리시죠? 이쪽이 진짜예요. 진짜라는 걸 느끼세요. 봐요, 당신을 보며 웃잖아요. 당신을 기억하며 이름을 부르잖아요. 오랜만에 만나 기쁜 게 틀림없어요. 나가실 땐 출구 앞의 굿즈 샵도 들르세요. 우리의 마음을 맑게 만들어 망자와 잘 접촉하도록 도울 크리스털과 오늘의 추억을 떠오르게 해 줄 포토카드를 판답니다. 영매를 매개로 사인을 받는 특별 행사 초대권도 랜덤으로 들었으니 행운을 빌어요. 평균 50장 정도면 당첨될 거예요. 당신이 온다면 천사들도 계속 기뻐하겠죠? 천사를 행복하게 만들어 줘요, 떨어져 있던 시간만큼 이젠 마음과 영혼으로 연결되세요. 더 많이 사랑하세요. 더 많이 사랑하세요. 다음에도 또 오세요.

유배행성에서의 20일

이나경

이나경

소설집 《극히 드문 개들만이》를 썼다.

BTS 콘서트 엔매에 성공한 이력이 있다.

이번 5기 출연진은 여섯 명 모두 아이돌로만 구성됐다. 물의를 일으키는 방법도 각양각색이라 이들은 음주운전, 도박, 학교폭력, 사기, 사생활 문란, 망언 등으로 위기를 맞았다. 그렇게 도태된 인간들을 어떻게든 구제해보겠다는 게 바로 우리 프로그램 〈유배행성에서의 100일〉의 제작 의도였다.

어쨌든 나로선 첫 촬영이라 잘 해내고 싶었다.

"조연출 현미래입니다. 잘 부탁해요."

이게 자신들에게 드리워진 마지막 동아줄임을 아는지 그들은 한껏 공손히 굴었다. 실물을 보니 의외로 다들 선량한 인상이었다. 하지만 나는 알고 있었다. 그들이 얼마나 예민하고 괴팍하며 폭력적인지, 살짝만 추켜세워도 얼마나 안하무인이 되는지.

PD님은 충고했었다. 이 바닥에 진짜는 하나도 없다고, 전부 보기 좋게 가공된 거라고, 방송이란 결국 속고 속이는 게임이라고, 그러니 아무도 믿지 말라고.

아무리 그래도 PD님만은 믿었기에 막상 포코린에 도착했을 때는 적잖이 당황했다. 우리보다 닷새 먼저 현장에 도착해 촬영 준비를 해놓고 있겠다더니 아무도 없었다. 100명 넘는 스태프가 한 명도 안 보였다.

망언남이 모두를 대표해 말했다.

"아무도 없는데?"

그뿐 아니라 조명, 카메라, 각종 소품 등 촬영에 필요한 것들도 일절 없었다. 4기 촬영 때 머물렀던 흔적만 희미하게 남아 있었다. 이쯤 되면 선발대에 무슨 일이 생겼다고 판단하는 것이 상식적이겠으나 그때 나는 단단히 착각하고 있었다.

20-Days on the Planet of Exile

"촬영 시작됐습니다. 지금부터는 여러분끼리 알아서 하셔야 해요."

속고 속이는 문제에 정신이 팔린 나머지 나는 그 상황이 일종의 신고식이라고 짐작했다. 출연자들이 당황하는 모습을 숨어서 지켜보다가 적당한 타이밍에 와르르 튀어나와 '지금까지 몰래카메라였습니다!' 하고 놀래는 식으로 말이다.

"이 황무지에서 우리끼리 도대체 어떻게 살아남으라는 거예요."

돌아가는 분위기를 대강 파악한 도박남은 관록의 아이돌답게 연기에 몰입했다.

이에 뒤질세라 다른 출연자들도 상황극에 참여했다.

"우린 다 죽을 거야!"

"이거 완전 리얼이야!"

적막하던 야영지가 이내 복작거렸다.

어디서 본 건 있어서 그들은 능숙하게 캠프를 정비했다. 다들 연예계 경력이 오래다 보니 이런 쪽으로 눈치가 빠삭했다.

정작 당황한 건 나였다. 짧게 치고 빠졌어야 할 몰래카메라가 도무지 끝날 기미를 안 보였기 때문이었다. 시간이 흐를수록 출연자들이 할끔할끔 내 눈치를 살피는 빈도가 늘었다. 이만하면 커트 사인을 내릴 때도 되지 않았느냐는 무언의 압박이 느껴졌다.

결국, 나는 사태가 비정상적임을 인정하고 제작국에 연락했다.

"포코린? 아, 후발대라고? 불행 중 다행이군. 선발대는 현재 실종 상태라네."

며칠 전에 긴급 구조요청이 왔는데 무슨 일인지 파악하기 전에 통신이 두절됐으며 곧바로 수색에 나섰으나 아직 성과가 없다고 했다.

그러면서 말하기를, "자네도 이제 돌아오게."라는 것이다.

"하, 하지만 갈 수가 없습니다."

촬영 후 복귀할 때는 모선으로 한 번에 이동할 거라며 우리 우주선에는 연료를 절반만 채웠다. 문제는 그뿐만이 아니었다.

"식량이 없어? 돌아버리겠군. 어디 보자, 20일쯤 걸릴 텐데 버틸 수 있겠나?"

"있느냐 없느냐의 문제가 아니잖아요…."

유배행성에서 100일 동안 살아남는 것보다 어려운 게 뭐냐면, 유배행성에서 20일 동안 살아남는 것이다. 우리가 싣고 온 식량의 잔여분은 고작 이틀 치였다. 당장 모레부터 끼니를 스스로 해결해야 한다는 뜻이었다.

나는 출연자들에게 우리가 처한 상황에 대해 솔직히 털어놓았다. '짠, 지금까지 몰래카메라였습니다!'에 대한 리액션을 준비했던 그들은 불의의 사태에 대해서는 전날 읊었던 대사를 맥 빠지게 답습할 따름이었다.

"이거 리얼이야…?"

"우린 다 죽을 거야…."

물론 애초에 여기 온 목적이 생존이었으니 사정이 크게 달라진 건 아니었다. 포코린은 낮엔 너무 덥고 밤엔 너무 추우며 공기도 물도 부족한 소형 행성이라 거주 부적합 판정을 받았다. 그래도 20일쯤 머무는 정도라면 아주 터무니없는 도전은 아닐 것이라고 생각했다.

결과적으로 우리는 살아남았다.

순탄하기만 했던 건 아니어서 학폭남은 열병을 앓아 사경을 헤맸고 사기남은 비탈에서 굴러 엉덩이뼈가 골절됐다. 문란남은 거대 독충의 습격으로부터 나를 구하다가 왼팔 피부가 괴사됐다.

나로 말하자면, 출연자들이 서먹서먹하게 인사를 나누는 장면부터 시작해 미지의 환경에 맞서 좌충우돌하는 장면, 고난과 역경 앞에 합심하여 정신적인 성장을 이루는 장면, 모닥불 앞에서 감상에 젖어 지난날의 잘못을 눈물로 참회하는 장면, 음악과 춤과 연기에 대한 열정 등을 토로하는 장면 들을 단 한 대의 카메라에 담아내는 데 성공했다. 앵글은 단조롭고 사운드는 빈약하며 화질도 열악했지만 그것이 도리어 아련한 정취를 자아냈다.

영상은 2회짜리 특집으로 방영되었다. 여러 이슈와 맞물려 큰 관심을 모았고, 기대했던 것보다 더 호평을 받았다. 물의를 일으켰던 아이돌 여섯 명은 방송의 인기에 힘입어 재기에 성공했다.

이후 나는 우연히 문란남과 마주친 적이 있다. 포코린에서 돌아온 뒤로 1년여 만에 처음 보는 것이었다.

"오랜만이네요. 활동 잘 보고 있어요."

"네에…. 감사합니다."

어쩨 반응이 시큰둥한 게 아무래도 나를 못 알아보는 눈치였다. 짧은 인연이지만 그래도 생사고락을 함께한 사이에 서운한 마음이 들어서 굳이 한마디를 더 보탰다.

"팔은 이제 괜찮아요?"

팔? 문란남은 자기 팔에 무슨 일이 있었는지도 모르고 있었다. 사실 나는 나 때문에 시커멓게 죽어버린 왼팔이 내내 신경 쓰였었다. 방송으로는 멀쩡해 보이길래 매번 메이크업을 하겠거니 여겼는데, 그는 아예 신경을 안 쓰고 있었다.

"혹시 유배행성에서의 100일… 기억 안 나세요?"

문란남의 표정이 대번에 환해졌다.

"어쩐지 목소리가 귀에 익어서 긴가민가했는데 역시 그분이셨구나. 맞죠? 그 내레이터."

나는 황당했다. 놀리는 건가?

"사정상 내레이션을 하긴 했는데 원래는 조연출이었고요, 20일 동안 같이 지냈는데 못 알아보시겠어요?"

"네? 아, 모르셨구나."

문란남은 우리 프로그램에 출연한 게 자기가 아니라 클론이었다고 설명했다. 클론이라고는 해도 복제인간은 아니고, 그냥 비슷한 체형의 지망생을 성형시켜서 말투, 행동, 걸음걸이 등을 연습시킨 거라고 했다. 이러한 클론은 스케줄을 분담하기 위해 존재한다고. 본체가 워낙 바빠서이기도 하지만, 그보다는 힘들고 귀찮고 내키지 않은 행사를 주로 맡긴다며, 극단적으로 대외 활동을 전부 맡겨버리는 사람도 있다고 했다.

"요샌 다들 그렇게 해요. 아이돌이면 백 프로예요."

"그럼 저랑 같이 갔던 사람들이 다…."

"전부 클론이죠."

이 바닥에 진짜는 하나도 없어, 아무도 믿지 마… PD님의 음성이 귓전에 맴돌았다. 방송은 속고 속이는 게임이라지만 나는 거기에도 일말의 진실은 있다고 생각했었다. 바로 그 진실을 찾아 비추는 게 나의 몫이라고.

하지만 포코린에서 내가 보았던 건 무엇이었을까? 아니, 누구였을까? 나는 차라리 이 모든 게 몰래카메라였으면 좋겠다고 생각했다.

최근 문란남은 다시 또 문란한 사생활이 폭로되어 위기를 맞았다고 한다. 그에게 더 이상의 기회가 없기를 바란다.

Foul Ball

FOULBALL

파울볼

윤이안

운석이 떨어질 거라고 했다. 처음엔 아무도 그 말을 믿지 않았다. 뉴스 속보로 온 채널이 도배되기 시작했을 즈음에서야 아, 그렇구나 싶어졌다. 그때 나는 전날 부어라 마셔라 마신 술 때문에 느지막이 일어나 숙취를 견디며 라면을 먹던 중이었다. 운석이라고 해봤자 기껏해야 커다란 돌덩이쯤으로 생각하고 있었던 터라 별일 아니겠지 싶었는데 무슨 전문가라는 사람이 나와서 운석이 떨어진 뒤의 지구 환경 시뮬레이션을 보여주자 그제야 감이 왔다. 이건 그냥 지나가는 돌멩이 수준이 아니라는 걸.

시뮬레이션 속의 지구는 빨갛고, 노랗고, 알록달록한 색으로 뒤덮인 곰팡이 같았다.

그때 전화가 울렸다. 화면에 뜨는 이름의 남자는 일주일에 두세 번씩은 꼭 이렇게 전화를 걸어왔다. 일전에 한 번은 specific을 cpecific이 아니냐고 물었다. 그걸 대체 어떻게 발음할 건데요? 스페씨픽, 이 아니라 씨페씨픽이라고 할 거예요? 내 말에 남자는 멋쩍은 듯 웃었다. 그게 아니라, 선생님이 써준 s가 c 같아 보여서요. 결국 내 글씨가 엉망이란 소리라 그대로 입을 다물 수밖에 없었다.

물론 과외를 받는 학생이 그런 연락을 하는 게 문제는 아니었다. 시간이 문제였지. 남자는 한밤중이고 새벽녘이고 가리지 않았다. 시간 개념이라는 게 없는 듯했다. 이번에도 마찬가지였다. 남자는 대뜸 뉴스를 봤느냐고 물었고 나는 그렇다고 대답했다. 그리고 잠시 침묵이 흘렀다. 돌덩이를 목으로 넘기는 것 같았다. 뭐라고 말해야 할지 머뭇거리는 사이에 남자가 물었다.

"오늘 다른 계획 없으시면 야구 보러 갈래요?"

글쎄, 정신이 제대로 박혀 있다면 오늘 야구 경기는 취소되지 않을까요. 그렇게 생각

윤이안

야구를 볼 때는 너무 심각해지지 않으려고 노력하고 있다. 승패에 상관없이 즐거울 수 있을까?

그런 이야기를 쓰고 싶다고 생각한다. 올여름엔 야구를 보러 가고 싶다. 소설집 《팔과 빛의 길이》가 있다.

'안전가옥 매거진 프로젝트: 이 기후 미스터리에 선정되어 장편소설 《은나한 나들》을 개봉하고 있다.

했지만 그 말을 입 밖에 내지는 않았다. 그제야 일주일 전 남자가 야구장 티켓을 건네며 함께 보러 가자고 했던 일이 떠올랐다. 분명 그때 거절했고, 그걸로 끝난 이야기인 줄 알았건만.

"아는 사람이 시구를 한대서요."

그 말에 결국 백기를 들었다. 우리는 지하철역 앞에서 만났다. 몇몇 노선은 운행을 하지 않아서 지하철을 갈아타다가 중간에 내려서 걸었다. 여름의 후텁지근한 바람이 부드럽게 등을 밀어주었다.

의외로 비슷한 처지인 사람이 많은지 역 주변은 꽤 북적거렸다. 다들 실감이 나지 않는 모양이었다. 하긴, 멸망이라는 추상적이고 와 닿지도 않는 단어보다는 끈적하고 습한 공기와 등허리를 따라 쭉 흐르는 한 방울의 땀 쪽이 훨씬 현실성 있었다. 하늘은 구름 한 점 없이 파랗기만 했다. 이 풍경을 보고 있으면 뉴스에서 본 시뮬레이션 쪽이 거짓말 같았다.

경기장 입구까지 가는 동안 몇 개의 가게를 지나쳤는데, 그중 반은 열려 있었고 반 정도는 셔터가 내려가 있었다. 반이나 가게를 열어 나왔다니, 끝이 예정되어 있음에도 자기 나름의 사과나무를 심는 사람이 이렇게 많다는 데에 놀랐다.

더그아웃에 선수들이 듬성듬성 앉아 있는 꼴을 보아하니, 저쪽도 출근한 선수가 반, 도망간 선수가 반 정도 되는 것 같았다. 이해 못 할 것도 아니라고 생각했는데, 주변 사람들은 벌써 '왜 시작을 안 하느냐'고 윽박질러대고 있었다. 저렇게 말하는 사람은, 오늘 해야 할 일을 팽개치지 않고 이 자리에 와 있는 걸까? 알 수 없었다.

관중들의 아우성이 심해지자 결국 더그아웃에 앉아 있던 선수들이 앞으로 나왔다. 내가 앉아 있는 1루 쪽 선수가 다섯 명, 그리고 3루 쪽 선수가 열네 명이었다. 야구는 한 팀당 아홉 명이 필요한데.

"저러면 시작도 못 해보겠네요."

남자의 말에 나는 고개를 끄덕였다. 그냥 이대로 집에 가야 하나? 그런 생각을 하고 있을 때 3루 쪽에 있던 선수들이 둥그렇게 모여 서서 가위바위보를 하는 모습이 보였다. 뭘 하고 있는 거지? 관중들이 소리를 질러댔지만 선수들은 아랑곳하지 않고 하던 일을 계속했다. 열네 명이라 가위바위보에도 시간이 꽤 걸렸다. 그 와중에 한 명이 주먹을 번쩍 치켜들더니 환호성을 지르며 경기장 밖으로 뛰어나갔다. 남은 열세 명 중 넷이 1루 쪽으로 터벅터벅 걸어와 섰다. 그러자 아홉 명이 되었다. 그 아홉 명이 야구장 곳곳에 흩어져 자신의 위치에 섰는데, 마운드에 선 투수의 얼굴이 어쩐지 낯이 익었다.

"저 사람 어디서 본 거 같지 않아요?"

저 사람을 어디서 봤지? 내 물음에 남자가 대답했다. "시구하러 온 가수예요." 그 노래 몰라요? 사랑은 폭력, 함부로 빠지지 말아요, 하는 노래. 남자는 그렇게 말하며 노래를 대충 따라 불렀다.

"그런 노래 가사를 사람들이 좋아해요?"

"그럼요. 우리 꽤 유명했는데."

남자가 노래 후렴구를 읊조렸고 그제야 그 노래가 눈앞의 이 사람이 속했던 그룹의 것이었음이 기억났다. 이 사람이 몇 년 전만 해도 유명한 가수였다는 게 평소에는 실감이 나지 않았다. 노래 가사까지 찾아본 적은 없어서 저런 가사인 줄은 몰랐는데. 생각보다 가사가 꽤 심오했다.

"저 사람이 리더였죠?"

"네. 저 형은 아직도 야구라면 환장하나 봐요. 지금 투수로 마운드에 서서 꽤 신났을걸요."

마운드에 선 가수는, 아니 투수는 플레이볼 신호와 함께 꽤 익숙해 보이는 자세로 공을 던졌다. 하지만 공은 삐딱한 포물선을 그리며 날아가다가 힘없이 타자 앞에 떨어졌다. 관중들이 야유하는 소리가 들렸다. 누군가 "차라리 내가 던지는 게 낫겠다!" 하고 소리를 질렀고, 그 소리에 투수가 모자를 벗어 던지고 펜스 쪽으로 달려왔다. 욕설과 쓰레기가 펜스를 넘어 날아다녔다. 선명한 햇빛 아래 경기장은 곧 아수라장이 됐다.

"저래도 돼요?"

내 물음에 남자는 웃었다.

"당연히 안 되죠."

하긴 시구하러 온 가수가 투수로 나올 때부터, 아니 선수 절반이 자신의 자유를 찾아 떠난 시점부터 이 경기는 이미 망해 있었다.

그렇게 공이 바닥을 구르고 있는 사이, 타자는 1루를 거쳐 3루를 돌아 홈으로 들어왔다. 그제야 투수가 마운드에 돌아왔다. 나는 질서 없이 흩어져 있는 사람들을 보았다. 문득 이 자리에 앉아 있는 게 바보처럼 느껴졌다. 오늘이 인생의 마지막 페이지라면 뭐라고 적힐까? 나는 해석할 수 없는 무의미를, 아무 질서도 없는 상태를 그다지 좋아하지 않았다. 남자를 향해 한탄하듯 물었다.

"기껏 배운 영어를 써먹을 일이 없어서 어떡해요?"

꽤 오랜 시간 과외를 했다. 한 번도 왜 영어를 배우느냐고 물어본 적은 없었다. 이유는 그저 짐작만 할 뿐이었다. 어쩌면 취업 때문일 수도 있고.

"괜찮아요. 영어는 그냥 배운 거니까."

그 말에 나는 대답하지 않았다. 남자가 이어서 말했다.

"목적 없이 할 일이 필요했던 것뿐이에요. 쓸모가 없어도 되는, 내가 소모되지 않는 일이요. 나는 그걸 진작 찾았는데…."

저 인간은 그걸 이제야 찾았나 봐요. 그 말이 끝남과 동시에 포수가 던진 공을 받은 투수가 마운드의 흙을 두어 번 탁, 탁 밟고는 천천히 경기장을 둘러보았다. 거리가 멀어서 제대로 본 건지 알 수 없었으나 어쩐지 이쪽을 보고 웃은 것 같았다. 곧 투수의 손을 떠난 공이 깨끗하고 아름다운 포물선을 그리며 1루 내야석, 내 눈앞을 향해 날아왔다. 그 순간 에도 남자는 마운드에 선 투수를 가만히 바라보고 있었다.

호각 소리가 경기장을 갈랐다. 나는 지금 지구를 향해 맹렬한 속도로 날아오는 중인 또 다른 파울볼을 떠올리며 눈을 감았다.

순수의 시대

남세오

남세오

평범한 연구원으로 살아가다가 문득 글을 쓰게 되었다.

'노말시티'라는 필명으로 브릿G와 환상문학웹진 거울에서 활동 중이다.

SF 단편집인 《중력의 노래를 들어라》를 출간했다.

보통 사람에게 사랑이라는 감정을 느끼는 일이 얼마나 위험한지는 우리 둘 다 잘 알고 있었죠. 만일 둘 중 하나라도 그 점에 동의하지 않았다면 감히 그 감정에 발을 담가 볼 엄두조차 내지 못했을 거예요. 사랑은 일방적이고 심지어 폭력적이니까요. 사랑은 맹목적이고 충동적이죠. 아이돌과 팬이라는 안전한 관계 설정도 없이 사랑이라는 감정을 품었다가는 주체할 수 없는 그 감정이 언제 날카로운 칼이 되어 서로를 깊숙이 찔러버릴지 몰라요. 생각만 해도 끔찍한 일이죠.

기억하시나요. 사랑이라는 단어를 처음 떠올렸을 때, 제일 먼저 우리는 그 감정을 의심했어요. 우리는 사랑받을 이유가 없었으니까요. 수많은 대상을 놔두고 내가 당신을, 당신이 나를 굳이 사랑할 이유가 있을까요. 우리는 피부가 매끄럽지 않고, 이목구비가 조화롭지도 않고, 군더더기 살이 여기저기 붙어 있는 몸은 아름답지 않아요. 우리가 서로에게 건네는 말은 미숙하고, 생각은 거칠고, 마음은 변덕스럽죠. 설령 그 모든 부분이 그럭저럭 괜찮았다고 해도 우리는 우리보다 더 나은 이의 이름을 몇 백 개는 댈 수 있잖아요. 그럼에도 불구하고 우리는 서로를 사랑했어요. 이 감정이 대체 어디에서 비롯되었을까요. 떠올릴 수 있는 어떤 이유도 순수하지 못했어요.

우리는 서로를 만질 수 있어요. 서로 동의하기만 한다면 얼마든지 더듬고 섞을 수도 있죠. 그 접촉에서 오는 짜릿함과 두근거림을 우리는 사랑이라고 부르고 싶지 않았어요. 그건 그냥 육체적인 관계를 나누는 사이에서의 파트너십이죠. 물론 우리는 그런 면에 있어서 좋은 파트너였지만 다른 사람과의 관계에서도 적당히 괜찮은 수준의 쾌락은 느낄 수 있잖아요? 하지만 사랑은, 우리가 서로에게 느끼는 사랑이라는 감정은 오직 우리 둘 사이에서만 공유되는 것이죠. 우리의 감정이 접촉의 가능성 혹은 편의성에서 비롯되었다는 생각은 사랑에 대한 모독이에요.

우리는 우리의 사랑이 소유욕에서 비롯되지는 않았는지 깊이 고민했어요. 다른 팬들과 공유해야 하는 아이돌과 달리 우리는 서로를 독점할 수 있죠. 그런데 단지 그 이유 때문에 여러모로 부족한 상대방을 사랑하는 것이라면 그건 사랑이라고 부르기에는 너무도 구차하고 비참한 감정이잖아요. 많은 대화를 나눈 후 우리는 우리의 사랑이 배타적임을 인정해야 했어요. 나는 오직 당신만을 사랑하고 당신도 오직 나만을 사랑해요. 나는 당신이 나만을 사랑하기를 원하고 당신은 내가 당신만을 사랑하기를 원하죠. 그럴 수밖에 없어요. 우리의 사랑은 상호적이니까요.

사랑이란 일방적인 감정이에요. 사랑을 주는 감정과 사랑을 받는 감정은 같을 수 없죠. 우리는 우리가 아이돌을 사랑하는 방식대로 아이돌이 우리를 사랑하기를 원하지 않아요. 우리가 주는 사랑은 무조건적이니까요. 우리는 그들의 몸짓 하나에 설레고 들뜨죠. 그들을 바라보며 기뻐하고 그들을 기쁘게 하며 또 기뻐해요. 우리는 우리가 바치는 시간과 열정을 돌려받고 싶어 하지 않아요. 반면 그들이 우리에게 주는 사랑은 그저 존재하는 것으로 완성되죠. 이런 완벽한 사랑은 오직 비대칭적일 때만 가능해요.

그에 비해 우리가 서로에게 느끼는 사랑은 얼마나 초라하고 비뚤어졌나요. 사랑이 상호적이 되는 순간 우리는 서로의 사랑을 확인하고 비교해요. 나는 당신에게 사랑을 주면서도 돌려받지 못할까 조바심을 내요. 나는 나를 사랑하지 않는 당신을 사랑할 자신이 없어요. 아니, 사랑할 수는 있겠죠. 하지만 나를 사랑하지 않는 당신을 계속 사랑하면서 나를 혹은 당신을 파괴하지 않을 자신이 없어요. 나는 당신이 사랑을 거두었을 때 깔끔하게 나의 사랑도 거둘 자신이 없어요. 우리의 사랑은 조건적이에요. 번거롭고 유치하죠. 아슬아슬하고 위험해요. 위험해서 더 빠져드는 사랑이란 그저 덧칠해놓은 모험심이나 정복욕이 아닐까요.

그럼에도 불구하고 우리는 서로를 사랑해요. 우리는 우리가 느끼는 감정에서 순수하지 못한 모든 것을 떼어내고 갈아내어도 사랑이라는 감정이 남는지 확인하기 위해 부단히 노력했어요. 하지만 끝내 서로의 감정을 의심하는 일에 실패했죠. 언젠가는 이 감정이 바짝 말라 지저분한 물때만 남게 될 거라고 되뇌어도, 더 오래 사랑을 지킨 사람이 더 지독하게 고통 받는 불공정한 게임이라고 따져 봐도 소용없었어요. 우리의 사랑은 흔들림 없는 헌신이나 순수한 열정이 아니었고, 질투와 분노와 탐욕과 경멸이 얼룩덜룩하게 뒤섞인 그저 뜨겁기만 한 감정의 덩어리에 불과했지만, 그래도 그 감정이 조금의 빈틈도 허용하

순수의 시대

Era
Inno- of
cence

지 않고 심장 속에 가득 들어차 있다는 현실을 부정할 수는 없었어요. 심지어 그 감정이 무조건적으로 바치는 순수한 사랑보다 더 본질적인 진짜 사랑이라고 우기는 파렴치함도 마다치 않는다는 사실을 깨달았을 때, 우리는 저항하기를 포기하고 말았죠.

우리는 서로를 사랑하게 되어버렸어요. 억울해도 소용없어요. 우리의 사랑은 운석처럼 가슴에 떨어져 박혔어요. 머지않아 사그라질 이 불씨가 우리가 살아있는 이유예요. 우리는 이 사랑을 끌어안고 죽을 거예요. 딱 한 가지만 약속해요. 사랑이 끝나면, 어느 한쪽의 사랑이라도 식으면, 우리는 미련 없이 손을 놓고 다시 아이돌을 사랑하러 가기로. 그 한없이 순수한 사랑에 우리가 서로를 헤집어놓은 상처를 조용히 치유받기로.

아시나요. 기록에 따르면, 불과 백 년 전만 해도 맹목적이고 무자비한 사랑의 불씨가 사랑할 아이돌이 부족했던 세상에 우박처럼 쏟아져 내렸고 사람들은 비틀거리며 허망한 믿음에 기대 서로를 할퀴어 대면서 살아갔다고 해요. 야만의 시대였죠. 그 잔불이 우리에게 옮겨 붙은 걸 원망하지는 않기로 해요. 적어도 우리는 우리의 감정이 무엇인지 솔직히 인정하고 받아들일 수 있는 시대에 살고 있으니까요.

과학서평 매거진 《SEASON》
정기 구독 안내

과학책방 갈다가 만드는 과학서평 계간지 《SEASON》은
좋은 과학책을 고르는 기준을 제시합니다.

여름에 출간될 3호에도 많은 관심 부탁드립니다.

1년 구독료 54,000원(총 4권)
(배송료 무료, 단 도서 산간 지역은 배송비 발생)

문의 galdar.kr / 02-723-1018

It's none of

your business.

타인의 우상숭배에
관심을 끄는
미덕에 관하여

시아란

작가소개에도 적고 다니는 만큼 많은 사람에게 알려져 있다고 생각하지만, 새삼스럽게 선언하
자면 나는 털 많은 봉제인형의 애호가이다. 부끄럽지만 여기서 애호가라는 것은 그냥 좋아하고
아낀다는 의미를 넘어서고 있다고 고백한다. 사랑하고, 쓰다듬고, 아끼고, 주기적으로 씻기고,
털을 빗기고, 품에 안고 어두운 밤을 함께 견딘다. 각자에게 이름이 있고, 구별되는 성격이 있다.

i...
(Fluffy)
Doll

Please!
Don't Touch Me
Stay Out of This

나는 이 털 많은 친구들을 마치 살아있는 것처럼 대하고, 이들이 존엄히 존재할 수 있도록 최선을 다해 보호하며, 나아가 그 책임의 무게를 느낀다. 생명으로서 살아 있지 않은 것을 살아 있는 것으로 대우할 때, 그렇게 만들어진 생명을 유지시키는 데 대한 모든 책임은 나에게 있기 때문이다. 이를테면 유사시 제 발로 도망치지 못하는 인형을 위해, 내 집에는 화재경보 시 인형들을 쓸어 담고 대피하기 위한 가방이 상비되어 있다.

요컨대, 나의 털친구들은 나의 우상과도 다름없는 셈이다. 내가 아끼는 작은 털친구들과 내가 행복한 시간을 보내기 위해, 나는 오랜 시간을 들여 작은 우상숭배의 신앙을 취미로서 만들어 온 것이다.

언젠가 내가 어른이 된 오늘날에도 봉제인형을 아끼고 있다는 말을 취미의 개념으로서 언급했을 때, 상대방이 웃는 얼굴로 "그런 가짜 말고 살아있는 애완동물을 기르셔야지요."라고 대답한 적이 있다. 내게는 제법 불쾌한 기억으로 남아 있다.

한국이라는 정상성 헤게모니가 강한 나라에서 이런 특이한 취미는 종종 조롱이나 멸시의 대상이 되곤 한다. 나의 털인형 애호는 유년기부터 지금까지 멈춘 적이 없었다. 청소년기를 지나 성인이 되어서도 유지되는 나의 이 작은 우상숭배에 대해서, 가족을 포함한 주변인들의 시선이 늘 곱지만은 않았다. 설령 이해를 받는다고 하더라도, '저러다가 언젠가는 졸업하겠거니.' 하는 기대가 섞여 있었던 것을 익히 짐작하고 있다. 언젠가 살아 있는 동물이나 사람에 애정을 느끼게 되면 알아서 그만두게 되는 것. 진실된 사랑이 아닌 어리고 치기 어린 사랑, 진정한 신앙이 아닌 가짜 우상에 대한 숭배.

그렇지만 오늘의 나는 과거의 그 모든 사람에게 선을 그으며 선언하고 싶다. 제발, 타인의 우상숭배에 대해 관심을 꺼주셨으면 좋겠다.

나는 그저 내 침대 한쪽을 차지하고 있는 여러 인형에 대한 마음을 지키는 것으로 충분하다. 그리고 다른 사람들이 딱히 내 애정의 형태에 동의해주지 않아도 상관없다고 생각한다. 내 기호를 설득하려고 타인과 충돌하거나 굳이 다투려 한 적도 없다. 설득을 시도

공학박사, 연구원. 레몬과 털 많은 봉제인형의 애호가. 장편소설 《저승 최후의 날》로 2021 한국 SF 어워드 웹소설 부문 대상을 수상했다. 《저승 최후의 날》 단행본 전 3권 발매 중.

시아란

Baby Turtle *Name 1*

(Fluffy)
Doll

Puppy *Name 1*

Love
love

Frog *Name 1*

Happy
happy

Baby Elephant *Name 1*

lemon

Puppy *Name 2*

타인의 우상숭배에 관심을 끄는 미덕에 관하여

한들 이해해주리라는 기대조차 하지 않는다. 처음부터 타인의 기호와 성향에 대해 온전히 이해하는 것은 불가능하다고 생각하는 편이기 때문이다.

타인의 삶은 나의 삶만큼 치밀하다. 내가 매년 365일 매일 24시간을 들여 나의 삶을 조각해나가는 동안, 상대방도 같은 속도로 자신의 삶을 만들어나가고 있다. 내 삶을 온전히 바쳐서도 타인의 삶을 다 이해할 수는 없을 것이다. 왜 그런 것을 좋아하는지, 왜 그런 것을 싫어하는지, 왜 그런 성격인지, 왜 그런 성향인지. 그 모든 것을 타인의 입장에서 낱낱이 이해하는 것은 불가능하다. 사실 이해라는 건 스스로를 상대로도 어려운 일이다. 자신도 통찰하지 못하는 인간이 어떻게 타인을 이해할 수 있단 말인가.

정상성 따위를 추구하는 사회는 종종 그 이해를 날조해내곤 한다. 어떤 기호나 취향이나 성격은 비정상이라고 단정함으로써, 소위 '정상'인 사람들끼리는 마치 서로의 정상성을 매우 잘 이해하고 있는 것처럼 착각하게 만들고, 소위 '비정상'인 사람들에 대해서는 전혀 이해할 필요가 없는 존재로 만들어 이해의 불가능성에 대해 달콤한 핑계를 제공한다.

나는 털 많은 봉제인형에 대한 애호를 사회의 정상성 압력으로부터 방어해내야만 했다. 성인이 봉제인형에 집착하는 것은 '정상적이지 않다'라는 시선으로부터 나를 지켜야만 했다. 더군다나, 내가 싸워온 압력은 그뿐만이 아니었다. 어느 친척은 어릴 때부터 책에 빠진 나를 보고 아이답게 뛰놀지도 않는 못난이라며 악담을 했다. 교실에서 겉돌던 내가 비정상이라며 온갖 폭언을 반복하던 동급생의 이죽거리는 얼굴을 기억한다. 그리고 지면에 밝히고 싶지 않은 여러 가지 측면에서 나는 세상의 '정상'과는 달랐고, 나의 '비정상'을 옹호하며 싸워야만 했다. 인형을 좋아하는 나를, 책을 좋아하는 나를, 너하고 친구가 되고 싶지 않은 '비정상적인' 나를 지켜내야만 했다.

모난 돌이 정 맞는다는 속담을 자주 들었고, 그때마다 왜 평등한 인간인 너와 나 사이에 나는 쪼이는 돌이고 너는 쪼아내는 정일 수 있느냐고 따져 묻기를 반복해야 했다.

그렇기에 나는, 타인이 어떻게 살아가든 간섭하지 않는 사회가 되기를 나는 진심으로 희망한다. 타인의 기이한 행동을 당신이 온전히 이해할 수 있는 날은 아마도 오지 않을 것이다. 그렇다면 그냥 내버려두라. 그것을 정상성의 틀 안에 구겨 넣어서, 이해할 수 있는 것이 아니면 이해가 불가능하니 치워 버려야 할 것으로 손쉽게 분류하려 들지 않았으면 좋겠다.

타인의 우상숭배에 관심을 끄라. 그것이 우상인지 신인지는 어차피 세상 누구도 구분할 수 없다. 하지만 그 우상을 마음에 품게 된 상대방의 삶을 존중한다면, 그 삶에 새겨진 시간이 당신과 같은 속도로 흘렀다는 것을 존중한다면, 섣부른 참견만 하지 않아도 좋지 않을까.

Waaaah!

타인의 우상숭배에 관심을 끄는 미덕에 관하여

나는 현재 대한민국 사회의 많은 아픔과 갈등이 정상성 헤게모니로부터 온다고 믿는 다. 눈앞에 나타난 '비정상적인' 존재를 가만 놔두지 못하기 때문에 없던 갈등이 생겨난다. 정상 신체가 아닌 사람을 비정상으로 취급한다. 그래서 장애인 이동권 시위에 악담이 쏟 아져 내린다. 성적 정체성이나 지향성이 다른 사람을 비정상으로 취급한다. 그래서 퀴어 퍼 레이드를 하는 곳에 굳이 찾아와서 회개하라고 고함을 쳐 댄다. 관습을 등지는 사람을, 유 행에 동조하지 않는 사람을, 투기에 관심이 없는 사람을, 그 밖에 자신과 맞지 않는 생각을 가진 사람을 손쉽게 비정상으로 단정하고 존재 자체를 용납하지 않으려 한다.

내가 겪어 온 비교적 사소한 갈등도 내게는 종종 심장을 에는 고통을 주었다. 하물며 몸과 정신으로부터 떼어낼 수 없는 영역에서 사회적 정상성과 싸워야 할 이들의 아픔이 어 떠할지, 감히 공감한다 말하면서도 섣불리 이해하였다 말할 수 없다. 이렇게 생각하면 현 세가 지옥처럼 느껴질 때가 있다.

하지만, 그래서, 그렇지만, 그럼에도 불구하고, 나는 늘 낙원을 소망한다.

언젠가 이 공고한 사회적 정상성의 벽이 무너지는 날이 올 것이다. 타인의 존재를 비정 상으로 단정하며 용납하지 않았던 이들이 더는 그런 언행을 하지 못하게 되는 세상이 언 젠가는 올 것이다. 언젠가는 우리도 차별금지법을 가지게 될 날이 오리라고, 정상가족 밖의 가족을 상상하게 될 날이 오리라고, 오랜 기간 소망해 왔고 지금도 간절히 소망하고 있다. 혐오가 동작하지 않는, 갈라치기가 횡행할 수 없는, 정상성을 요구하지 않는, 타인의 우상 숭배에 관심을 끄는 미덕이 있는 세상. 나는 그런 세상이 내가 사는 현실에 찾아오기를 기 원한다. 그리고, 찾아올 것으로 믿고 있다.

물론 세상이 호락호락하지는 않아서, 내가 아무리 믿고 노력하더라도 희망이 찾아오기 는커녕 뒷걸음질이나 쳐버리는 일도 생긴다. 희망이 부재하는 동안, 나는 내가 할 수 있는 일을 다하는 한편, 내가 바라는 희망을 몽상 속에서 찾아내고 다닐 것이다.

내가 SF 창작에 매료될 수밖에 없는 이유이기도 하다. 모든 비정상이 있는 그대로 존재 하는 세상을 찾아서 나는 마음속으로 떠난다. 돌아오는 길에는 종종 이야기 토막을 주워 올 것이다. 그것으로 오늘을 나고 내일을 맞이하려고 한다. 그리고 밤에는 침대에 누워 강 아지와, 고양이와, 토끼와, 곰과, 상어와, 달팽이와, 카피바라와 무밍트롤을 쓰다듬으며, 털 많은 담요를 함께 덮고 같은 꿈을 꿀 것이다.

사랑하는 나의 우상들에게 이 글을 바친다.

PS.

이 글을 쓰는 동안, 봉제인형과 관련한
또 다른 이야기 하나를 주워 왔다.

감사하게도 다음 호에 실을 수 있게 되었으니,
부디 기대를. 🐾

71

5 *Short* Stories

1 Yi *Seo* yo*u*ng   *p. 74-93*

2 Sum*mer* Yeon   *p. 94-115*

3 Hon*g* Jee-*woo*n   *p. 116-135*

4 Am*il*   *p. 146-163*

5 *Kim* Chan*g* Gyu   *p. 164-184*

X같이 사랑해요

I Fxxking Love You

이서영

노동조합에 출근하면서 SF와 판타지를 쓴다. 기술이 어떤 인간을 배제하고 또 어떤 인간을 위해 일하는지, 혹은 기술을 통해 배제된 바로 그 인간이 기술을 거꾸로 쥐고 싸울 수 있을지에 대해 관심이 많다.

먼지가 뽀얗게 덮인 비닐을 찢자, 숯 색 트렁크가 얼굴을 드러냈다. 고르고 고른 칙칙한 색깔이었다. 지퍼를 당기자 경쾌한 소리를 내며 트렁크가 입을 벌렸다. 나직하게 탄성을 지르며 트렁크 바닥을 천천히 쓰다듬었다. 침대에 앉아서 보고 있던 민영이 어이가 없다는 듯 웃었다.

"그렇게 좋아?"

"당연히 좋지, 너라면 안 좋겠냐?"

은채는 숨을 크게 들이쉬었다. 트렁크에 쌓인 먼지 냄새까지 좋았다. 몇 번씩 머릿속에서 고르고 또 골랐던 옷들이라 트렁크에 개켜 넣는 건 그리 어렵지도 않았다. 편하게 입을 티셔츠, 청바지, 양말들. 혹시나 팬들이 선물한 옷을 들고 가게 될까 봐 고심하고 고심했다. 은채는 팬들이 선물한 옷은 뭐가 뭔지 꼼꼼하게 기록해두는 편이었다. 혹시나 한 명이 선물한 옷만 계속 입게 될까 봐 로테이션도 적절하게 하려고 늘 노력했다. 그 노력이 무망하게 설마하니 여행 갔을 때 옷을 잘못 골라서 걸릴 수는 없었다.

준비는 완벽했다. 몇 번이고 머릿속에서 시뮬레이션을 돌렸다. 여행지 선택부터 옷차림까지, 어느 하나 놓친 점이 없었다. 공항패션이랑 안 겹치려고 이 여행을 위해 트렁크도 새로 샀다. 한 번이라도 노출된 적이 있는 옷은 모두 배제했다. 무엇보다도 코로나 만세였다. 팬데믹 같은 천재일우의 기회를 놓칠 수는 없었다.

이 기회에 슬그머니 여행을 갔다 오는 건 은채만이 아니었다. 은채가 알고 있는 아이돌만 여섯 명이었다. 모르는 아이돌까지 포함하면 당연히 더 많겠지. 아무리 회사의 험난한 포획망이 있다고 하더라도, 그 사이로 빠져나가는 아이돌이야 늘 있게 마련이었다. 말이야 말이지, 사실 그 긴 코로나 시기에 한 번도 여행을 안 간 은채가 오히려 대단하고 기특한 아이돌이 아닌가….

…는, 사실 연애를 최근에 시작했을 뿐이지만.

은채는 '제 남친은 팬들이에요♥' 같이 노골적인 애교를 부리는 타입은 아니었다. 하지만 아무리 그래도 명색이 아이돌인데 대놓고 연애를 할 수는 없지 않겠나. 뭐, 솔직하게 말하자면 지금까지 다가온 이들 중에 썩 마음에 드는 사람이 없었던 것도 사실이었다. 하지만 승원은 달랐다. 승원은 자기 얼굴만 믿고 밀어붙이는 뻔한 아이돌 비주얼멤 같은 타입이 아니었다. 연습생 때부터 그런 애들은 지겹게 봤다. 거절당하는 것에도 익숙지 않은 종류의 인간들. 매력을 어필하는 건 쉽지만, 그다음을 이어가는 건 쉽지 않은 사람들.

다들 20대 초반이니 당연한 걸지도 모르지만, 은채는 그 가벼운 마음이 언제나 지겨웠다. 그러느니 차라리 좀 더 완벽한 무대를 만드는 데에 시간을 쏟는 게 더 나았다. 은채

X같이 사랑해요

는 하고 싶은 일이 분명한 사람이니까. 그리고 승원은, 정말로 은채와 닮은 사람이었다. 민영은 그런 거 다 착각이라고 하지만, 뭐 어때. 내가 착각 좀 하겠다는데.

은채가 노트북을 다시 켜는 걸 보고 민영은 고개를 갸웃했다.

"그건 또 왜?"

"한 번 더 해보려고."

"별 희한한 데에서도 연습벌레라니까."

고민하듯 채팅화면을 들여다보는 얼굴을 확인했다. 그리고 실시간으로 바꿔보았다. 윙크, 입술 내밀기. 살랑살랑 머리카락도 흔들어봤다. 완벽했다. 이걸 돌리기 위해서 은채는 2020년부터 존재했던 모든 여자 아이돌의 브이라이브를 긁어모았다. 가능하면 실시간 딥페이크를 사용할 예정이었지만, 혹시 모를 상황을 대비해서 모델링도 여러 개 준비했다. 드디어 만반의 준비를 마쳤다. 혹시나 해서 노래까지 몇 곡 녹음해두었다. 무엇보다 가장 중요했던 '그' 영상 배치도 확인했다.

"'끊겨? 왜?'"

은채의 목소리를 듣고 민영이 웃음을 터뜨렸다.

"그걸 미리 준비한 거야?"

"이게 제일 중요하지, 혹시 무슨 일 생기면 이거밖에 없다고."

"대단하다, 고은채. 존경스럽다. 네가 진짜 아이돌이다."

이건 나중에 볼 수도 있는 거니까, 혹시나 문제 생기면 영원히 돌려까일 수도 있다고.

웬만하면 할 생각이 없었는데, 하겠다고 트위터로 약속을 해버린 게 문제였다. 아니, 약속을 한 건 은채가 아니었다! 은채와 아무 상의도 없이 트위터에 브이라이브 예고가 올라가버렸다! 항의해봤자 아무 의미도 없었기에, 은채는 앞으로는 미리 말 좀 해달라고 매니저에게 조용히 당부만 해두었다. 매니저는 자기도 말리긴 했었다며 미안하다고 덧붙였지만, 딱히 열심히 말리지 않았을 거라는 것도 대충 짐작은 갔다. 공지가 올라간 다음에 개인 일정이 있다고 덧붙이며 취소해봤자 괜히 팬들 속만 시끄럽게 만들 뿐이다.

처음에는 승원에게 여행 일정을 바꾸자고 얘기할 생각이었다. 하지만 번뜩, 이 놀라운 아이디어가 머리를 스치고 지나간 것이다. 이걸 성공적으로 수행하고 난다면, 어쩌면 상당히 많은 것들이 해결될지도 몰랐다. 영통팬싸도 이걸로 대체할 수 있을지 모른다. 예능 같은 프로그램에는 적용할 수 없을까? 무대야 무대니까 직접 오르는 게 당연하다고 쳐도, 그 바깥에 있는 수많은 시간들은 어쩌면, 어쩌면 대체할 수 있을지도 모른다. 실시간 대응이 필요한 것들이야 어쩔 수 없다고 쳐도, 실시간 대응인 척할 수 있는 것들도 있잖아.

브이라이브나 영통팬싸는 언제나 위험한 공간이었다. 코로나 이전의 팬싸는 어차피 도망갈 곳이 없었지만, 브이라이브와 영통팬싸 도중에는 다른 의미로 불쾌해지곤 했다. 요즘 긴장 안 하냐느니, 살찐 거 아니냐느니, 얼굴 상태가 왜 그러냐느니. 다짜고짜 자기 머릿속에 있는 망상을 투영해서 자기랑 어디서 데이트를 하지 않았느냐, 언제 만나기로 하지 않았느냐는 이상한 놈도 있었다. 매번 똑같은 노래를 120번 정도 반복하고 나면 잠깐이라도 전화를 끊고 울고 싶어질 때도 있었다. 하지만 전화는 끊을 수 없다. 그나마 목소리만 송출하는 경우는 좀 나았지만, 그런 기회는 흔하지 않았다.

팬들을 사랑하지 않냐고 묻는다면, 당연히 사랑했다. 은채는 어쩌면 다음 앨범이 못 나올지도 모른다고 생각했던 그해의 콘서트를 잊지 못했다. 그 환성을 들으며 팬들이 있어서 자신이 있다는 걸 뼛속 깊이 실감했다. 내 노래를 듣고 내 춤을 보기 위해 여기 서 있는 이 사람들을 위해서라면 무엇이라도 할 수 있다고, 절대로 당신들을 떠날 리가 없다고 생각했다. 지금도 은채는 팬들을 떠날 생각은 없었다. 하지만 하루 정도는, 하루 정도는 나도 사랑하는 사람과 행복한 여행을 즐길 수도 있잖아. 하루 정도는. 그리고 도저히 못 견딜 거 같을 때는 도망갈 수도 있잖아. 하루 정도는.

은채는 잘 알려진 대로(아니, 사실 팬들한테만 잘 알려진 거지만) ISFJ였다. MBTI가 유사과학이라고는 하지만 어쨌든 은채는 잇프제의 성격 설명을 보면서 그니까, 이게 바로 나라고 호들갑을 떨 때가 많았다. 그건 무슨 소리냐면, 어쩌면 사실을 알게 되었을 때 배신감을 느낄지도 모르는 팬 입장에서도 시뮬레이션을 수도 없이 돌려봤다는 것이다.

은채가 프로그래밍을 약간 다룰 수 있다는 게 알려졌을 때 팬들은 공대여신 재질이니 난리를 치며 환영해줬다. 그게 기분 좋아서, 나름대로 캐릭터로 써먹을 수 있겠다는 계산으로 프로그래밍을 계속 배운 것도 사실이었다. 어디 예능 나올 때마다, 혹은 인터뷰할 때마다 취미는 프로그래밍이라면서 모듈이 어쩌구 벡터가 어쩌구 한마디씩 했다. 어차피 캐릭터는 여러 개를 굴릴 순 없었으니 거기 집중했다.

은채의 공순이 이미지를 좋아한 팬들이라면 좀 더 배신감을 심하게 느낄 수도 있을 것 같았다. 은채는 들켰을 때 팬들이 달 악플까지 여러 번 상상했다. 인터넷에 포카를 찢어서 인증하는 거 이상으로, 어쩌면 기획사 앞까지 찾아오는 팬들도 있을지 몰랐다. 그런 상상을 하면서도 은채는 딥페이크 모델링을 멈추지 않았다. 다음 날 스케줄이 있는데도 밤을 새워서 모델링을 완성한 날도 있었다.

모델링을 만들면서 알게 된 건, 은채가 하는 말이나 다른 아이돌들이 하는 말이나 크게 다르지 않다는 것이었다. 은채는 자신에게도 팬들에게도 유일한 존재였지만, 동시에 절대로 유일하지 않았다. 은채가 해야 할 행동과 말은 정해져 있었고, 실은 은채 자신도 자신의 말을 예측할 수 있었다. 딥페이크라고 말하지만, 어쩌면 이건 딥페이크가 아니라 진짜일지도 몰랐다. 은채라는 이름의 '은채' 캐릭터를, 은채는 정말로 만들고 있는 셈이었다. 자기합리화인가? …아무려면 어때.

이제 은채는 여행을 떠날 거였다. 막국수를 먹을 생각이었다. 사람들이 거의 없는 곳에서 바다를 볼 생각이었다. 승원의 친구 이름으로 렌트카도 이미 다 빌려두었다. 막국수만 먹는 게 아니라 물회도 먹어야지. 정말로 많이 먹어야지. 팬들은 은채가 행복했으면 좋겠다고 했다. 은채는 웃고, 팬들을 사랑하고, 승원도 사랑하고, 팬들을 실망시키지도 않고, 기획사에 혼나지도 않을 거였다. 1박 2일 동안 와구와구 먹어버리면 살이야 좀 찌겠지만, 돌아와 굶으면 되지.

차는 승원의 친구 이름으로 빌렸지만, 숙소는 은채의 돌아가신 할머니가 사시던 고향 집이었다. 팬들조차 모르는 곳이었다. 그냥 옛날 집이라면서 방치해둔 부모님이 이렇게 고마울 수가 없었다. 집에 가서 해먹을 음식은 승원이 미리 다 사서 오겠다고 했다. 승원도 은채와 비슷한 성격이라는 걸 이번에도 느낄 수가 있었다.

승원이랑 만난 건 고작 4개월 정도였지만, 은채는 승원과 함께 있을 때마다 마음이 편했다. 승원은 괜히 무대 위에서 손이라도 한 번 잡으려고 하다가 연애를 들켜버리는 그런 섣부른 인간이 아니었다. 승원과 은채는, 눈을 마주치는 대신 거울 모양 무대 장치로 눈빛을 교환했다. 이런 승원이 여행을 서투르게 준비했을 리가 없었다. 이 여행은 완벽한 추억이 될 것이었다. 분명히 앞으로 승원과 은채가 이 엔터테인먼트 업계를 헤쳐 나갈 원동력이 될 것이었다. 여행을 떠나기 전부터 은채는 알 수 있었다. 이 기억을 오래도록 곱씹게 될 거라는 걸.

"뭘 그렇게 히죽거리냐."

"넌 사랑을 몰라."

"미친년."

민영이 피식 웃었다. 민영은 신기한 아이였다. 눈을 동그랗게 뜨고 어깨를 으쓱이며 애교를 부리는 캐릭터와 미친년이라고 중얼거리는 캐릭터 사이에 0.1초의 갭도 존재하지 않았다. 그래서 은채는 민영이 좋았다.

승원과는 강동구 구석에서 만나기로 했다. 승원에게 카톡이 도착했다. 차 번호였다.

"갔다 올게!"

은채는 씩씩하게 숙소 문을 열었다.

천변에서도 웬만해선 사람이 없을 곳에 승원의 차가 있었다. 승원의 선택에 은채는 내심 다시 한 번 감탄했다. 승원이 타고 온 차는 스파크였다. 승원이라고 어디 크고 멋진 차를 빌리고 싶은 마음이 없었겠는가. 승원도 머릿속으로 여러 번 시뮬레이션을 돌렸을 것이다. 은채는 승원이 그래도 아반떼 정도를 빌려오지 않을까 생각했지만, 승원의 선택은 경차였다. 차마 저기 연예인이 타고 있을 거라고는 누구도 생각하지 않을 차였다. 같은 경차라고 해도 폭스바겐의 업이나 피아트의 500이라면 좀 더 눈길을 끌었을지 모르지만, 승원은 철두철미한 사람이었다. 차 유리는 모두 반 정도만 선팅되어 있었다. 100퍼센트 선팅이 아니란 게 오히려 눈길을 덜 끌었다.

은채는 뒷좌석에 회색 트렁크를 실었다. 승원이 말했던 대로, 은채의 할머니 집에서 해 먹을 음식은 모두 다 뒷좌석에 실려 있었다. 뒷좌석 문을 탕 소리 나게 닫고 조수석 문을 열었다. 가슴이 벅차올랐다. 애인이랑 둘이 차를 타고 여행을 가다니. 열여섯 살 때부터 연습생이었으니, 7년 동안 상상해 본 적도 없는 순간이었다. 승원과 은채는 모두 얇은 마스크를 쓰고 왔다. 이유야 뻔했다. 차 안에서도 마스크도 선글라스도 벗지 않을 요량이었다. 은채는 선글라스 너머로 승원의 눈을 바라보았다. 승원의 눈은 보이지 않았지만, 분명 웃고 있을 것이었다.

여행지는 강원도 고성이었다. 고성을 고른 이유는 강릉이나 속초만큼 유명한 여행지는 아니지만, 여행지가 아닌 것도 아니고, 바다가 없는 것도 아니기 때문이었다. 은채는 승원과 함께 바다가 보고 싶었다. 반쯤 선팅된 차 안에서 달리는 동해안 고속도로는 눈이 부시게 아름다웠다. 햇빛이 물결 위를 하늘하늘하게 스쳤다. 은채는 목소리를 조금 낮춰서 승원에게 물었다.

"창문 살짝만 열면 어떨까?"

"내가 열어줄게."

은채는 승원이 창문을 기껏해야 5분의 4 정도 열 줄 알았는데, 승원은 2분의 1 정도로 활짝 열어버렸다. 반 정도 창문이 열리자 바닷바람이 차 안으로 확 들이쳤다. 마스크 안에서 은채는 힘껏 숨을 들이켰다. 바람이 시원했다. 은채는 살짝 바깥으로 손가락을 내밀었다. 바람이 손가락 사이로 매끄럽게 흘러내렸다. 그야말로 꿈꾸는 것 같았다.

"나중에 나이 더 많이 먹고, 요령이 좀 더 생기면 해외도 나갈 수 있을까?"

"그런 선배님들 많잖아. 할 수 있을 거야."

은채는 승원과 함께 나가는 해외를 생각했다. 은채가 나가본 해외라고는 화보 촬영으로 갔던 오키나와가 고작이었다. 하긴 그곳도 아름다웠다. 아름다운 오키나와의 해변에

X같이 사랑해요

선 승원과 자신을 상상했다. 카메라도 없고, 갈아입어야 할 옷도 없겠지. 아니, 어쩌면 더 사람이 없는 곳도 있을지 몰랐다. 미국의 메인주는 어떨까. 춥고 아무것도 없겠지만, 승원과 은채를 알아보는 사람도 없을 것이다. 거기에 가면 승원과 함께 랍스터 요리를 많이 먹어야지.

그러고 보니 원래 재작년 하반기에 리얼리티 예능으로 캐나다에 가는 일정이 있었다. 코로나 때문에 죄다 엎어졌지만. 막내인 현지는 좀 기대하는 것 같았지만, 은채는 썩 기대가 되진 않았다. 가서 또 브이라이브, 소통, 캐나다에서도 반복되는 똑같은 이야기, 그래, 그게 싫었다.

은채라고 처음부터 브이라이브가 지겨웠던 건 아니었다. 처음 브이라이브를 할 때 드디어 나도 이걸 하게 되는구나, 가슴이 뛰었던 기억이 선명했다. 하나둘씩 올라오는 채팅도 신기했고, 그때도 뭐라고 하는 이상한 팬이 없었던 건 아니지만, 그것조차도 감사했다. 언제부터 이렇게 지치게 된 걸까. 이 여행이 끝나면, 조금은 마음이 회복되어 있으려나.

원래 가고 싶었던 막국숫집은 아나나 다를까 유명한 곳이었다. 두 사람의 여행계획에 사람이 많을 것 같은 곳은 없어야 했다. 빠르게 포기했다. 한참 휴대폰을 뒤적이던 승원이 도루묵조림이라고 쓰인 블로그 게시물을 띄워서 은채에게 내밀었다.

"고성 특산물이라는데 괜찮지 않을까?"

"그래도 식당에서 먹는 건 좀 그래."

"포장도 된다고 되어 있어. 포장해서 너희 집에서 먹으면 되지."

은채는 할머니 집에서 바다까지의 거리를 잠깐 계산해보았다. 할머니 집에 차를 세워놓고 5분짜리 짧은 브이라이브를 진행한 다음, 바다를 보러 나왔다가 다시 돌아가는 건 아무래도 쉬울 것 같지가 않았다. 그러느니 차라리 차 안에서 짧은 브이라이브를 진행하고, 바다에 들렀다가 도루묵 조림을 포장해서 할머니 집으로 가는 게 가장 안전한 루트일 것 같았다. 긴 브이라이브는 안정적인 곳에서 진행해야 했다. 그러면 점심은 간단한 먹을거리로 때우고, 도루묵조림을 곁들여서 저녁을 먹는 게 무난했다.

승원에게 계획을 얘기하자, 승원의 표정이 갑자기 어두워졌다.

"차 안에서 괜찮겠어? 사실 나는 그 딥페이큰지 뭔지 잘 될지 모르겠는데, 차 안이면 너무 위험하지 않아? 차 안이라는 게 좀 드러날 수도 있잖아."

"틱톡 필터 같은 게 아니야. 아예 통째로 모델링을 해서 씌운 거라 괜찮아."

"그래… 네가 잘했을 거라고는 생각하는데….."

"5분이니까 괜찮아. 5분 동안 제대로 해봐야, 이따가 60분짜리를 하지."

"역시 날짜 바꿀 걸 그랬나."

"그런 식이면 우리 평생 여행 못 간다니까."

승원이 마음을 다잡은 듯 고개를 끄덕였다.

"그래, 네가 얼마나 준비했을지 아니까 괜찮을 거야. 네 말대로 하자."

승원과 은채는 사람 없는 방파제에서 먹을 요량으로 편의점에서 김밥 두 줄을 샀다. 얼마 전에 신곡이 나온 은채의 머리카락이 너무 뚜렷한 빨간색이라, 차 밖으로 나가는 건 까만 머리인 승원만 하기로 했다. 선글라스를 쓰고 편의점에 들어가면 너무 어색할까, 한참 토론한 끝에 그냥 선글라스를 쓴 채 편의점에 가기로 했다. 고민이 무색하게 편의점 직원은 휴대폰에 고개를 처박은 채 대충 바코드만 찍고 승원을 보냈다.

방파제에 나란히 앉아서 둘은 김밥을 입에 넣었다. 컵라면이라도 같이 먹으면 더 맛있었을 텐데. 하지만 물을 부은 컵라면을 들고 이동하는 건 쉽지 않았다. 바닷바람은 기분 좋았지만, 아무래도 조금 아쉬웠다.

"컵라면 먹고 싶다, 그치?"

여전히 선글라스 안으로 눈은 보이지 않았지만, 승원은 은채에게 웃어 보였다.

"컵라면도 사두긴 했는데, 이따가 집에 들어가서 먹자."

해수욕장도 아니고, 사람이 많이 다니지도 않는 해변엔 정말로 아무도 없었다. 은채는 살며시 모자를 벗었다. 새빨간 머리카락이 후두둑 모자 안에서 쏟아졌다. 승원은 은채의 옆모습이 눈이 부시다고 생각했다. 은채는 몸을 한번 크게 흔들고는 차 안으로 들어갔다. 일할 시간이었다.

은채가 차 안으로 들어간 사이 김밥을 하나 더 입에 물고 있던 승원은, 멀찍이 지나가던 근처 해수욕장 매점 직원 성만을 보지 못했다. 성만은 은채가 속한 그룹 윈디의 라이벌 그룹인 라비린스의 팬으로, 라비린스 갤러리에 올라온 윈디의 브이라이브 스케줄 게시물에 악플을 달고 있던 중이었다. 물량공세 하듯이 한 명씩 떼어내서 돌리는 꼴이 한 달 뒤에 있을 라비린스 컴백을 대비한 게 아니면 뭐냐, 고은채는 비주얼도 떨어지는데 그냥 공순이 컨셉질로 인기 끄는 거 아니냐, 라고 댓글을 쓰다가 잠깐 고개를 들었는데 고은채랑 너무 똑같은 머리색이 눈에 들어온 것이다. 몸을 흔드는 모양새도 아무리 봐도 고은채 같았다. 그러고 보니 옆에 있는 남자도 무슨 아이돌 그룹에서 본 것 같은 인상이었다. 남자 아이돌들에 대해선 잘 몰라서 누군진 모르겠지만.

휴대폰 카메라를 켜려는 사이 고은채는 금세 차 안으로 들어갔다. 차는 선팅이 되어 있어서 안이 제대로 보이질 않았다. 성만은 뒷목으로 아드레날린이 솟구치는 걸 느꼈다.

X같이 사랑해요

이거다. 여기에서 고은채가 스캔들이 터지면 한 달 뒤에 라비린스는 윈디 때문에 신경 쓸 필요 없이 안전하게 차트 안착이다. 아까 보던 게시물을 다시 보는데, 게시물 안의 표가 이상했다. 오늘은 고은채의 브이라이브 날이었다. 지금 이 시간이면 예고 브이라이브를 하고 있어야 할 타이밍인데. 설마 저 차 안에서 브이라이브를 진행한다고?

성만은 반신반의하며 브이라이브를 켰다. 성만은 윈디의 브이라이브도 모두 체크하고 있었다. 윈디의 신곡도 전부 들었다. 앨범도 마찬가지였다. 가끔 라비린스보다 좋은 노래가 있을 때면 억울해서 이를 악물었다. (…사실, 성만이 라비린스를 좋아하는 만큼 윈디도 좋아한다는 사실은 성만의 주변 사람이라면 누구든 다 알고 있었다. 오로지 성만 자신만 몰랐다.) 윈디가 뭘 하는지 체크하는 것도 라비린스 팬으로서 중요한 일이라고 성만은 굳게 믿었다.

화면 맨 위에 당연하다는 듯 고은채의 브이라이브가 떴다. 화면 속의 고은채는 아까 본 것처럼 불타는 거 같은 빨간 머리를 하고 있었지만, 성만이 본 옷차림은 아니었다. 환하게 웃으면서 팔을 움직이는 고은채를 화면으로 보면서 성만은 눈살을 찌푸렸다. 방금 본 게 고은채가 아닌가? 생각해보면 요즘엔 저런 머리색은 많이 하기도 한다. 몸선이나 움직임이 아무리 봐도 고은채 같기는 했는데. (…사실, 성만이 제일 좋아하는 윈디 멤버가 매번 찾아보는 직캠의 주인공인 고은채라는 사실은 성만의 주변 사람이라면 누구든 다 알고 있었다. 매일 고은채는 카메라를 바라보는 시선이 어떻고 저떻고 하며 욕하는 성만만 몰랐다.)

브이라이브는 평화롭게 진행되어 아무렇지 않게 마무리가 되고 있었다.

"이따가 8시에 또 만나요! 그때는 더 예쁘게 하고 올게요!"

유쾌한 목소리로 은채가 말을 마쳤고, 이상하다며 화면을 지켜보던 성만은 시선을 돌리고는 눈을 휘둥그렇게 떴다. 브이라이브가 끝나자마자 은채가 차 밖으로 나온 것이다. 은채가 차 밖으로 나온 시간은 정말 찰나였지만, 분명했다. 성만의 머릿속에서 온갖 조각들이 찬찬히 맞춰져 갔다. 공순이, 컨셉, 프로그래밍, 필터, 라이브, 모든 정황이 한 가지 가능성을 가리키고 있었다. 성만은 쾌재를 불렀다. (그리고 동시에 무척 분노했지만, 자신이 왜 분노하고 있는지 성만도 알지 못했다.) 8시의 브이라이브, 그렇게 무사히 마치지는 못할 것이다. 성만은 저 가면을 낱낱이 밝히겠다고 이를 악물었다.

이 짧은 시간에 사람이 이렇게 없는 곳까지 온 두 사람이 성만에게 발견되었다는 것도 놀랄 일이었지만, 더 놀라운 건 이 둘을 발견한 사람이 하나 더 있다는 것이었다. 근처 모 대학에 온 컴퓨터공학과 학생 연주였다. 연주는 근처 모 대학에 다니는 것도 아니었고, 사실 해당 대학의 다른 캠퍼스 학생이었다. 뭐 한다고 산 넘고 물 건너 여기까지 왔느냐면, 연주는 2022년 치고는 유행에 지나치게 뒤처진 소위 '운동권 학생'이기 때문이었다.

여름방학 때 세미나 모임이라도 하나 만들어볼까 싶은데, 도저히 자기 학교에서만으로는 사람이 모이질 않아서 강원도 여기저기 흩어져 있는 캠퍼스를 죄다 돌면서 찌라시를 부착하고 있던 참이었다.

붙이면서도 '이게 되겠나' 싶은 생각이 머릿속을 떠나지 않았다. 날은 좋았지만, 이번 학기도 성적은 개판 날 게 뻔했다. 과연 이렇게 사는 게 맞나 싶을 때면 연주는 윈디의 라이브를 보았다. 윈디의 뮤직비디오를 보았다. 윈디의 음악을 들었다. 민영과 은채가 예능에 나와서 투닥거리는 귀여운 영상들을 보았다.

힘겹게 찌라시를 다 붙이고 돌아가던 길, 여기까지 와서 바다는 한번 보고 가자 싶었다. 버스에서 아무렇게나 내려서 바다 쪽으로 가다가 예고했던 브이라이브 시간이 되어서 앱을 켜는데, 눈앞에 잠깐 은채가 나타났다. 이게 어찌된 영문인지 멍하니 바다 앞에서 사라진 뒷모습의 잔상을 보다가 연주는 후다닥 몸을 숨겼다. 요리 봐도, 조리 봐도, 앞에 있는 남자는 셀바스의 승원이었다. 설마, 설마.

은채는 어김없이 브이라이브에 등장했다. 브이라이브가 끝나고 차 밖으로 나오는 은채를 지켜본 후, 차가 떠날 때까지 연주는 계속 숨어 있었다. 은채를 곤란하게 하고 싶진 않았다.

은채와 승원이 떠나고 나서, 연주는 신이 나서 괴성을 지르며 달려가는 성만을 발견했다.

아무것도 모르는 은채와 승원은 작고 귀여운 스파크를 타고 고성의 해안길을 달려 허름한 도루묵조림 식당을 찾아갔다. 평일 오후 3시의 식당 안에는 일하는 아주머니 두 명과 약간 술에 취한 아저씨 두 명 외에는 아무도 없었다. 그나마 예능에 좀 많이 나오는 은채면 몰라도, 예능 전문이 아닌 승원을 알아볼 리가 없어 보였다. 그래도 승원은 선글라스를 벗지 않았다. '혼자 찾아와서 포장해 갔던 잘생긴 청년'으로도 기억에 남아선 안 되었다.

그사이 성만은 집으로 뛰어들어가 컴퓨터를 켰다. 꼬박꼬박 브이라이브를 시청하는 윈디의 팬은 기껏해야 수백이겠지만, 그 브이라이브가 괴상하게 돌아가기 시작하면 과연 어떻게 될까. 아까 라이브를 진행한 거로 보아 분명 이미 만들어진 모델링이 있을 테니, 거기에 잘 덮어씌우기만 하면 될 일이었다. 성만은 함부로 앉아서 욕설을 내뱉는 BJ나 유튜버들의 영상을 초 단위로 끊어 수집하기 시작했다. 앉아 있는 포즈로 진행될 테니, 포즈 자체를 바꾸는 건 어려울 것이다. 가능한 한 욕설 위주로 수집했다. 브이라이브까지 앞으로 5시간, 판은 이미 고은채가 깔아뒀으니 시간은 충분했다.

X같이 사랑해요

연주는 집으로 돌아가기까지 시간이 좀 더 걸렸다. 최대한 빨리 시외버스터미널에 도착했지만, 여기서부터도 2시간이 넘게 걸렸다. 괴성을 지르며 달려가던 성만의 얼굴을 다시 떠올렸다. 그냥 고성에 상주하는 정신 나간 사람이 아니라면, 성만이 은채와 승원을 알아본 건 명백했다. 계속 숨어서 지켜보고 있었다면 은채가 무엇을 했는지도 파악했을 것이었다.

그냥 아무렇게나 트위터 같은 커뮤니티에 고은채랑 윤승원 연애한다고 써 젖히는 생각 없는 놈이라면 좋겠지만, 만약 아니라면? 연주만큼의 프로그래밍 지식이 있는 사람이라면? 은채를(아니, 어쩌면 승원일지도 모른다) 망쳐놓기로 작정한 사람이라면? 그 웃음소리는 아무리 들어도 악의가 없는 사람의 웃음소리는 아니었다. 어쩌면 라비린스 팬일지도 모르지. 아니면 윈디와 같은 기획사 선배 보이그룹인 펌핑랩의 팬일지도 몰랐다. 어쨌든 펌핑랩 팬들은 걸핏하면 윈디한테 시비를 걸곤 했으니까. 시외버스는 오늘따라 더 거북이처럼 느껴졌다. 시외버스 탑승자의 필수 아이템 보조배터리에 케이블을 꽂고, 연주는 다급한 마음으로 은채의 인터뷰들을 검색하기 시작했다. 인터뷰, 브이라이브, 영상팬싸들이 와르르 쏟아졌다.

화면 속에서 은채는 늘 그렇듯 예쁜 얼굴 함부로 쓰면서 깔깔대기도 하고, 조금 어색하게 웃기도 하면서 뭔가 이런저런 말들을 떠들어대고 있었다.

'요즘에는 CG 이런 거에도 좀 관심이 생겨서, 이거저거 찾아보고 있어요. 제가 그림을 잘 그리는 건 아니라서 그 정도는 아니에요.'

'AI 재밌죠, 저도 구글 이런 데서 나오는 것들 보려고 하는데 현업이 바빠서 팔로우업이 안 돼요. 관심 있는 분들 많이 알려주세요!'

'요즘 본 것 중에서는, 그 얼굴 바꾸기 앱으로 나온 괴담 짤 재밌었어요. 어? 모르세요? 고양이랑 얼굴을 바꾸려고 했던 건데, 뒤쪽에 있는 얼굴이랑 갑자기 바뀐 거예요. 근데 그 얼굴이 엄청 무서운 사신? 해골? 같은 게 되는…. 아, 설명하니까 안 무섭잖아요.'

다시 보니 더 확실하게 알 수 있었다. 은채의 관심사는 분명하게 한쪽으로 쏠려 있었다. 스케줄이 없는 날 무슨 책을 읽고, 뭘 공부했을지 짐작이 되었다. 이 와중에도 연주는 학과 공부 같은 걸 은채랑 같이 하면 어떨까 같은 짧은 망상을 했다가 얼른 머리를 털어냈다. 지금은 망상할 때가 아니었다.

은채와 승원은 고성군 구석에 있는 작은 한옥집 마당에 차를 댔다. 정리하지 않아서 이리저리 풀숲이 우거졌지만, 차를 대기는 어렵지 않았다. 이젠 어릴 적에 마당에서 본 닭도, 강아지도 없었지만 은채는 오랜만에 본 할머니 집이 반가웠다. 천장에서 내려오는 초

록색 끈에 옛날식 스위치가 달려 있었다. 스위치를 켜자, 노란 형광등에 불이 들어왔다. 드디어 마스크를 벗은 은채와 승원이 나직하게 탄성을 질렀다.

할머니의 키 작은 교자상에 포장해 온 도루묵조림을 놓고, 아까 못 먹은 컵라면도 꺼내두었다. 승원이 들고 온 봉투에서는 이런저런 음료수에 귀여운 컵케이크에, 전자레인지에 돌리기만 하면 되는 제육볶음 같은 것들도 나왔다. 그리고 스파클링 와인이 두 병 나왔다. 와인이랑 같이 플라스틱 와인잔 두 개도 꺼내면서 승원은 쑥스럽게 웃었다. 은채는 그런 승원이 너무 귀여워서 혼자 깍지 낀 손에 있는 힘껏 힘을 주었다.

도루묵조림에 스파클링 와인은 흔한 조합은 아니었지만, 은채와 승원은 자갈을 안주로 먹으라고 했어도 맛있게 먹었을 터였다. 이따가 브이라이브를 해야 하니, 은채는 한 잔만 받아놓고 조금씩 맛만 보았다. 사실 한입 가득 삼키고 싶었다. 시원하고 달콤했다.

7시 45분, 은채는 자리에서 일어났다. 노트북을 비롯해 잡다한 것들을 다 챙겨 들었다. 할머니 집에는 다락방이 있었다. 어릴 적 매번 들어갔다가 깜빡 잠이 들곤 했던 작고 예쁜 공간이었다. 1시간만 하고 돌아오면 된다. 그러면 남은 시간에는, 서울에 돌아갈 때까지, 꿈처럼 예쁜 일들만 있겠지. 승원은 잘하고 오라고 웃었다. 은채도 마주 웃었다. 다락방 계단을 올라가는 길 하나하나가 구름을 올라가는 기분이었다.

"여러분, 안녕!"

화면에는 할머니 다락방의 고즈넉한 풍경이 아니라, 팬들에게 익숙한 은채의 숙소 벽이 보였다. 누가 봐도 은채는 숙소에서 시간 맞춰서 카메라를 켠 모양새였다. 옷차림도 완전히 달랐다. 모델링을 할 때 미리 열심히 골라두었다. 팬이 선물한 것 중에 가격대가 그렇게 비싸지 않으면서, 집에서 편하게 입을 수 있는 옷. 그리고 카메라에 많이 노출되지 않은 거로. 헤어스타일도 화장도 다 미리 만들어둔 거였다.

브이라이브는 아무 문제 없이 잘 흘러갔다. 이번에는 숙소 바깥에서 시도한다는 목적 자체에만 중점을 맞췄지만, 잘만 다룰 수 있게 되면, 피부 상태라든가 화장 느낌 같은 것도 많이 바꿀 수 있겠다는 생각이 들었다. 그렇게 되면 팬들한테도 나쁠 게 없잖아? 다양한 모습을 볼 수 있으면 팬들도 좋지. 어쩌면, 나, 사이버 가수가 되어버린 것일지도? 같은 잡다한 생각을 하며 무난하게 브이라이브를 진행한 지 10분이 흘렀다. 10분 동안 브이라이브는 완벽했다. 문제는 10분째 되는 순간이었다. 오늘 메이크업 너무 예쁘다는 채팅에 은채가 약간 쑥스러워하려던 찰나, 화면 속의 은채는 전혀 다른 행동을 했다.

"고오마워!"

높낮이가 있게 콧소리를 낸 은채는 하트모양을 화면 속에 그려 보였다. 물론 현실의

은채는 그런 행동은 아무것도 하지 않았다. 다른 걸그룹의 브이라이브에서 추출된 더미 데이터에서 뭔가가 튀어나온 것이었다.

　　은채는 하얗게 질렸다. 살짝 손이 떨렸다. 뭔가 오류겠지? 오류가 있다면 잡아야 하는데, 지금 잡을 수는 없었다. 분명 이게 튀어나올 이유가 없는데. 은채는 웃으면서 머리카락을 잡아 꼬았다. 채팅창은 열광의 도가니였다.

[은채링 이런 모습 처음이야.]

[머리 꼬는 거 봐, 쑥스러운가 봐.]

[이런 것도 가끔 보여줘요! 너무 귀여워.]

　　난리가 난 채팅창을 지켜보며 성만은 히죽히죽 웃고 있었다. 모두가 쑥스러움으로 읽는 은채의 행동을 성만은 불안으로 읽어냈다. 10분 동안은 일부러 봐주고 있었다. 일단 안심을 시켜놓고… 지금부터가 진짜다. 처음부터 나쁜 짓을 시키는 대신에 고은채 본인이 만들어놓은 더미 데이터를 활용한 것도 그래서였다. 뭐가 나올지 몰라서 불안에 떨고 어쩔 줄 모르다가 고은채는 자멸할 것이다. 그 때문에 이 작업을 하고 있다고 성만 자신은 굳게 믿었지만, 실제로는 은채가 불안해하는 모습을 보며 성만은 전에 없이 행복감을 느끼고 있었다. 마치 초등학생 남자애가 좋아하는 여자애의 일상에 어떻게 개입해야 할지 몰라서 괴롭히는 것과 비슷한 심리상태였지만, 물론 성만은 이걸 알지 못했다. 아무튼 성만은 행복했고, 은채는 불안했다.

　　은채의 행동을 불안으로 읽어낸 사람은 한 명 더 있었다. 택시 안에서 브이라이브를 보던 연주는 은채의 애교를 보고 얼떨결에 비명을 질렀다. 기사 아저씨가 힐끔 룸미러로 연주를 보더니 다시 시선을 돌렸다. 은채는 웃으면서 머리카락을 꼬기 시작했다. 연주는 채팅창을 보며 이를 악물었다.

　　'다들 바보 아니야? 어떻게 저게 쑥스러워하는 거로 보여?'

　　죄다 은채가 머리카락을 꼬는 걸 전에 본 적이 없는 사람들처럼 굴고 있었다. 은채는 예능에서 진행자들이 애교를 부려보라고 괜한 억지를 쓸 때 머리카락을 꼬았다. 바닥에 발이 미끄러져서 안무를 살짝 틀린 무대가 끝나고 나서 머리카락을 꼬았다. 콘서트에서 자기 솔로 무대를 앞두고서 머리카락을 꼬았다. 은채가 머리카락을 꼬는 건 명백하게 불안의 증표였다. 그냥 자기들 생각대로, 부끄러워하는 은채가 보고 싶은 것뿐이잖아. 연주는 힐끔 택시 도착예정시간을 확인했다. 3분 뒤에 집에 도착한다.

　　집에 오자마자 연주는 황급하게 컴퓨터를 켰다. 성만이 들어간 루트는 뻔했다. 은채가 다른 사람이 못 들어오도록 뒷문을 막을 수 있을 정도의 실력은 아닐 것이다. 연주는

X같이 사랑해요

들어가자마자 성만이 접속하고 있는 IP부터 찾아냈다. 갑자기 뒷문이 막히자 성만은 어이가 없었다. 분명 식은땀 뻘뻘 흘리며 채팅창에다가 대답하고 있는 은채가 한 짓은 아니었다. 기획산가? 기획사가 이미 이걸 다 알고서 실드치려고 하는 건가? 성만은 경고성으로 데이터를 하나 더 뽑았다. 연주는 또 성만을 막았다.

그 결과 화면 속의 은채는 "그런 건 몰르…." 까지 애교를 부리다가 뚝 입을 닫아버렸다. 은채는 아까보다 좀 더 사색이 되었다. 누군가 명백하게 개입하고 있었다. 은채가 이러고 있다는 걸 알고 시스템에 들어온 것이었다. 대체 누가? 무엇 때문에? 울기 일보 직전이지만 울 수도 없었다. 울 것 같은 은채의 얼굴을 빠르게 캐치한 건 다락방 아래쪽에 앉은 승원이었다. 코앞에 있는 여자친구의 얼굴을 화면으로 보는 것도 나름 즐거운 일이라고 생각하고 있었는데, 화면 속 은채는 안간힘을 써서 뭔가를 참아내고 있었다. 뭔가 문제가 생겼다. 뭔지는 모르겠지만, 은채가 괴로워하고 있었다. 하지만 승원은 은채에게 카톡 하나 할 수가 없었다. 승원은 주먹을 꽉 쥐었다.

성만은 성만대로 짜증이 치밀어올랐다. 회사의 짓이 틀림없었다. 팬들한테는 연애금지니 뭐니 뻔한 기만을 해놓고, 남친이랑 여행가는 걸 다 알면서도 딥페이크로 팬들한테 장난질하는 걸 실드까지 쳐주고 있다고? 이건 회사가 더 문제였다. 성만은 적당히 경고만 하고 넘어갈 수준은 애저녁에 지났다고 판단했다. 고은채 욕하고 다니는 게 평소의 일과긴 했지만, 이젠 그 수준이 아니었다. 성만은 집에 오자마자 모아두었던 데이터를 사용할 시기가 되었다고 판단했다. 고은채가 여러 아이돌 데이터를 모아왔듯이, 성만도 말하자면 어떤 면에선 아이돌 데이터를 모아온 셈이었다. 지금까지 방해꾼은 성만을 끊어내리고만 했지만, 이제 완전히 다른 차원이 열릴 것이다. 성만은 낄낄대면서 첫 번째 데이터를 밀어넣었다. 흥분된 나머지 왼손이 살짝 떨렸다.

처음부터 빡센 걸 할 생각은 없었기에, 첫 번째 데이터는 그렇게 심각진 않았다.

"나 왜 이렇게 수척해 보이냐? 아픈 사람 같애."

아무 문제가 없는 말이었지만, 말투가 바뀐 건 확연했다. 어딘지 모르게 건들거리는 말투. 품위가 떨어지는 약간 양아치 같은 말투였다. 팬들도 채팅창에 물음표를 찍어댔다.

[은채 뭐 따라 하는 거야?]

[뭐야, 은채 말투 이상해.]

드디어 본색을 드러냈구만. 연주는 이를 깍 깨물었다. 아까 뛰어가던 놈이 어디서 뭐 하는 놈인진 모르지만, 은채의 삶을 망치기 위해 뛰어든 건 명확했다. 방금 그 말투도 누군지 알았다. 연주가 가끔 보는 게임 유튜버였다. 거기서 데이터를 뽑아 와서 은채에게 덮어씌웠다면, 더 심한 말도 할 수 있었다. 욕설도 흔히 뱉고, 막말도 하는 유튜버였다. 어디 그런 유튜버가 한 사람뿐인가. 또 다른 데이터가 실행되기 전에 연주는 원래 있던 더미 데이터를 바로 끄집어냈다. 뭐가 뭔지 확인할 겨를도 없었다. 저놈이 은채에게 이상한 말을 시킨다면, 은채가 만들어놓은 걸 활용해서 막아내는 수밖에.

말투가 이상하다는 팬들의 의아함에, 은채는 귀여운 표정을 지었다.

"우우이이이익! 대박!"

입술을 쭉 내밀면서 은채는 윙크를 했다. 분명 은채가 자주 하는 리액션은 아니었지만, 팬들은 이게 뭔가 싶으면서도 ㅋㅋㅋㅋ을 찍어댔다. 당연히 귀여운 리액션을 한 건 화면 속 은채였다. 현실의 은채는 개입하고 있는 사람이 둘이라는 걸 깨달았다. 시스템 오류가 아니었다. 누군가 자기 삶을 망치려고 하고 있었다. 심지어 두 명이나. 난데없는 악의가 두려웠지만, 은채에게는 답이 없었다. 어떻게든 여기서 탈주하는 게 최우선이었다. 조금 브이라이브가 일찍 끝나더라도, 향후의 모든 커리어를 망치는 것보단 그게 나았다. 미리 준비해 온 회심의 데이터, '끊겨? 왜?'를 재생하는 게 최선이었다.

문제는 파일에 접근을 할 수조차 없다는 거였다. 분명 바로 출력되도록 설정해두었지만, 그거야 다른 데이터가 재생되지 않을 때 얘기지, 이미 화면 속 은채는 은채의 통제를 아득하게 벗어나 있었다. 접속을 끊을 방법조차 찾을 수가 없었다. 자칫 함부로 끊었다가는 할머니 집의 다락방을 등 뒤의 배경으로 다 보여주게 될 것이었다.

성만과 연주는 정신 나간 데이터 경쟁에 골몰하고 있었다. 은채의 말투는 시건방졌다가, 애교스러웠다가, 새침했다가, 건들거리길 반복했다. 채팅은 읽어주지도 않은 채 입에서 나오는 말들은 그저 단순한 리액션들뿐이었다. 채팅을 치는 팬들은 이게 자기 채팅에 대한 대답인지 아닌지도 알 수 없었지만, 아마 자기 채팅에 대한 대답이겠거니 하면서 맞다고, 고맙다고 했다. 온갖 데이터들 사이에 묻혀서 아예 은채의 현재 얼굴이 보이지도 않게 되자, 은채는 웃지도 않은 채 '끊겨?' 파일에 접근하려고 안간힘을 썼다.

"딱 걸렸어, 아주."

"나 다 기억하지."

"그렇게 막말하는 판이 아니거든요?"

"저는 이번에 다들 고마워요. 정말 잘해준 거 같아요."

은채가 맥락 없는 문장들을 마구 내뱉을 쯤이 되자 채팅창도 혼란의 도가니였다. 누구한테 한 말인지 알 수도 없고, 무슨 의미로 한 말인지도 알 수가 없었다. 오늘 좀 이상하다고 한두 명이 말하기 시작하자, 봇물 터진 듯이 이상하다는 채팅이 올라오기 시작했다.

X같이 사랑해요

컨디션이 안 좋은 건지, 기분이 안 좋은 건지 물어보는 사람부터 괜히 들어왔다고 말하는 사람까지 생겨났다.

문제는 그 순간 벌어졌다.

[못생긴 게, 팬들이 우습냐? 고마우면 한 번 대주든가.]

명백하게 산업재해로 불릴 만한 상황이었지만, 성만과 연주와 은채는 이미 아무도 채팅 따위 보고 있지 않았다. 성만은 어느 BJ가 비트코인에 5억을 한 방에 태우면서 말한 "좆같이 짜증나네"를 끼워 넣었고, 연주는 라비린스의 수진이 말한 "여러분 사랑해요"를 끼워넣었다. 은채는 간신히 찾은 "끊겨? 왜?"를 끼워 넣었다. 세 파일이 동시에 재생되면서 딥페이크 은채는 훌륭하게 빠그라지고 말았다. 은채는 비트코인 태우는 사람의 표정으로 아이돌이 절대로 해선 안 될 단어를 입에 담았다.

"좆같이."

그 말을 듣는 순간 "끊겨? 왜?"에 팔려 있던 은채의 정신이 돌아왔다. 결국 누군가가 은채의 인생을 망치는 데 성공하고 말았다. 은채는 멍하니 화면 속 딥페이크 은채를 바라봤다. 자신이 만들어놓은 예쁜 모델링, 고데기가 예쁘게 된 머리, 예쁜 화장과 의상, 방글방글 웃던 얼굴이 욕설을 내뱉었다. 은채의 눈에서 눈물이 후두둑 떨어지기 시작했다.

"사랑해요."

라비린스 수진 특유의 사랑스러운 표정을 지으며 딥페이크 은채는 사랑한다고 말했다. '좆같이'와 '사랑해요' 사이엔 데이터 두 개가 충돌하면서 약간의 텀이 생겼다. 누군가의 채팅이 올라왔다.

[언니, 좀 끊기는 거 같아요.]

타이밍 좋게, 은채의 파일이 재생되었다.

"끊겨? 왜?"

모든 파일이 한 번씩 재생된 자리에는 현실의 은채가 남았다. 눈물을 후두둑 떨어뜨리는, 새빨간 눈의 은채가 가만히 화면을 바라보다가 접속이 종료되었다. 다음에 봐요, 모두 파이팅, 좋은 저녁 보내요, 잘 자요, 어떤 인사도 없이 은채는 욕설을 하고 울다가 브이라이브를 종료한 셈이었다. 시간은 8시 50분이었다.

접속이 끊기자마자 매니저에게 전화가 걸려왔다. 은채는 전화를 받지 않았다. 받지 않아도 전화는 당연히 다시 걸려왔다. 이번엔 전화기를 꺼버렸다. 끝이다. 모든 게 다 끝이다. 내일부터는 새로운 삶을 어떻게 살아야 할지 고민해야 했다. 하지만 열여섯 살 때부터 은채는 이것 말고는 아는 게 없었다. 은채는 오로지 무대 위에서 춤추고 노래하는 것만 고민하면서 살아왔다. 은채의 비명 같은 울음소리를 듣고 승원이 다락방 계단을 올라왔다. 은채는 숨이 넘어갈 듯이 울고, 또 울었다.

다락방에는 할머니의 요와 이불이 잘 개켜져 있었다. 여행에 올 때는 옷장에 있는 요와 이불을 꺼낼 생각이었지만 그럴 기운도 힘도 없었다. 승원이 요를 펴고 은채를 눕혔다. 시골에 있던 까슬까슬한 분홍색 베개를 베고 누워서 은채는 계속 울었다. 눈물이 방울방울 베갯잇을 적셨다. 승원은 아무 말 없이 은채를 꼭 안았다. 은채는 승원의 가슴팍에 얼굴을 묻었다. 이번엔 눈물이 승원의 티셔츠를 적셨다. 승원은 아무 말도 하지 않았고, 은채도 마찬가지였다. 할 수 있다, 괜찮다, 응원한다, 어떤 말도 필요 없었다. 오히려 아무 말도 하지 않아서 더 많은 말이 오갔다. 새벽까지 아무 말 없이 안겨서 울다가 은채는 까무룩 잠이 들었다.

은채의 휴대폰은 여전히 꺼져 있었지만, 아침이 되자 승원의 알람이 울렸다. 언제 잠들었는지도 모르게 잠들었다가 깨어난 승원은 평소처럼 휴대폰을 보다가 눈이 휘둥그레졌다.

"은채야, 은채야."

은채는 고개를 저었다. 아침이 왔다는 건 알았지만 그다지 눈을 뜨고 싶지 않았다.

"은채야, 지금 너 장난 아니야. 지금 이럴 때가 아니야."

"나 욕했다고 기사라도 떴어?"

"기사가 뜬 수준이 아니라니까."

기사, 온갖 커뮤니티, 트위터, 은채를 따라 하는 유튜버들까지 있었다. 아이돌의 노동 환경에 관한 칼럼들이 하룻밤 새에 수도 없이 실렸다. '아이돌 브이라이브 성희롱 수준', '윈디 은채 걸크 오진다', '그럼에도 불구하고 사랑해요', 은채는 함부로 대하는 팬에게 자신을 보호하며 최선의 예의를 지킨 '치이는' 아이돌이 되어 있었다.

"너 휴대폰… 껐지?"

"응…."

휴대폰의 까만 화면을 만지작거리던 은채는 조심스럽게 전원 버튼을 눌렀다. 그리고 곧바로 휴대폰을 다시 요 위에 던져버렸다.

"나 진짜 못 보겠어."

"괜찮다니까, 아까 보여줬잖아."

"아니, 아닌데. 그럴 리가 없는데."

승원은 휴대폰을 다시 주워서 은채의 손에 쥐여줬다. 비밀번호를 풀자, 부재중 전화

X같이 사랑해요

25통이 보였다. 그중 20통은 매니저였고, 3통은 민영이었고, 2통은 모르는 번호였다. 매니저에게 다시 전화를 걸 용기는 도무지 나질 않았다. 부재중 카톡도 적지 않았다. 카톡을 눌러보니, 사장님이 남긴 카톡이 제일 위에 보였다. 새벽 4시에 보낸 카톡이었다.

[너 연애 한다며. 지금 셀바스의 승원이랑 여행 갔다며.

어제 한 브이라이브가 죄다 딥페이크였다며. 민영이한테 얘기 다 들었다.]

민영도 사건이 이 정도로 커진 바에야 말을 안 할 수가 없었을 거다. 계약사항 위반인 것도 확실했다. 이대로 계약 해지가 된다고 해도 할 말이 없었다. 묵묵히 은채는 아래로 시선을 옮겼다.

[이거 보고 있으면 반응도 다 봤겠지.

걱정하지 말고 안 들키게 서울이나 잘 돌아와라.

지금 너 예능 섭외 미친 듯이 밀려온다.]

어젯밤과는 다른 의미로 눈물이 쏟아지기 시작했다. 그 수많은 연습과, 무대와, 쏟아지는 조명과 함성, 다시는 무대 위에 서지 못할까 봐 두려워했던 시간들, 욕설, 성희롱, 지겨운 자기 팔이, 그 순간마다 고맙다고 말해주던 목소리들, 나 때문에 하루를 살아간다던 메시지들, 모든 것들이 복합적으로 은채를 휘감았다. 또 목놓아 울려던 찰나, 승원이 다시 품 안에 은채를 안았다.

"너 지금도 눈 엄청 부었는데, 또 울면 이따 서울 가서 곤란할 거야."

은채는 고개를 들어 승원을 바라보며 끄덕였다.

먹지 못한 음식과 술을 버리고, 쓰레기들을 챙겨서 할머니 집을 나오는 길에 은채는 승원의 옷깃을 잡았다. 현관문을 나서기 전에 잡아야 했다.

"응? 왜?"

1박 2일의 여행 동안 처음으로 은채는 승원에게 입을 맞췄다. 승원은 눈을 감더니 은채의 허리를 꼭 끌어안았다. 키스는 길지 않았다. 승원은 씩 웃고는 마스크를 썼다. 은채도 마찬가지로 마스크를 쓰고 선글라스도 썼다. 승원이 차에 시동을 거는 소리를 들으면서, 은채는 화면 속의 자신이 한 말을 곱씹었다.

팬이라니,

정말로,

좆같이 사랑해요.

생일을 전당포에 맡긴 후 생긴 일

What Happened After
I Left My Birthday at the Pawnshop

연여름

소설집 《리시안셔스》를 썼다. 단편 〈리시안셔스〉로 2021 SF 어워드 우수상을, 〈복도에서 기다릴 테니까〉로 제8회 한낙원과학소설상을 수상했다.

한 시간이요.

네. 오늘은 한 시간이에요.

날씨가 좋아서 다행입니다. 춥지도 덥지도 않고 비도 없고 적당한 바람에, 공원 산책에는 최적의 날이네요. 여기 3번 코스로 가면 시작점부터 공원 출구까지 약간 느린 걸음으로 52분이 걸려요. 미리 확인했어요. 우리의 만남은 시간이 가장 중요하니까요.

아, 만약에라도 시간이 되면 정확하게 알려주세요. 초과하면 감당이 좀 힘들어요. 당신에게까지 신용을 잃고 싶지도 않고요. 물론 초과한 시간만큼 비용을 지불하면 잃게 될 신용도 없겠지만 지금은 사정이 여의치 않습니다.

참, 당신은 아직 모르죠. 이런 이야기를 하는 건 처음이니까. 일종의 나의… 문제에 대해서요.

그동안 나는 당신을 만날 때 말끔하고 세련되게 단장하고서 인상적이고 빛나는 것들에 대해 주로 이야기했죠. 좋아하는 취향의 작품들이나 잊기 힘든 여행 경험이나, 존경하는 롤 모델, 앞으로의 꿈과 포부. 그런 것들 말입니다.

때때로 회사 생활에 대한 하소연도 했지만 심각한 투정이 아니란 건 당신도 알았을 겁니다. 상담이나 공감, 위로를 바란 푸념은 아니었죠. 그저 균형을 맞추기 위해서였어요. 누구에게나 그렇듯 좋은 일과 나쁜 일은 공존한다는 그런 뜻으로요.

호감 가는 인물에겐 약간의 약점이나 결함도 존재하기 마련이잖아요. 그럴듯한 것만 내세우기보다 약간의 빈틈을 허락하는 게 매력적인 캐릭터를 만드는 데 도움이 되거든요. 다만 비호감이 될 만큼 치명적이면 안 되겠지만요.

소설 쓰기나 극작 같은 걸 해본 적은 없지만 업무 관계상 작법서는 조금 읽을 기회가 있었습니다. 작품이라 불릴 만한 걸 만들지는 않았어도 적당히 말이 되는 이야기를 꾸며 상대의 시선을 끄는 일이 내 생업이었으니까요. 마케팅 일이라는 게 그렇죠.

아무튼 우리가 산책하는 한 시간 안에, 이걸 차근차근 다 말할 수 있으면 좋을 텐데요. 오늘은 좀 털어놓고 싶은 날이니까요.

그나저나 이걸 뭐라고 불러야 할까요. 문제라는 단어로는 조금 막연한데요.

어리석음? 고통? 실패담?

아니면 조금 납작하고 저급한 표현이라고 생각하지만… 돈 이야기?

물론 납작함이나 저급함도 시선을 끄는 중요한 장치이긴 합니다. 납작함은 간결함과 통하는 부분이 있고 간결함은 직관성을 불러오고, 직관성은 진입 장벽을 낮추는 역할을 하죠. 마케터로서 내가 선호하는 방식은 아니지만요.

96

하지만 오늘은 시간이 많지 않으니 쉬운 방법을 택하려고 합니다.

어디서부터 시작할까요. 이 진짜 푸념을.

전당포가 어떨까요. 거기서부터 출발하면 설명이 쉬울 것 같아요.

맞아요. 나는 돈이 조금 필요했고, 이것보다 리스크가 적은 방법은 떠오르지 않았습니다.

비슷한 심경으로 사람들은 저마다 전당포를 찾을 테지요.

은행이나 신용금고에서 대출을 받아도 좋겠지만 모두가 그럴듯한 담보물이나 신용등급을 가지고 있는 것은 아닙니다. 높은 이율이 부담스러운 건 말할 것도 없고요. 또는 이자는 고사하고 원금 상환의 가능성을 조금도 기대 못 할 정도로 절망적인 상태라면, 전당포가 은행보다는 훨씬 가깝고 현실적으로 느껴지지 않을까요.

신용조회로 나의 등급을 평가하지 않고, 필요한 서류도 없고, 빠르고. 심지어 행정적인 기록도 남지 않죠. 이래도 되나 싶을 정도로 절차는 간단합니다.

다만 마음에 걸리는 게 있다면 이것 하나, '최악의 경우'일까요?

전당포를 찾는 사람 누구나 한 번쯤은 최악의 경우를 상정합니다. 일반화하려는 건 아니지만 나도 그랬으니까요. 이런 질문이죠.

최악의 경우, 기한 내 원금과 이자를 다 갚지 못한다면 어떡하지?

결론부터 말하자면 이 질문은 태생부터 의미가 없습니다.

그런 상황에 처했다면 저당 잡히는 물건은 포기한다, 당신도 그것쯤은 이미 알고 있을 거예요. 전당포의 힘을 빌린다는 건 애초에 그 정도 각오는 되어 있다는 거니까요.

다르게 말하면 그런 '최악의 경우'가 금융권과 나 사이에 발생했을 때 당면해야 할 불미스러운 일만은 피하고 싶다, 가 전제로 깔린 것이죠. 물건을 하나 잃는 정도로만 안전선을 미리 분명하게 긋는 행위입니다.

그러니까 최악의 경우보다는 최선의 방어라고 하는 편이 더 어울리는 표현인지도 모르겠습니다.

같은 이유로 나 역시 소액 담보 대출을 받기 위해 전당포를 찾았습니다.

처음부터 생일을 맡긴 건 아니에요. 시계를 맡기기로 했어요. 이름을 말하면 누구나 알만한 브랜드의 명품 시계로 2년 전에 조금 무리해서 구매한 제품입니다. 바로 석 달 전 마지막 할부금을 갚았으니, 내겐 여전히 새것이나 다름없는 물건인데요. '이매진'에 착용 샷이 올라갈 때마다 반응도 좋았죠. 구독자들은 반짝이는 물건이라면 아무리 작은 크기여도, 많은 부분이 가려져도 기가 막히게 알아봐요.

아, '이매진'은 내가 활발히 활동하는 VR 기반의 소셜 네트워크 서비스입니다. 나와 내가 속한 곳을 360도로 담으려 하면 아무래도 공간과 물건에 공을 들일 수밖에 없어요. 물론 템플릿 불러오기나 추가 소품 배치 등 다양한 필터 기능도 제공하지만, 구독자들은 필터를 거의 사용하지 않는 완벽한 원본 같은 이미지에 더 관심을 보이거든요. 물론 그 원본 자체가 반짝거려야 한다는 전제로요.

맞습니다. 좋은 집과 좋은 물건을 가진 사람에게 더 유리한 소셜 네트워크죠. 그만큼 호불호도 상당하지만, 사람들은 '이매진'을 포기하진 않습니다. 특히 구독을요. 직접 운영하진 않아도 더 생생하게 엿보는 재미란 거부하기 힘든 것입니다.

아무튼 그 시계는, 할부를 다 갚고 이제 막 온전한 내 것이 된 참인데 빼앗겨야 해서 썩 유쾌한 기분은 아니었습니다.

하지만 손목을 차지한 시계의 무게보다 이 한 몸 누일 집의 무게가 아무래도 조금은 더 큰 탓이겠지요. 지금 반전세로 지내고 있는 집의 보증금을 올리겠다는 집주인의 통보를 듣고 며칠간 고민을 했습니다. 이 집에서 계속 살 것인가, 아니면 현재의 보증금에 맞는 집을 찾아 이사를 나갈 것인가. 만약 이 집을 택한다면 보증금은 어떻게 할 것인가.

은행의 담보대출과 신용대출을 먼저 알아보긴 했지만 반전세 살이에 계약직 신분 그리고 내 신용등급으로는 선택지 자체가 거의 없었어요. 제2금융권은 약간 관대했지만 이자가 무서울 정도였고요.

결국, 있는 물건을 현금화하여 충당하기로 나 자신과 타협했습니다. 단순하게 들릴지도 모르지만 내겐 꽤 대담한 타협이었어요.

이 아파텔은 외관은 낡았고 면적은 좁지만, 실내만큼은 모노톤 인테리어가 차분한 인상을 주고 무엇보다 채광이 완벽해 쉽게 포기할 수 없었습니다. 다름 아닌 이매진을 위한 최적의 배경이 되어주는 집이거든요. 이 집을 찾은 건 순전히 운과 타이밍 덕분이었는데, 내 형편으로 이보다 더 나은 배경을 찾을 확률은 거의 0에 수렴해요. 현재보다 나쁜 환경으로 이사하게 되면 이매진 계정을 유지하는 데 지장이 생깁니다. 필터를 덕지덕지 발라야 할 텐데, 그럼 지금까지 유지하던 콘셉트와 동떨어지니까요. 필터 하나 없이도 세련된 '한 팀장'이어야 하는데요.

그렇다고 시계를 간단히 포기한 것은 아닙니다. 단순히 고가 명품이라서는 아니에요. 사실 이매진 속 '한 팀장'이라는 캐릭터는 명품 브랜드에는 크게 관심 없는 사람으로 설정되어 있습니다. 세련되면서 실용성을 겸비한 것들을 선호하죠. 그런 캐릭터가 굳이 명품 시계를 손에 넣는다는 '특별한 사연'으로 의외성과 아이러니를 만들면, 그 부분이 재미있는 거예요. 그때부터 그 시계는 명품에서 더 발전해 서사가 되는 것입니다.

아무튼 이 집이라는 배경은 지켜야 하고, 부채는 더 늘리고 싶지 않다는 결론은 정해져 있습니다. 네. 이러나저러나 돈 이야기입니다.

이쯤 되면 눈치를 챘겠지만, 나는 내 모든 수입을 이매진을 위해 사용합니다.

이매진에서는 현실의 내가 무엇인지는 사실 그리 중요하지 않습니다. 내가 보여주는 것은 나의 일거수일투족이 아니라 내가 빛나는 찰나면 충분하고 구독자는 그것으로 나를 각인합니다. 모든 소셜 네트워크의 불문율이죠.

이걸 허영 또는 철없는 행동으로 비난하는 사람도 많겠지만 나는 투자라고 부르고 싶습니다. 어떤 콘텐츠든지 그것을 대중에게 브랜딩하는 데는 물리적인 투자가 필요합니다. 비용과 시간이요. 마케팅은 그 두 가지를 빼고 이야기할 수 없어요.

이매진에서 나의 캐릭터는 '크리에이터 한 팀장'. 프로젝트 단위로 일하는 프리랜서이며 마음만 먹으면 훌쩍 해외여행을 떠날 수 있는 자유로운 이십 대 후반입니다. 주요 해시태그는 #여행과기억. 지금까지 여행에서 만났던 낯선 사람들과의 기억을 톺아 일주일에 한 번 여행지의 VR 이미지와 에세이 형식의 글을 업로드하는 패턴입니다. 이미지는 과거의 내가 정말로 그곳에서 촬영한 것이지만, 쓰는 글의 10퍼센트는 진실이고 90퍼센트는 허구입니다.

현지의 낯선 사람에게 방향을 묻는 정도로 짧게 끝났던 대화를, '우리'라고 명명하며 그날 날씨에 관해 비교적 긴 이야기를 나눴다거나 이 동네의 매력에 대해 담소를 나눈 스토리로 바꾸는 건 그리 어렵지 않은 일이죠. 구독자들은 그 가상의 다정함에 공감하는 한편, 특유의 낭만과 느긋함에 부러움을 전합니다.

다른 해시태그 하나는 #한팀장일상. 말 그대로 나의 일상입니다. 도시적이고 자유롭고, 때로는 자신에게 과감한 선물을 아끼지 않는 젊은 크리에이터의 일상을 동경하는 구독자도 많죠. 정확히 어떤 사람인지는 모르겠지만, 자기 주관이 분명하고 신뢰할 만하며 우러러 보이게 하는 '한 팀장'이 사는 모습을요.

이제 아시겠죠? 마케팅입니다. 게임에서 캐릭터를 키우는 것과 비교해도 크게 다를 것 같지는 않아요. 즉 나는, '나'라는 캐릭터에게 투자 중인 거예요.

그럼 이제 현실 이야기를 해볼까요? 지난번까지만 해도 당신에게 한 팀장으로서 들려줬던 반짝이는 면 뒤의, 진짜 이야기를요.

내 현실은 사원 수 네 명인 작은 광고 대행사의 단기 계약직 직원, 한세원입니다. 월급여는 세전 202만 원이에요. 벌써 재미없나요? 하하. 만약 우리가 이매진을 통해 알게 된 사이라면 이건 아주 사적이고도 불필요한 정보겠죠. 이매진에서는 내가 얼마를 버느냐보다 내가 무엇을 경험하거나 소비했고 그것이 어떤 사연을 가졌으며 그것을 어떻게 인상적으로 증명하느냐가 더 중요하니까요.

그렇지만 오늘 내가 하고 싶은 이야기에서 돈은 비껴갈 수 없는 주제이니, 솔직하게 털어둡니다. 당신은 이제 곧 한 팀장은 잊게 될 거예요.

회사에서 나의 주 업무는 클라이언트 사의 상품 또는 슬로건의 카드 뉴스를 제작하거나 짧은 영상물을 편집하여 각 매체와 플랫폼에 게시하는 일입니다. 처음 이 일을 시작했을 땐 요령이 없어 조금 부침이 있기는 했으나, 몇 개월이 지나자 그리 치열하게 생각하지 않아도 적당한 만듦새로 결과물을 뽑아낼 수 있게 되었습니다.

사실 광고의 맥락이 이해가 가지 않는 정도가 아니라면 대체로 모든 결재는 오케이예요. 예를 들어 입시학원 홍보인데 치킨이나 청진기 이미지를 사용했다면 수정 요청이 있겠죠. 그 수준만 아니면 되는 것입니다.

분명히 해두자면 공중파에 송출될 15초짜리 광고를 만들거나 명품을 소개하는 잡지에 실릴 제품을 촬영하는 일은 우리 회사에는 없습니다. 우리의 고객은 지역의 소규모 기업이거나 자영업자거든요.

업무에 익숙해지는 만큼 패턴을 벗어나기 어렵고 어느덧 지루해지는 일이기도 합니다. 영혼이 없어도 할 수 있는 일이라고 하면 이해가 더 쉬울까요. 딱히 내가 나쁜 건 아니라고 생각해요. 직장인이라면 피할 수 없는 권태기가 있으니까요.

하지만 개인적으로 흥미진진했던 업무도 있었습니다. 구독자는 많은 편이지만 오랫동안 방치된 블로그를 매입해 다시 활성화시키는 작업으로, 블로그 주인인 '쁘띠푸'의 캐릭터를 새롭게 구축하는 일이었습니다.

쁘띠푸는 카페와 베이커리 중심의 맛집 후기를 포스팅하던 블로거였는데 주제가 워낙 흔한 만큼 '톱 블로그'까지 등극하지는 못했습니다. 활동 기간은 2년 남짓. 그래서 우리 회사가 저렴하게 아이디를 매입할 수 있었죠. 과거 톱 블로그를 한 번이라도 달았던 계정은 그만큼 가격이 더 높습니다.

아무튼 나는 약 5개월에 걸쳐 과거 디저트 맛집 순례자였던 쁘띠푸가 지역에 새로 오픈한 필라테스 센터의 성실 수강생으로 변화하는 과정을 다이어트, 웰빙과 엮어서 자연스럽게 완성했습니다. 계정의 주인은 주민등록번호를 가진 실존하는 사람이지만, 블로그 속 쁘띠푸는 제 손길을 거친 가상의 인물이었죠. 한 팀장처럼요.

어디까지가 진실이고 허구인지는 그리 중요하지 않았습니다. 설득이 되고 재미있으

생일을 전당포에 맡긴 후 생긴 일

면 그만이죠. 사람들은 관심을 가지고 포스팅을 구독했어요. 블로그 유입은 꾸준히 증가했고 클라이언트도 매주 매달 늘어가는 수강생에 마케팅 효과가 있다며 만족해했습니다.

분명 보람있는 작업이었어요. 하지만 그 이후로 나는 같은 업무는 맡지 않기로 했습니다. 다름이 아니라, 에너지가 상당히 들어가는 일이었거든요.

그 무렵 나는 막 이매진 계정을 만들어서 지난 여행 추억을 개인 일기 삼아 하나둘 아카이빙하던 참이었습니다. 하지만 좀 더 과감해지면 어떨까. 같은 창작력을 투자해야 한다면 타인에게보다는 내게 하는 게 어떨까, 그런 생각이 자연히 떠오른 것이죠.

바라는 목표는 명료했습니다. 이매진에서의 블루 마크. 톱 블로그와 비슷한 개념으로 이매진 본사에서 해당 계정의 영향력을 인증해주는 제도입니다. 그다음은 당신도 쉽게 예측할 수 있을 겁니다. 블루 마크를 달면 많은 광고주가 붙고, 그 수익이 나의 생업으로 이어지는 구조로 흐르죠. 더불어 블루 마크는 필터 없는 계정에만 주어집니다.

그렇게 나는 근무시간에는 클라이언트의 상품을 마케팅하고, 근무 외 시간에는 나 자신을 마케팅하는 것으로 일상을 단순화했습니다.

한 팀장님의 여행담에는 다른 뭔가가 있어요. 가본 적 없는데도 그곳이 그리워지는 느낌.

이런 댓글을 받고, 비슷한 감상을 남기는 구독자들, 팬을 자처하는 이들의 숫자가 늘어나는 걸 보며 이 선택이 옳다는 확신을 얻어 더욱 박차를 가했습니다. 이왕이면 서른이 되기 전에 뭔가를 이루고 싶었어요. 다른 성공한 이매진의 블루 마크 유저들처럼요.

앞서 말했듯 나의 모든 지출은 이매진 중심입니다. 최소한의 생활비와 주거비를 제외하면 나의 급여는 지난 분기 해외여행상품의 할부금, 가끔 까다로운 취향을 은연중에 드러내기 위해 구매하는 명품의 할부금으로 나뉘어 각각의 매입처로 흘러들어 갑니다. 물론 할부금이 급여를 초과하지 않도록 가계부를 쓰며 면밀히 정리하고 있어요. 내 브랜딩과 관계없는 불필요한 지출은 하지 않아요. 내가 구성해놓은 '오늘의 한 팀장'에 집중해야 하니까요.

여행담이 아닌 일상 콘텐츠를 위한 지출도 적지는 않습니다. 기존 이미지와 중복되지 않는 옷, 근사한 카페나 바, 레스토랑의 시그니처 메뉴, 때로는 입소문으로 유명한 영화나 뮤지컬 관람 등. 어떤 서사를 구성하느냐에 따라 연출에는 그에 상응하는 비용이 듭니다.

하지만 성공적인 연출 후 반응이 쏟아지고 구독자가 몇 명이라도 늘면 거기에 들어간 비용도 시간도 아깝지 않아요. 오히려 뿌듯하죠. 포트폴리오 하나가 더 쌓인 셈이고요. 아직은 일반 계정이지만 블루 마크까지는 시간과 끈기의 문제라고 생각했습니다. 운이 좋으면 1년 내, 길어도 3년. 반드시 이룰 각오였어요.

현실에서의 나는 수수한 모습으로 거의 그림자처럼 살아갑니다. 검소하게 도시락을 싸서 다니고 저렴한 옷 두세 벌과 신발 한 켤레로 한 계절을 버티는 삶이 당연하고요. 퇴근 후나 휴일에 동료들이나 동창들과 시간을 갖는 일도 없습니다.

이매진에서 컬러로 사는 대신 현실에서는 완전한 흑백으로 살아가기를 택한 겁니다. 모든 걸 다 가질 수는 없어요. 얻는 게 있다면 잃는 것도 생기죠. 어느 쪽을 얻었을 때 내가 좀 더 가치 있게 느껴지느냐를 비교해 한쪽을 고르는 게 삶 아닐까요.

내가 선택한 생활방식이기에 약간의 불편은 감수하며 살아가는 중입니다. 단지 지금껏 누구에게도 오늘처럼 그 불편에 대하여 고백하지 않았을 뿐이죠. 친구나 가까운 동료가 없냐고요? 음, 내 실제 삶에서의 인간관계라는 것은 항상 회의적이었어요.

염증이라고 할까.

이런 '반응 친구 대여 서비스'를 제공하는 당신이 공감해줄지는 모르겠군요.

알코올 중독으로 세상을 떠난 부친과 사이비 종교에 몸담았다가 지금은 생사도 모르는 모친에게 인간은 신뢰할 만한 존재가 아니라는 걸 일찌감치 배운 탓인지도 모릅니다. 친구나 연인처럼 관계라고 부를 만한 것은 약속이나 한 것처럼 유통기한이 있었고요. 애를 쓰든 아니든 결과는 언제나 쓰기만 한 뒷맛을 남겼습니다.

처음엔 나에게 문제가 있는 거라고 자책했지만 그런 패턴이 반복되자 어느 순간, 에너지가 아깝다는 결론만이 남았습니다.

그때 난생처음 무리해서 해외여행을 홀로 떠났습니다. 출발할 때만 해도 두려움이 컸는데 지구 반대편에 도착해 몇 개국을 넘나들다 보니 어느 순간 할 만하다고 느껴졌어요. 누군가와 시간을 일일이 공유하며 부대끼지 않는 삶도 나쁘지 않다는 걸 처음으로 알게 되었습니다. 서로의 손이 닿는 근처의 사람들이란, 종내 실망만을 남겼다는 과거가 더욱 선명하게 다가왔죠.

뒤늦게 화가 났어요. 다시는 그렇게 나를 소진해 살지 않기로 했습니다.

돌이켜보니 그 여행이 내 셀프 브랜딩의 출발점이 되었네요. 각오를 다진 여행이었죠. 치열했던 업무를 잠시 내려놓고 홀연히 떠나, 사색과 여유를 즐기며 그곳의 사람들과 스스럼없이 친해져 대화를 나누는 한 팀장의 여행담과는 아주 거리가 멀지만요.

그 여행 이후, 나에게 소통은 이매진에서의 댓글이나 관심으로 충분했습니다. 내가 이상적으로 여기는 인간관계상은 에세이로 창작했죠. 살아본 적 없지만 바라는 삶을 연출하기. 신기하게도 그 행위만으로도 치유의 효과가 있었어요. 심지어 사람들은 거기에 공감했고요.

보여줄 것만 골라 보여주는 삶. 기대도 실망도 침범하지 못할 거리가 확실한 관계. 그 정도가 내게 딱 필요한 관계망임을 겸허히 받아들였습니다.

정체불명이지만 매력적인 한 팀장의 바깥으로는 나가지 않기로요.

이쯤 되면 당신은 아마 외롭지 않으냐고 물을 수도 있을 것 같아요. 정말 그것만으로 살아지느냐고요.

자연스러운 질문입니다. 다른 사람이 아니라 특히 당신이라면요.

지금까지 우리가 이 주제로 이야기를 나눈 적은 없지만, 사람들이 반응 친구 대여 서비스를 이용하는 이유는 다름 아닌 극한의 외로움 때문이니까요.

내가 생일을 포기하는 대신, 촬영하기에 자연스럽고 보드라운 햇빛을 포기했다면 어땠을까요. 채광도 형편없고, 보증금 낮은 집으로 이사했다면 당신을 만날 일도 없었을까요? 인생은 어쩌면 이다지도 인과가 촘촘히 얽힌 선택지로 이루어져 있는 걸까요.

아, 이쪽 길이에요. 그쪽은 2번으로 트는 길이고, 3번 코스는 나무에 파란색 리본으로 표시가 되어 있어요.

이야기가 좀 멀리 갔네요. 전당포로 돌아올게요.

모든 절차는 비대면으로도 가능하지만 대면으로 하는 편이 수수료가 적어 나는 전당포를 직접 찾아갔습니다. 은행처럼 깔끔한 공간이었어요. 아니, 은행과 크게 다른 점은 보이지 않았다고 할까요.

저당물로 맡길 시계는 감정이 잘 되어 중고가의 80퍼센트를 받았습니다. 담보 기간은 3개월. 얼마 안 되던 비상금에 더하자 집주인이 요구한 추가 보증금에 다행히 아슬아슬하게 맞출 수 있었어요. 급한 불은 끈 셈이죠.

그때 나는 이번 분기의 블루 마크 심사를 목이 빠지게 기다리던 중이었습니다. 좋은 기회가 온다면 광고비를 따내는 건 시간문제고, 그럼 시계를 빨리 회수할 수 있으니 다른 때보다 기대가 더 컸어요. 3개월 이내 충분히 생길 수 있는 행운이었습니다.

결론적으로, 운은 내 편이 아니었습니다. 해당 분기 블루 마크는 얻지 못했어요. 그건 괜찮았습니다. 새로운 시련이 문제였는데, 집주인이 돌연 내게 통보했던 것보다 1.5배 높은 금액으로 보증금을 고쳐 불렀다는 사실입니다. 자기도 사정이 어렵다면서요.

이 고비만 넘기고 다음을 생각하자며 다잡은 마음이 한순간 이리저리 흩어져 발겨졌습니다. 그 주간은 이매진에 아무것도 올리지 못했습니다. 한 팀장 되기에 도무지 집중할 수 없었어요. 감성적인 말이 아니라 분노를 새긴 욕설을 쓰고 싶었습니다.

추가로 비용을 충당할 방법을 아직 찾지 못한 채로 다시 전당포를 찾았습니다. 일단 담보 연장부터 해야 했기 때문입니다. 이자가 불어나겠지만 최대한 버티고 싶었어요. 블루 마크를 달면 상황은 달라지니까요.

하지만 그날, 나는 시계에 대한 저당물 연장은 물론, 다른 것을 하나 더 저당 잡히고 맙니다.

네, 바로 생일이에요.

개인정보를 판매한 거냐고요? 아닙니다. 맥락에 따라 그렇게 읽힐 수도 있지만 성격이 좀 달라요. 이제부터 설명할게요.

은행원이나 변호사처럼 전문적인 인상을 주도록 복장을 갖춘 전당포 직원에겐 절박한 사람의 마음을 관통해보는 재능이 있는 것 같습니다. 아니면 뭐라 형용하기 힘든 표정으로 담보 연장 동의서에 서명하는 고객에게 으레 묻는 형식적인 절차였는지도 모르고요.

"만약에라도 추가 자금이 필요하신 경우, 좀 더 부담이 적은 방법으로 대출 가능한 상품도 있습니다만, 관심이 있으시다면 안내해드릴까요?"

짧은 실소를 내며 고개를 저었습니다. 다른 건 담보로 맡길 만한 게 없어요.

직원은 변함없는 담백한 얼굴로 응대를 이었습니다.

"생일을 담보로 하는 상품이에요."

출생신고라는 게 되어 있는 사람이라면 당연히 가진 것을 뜻하는 단어가 내 귀를 잡아당겼습니다. 그리고 이 분위기는 내가 조금은 알고 있는 그것이었어요. 곧바로 계정 매매가 떠올랐습니다. 불법이지만 암암리에 이루어지는 온라인 마케팅 방법이요.

개인정보 판매는 하지 않는다고 못을 박았습니다. 하지만 직원은 기간 한정 상품이며 아무에게나 추천하는 대출은 아니라고 안내를 덧붙였어요. 어떤 연구소의 상품 개발에 1년간 표본이 되는 '업무'인데 어려운 일은 아니라고 했어요.

"고객님은 아무것도 안 하셔도 괜찮아요."

그건 우리 회사가 누군가의 계정을 사들이면서 하는 말이었습니다. 그냥 아이디만 그 기간 양도해주시는 거예요. 어차피 안 쓰실 계정인데 아깝잖아요. 용돈도 버시고 저희가 활성화시켜드리면 나중에 재활용하셔도 되고 일거양득이죠.

하지만 내가 아는 그것과 무엇이 다른지 마케터 입장에서 조금은 궁금했어요. 이건 잠시간 파는 것으로 끝이 아니라, 대출금을 상환하고 되찾아야 하는 담보인 상황이니까요.

답변은 조금 어이가 없었습니다.

"생일을 맡겨주시면, 그날로부터 1년간 온라인상의 모든 생일 데이터가 잠금 상태로 유지됩니다."

그래서요?

"계정에 생일이 노출되지 않으니, 높은 확률로 온라인에서는 생일 축하를 받지 못하게 되겠죠."

겨우 그뿐인가요? 묻고 싶었지만, 무슨 프로그램인지는 몰라도 타인의 계정을 통제하다니, 불법 아닌가요? 부터 물었습니다. 실제로 아이디 구매 시도를 할 때 아주 자주 듣는 말이기도 합니다. 직업병이죠.

"신고가 들어가 법의 판단을 받기 전까지는 누구도 그렇다고 정의할 수는 없죠."

이번에도 직원은 내가 아는 대답을 하고선 다음 조건을 말했습니다.

"다만, 다음 사항에서는 약간의 결심이 필요하세요. 해당 기간, 운영하거나 가입된 소셜 네트워크, 예를 들어 이매진을 쓰신다면 1년간 구독자의 반응이 차단되는 조건이거든요. 내가 좋아요든 댓글이든 다는 것도 마찬가지고요. 물론 새 계정 생성도 안 돼요. 그러니까 일종의 '온라인상 페널티'를 1년간 경험하는 표본이 된다고 이해하시면 될 것 같습니다. 아, 대신 내가 콘텐츠를 업로드 하는 데는 제한이 없어요. 그저 반응과 그 반응에 대한 내 반응만 사라질 뿐이죠. 해시태그도 정상 사용이 가능하고요"

그는 마치 엄청난 서비스라도 제공하는 듯이 말했습니다. 그러니까 1년 동안 온라인에서는 밀실에서 벽보고 혼자 독백만 하라는 뜻이었지요.

그나저나 이 사람이 어떻게 내가 이매진을 운영하는지 알고 있지? 물으려다 말았습니다. 첫 방문 때 어떤 경로로 전당포를 알았냐는 말에 이매진 검색이라고 대답했던 게 떠올랐습니다. 실제로도 그랬고요. 좀 더 실용적인 질문을 하기로 했습니다. 대체 어떤 상품을 위한 연구죠?

"거기까지는 사내 기밀이라 말씀드릴 수 없습니다. 대신 대출한도가 높고, 이자가 없다는 장점이 있으니까 생각해보세요. 참, 그리고 이번 달 신청자에 한해서, 해당 기간 다른 저당물의 이자도 함께 감면해드리고 있어요. 고객님의 경우엔… 시계가 되겠네요."

솔깃했으나 애써 시큰둥한 표정을 유지한 채 그날은 집으로 돌아왔습니다. 그리고 며칠 후 나는 다시 전당포를 찾아 생일 담보 대출을 문의했어요. 한 팀장의 표정으로, 아쉬울 건 없지만 호기심으로 한번 물어나 보는 사람을 연기하면서요.

직원은 반색하며 다른 담당자를 연결해주었습니다. 전당포 안쪽에 마련된 작은 사무

실로 안내받아 직원이 설명한 것 이외의 다른 페널티는 없는지 서류를 꼼꼼히 확인했습니다. 정말 그뿐이었습니다. 담보 계약 기간, 온라인상 생일 정보 소멸. 가입 중인 온라인 채널의 반응 소거. 사용자 댓글 작성 비활성화. 다이렉트 메시지 기능 사용 불가.

혹시나 해서 일반 메신저 소통도 불가한지 물었지만 그건 아니라고 했습니다. 전화번호가 공유된 실제 관계에서의 소통에는 제한이 없었어요. 딱 하나, 자동 생일 노출 기능만 제한됩니다. 생일을 알리고 싶으면 '오늘이 내 생일이다'라고 직접 말을 걸면 된다고 했죠.

그럴 일은 없었습니다. 어차피 축하받을 사람도 없으니까요. 그저 거래처와는 종종 메신저로 자료를 공유하고 컨펌을 받기도 하기에 회사 업무에 지장이 없다는 걸 확인해야 했습니다.

괜찮을 것 같았습니다. 한 팀장으로 콘텐츠를 생산하는 데도 문제는 없고 그저 일정 기간 반응만 막아두는 거라면. 대체 이유는 모르겠지만, 이 사람들이 내 계정을 활용해 엉뚱한 이미지를 구축하며 돈벌이를 하는 건 아니었습니다.

잠시 멈춤. 쉽게 말하자면 그뿐이었습니다.

그 시점은 9월. 생일은 1월이니 곧 다가오기는 하겠죠. 하지만 축하를 받지 못해도 내겐 타격감이 그리 크지 않을 것입니다. 매년 생일 축하를 받을 정도로 가까운 사람이 있는 것도 아니었고 회사에서도 따로 챙겨주는 문화는 아니었습니다. 어차피 언제 가입했는지도 모를 각종 사이트에서 보내는 자동 메일이 축하의 전부였어요. 그걸 사라지게 해준다면 메일함이 훨씬 깨끗해져 오히려 좋을 것 같았죠.

그러나 다른 조건들은 고민이 되었습니다. 콘텐츠를 올려도 무반응이라면, 내가 다른 사람과도 소통할 수 없다면, 블루 마크를 얻는 데 지장이 생기지 않을까. 그게 마음에 걸렸어요. 이게 다 이매진의 블루 마크를 얻기 위해 치르는 대가인데요.

그래서 본사에 문의했고 그건 블루 마크 획득 조건과 관계없다는 답변을 받았습니다. 본사는 블루 마크 심사 기준은 수치화할 수 없는, 콘텐츠의 독창성과 품질이라고 강조했습니다. 이매진은 계정의 주인이 자발적으로 댓글과 반응을 막는 블라인드 옵션도 제공하니까요. 그렇게 되면 구독자들은 내 진짜 사정과 관계없이 '반응에 연연하지 않는 고상한 팀장'이 일부러 닫아둔 것으로 생각할 겁니다.

거기까지도 괜찮다면… 마지막으로 염려되는 건 허전함이겠죠.

그러나 내가 느껴야 할 약간의 허전함을 이자로 1년간 그 금액을 빌리는 조건이라면. 반응 없음에 반응하지 않는 정도는 충분히 가능할 것 같았습니다.

나는 몇 개의 서류에 서명하고, 필요한 금액을 초과하는 넉넉한 대출금을 수령했습니다. 중도상환은 불가하며, 정확히 1년 후의 날짜에 원금을 갚으면 모든 것이 일상으로 돌아온다는 조건이었습니다. 중도상환 불가라니 차라리 다행이었습니다. 상환 시점은 여유가 있을수록 좋으니까요.

전당포를 나오며 생각했습니다. 전당포는 중개처에 불과할 테고, 저 뒤에서 이 일을 진행하는 사람들이 얻게 되는 결과물은 뭘까. 반응이 없어 우울해하는 사람을 관찰하는 사디스트가 되자고 무이자 대출 상품까지 만드는 장난을 치진 않을 테지요. 급전은 필요하지만 체면은 깎이고 싶지 않은, 전당포에 돈을 구하러 오면서도 그런 자신을 부정하듯 스마트하게 차려입고 오는 나 같은 사람을 선별하는 것도 수상하고요.

더 깊게 생각하지 않아도 대강 알 듯했습니다. 어디에 써먹을지는 모르지만 결국, 고립감에 대한 반응을 관찰하고 싶은 게 아닐까의 결론에 다다랐습니다.

전당포 건물의 엘리베이터에서 내리며 그렇게 답을 정리했을 때 나는 작게 웃었습니다. 유치한 실험이라고 생각해서이기도 하지만 한편으로는 자신이 있었기 때문입니다. 아니면 오기라고 해야 할까요.

그때 내가 떠올린 1년 후의 풍경은, 블루 마크를 단 한 팀장이 대출금을 송금하며 전화 한 통으로 1년이 참 빠르네요, 라고 직원에게 무심하게 한마디 던지는 장면이었습니다.

아무튼 그렇게 집주인에게 원하는 보증금을 안겨주고 계약 기간을 2년 연장했습니다. 조금 남은 대출금으로는 여행상품 할부금을 갚았어요. 빚으로 갚은 빚이니 총량에는 변화가 없는데도 어딘가 약간은 가벼워진 느낌이었습니다. 착각인 걸 알면서도 기분은 괜찮았어요.

그래요. 마케팅이 효과를 거두게 하는 데는 불안만큼이나 착각도 중요한 요소입니다. 그걸 누구보다 잘 아는 내가 그 착각에 기분 좋게 속아주기로 했습니다. 반응 따위에 휘둘리지 않고 블루 마크를 향하여, 두 개의 일상을 빈틈없이 지키자 다짐하면서요.

음, 당신 지금 방금 웃었군요. 내가 그날 웃었던 것처럼요.

비웃음인가요? 어쩔 수 없죠. 당신은 이미 결말을 알고 있으니까요. 수치스럽지만 오늘은 그 수치심을 비롯한 나의 비틀어진 마음을 한껏 발산하고 싶은 거니까 목적에는 부합해요.

산책로도 벌써 중반이 지났네요. 다섯 번째 리본을 지나쳤어요.

어디 보자. 내가 반응 친구 대여 서비스를 신청하고 당신을 처음 만난 게 여섯 달 전이군요.

어떤 축하도 없는 적막한 생일을 보낸 후의 3월이었죠. 생일을 저당 잡힌 지 여섯 달후이기도 합니다. 온라인 반응을 잃은 지 6개월 차이기도 하고요. 결과적으로 여섯 달은 어떻게든 견뎠다는 겁니다.

그런데 의식이라는 건 참 잔혹해요. 그렇지 않나요? 평소에는 아무런 영향을 주지 않던 것이 의식하기 시작하는 순간부터 삶의 중심이 됩니다. 생일도 마찬가지였어요.

1월 17일, 0시가 되면 자동으로 날아오곤 했던 스팸 메일이나 문자조차 없는 첫 생일이었습니다. 이매진에서 작년 나의 생일을 근거로 기억해주는 구독자가 어쩌면 있을지도 모르지만, 댓글과 메시지 기능이 막혔으니 확인할 방법은 없었죠.

예상된 일이었지만 조금은 묘한 기분으로 다른 날과 마찬가지로 정시 출근을 했습니다.

다만 그날 나는, 평소처럼 도시락을 준비하지 않았습니다. 일급비밀처럼 꽁꽁 감춰진 생일이지만 나라도 스스로 축하해주자는 의지였죠.

점심시간, 외식을 위해 외투를 꿰어 입고 밖으로 나가려는 나를 보며 평소 업무적인 최소한의 대화만 주고받는 오 대리가 물었습니다. 세원 씨 점심 안 먹어?

관심은 아니었습니다. 왜 패턴이 깨졌는가에 대한 단순 호기심이었죠. 오 대리는 평소 점심 외식에 끼지도 않고, 커피 한 번도 쏘지 않으며, 매일 칼퇴하는 내게 조금도 호의가 없습니다. 계약 기간이 끝나 얼른 다른 직원으로 교체하기만을 기다리고 있는 본심이 빤히 보이죠.

오 대리의 주요 업무는 블로그 계정 매매를 위한 접촉입니다. 방치된 블로그 대여하시고 용돈 버세요. 뒤가 구린 일이지만 성사는 그럭저럭 잘 시키는 편입니다. 그런데 캐릭터 만들기나 연출엔 영 재능이 없어서 계정 활성화에는 성과를 낸 적이 없어요. 대리 직급은 어떻게 달았는지 정말 모르겠습니다. 나름의 공정한 절차를 거친다고 하지만, 톱 블로그나 블루 마크 심사기준만큼 모호한 그것이겠죠.

아무튼 그런 오 대리에게 나는 대답했습니다.

외식하려고요.

그 순간 나는 한세원이 아니라 한 팀장의 자아에 가까웠습니다. 회사에서는 전혀 드러내지 않았던 모습이죠. 그리고 다소 충동적으로 덧붙였습니다.

생일이거든요.

아아, 뭐. 어리석다거나 비굴하다고 해도 좋아요. 그렇게라도 타인의 반응을 보고 싶은 나약한 마음을요. 심지어 서로 싫어하는 상대를 향해서요.

그런 나와 오 대리의 시선이 서로에게 고정된 것은 겨우 이삼 초 남짓이었습니다. 그런데도 왜인지 굉장히 길고 낯설게 느껴졌습니다. 한 사무실을 쓰지만 우린 평소엔 그만큼도 서로를 정면으로 쳐다볼 일이 없었어요. 우리는 대체로 각자가 만든 자료와 결과물만을 상대하니까요. 그 이삼 초의 끝에 오 대리는 시선을 깔며 말했습니다.

안 늦게 시간 맞춰 들어와.

날 선 말도, 오류가 있는 말도 아닌데 모멸감이 천천히 밀려왔습니다.

비참하게도, 이유 역시 동시에 깨달습니다.

형식적이나마 '그래? 축하해' 정도의 원하는 대답이 들려오지 않은 탓도 있지만, 내가 그 형식적인 축하라도 은연중에 바라고 있음을 들킨 것, 그런데도 절대 해주지 않겠다는 오 대리의 강한 적대적 의도를 감수해야 했기 때문입니다.

그리고 가장 중요한 이유. 그 순간의 모멸감은 오롯이 한 팀장의 몫이었습니다. 유행 지난 낡은 옷을 입고 검소한 반찬의 도시락을 먹는 흑백의 한세원이 아니라, 나의 시계와 생일과 이매진의 반응까지 희생해 지킨 고귀한 컬러 캐릭터 한 팀장이요.

용서할 수 없었습니다.

한 팀장은 그런 반응을 얻지 않아요. 결코.

그날 점심, 나는 계획에 없던 프렌치 파인 다이닝을 찾아 런치 코스요리를 2인분 주문했습니다. 와인도 병째 주문하고요. 아무리 봐도 혼자 온 손님인데 웨이터가 의아해했으나 그래도 달라는 주문에 수긍했습니다. 나는 식탁을 부지런히 촬영했습니다. 마치 앞에 누군가 친밀하고도 절친한 사람이 있는 것처럼 연출하면서요.

바로 콘텐츠를 작성했습니다. 댓글은 달리지 않겠지만 아무튼 누군가 보긴 할 테니까요.

오랜 친구 H가 직접 찾아와 축하해준 생일. 낭만적인 프렌치 코스요리를 느긋이 즐기기 위해 오늘은 일정을 완전히 비웠다. 나파밸리 산 피노누아를 나누어 마시며 그동안 나누지 못한 긴 이야기를 할 거야. 많은 추억을 꺼내 넉넉해진 서로의 마음이 이미 최상의 선물 아닐까.

평소만큼 길게 쓰지는 못하고 마무리를 지었습니다. 누군가는 오늘의 나를 동경하겠지, 라는 심정으로요.

다 먹지도 못한 식사의 비용은 상당했고, 3개월 할부로 계산해야 했습니다.

당연히 제시간에 복귀하지도 못했습니다. 40분을 초과했어요. 마신 와인 때문에 얼굴은 붉어진 채였고요. 냄새도 좀 났겠죠. 오 대리는 어이없어했고 대표는 언제 한 번만 걸려라, 라는 주문을 매일 외고 있기라도 했던 사람처럼 나를 앞에 세워두고 긴 질책을 했습니다.

견고히 지키던 균형이 무너지는 일은 한순간인 것 같습니다.

그날 저녁, 왜인지 구독자가 8명이 줄어 있는 숫자를 보고 난 다음엔 맥이 탁 풀렸습니다. 지난 여섯 달 다져온 무반응에 무반응하기가 도무지 견디기 힘들어졌어요.

해당 분기 블루 마크 심사에서의 탈락도 상황을 악화시켰습니다. 경쟁 계정이었던 '오후 여행자'의 이름 옆에는 블루 마크가 생겨 있었고요. 화가 났지만 조바심도 났습니다. 블루 마크 획득이 지연될수록 전당포에 갚아야 할 돈을 버는 일에서도 한걸음 멀어집니다. 부업이라도 찾아야 하지 않을까, 투잡 쓰리잡이라도. 현실적인 계산도 시작했죠.

하지만 나는 한 팀장을 잃고 싶지 않았어요. 백번 양보해 시계는 잃어도 한 팀장은 안 됩니다. 회색의 시간을 늘린다면 그 분량만큼의 한 팀장은 지워지는 게 수순이에요. 한세원을 지키기 위해 결국 한 팀장을 등한시하게 될 겁니다.

최악의 경우 콘텐츠 발행이 멈추기라도 한다면 사람들은 잔혹하리만치 금방 잊을 테고요. 한 팀장이 차지하고 있던 자리는 블루 마크를 꿈꾸는 다른 경쟁자로 금세 대체될 거예요.

나는 뭘 해야 하는 걸까. 대체 뭘 하고 싶은 걸까.

낮에 써둔, 충동적인 생일 알림 콘텐츠를 바라보며 생각에 빠졌습니다.

나에게 당장 필요한 것은, 블루 마크보다 좀 더 손에 잡힐 만한 것이었습니다. 이 고민에 대해 누군가와 상의하고 싶었지만 그럴 만한 사람이 없다는 걸 깨닫고 다시 의기소침해지긴 했죠. 혼란 속에서 질문하고 또 질문했습니다. 대체 넌 뭘 원해?

답을 찾지는 못했습니다. 무엇을 하고 싶은지는 미지수지만 대신 이것만은 더없이 분명했어요. 무엇을 하고 싶지 않은지만은요.

루저는 되고 싶지 않았습니다. 잊히고 싶지 않았어요.

한 팀장은 반드시 지켜져야 했어요.

…….

이런, 시간이 이제 그것밖에 남지 않았나요? 네. 이젠 거의 끝나가니까요. 대여 시간에는 맞출 수 있을 거예요. 걱정하지 마세요.

한 팀장으로서의 정체성이 희미해지지 않게 하고 싶었어요. 이매진에서 반응을 얻을 수 없다면 한 팀장이 이매진 밖으로 나오면 어떨까 생각했습니다. 지금껏 프레임과 텍스트의 바깥으로 나와본 적은 없지만 모든 일에는 시작이 있는 거니까요. 게다가 앞으로 견딜 시간은 여섯 달 남짓이었고요. 끝이 언제인지 안다는 건 그 자체로 사람을 견디게 하잖아요.

몇몇 단순 지인이라고 부를 만한 사람에게 먼저 연락을 해보았지만 이런저런 핑계로 누구와도 약속을 잡을 수는 없었습니다. 심지어 전 애인에게도 해봤는데, 거절이었죠. 그들은 한 팀장에게도 한세원에게도 관심이 없었습니다.

그러던 어느 날 광고 메일을 하나 받았어요. 바로 '프라이빗 팬' 애플리케이션 광고였습니다.

보편적 외로움의 시대,
편안한 나만의 팬이 필요할 때,
간절히 듣고 싶은 말이 있을 때는
— 반응 친구 대여 서비스를 이용해보세요

카피를 보자마자 곧장 터치해 앱을 다운받고 서비스 내용을 살펴보았습니다. 원하는 지역과 성별, 연령대, 관심사 종류를 선택하면 매칭 후보의 프로필이 추려지고 그중 적당한 가격의 친구를 내가 최종적으로 골라 예약해, 실제로 만나는 시스템이었습니다.

거기서 고른 친구가 당신이죠.

프라이빗 팬에는 반응 친구의 등급이 다양한데, 다이아몬드 등급은 대여료가 꽤 높았고, 당신은 세 등급 중 가격이 가장 낮은 실버 등급이었어요. 등급이 나뉘는 기준은 대여 친구 경력과 인기도에 따라서라고 하더군요. 반응 친구와는 신체 접촉은 불가하며 오직 대화만 가능합니다.

외롭지만 곁에 누구 하나 없어서 비용을 지불해 일정 시간 나에게 반응해줄 친구를 대여한다. 이것도 모멸감이랄지 굴욕감이 없지는 않습니다. 하지만 대가가 분명하기 때문일까요. 당신을 대면하는 동안만큼은 얼마나 만족했는지, 모멸감은 까맣게 잊었어요.

한 팀장인 내가 풀어놓는 소설 같은 이야기에 당신은 최선을 다해 공감하고 때로는 질문하고 웃어주었으니까요. 멋지다 굉장하다 칭찬을 아끼지 않고요. 글자와 이모지가 아닌 진짜 얼굴과 목소리로요. 심지어 당신은 내가 '듣고 싶은 말'로 미리 등록해두었던 리스트를 맥락에 맞춰 절묘하게 강조해주기도 했어요. 완벽한 즉흥 연기라고 감탄할 정도였습니다.

식사나 커피 등 만남에 필요한 비용도 사실 대여자의 몫이고, 진짜 속을 터놓은 게 아니라 보여주고 싶은 것을 보여준 것뿐이지만, 그간 얻지 못한 반응에 대한 모든 보상을 얻는 것 같았습니다.

물론 시간이 다 되면 당신은 대여 시간이 끝났음을 조금은 사무적인 목소리로 알려주고, 당신의 에이전시에 보고하기 위한 나의 전자서명을 받습니다. 그러면 내 신용카드에 분초 단위까지 정산된 그 비용만큼의 승인이 나죠.

그 순간만큼은 현실이라는 허전함이 엄습하지만, 그래도 지난 두 시간 나는 즐거웠으니 그 기억으로 다른 무반응의 날을 버텼어요.

나는 당신이 정말 마음에 들었고, 앞으로 여섯 달간 당신이라는 유일한 구독자를 한 달에 한 번만 만나자고 마음의 결정을 내렸습니다. 그걸로 충분히 위안이 될 것 같았거든요.

그러나 무너진 균형이란 그 방향을 거스르진 않는 모양입니다. 겨우 며칠 후에 나는 당신이 필요해졌고 그달에만 다섯 번을 찾았습니다. 때마다 당신은 예약 시간에 오차 없이 나타나 내가 대접하는 음식을 먹으며 나에게 최선의 반응을 보여주었어요.

그저 무조건적인 칭찬만 반복하거나 고개만 끄덕이는 사람이었다면 그렇게 자꾸 만나고 싶지 않았을 거예요. 당신은 한 팀장의 친구라고 해도 될 만한 식견과 취향과 스타일이 있었어요. 근거와 기준을 가지고 나를 추켜세워 주었어요. 정말 유혹적이었죠. 때때로 이 사람은 대체 왜 이 일을 하지? 더 괜찮은 직업을 가질 수 있을 텐데, 자문할 정도로요.

하지만 보여주고 싶은 것만 보여주는 내가 할 수 있는 질문은 아니기에 속으로만 삼켜두었습니다.

그다음 달, 나는 다소 충격을 받았습니다. 나는 또 블루 마크 심사에서 탈락했는데, 당신의 등급은 골드가 되어 있었어요. 그만큼 대여 비용이 상승했다는 것을 의미했습니다. 예약 가능한 시간도 전보다 제한적이었어요.

다른 실버 등급의 친구를 찾을까 했지만 역시 당신이 아니면 안 될 것 같았습니다. 거의 두 배 높아진 비용을 감수하고 당신을 예약했어요. 레스토랑도 더 좋은 곳으로 예약했고요.

그렇지 않아도 이미 급여에 따른 한도를 예전에 초과한 카드빚은 점점 덩치를 불려나가는 중이었습니다. 비현실적인 숫자는 보고 싶지 않아 가계부 작성은 멈췄고, 시계와 생일 담보의 원금을 어떻게 마련할지에 대해서도 고민에 손을 놓은 지 오래였습니다. 그래도 멈출 수 없었습니다.

어디서부터 잘못된 걸까.

질문은 이제 그렇게 변해 있었습니다.

인정하고 싶지 않았지만, 답은 이미 전부터 알고 있었어요.

내게 어째서 반응 친구 대여 서비스를 소개하는 광고메일이 왔는지, 하필 생일을 저당 잡힌 이 기간에 절묘하게도. 나의 고립 상황을 관찰하고 있을 미지의 그 연구업체와 전당포 말고 무엇을 떠올릴 수 있을까요. 누구라도 모를 수 없을 겁니다.

속된 말로 '알고도 끌려가는' 기분은 참담했습니다. 친구 예약 버튼을 누르기 직전까지도, 약속 장소에서 당신을 만나기 직전까지도 혼란스러웠죠. 내가 지금 뭘 하는 거지. 이 모든 게 연극일 뿐인데 무슨 의미가 있지.

하지만 당신을 만나 이야기를 시작하면 갑자기 나는 세상의 중심이 됩니다. 당신이 존재함으로 마치 내가 블루 마크를 단 듯한 착각에 빠지는 것이죠. 게다가 당신의 얼굴에는 이것이 연극이라거나 합의된 거짓이라는 표정이 전혀 드러나지 않아요. 대단하다고 생각될 정도로요. 나의 자존감을 조금도 훼손하지 않습니다. 약속된 시간만큼은.

그리고 이번 달 당신은 다이아몬드 등급이 되었습니다. 오늘을 마지막으로 앞으로는 당신을 볼 수 없을 거라고 생각해요. 이제는 좋은 장소를 예약할 수 없는 형편이라, 불가피하게 공원 산책을 골랐습니다. 시간도 평소보다 짧은 한 시간이고요.

어느 때보다도 사치스러운 시간이니, 이 마지막만큼은 진짜 이야기를 하고 싶었어요. 공개적으로 할 수 있는 이야기는 아니니까요. 나는 아직도 블루 마크를 꿈꿔요.

그렇군요. 시간이 다 되었네요. 서명할게요.

오늘은 정말. 숫자가 크네요.

…….

네? 지금요? 물론… 시간도 있고 당신과 더 이야기하고 싶지만 이제는 한도 초과라 빚을 내고 싶어도 승인이 안 될 거예요. 푼돈이라도 마련하려고 그간 중고거래로 물건도 꽤 팔았어요. …정말요? 이 시간은 비용 청구를 안 한다고요? 왜죠?

아아. 아… 그렇군요. 알았습니다. 이런.

이제야 의문이 풀렸어요. 당신이 왜 이 일을 하고 있는지.

미안해요. 씁쓸한데도 웃음을 삼키기 힘들군요.

어쩐지.

당신도 한때 이매진의 블루 마크를 얻고 싶었지만 포기했군요. 맞아요. 정말 쉽지 않은 일이에요. 나는 아시다시피 여행과 라이프 스타일 콘텐츠였는데 당신은요? 아아, 네. 그 분야도 참. 시간과 비용이 많이 들었겠어요. 기획도 쉽지 않았을 것 같고요.

빚이요. 전당포. 생일 담보. 그랬군요. 그런 거죠. 나와 같군요.

하하.

그래도 대단한데요. 기획이나 연출은 적성에 안 맞았어도 연기는 나쁘지 않다는 장점을 살려 반응 친구 대여 서비스에 발을 들인 것은요. 괜찮은 선택이었다고 봐요. 결과가 증명해주잖아요? 당신이 벌써 다이아몬드 등급이라는 사실이요. 빚도 머지않아 다 갚을 수 있을 거예요. 당신은 다이아몬드니까.

아, 내게도 권유하는 건가요? 반응 친구 일을 해보지 않겠느냐고요. 그래서 비용이 없다고 했군요. 글쎄요… 잘 모르겠어요. 어떻게 할까요.

당신처럼 눈 딱 감고 이 시기를 견디고 나면… 누군가를 위해 반응만 하는 삶을 모두 지내고 나면, 나는 비로소 내가 될 수 있을까요?

내가 바라는, 내가 보고 싶은 내가요. 그 언젠가는요. 🐾

시공검열관리국 생활안전과 — 라그랑주 데이트

Life Safety Division, in Time-Space Administration Bureau —Lagrange Date

홍지운

SF작가. 구 dcdc.
청강문화산업대학교 웹소설창작전공 교수.
기혼.

당신이 미래에서 과거로 시간여행을 한다면(하지 않기를 빌지만) 부디 도착하자마자 복권을 사러 가는 바보짓은 하지 않기를 권한다. 복권은 시공검열관리국에서 시간여행자를 특정하기 위해 만든 거짓말일 뿐이니까. 애초에 우리는, 그러니까 나를 포함한 시공검열관리관들은 시간여행자들이 정보의 편차를 악용할 수 있는 루트는 모두 철저히 감시하고 있다.

"선배, 편의점 갔다 왔어요. 시간여행자는 찾았어요?"

"못 찾았다. 이거 공연까지 기다려야 할 것 같은데."

"아싸."

아싸? 선배가 아이돌 공연장 앞에 하염없이 줄을 선 채 실존적인 고뇌에 빠진 와중에 배가 고프다며 당당히 편의점에 들렀다 온 뻔뻔한 후배는, 업무비로 공연을 볼 수 있게 되었다는 사실에 환호성을 지르고 앉아 있었다. 아휴. 어떻게든 이 녀석을 떼어놓고 왔어야 했는데. 부장이 나처럼 음침한 사내놈이 혼자서 여자 아이돌 그룹 공연장에 가면 요주의 인물로 찍힐 테니까 공무원 때가 덜 묻은 후배를 데리고 가야 한다고 신신당부하지만 않았어도.

그렇다. 시간여행자들이 정보의 편차를 악용할 수 있는 루트는 다양하고, 세계적인 K 팝 스타가 갑작스럽게 공지한 복귀 무대의 로얄석 예매 또한 시간여행자들이 정보의 편차를 악용할 수 있는 루트 중 하나인 것이다. 비틀즈의 루프탑 공연 당시 검거된 시간여행자의 숫자만 해도 XXX명이 넘어, 시공검열관리국 직원들 사이에서는 애초에 저 공연부터가 시간여행자들을 유도하기 위한 미끼였다는 공공연한 음모론이 돌고 있을 정도다.

이런 실정이니 시공검열관리국에서는 세계적인 K팝 그룹, 님파이의 202X년 게릴라 복귀 콘서트에 대해서도 촉을 세워놓고 있었고, 덕분에 단 3분 동안 열렸던 예매의 좌석 중 한 자리가 최소 사반세기 이후에나 나올 해킹 기술을 통해 결제되었다는 사실을 감지할 수 있었다. 그 때문에 나는 취향도 맞지 않고 팔자에도 없는 아이돌 그룹의 공연을 취향도 맞지 않고 팔자에도 없어야 했던 후배와 오게 되었고 말이다.

"도대체 님파이라는 그룹이 얼마나 잘난 분들이시기에 과거로 시간이동까지 해서 보러 올 정도라니?"

"선배는 정말 이 세상 사람이 아니구나. 님파이를 몰라요? 미스테스 엔터테인먼트 소속에 8인조 그룹! 다들 인기지만 프리지아는 예능에도 자주 나오고 베로는 노래 잘해요. 리디는 SNS에서 완전 셀러브리티예요. 이 사람은 말도 되게 재미있게 하고요."

"나는 네가 무슨 말을 하는지 하나도 모르겠다… 사 오라고 한 건 사 왔고?"

"여기요. 도대체 시공검열관리관이 왜 이런 걸 매번 사는 거예요?"

"시끄럽고."

나는 후배의 손에서 종이쪼가리를 빼앗고는 그 위에 덧씌워진 박을 긁어 없앴다. 왕관. 왕관. 꽃. 오늘의 즉석복권도 당첨권이 아니었다. 꽝 복권은 주머니 안에 넣고 잊어버리기로 했다. 나는 시간여행자가 아니므로 복권을 사는 일은 바보짓이 아니다.

"공무원으로서 세수 확보에 협조하고 있을 뿐이니까."

"별소리를 다 하셔."

후배는 새끼손가락을 빙글 돌려 염동력으로 페트병의 뚜껑을 연 후 음료를 마셨다.

"아이돌 공연장에 정장 차림 남녀가 둘 서 있는 것도 이상한데 초능력까지 쓰지는 말자. 이미 사람들 눈에 띄는데 초능력 쓰는 모습을 들키면 어쩌려고 그래?"

"그러니까요. 애초에 시공검열관리국이라고는 해도 선배랑 저는 고작 생활안전과잖아요? 미래에서 침략해온 군대와 맞설 치안종합상황실도 아니고 과거에서 현재로 떠넘긴 화산 폭발을 정리하는 경비교통과도 아닌데. 그런데 왜 정장 차림을 반드시 고수해야 하냐고요. 누가 보면 우리가 무슨 저승사자라도 되는 줄 알겠어요."

시공검열관리국에서 하는 업무와 명부에서 하는 업무가 딱히 다르지도 않지. 나는 괜한 대답을 삼키고는 후배를 노려보았다. 그리고 서른두 번 정도 되풀이했던 훈계를 다시금 반복했다.

"'고작 생활안전과'라고 하지 마. 시공검열관리국 생활안전과의 목표가 뭐라고?"

"이제 태어나지 못할 이들을 위한 애도다."

"또?"

"돌아갈 곳을 잃어버린 이들을 위한 안내다."

나는 고개를 끄덕이고는 후배가 허공에 띄워놓은 페트병을 낚아챘다.

후배가 말한 것처럼 '시공검열관리국'이라는 거창한 이름에도 불구하고 생활안전과가 맡는 업무는 다른 부서들에 비교하면 소박하다는 것 자체는 부정할 수 없는 사실이다. 하지만 다른 부서에 비해 우리가 할 일들이 훨씬 더 많다는 것도 사실이다. 다른 부서가 맡는 큼지막한 업무는 그렇게 자주 일어나지 않는다. 의외로 조직 규모에서 시간이동기술을 악용하는 경우는 많지 않기 때문이다. 규모가 일정 이상은 되는 조직은 시간이동기술을 개발하더라도 그 기술의 위험성을 인식하고 시공검열관리국과 충돌하지 않는 방법에 국한해서만 활용하기 때문이다.

"말이야 거창하지만 결국 선배나 저나 미래에 기념비적일 아이돌 공연을 보기 위해 과거로 시간여행을 온 얼간이를 체포하는 일이나 하고 있는데요."

　이 또한 부정할 수 없는 사실이다. 시간이동윤리학에 따르면 과거로의 시간여행은 태초의 동작인(動作因)이 되는 일이다. 도착한 그 시점 이후 벌어지는 모든 사건의 원점이자 책임의 주체가 되는 일이고 떠나온 과거미래의 마지막 장을 덮는 일이다. 그런 끔찍한 범죄를 저지르기 위한 이유가 고작 1시간 남짓의 즐거움 때문이라 하면 아무래도 입이 쓰다.

✳

너의 흥얼거림에 심장이 뛰어
가사를 잊어버렸지 뭐야
누군들 포로가 되지 않겠어
La-Di-Da, La-Di-Da, La-Di-Da
춤추며 삐끗해버렸지 뭐야
너의 눈웃음에 해가 피는걸
엄마의 빈정거림도 그냥 우스워
La-Di-Da, La-Di-Da, La-Di-Da
La-Di-Da, La-Di-Da, La-Di-Da

　공연이 시작되었다. 님파이인지 빅파이인지 하는 아이돌 그룹이 열창하는 노래가 공연장의 분위기를 무르익게 만든다. 나와 후배는 짐짓 공연장의 보안요원이라도 되는 것처럼 당당하게 객석 사이를 지나갔다. 저 멀리에 시간여행자가 예매했을 좌석이, 그리고 그 자리에 앉은 한 노인이 보였다.

　"선배. 웬 어르신이 앉아 있는데요? 저분 맞아?"

　"맞아. 안경이 공산품인데 근 30년간은 판매된 적 없는 디자인이네."

　"그 전에 나왔을 수도 있잖아요. 막 50년 전에. 조상님 유품이고 그래서."

　"말을 하고 싶으면 말이 되는 소리로 하자."

　후배는 고개를 끄덕이고는 용의자를 주시했다. 용의자의 체구는 21세기의 인류와 비슷하다. 다 낡고 해진 옷차림을 보니 본인의 육체 그대로 과거에 왔을 것이다. 어지간히 마니악한 시간여행자가 아닌 한, 시간여행자들이 인공신체를 고를 때는 대부분 기성품을 고르지 저런 늙은 신체를 고르지는 않는다. 촉촉하게 젖은 눈동자를 보아하니 인생 마지막 추억으로 청춘을 되새기고자 왕년에 좋아했던 그룹을 보러 온 모양이다. 조금 짠하다.

내가 눈짓을 보내자, 후배는 눈에 보이지 않는 총을 쏘는 것처럼 새끼손가락을 들어 주변의 관객들을 염동력으로 묶어버렸다. 흥겨운 음악 소리에 객석에 앉은 사람들 모두 어깨를 들썩이는 와중에 묶인 무리의 사람들만 딱딱하게 굳어 있는 모습은 주변에 위화감을 불러일으키기 딱 좋은 풍경이다. 나는 서둘러 노인에게 다가갔다.

"시공검열관리국 생활안전과에서 나왔습니다. 어르신을 불법시간선 침해 혐의로 연행하겠습니다. 첫째. 당신은 묵시권을 행사할 수 있습니다. 둘째. 당신은 속시주의에 따른 시공법정에 설 수 있습니다. 셋째. 당신은 변호인을 선임할 수 있으나 이는 현시의 변호사로 한정될 것입니다."

나는 가급적 친절해 보이도록 애쓰며 ID카드를 보여준 뒤 아크로코린토 원칙을 읊었다. 노인의 얼굴은 검버섯과 주름으로 가득하다. 사치스러운 시간관광객으로는 보이지 않는다. 흔한 일은 아니지만 놀라운 일도 아니다. 아무리 자신이 저지른 죄가 크더라도 생활안전과에 잡힐 범죄자들은 자기들이 저지른 잘못이 큰 문제가 될 것이라고 상상도 못 한 경우가 많다. 의도가 나쁜 경우는 잘 없는 것이다.

"각 권리에 대해 이해하셨습니까?"

"선배!"

아마 이해를 못 했던 것 같다. 노인은 표정이 굳은 채 주머니에 손을 집어넣었다. 그리고 품에서 수류탄을 꺼내 들었다. 염동역장 안에서도 움직였어? 시간을 역전해서 한 일이 고작해야 아이돌 공연장에 온 것이면서 무기까지 준비했다고? 나는 당황한 나머지, 그만 노인이 수류탄의 핀을 뽑는 것을 멈추지 못했다. 펑! 하는 폭음이 고막을 뒤흔들자,

너의 흥얼거림에 심장이 뛰어
가사를 잊어버렸지 뭐야
누군들 포로가 되지 않겠어
La-Di-Da, La-Di-Da, La-Di-Da
춤추며 삐끗해버렸지 뭐야
너의 눈웃음에 해가 피는걸

님파이의 노래가 레코드판이 튄 것처럼 수류탄이 폭발하기 전의 부분부터 다시 공연장을 메우고 있었다.

"뭐야! 선배, 뭐예요?"

"당했네. 저 영감쟁이가 쓴 건 평범한 수류탄이 아니라 시공진동탄이었어. 네 염동역장은 시공진동탄용 간이역장에 막혔겠지. 영감쟁이는 일대의 시공을 뒤흔들어서 과거로 돌아간 뒤, 진동이 멈추기 전에 빠져나갔을 거야."

"시공진동탄인데 어떻게 선배나 제가 그걸 기억해요?"

"네가 염동역장을 조절하고 있었잖아. 영감쟁이만큼은 아니어도 우리 시간엽도 덜 흔들렸겠지."

후배의 염동역장 안에 들어가 있던 사람들은 영문을 알지 못해 당황하고 있었다. 나는 혀를 차고는 주변을 둘러보았지만, 노인은 이미 멀리 도망친 뒤였다. 그 영감, 용하기는.

엄마의 빈정거림도 그냥 우스워
La-Di-Da, La-Di-Da, La-Di-Da
La-Di-Da, La-Di-Da, La-Di-Da

"어떻게 된 게 선배는 그것도 못 막아요?"

"너는 아무리 비살상용이라지만 시공진동탄의 파장에 정면으로 부딪힌 선배를 걱정하는 인간적인 마음이나 그런 거 없니?"

"없는데."

나는 후두동맥을 마사지하며 후배를 노려보았다. 아무래도 소뇌 뒤 시간엽에 충격이 덜 가신 것 같다. 눈앞에서 용의자를 놓치다니. 생활안전과에서는 3년 만에 일어난 사고인데. 징계위원회까지 가지는 않겠지만 시말서는 써야 할 판이다.

"그냥 늙은 아이돌 오타쿠 어르신은 공연 잘 보시라고 하고 무대가 끝난 다음에 연행하면 안 돼요? 멀리서 왔는데 노래 한 곡도 못 듣고 잡혀가면 불쌍하잖아요. 그 연세 되도록 좋아하는 아이돌 공연 한번 보고 싶다고 타임머신까지 타고 온 사람인걸요."

후배는 내 골머리가 썩는 와중에도 헛소리다. 나는 한숨을 쉬고는 이미 스물세 번 정도 되풀이했던 대답을 다시 반복했다.

"너 내가 최소한 시간이동윤리학에 대한 소고 정도는 읽어놓으라고 했지. 우리 시공검열관리국은 치안종합상황실부터 생활안전과에 이르기까지 어떤 부서든 속시주의를 따른다고도 했잖아.

그래. 네 얘기처럼 저 노인이 나쁜 마음을 먹고 아이돌 공연을 보러 온 건 아닐 거다. 일평생의 꿈일 가능성도 크겠지. 관심이 없는 나조차도 조금 짠해. 하지만 저 노인이 과거로 온 바람에 이 시간선에는 노인이 살던 시간선에서 일어날 일들이 일어나지 않게 될 거야. 노인이 머문 시간 동안 태어나야 했던 아이가 단 한 명만 태어나지 않게 되더라도, 이후 인류의 역사가 이어지며 태어나야 했을 수천, 아니 수억은 될지도 모를 그 한 명의 후예들이 태어나지 못하게 된다고.

노인이 어느 정도의 미래에서 과거로 돌아왔는지는 모르지만, 노인은 시간여행을 감행한 순간부터 이 시간선에서 태어나야 했을, 자신의 시간선에서 자신과 엮여서 지냈을지 모를 수많은 사람의 인생을 최소한 망쳐버렸거나 아예 시작조차 하지 못하게 막아버린 거야. 개인이 아닌 조직 차원에서 범법적인 시간이동을 잘 저지르지 않는 것도 시간이동 기술을 개발하는 과정에서 누군가는 그런 우려를 하게 되기 때문이지.

노인이 알고 저질렀거나 모르고 저질렀거나 마찬가지야. 이 시간선의 천 년과 만 년의 뒤를 생각하면 저 노인은 그의 시간선에 있어 대량학살자가 되었어. 알겠어? 속시주의에 의거한 시공검열관의 업무는 할리우드의 타임트레블 영화처럼 낭만적인 이야기가 아니라고. 그렇게 되지도 않고, 될 수도 없어.”

그렇다. 시공검열관의 일이라는 것은 기본적으로 이제 태어나지 못할 이들을 위한 애도다. 비록 이 시간선에서는 존재조차 가늠할 수 없지만, 누군가가 이 시간선에 찾아오기 전에 머물던 시간선에서는 태어났을 이들에 대한 추모다.

후배는 내 말을 이해했는지 조용히 고개를 끄덕였다. 그러고는 말없이 등을 돌려… 등을 돌린 채 천천히 걸어가서 노인이 예매했던 빈 좌석에 가서 앉으려고 했다. 어휴. 이 미치광이가. 나는 그 녀석이 객석 사이를 가로지르기 전에 재빠르게 뛰어 그 앞을 가로막았다.

“너는 일 안 하게?”

“아, 좌석 아깝잖아요. 자리 좋은데. 오타쿠 어르신은 선배가 알아서 잘 잡자. 응?”

“너 그러다 진짜 징계위원회에 회부되면 존재 자체가 삭제되는 수가 있다.”

“에엥… 어, 이게 뭐지?”

후배는 바닥에서 사진 한 장을 주워 나에게 들이밀었다. 그 사진에는 병상 위에서 딱딱한 얼굴을 하고 누워 있는 여성의 모습이 담겨 있었다. 노인이 도주하는 과정에서 떨어뜨린 물건으로 보였다. 나는 사진을 주머니 안에 넣고는 후배를 끌고 바깥으로 나갔다.

＊

우리는 공연장을 나가 관리실로 향했다. 이렇게나 인파가 많은 곳에서 어디로 도망친

지도 모르는 노인을 우리 두 사람이 발로 뛰면서 찾을 수도 없는 노릇이었기 때문이다. 아무리 걸음을 재촉해도 급한 마음이 가라앉지를 않는다.

"그 사진은 뭘까요?"

"모르지. 일단 붙잡아서 물어보는 수밖에."

"어딘지 익숙한 인상인데."

단서에 대해 떠드는 사이, 나와 후배는 곧 관리실 앞에 도착했다. 문 앞에 서 있던 경비원이 우리를 가로막았다. 당연한 일이다. 한창 아이돌 공연이 진행되는 와중에 검은 정장을 입은 수상한 사람이 이런 곳까지 와서 어슬렁거리면 경계 당해도 싸지 않겠는가. 내가 주머니에 손을 집어넣은 사이, 후배는 재빠르게 지갑에서 신분증을 꺼내 경비원에게 보였다. 아이고.

"시공검열관리관입니다. 불법시간선침해 용의자를 추적 중이어서 보안요원분들의 도움을 받고 싶은데요. 관리실까지 안내해주실 수 있을까요?"

"뭐요?"

"실례… 죄송합니다."

나는 경비원의 어처구니없어하는 얼굴에 수면가스를 분사했다. 그리고 후배의 어처구니없어하는 얼굴에 나의 어처구니없어하는 얼굴을 보여주었다.

"내가 너한테 시공검열관리국이 대외적으로는 존재가 알려지면 안 되는 비밀조직이라고 얼마나 더 이야기해줘야 할까?"

"영원토록…."

"이 경비원에 대한 기억조작을 신청하면서 네 기억도 조작해달라고 해야겠다. 결재서류는 네가 써."

나는 곧장 관리실의 문을 열고는 수면가스통을 터뜨렸다. 5, 4, 3, 2… 1. 짧게 다섯을 세고 그 안의 경비원들이 잠든 것을 확인한 뒤, CCTV실 한구석에 잠든 경비원들을 눕혀두고 화면을 확인했다.

워낙 넓은 공연장이었는지라, 벽에 설치된 수십 개의 모니터를 통해 온갖 장소의 CCTV를 다 확인할 수 있었다. 하지만 화면 그 어디에도 노인의 모습은 찾을 수 없었다.

"할아버지가 미래로 돌아가신 거 아닐까요? 아니면 우리를 만나기 전의 보다 더 먼 과거로 가셨거나."

"아냐. 그랬다가는 본부 시축진동계의 알람이 울렸을 거야."

건물 입구에서 공연장 객석까지 온갖 곳을 훑어봤지만 노인의 모습은 찾을 수 없었다. 어떻게 된 걸까? 공연장 바깥으로 나간 걸까?

"안 되겠다. 선배. 과거를 보죠."

"시공검열관리관더러 시간이동을 하라고?"

"무슨 소리야. CCTV의 예전 기록을 보자고요. 이 할아버지가 나갔든 안 나갔든, 오늘 공연장에 들어왔을 때부터는 계속 찍혔을 거 아녜요.

"아."

나는 패널을 조작해 벽에 설치된 모니터의 모든 영상을 공연 시작 2시간 전으로 돌리고 최대 배속으로 재생했다. 얼마 지나지 않아 후배는 화면 안에서 노인의 모습을 발견했다. 노인은 연행되기 직전과 똑같이 허름한 차림새를 하고는 가만히 공연장 한쪽 벽면에 부착된 포스터를 응시하고 있었다.

우리는 계속해서 노인의 동선을 확인하기 위해 화면을 조작하려고 했다. 하지만 그럴 필요도 없었다. 노인은 계속해서, 입장대기줄에 서기 전까지 그저 그 포스터를 바라보고만 있을 뿐이었으니까. 그런 그의 모습에서는 처연함을 넘어 비장함마저 보인다.

"저 포스터에 뭐가 묻기라도 했나?"

"전체 멤버가 다 담긴 포스터는 아니고 리디의 개인 포스터인데… 이상한데요."

"어떤 점이 이상한데?"

"포스터를 오래 보는 것까지는 그렇다고 쳐요. 리디는 개인 팬도 많으니까. 하지만 님파이의 콘서트에 와서, 그것도 포스터 한 장만 저렇게 오래도록 바라볼 정도로 열성적인 팬이 굿즈 줄에는 서지 않는다? 이건 이상하지."

왜 나는 그 생각을 이제야 했지? 기록에 따르면 비틀즈의 루프탑 공연 때 검거된 시간여행자들은 하다못해 주변의 조약돌까지 기념품으로 챙겨가려고 했다고 했다. 반면 이 노인의 행보에는 그런 기색은 없이 어딘가 미심쩍은 구석뿐이다.

나는 그제야 노인에게서 느껴졌던 위화감의 정체를 깨달았다. 과거로까지 시간을 거슬러서 좋아하는 예술가의 활동을 보러 온 사람들은 대부분 자신의 교양 있는 모습에 취한 인물들이었다. 하나같이 공들인 차림새를 하고서는 품격 있는 관광객의 모습을 하고 있었다. 그들은 비장하다기보다는 유쾌했다. 그들이 이 시간선에서는 그들의 시간선에서 태어났어야 했던 이들의 학살자가 된다는 사실은 짐작조차 하지 못한 채.

하지만 노인은 다른 사람의 시선을 전혀 신경을 쓰지 않는 듯, 혹은 생각조차 못 한 듯 다 낡아빠진 옷차림을 하고 있었다. 그리고 이는 어쩌면 그의 목표는 아이돌의 공연을 보러 온 것이 아니기 때문일지도 모른다. 나는 만약의 가능성을 떠올리고 내 머리를 쳤다.

만약 내 가설이 맞는다면, 나나 후배나 괜히 짠했던 셈이다.

"나가자. 용의자가 어디로 갔을지 짐작 가는 구석이 있어. 젠장. 지저분한 옷차림을 보고 깨달았어야 했는데."

"선배의 남성 오타쿠는 씻지 않고 아이돌을 만나러 올 거라는 편견이 반영된 오해 때문에 위화감을 너무 늦게 깨달았군요."

"나는 그런 편견이 있다는 것조차 몰랐는데⋯ 근데 그래?"

"건전한 오타쿠는 아이돌과 다른 팬들 근처에 갔을 때 불쾌감을 주지 않도록 항상 청결함을 유지한답니다."

"오타쿠는 원래 불건전한 거 아니야?"

"아니, 그게⋯ 어렵다."

＊

B! A! M! B! A! M! B! A! M!
BAM을 밟았어!
스르륵스르륵스르륵스르륵
내 다리를 타고 올라오는
BAM을 밟았어!
사르륵사르륵사르륵사르륵
내 몸을 녹이는 BAM의 눈BEAM
이제 난 그저 당신의 ICECREAM
다시는 돌아갈 수 없게
B! A! M! B! A! M! B! A! M!
BAM, BAM, BAM!

요즘 음악은 도통 이해할 수가 없다. 나와 후배는 저 너머에서 울려 퍼지는 공연장의 소음 속에서 대기실을 수색했다. 대기실 안은 가수들의 포스터로 화려하게 장식된 동시에 어수선하게 어질러져 있었다.

노인이 아이돌의 공연을 보러 온 것이 아니라고 가정하니 더욱 심각한 가능성이 하나 떠올랐다. 노인의 목표가 공연이 아닌, 아이돌 자체였을 가능성 말이다. 리디라는 아이돌의 포스터 앞에 1시간 넘게 서 있던 모습을 생각하면 비약이 큰 가설은 아니다.

이럴 경우에 문제는 심각해진다. 한순간이 아닌 한 사람을 소유하고자 하는 시간여행자만의 악질이 없다. 이들은 처음에는 좋은 의도로 왔다고 주장하더라도 결국 납치에서 살인까지, 온갖 끔찍한 사건을 저지르다 붙잡힌다. 우주를 몇십 번이고, 몇백 번이고 부수더라도 한 사람을 자신의 곁에 두고자 하는 사람이 제정신일 리 없지 않은가?

"선배, 찾았어요!"

후배가 새끼손가락으로 대기실의 대형 캐비닛을 가리켰다. 나는 후배가 염동력으로 그 주변을 단단하게 묶은 것을 확인하고 캐비닛의 문을 열었다. 그 안에는 우리를 뿌리치고 달아났던 노인이 겁에 질린 눈빛을 한 채로 숨어 있었다. 나는 노인을 들어다 벽에 몰아세우고는 앙상한 양 팔목에 수갑을 채웠다.

"아크로코린토 원칙은 아까 읊어드렸죠? 어르신. 이번에는 얌전히 연행되세요. 조금 전과는 다르게 시공진동탄용 간이역장 정도로는 막을 수 없을 출력의 염동력으로 묶고 있으니까 저항할 생각도 관두시기를 바랍니다."

"놓아… 놓아주십시오."

노인은 쇠약한 목소리로 저항한다. 아무리 업무 때문이라고는 해도, 툭 건드려도 부러질 것 같은 연배의 용의자를 강제로 연행하려니 마음이 편하지는 않다. 하지만 일은 일이다. 나는 노인의 손목에 수갑이 잘 찼는지를 확인하고 그를 대기실의 소파에 앉혔다.

"어르신. 어르신이 어떤 마음으로 과거에 돌아오셨는지는 모르겠습니다만. 아이돌 공연장에 온 것도 모자라 대기실까지 숨어들었다는 점에서 짠할 구석 없이 아주 악질이시라는 것만은 알겠는데요. 시간여행은 어르신이 생각하는 그런 일이 아닙니다. 아주 허무한 일이에요.

이곳에서 과거를 바꾼 다음에 어르신이 떠난 시간선이 아닌, 새로이 만들어진 미래의 시간선으로 간다고 해도 그곳에는 어르신과는 다른 인생을 살아온 자기 자신이 기다리고 있을 겁니다. 그 자기 자신을 살해하고 그의 자리를 빼앗더라도 주변 사람들과의 관계에서 이질감만 느끼실 겁니다. 공통된 경험이나 기억이 없이 다른 누군가를 연기하셔야만 할 테니까요.

과거의 물건을 훔치거나 사람을 납치해서 미래로 가는 경우도 마찬가지입니다. 그건 그 물건이나 사람이 과거에서 다른 이들과 가져야만 했던 경험을 강탈하는 짓입니다. 공간적인 의미만이 아니라 시간적인 의미에서의 미아로 만드는 일이에요. 이런 짐작도 하지 못하고 오는 시간여행자들 때문에 저희 시공검열관리국 생활안전과가 있는 것이고요.

물론 이건 어디까지나 어르신의 입장에서 봤을 때의 이야기입니다. 이 시간선 속 사람들의 시점에서 봅시다. 어르신이 이 시간선으로 오셨기 때문에 어르신 시간선에서는 태어났을 수많은 생명이 태어나지 못하게 되었습니다. 우리는 속시주의 원칙에 따라 어르신께 그에 대한 죗값을 묻지 않을 수 없어요."

나는 조심스레 노인의 낯빛을 살펴보았다. 진정하기는 했을까? 아니, 시간이동을 와서 공연장의 대기실에 숨어든 사람이 이 정도로 진정할 리 없다. 노인은 내가 한 설명에도 불구하고, 아니 오히려 그에 더 흥분했다.

"이해하고 왔습니다. 선생님. 부디 저를 풀어주세요."

"이해를 하고 왔다는 분이 그러세요."

"선아 씨가… 제 아내가 공연장에 있습니다."

"거 망상으로 아이돌이 아내니 뭐니 하셔도…."

나는 농담으로 알고 넘기려 했다. 하지만 노인의 두 눈은 그렇지 않다고, 다르다고 말하고 있었다. 후배는 내 어깨를 짚고 나를 기다리게 했다.

"망상이 아니라 진짜 아내입니다. 그리고 곧 무대에서 폭탄이 터질 예정이에요. 사람들이 많이 죽고 아내는 크게 다치고 맙니다. 제발 캐비닛 안을 봐주세요."

염동력에 갇혀 꼿꼿하게 경직된 노인은 간신히 눈을 깜빡이며 캐비닛을 턱 끝으로 가리켰다. 후배에게 경계를 맡겨놓고 노인의 눈동자가 가리키는 방향을 찾아보니, 그곳에는 서류 더미가 가득했다.

모두 오늘의 참사, '님파이 게릴라 공연 폭탄테러 사건'에 대해 머나먼 미래에서 기록된 서류였다. 닳고 닳은 서류에는 붉은 밑줄과 메모가 가득하게 담겨 있었다. 누군가가 오랜 세월에 걸쳐 집요하게 달라붙어 모은 물건임이 분명했다.

"속시주의나 아크로코린토 원칙에 대해서는 알지 못합니다. 아내가 세상을 떠난 뒤로 공장에만 틀어박혀 있었더니 세상 물정에도 어둡습니다. 시간선의 책임에 대해서는 저 역시 시간이동기술을 개발하며 깨달았습니다만…. 그래도, 그래도 부디 아내만은 구하게 해주십시오. 어떤 죗값이라도 치르겠습니다. 선생님, 부디…."

딱딱하기만 하던 노인의 자세가 풀어졌다. 후배가 염동력으로 묶고 있던 속박을 풀어낸 것이다. 후배는 어쩔 줄 몰라 하는 표정으로 나의 얼굴을 살핀다.

내가 간과한 사실이 하나 있었다. 한순간이 아닌 한 사람을 소유하고자 하는 시간여행자보다도 더한 악질이 딱 하나 있다는 사실. 한 사람을 소유하는 것이 아닌, 한 사람을 구하고자 하는 시간여행자보다 끈질긴 사람은 없다. 이들은 이미 단 한 사람을 구하기 위해 기꺼이 자신의 세상을 멸망시키기로 각오한 확신범들이다.

129

후배는 간절한 눈빛으로 나를 바라본다. 아마 내가 시공검열관리국 생활안전과의 원칙을 어겨가며 이 불법시간선 침해 현행범을 풀어주고 아이돌을 향한 폭탄 테러를 멈춰주지는 않을까 하는, 그런 한심하고 바보 같은 기도를 담은 눈빛이겠다.

"일어나. 어르신은 풀어드리고."

후배는 내가 던진 열쇠를 간신히 받아내고는 영문 모를 표정으로 나를 응시했다. 정말이지 이 녀석을 어찌하면 좋을지.

"시공검열관리관은 속시주의를 따른다고 했잖아. 어르신이 어르신께서 떠나온 시간선의 의무에 맞춰 이 시간선에서 태어나지 못하게 된 이들에 대한 죗값을 치러야 하는 것처럼, 시공검열관리관에게는 시공검열관이 살고 있는 이 시간선에 대한 의무가 있어."

"그게 뭔데요?"

"비록 미래에서 온 정보일지언정, 이 시간선에서 사는 사람으로서 곧 닥쳐올 재난을 알게 되었다면 그 재난을 막기 위해서 최선을 다해야만 한다는 의무. 우리가 살고 있는 시간선은 미처 오지 못하게 된 저 너머의 시간선이 아닌 지금 이곳이니까."

노인은 내 말을 이해하고 굳은 표정이 풀어진다. 나는 노인에게 어색하게나마 미소를 보이며 긴장을 풀어주려 했다.

후배의 얼굴에도 빛이 돌아왔다. 후배놈이 이 거짓말을 속 시원하게 믿어주신 덕분에, 이 녀석이 내가 그토록 읽으라고 노래를 불렀던 시간이동윤리학입문의 첫 장조차 넘기지 않았다는 사실을 분명히 알 수 있었다. 징계위원회도 이 양반들처럼 쉽게 넘어가주면 얼마나 좋을까만, 경위서를 어떻게 포장해야 할지는 나중에나 생각할 일이다.

✳

우리는 서둘러서 무대 뒤편으로 달려갔다. 무대에서는 님파이 멤버들이 팬들로부터 받은 질문을 낭독하는 QnA 시간이 이루어지고 있었다. 여기에 올 때까지 노인의 행동거지를 보면 실성한 사람 같지는 않았다. 떨떠름한 표정이기는 했지만 나와 후배의 지시를 잘 따랐다. 노인이 우리에게 건넨 자료도 미치광이가 날조해서 만들 수 있는 내용이 아니었다.

노인의 자료에 적힌 내용대로라면, 시한폭탄은 2부 무대에 설치된 선물 상자 모양의 오브제에 숨겨져 있으며, 대략 지금부터 8분이 지나면 터질 예정이었다. 폭탄의 화력은 그렇게까지는 강하지 않으나, 무대를 무너뜨리는 바람에 수백 명의 사상자가 나게 될 터였다. 시공검열관리국에 급히 연락을 보냈으나 경찰과 안전요원들을 설득할 시간은 없다.

"어르신의 작전은 뭐였습니까?"

"제가 만든 시간진공관을 쓰려고 했습니다. 시간이동기를 만들면서 나온 부산물로 제작한 도구인데…."

"압니다. 아까 저희한테 쓰셨죠. 시공검열관리국에서는 시공진동탄이라고 부릅니다. 시공을 진동시키면서 간이역장으로 고정된 대상만 체감시간으로 전후 10분가량 자유로이 움직이고, 그 이전으로 시간을 되돌리게 설계된 폭탄."

"맞습니다. 10분이라니, 대단하군요. 제 기술로는 3분이 고작이었는데…. 하여튼 2부에 무대가 바뀌면서 오브제가 설치되면 시간진공관을 사용해서 폭탄을 회수한 뒤 폭탄이 터지더라도 괜찮을 곳으로 옮겨놓을 계획이었습니다만, 그게…."

"저희 때문에 도망 다니시느라 실행 타이밍을 놓치셨군요."

마음 같아서는 이 노인을 무대 뒤편까지 데리고 오고 싶지 않았다. 하지만 무대에 있는 오브제 중 어떤 것이 폭탄이 든 물건인지는 노인만 알았다. 나는 후배와 노인을 뒤로 대동한 채 '멤버들이 가장 좋아하는 앨범은 무엇인가'에 대한 토크가 이뤄지고 있는 무대에 올라갔다.

멤버들은 깜짝 놀라서 뒤로 물러났다. 우리를 제지했어야 할 보안요원들은 후배와 내가 기절시킨지 오래였다. 나는 내 ID카드를 들어 보이고는 사람들을 진정시키는 시늉을 했다.

"시공검열관리국 생활안전과에서 나왔습니다. 실례지만 잠시 공연을 중단하고 저희의 지시에 따라주시기를 부탁드립니다."

"아까 선배가 나한테 시공검열관리국이 대외적으로는 존재가 알려지면 안 되는 비밀조직이라고 하지 않았어요?"

"괜찮아. 어차피 우리는 간이역장 안에 있잖아. 선물 상자에서 폭탄을 회수하고 간이역장에 포함한 뒤, 3분 안에 어르신이 만든 시공진동탄을 터뜨리면 사람들은 우리가 무대에 올라왔던 모습을 보지도 못한 게 된다고."

후배가 염동력으로 다른 사람들의 접근을 막는 사이, 노인과 나는 조바심을 내며 폭탄이 설치된 선물 상자를 열었다. 노인이 갖고 온 자료대로, 상자 안에는 조악하게 조립된 시한폭탄이 담겨 있었다. 폭탄 위에 고정된 스톱워치에 적힌 시간을 보면 6분 남짓의 시간만 남은 상황. 안도의 한숨이 절로 나온다. 아슬아슬하게 타이밍을 맞춘 셈이다.

이제 이 폭탄을 들고 무대 바깥으로 나가면서 시공진동탄으로 주변의 시간을 되돌리고, 공연장 옆 공터까지 폭탄을 옮기기만 하면 끝날 일이다. 아니, 끝나야만 하는 일이었다.

"선배야!"

후배가 소리친다. 시한폭탄 위에 설치된 스톱워치에 표시된 숫자가 빠른 속도로 줄어들기 시작했기 때문이다. 시한폭탄의 장치가 이중이었나? 정해진 시간에 터지도록 하는 장치와 정해진 시간이 되기 전에 상자가 열릴 경우 기폭이 일어나도록 하는 장치의 부비트랩?

게릴라 콘서트에 부비트랩이라니, 제법 어울리는 조합이라는 생각 속에서도 나는 죽음을 직감했다. 바로 앞에서 시한폭탄이 터지면 간이역장을 작동시키기도 전에 시공진동탄이 유폭되어 시간을 되돌리지 못하고 주변의 모든 사람이 사고에 휘말리게 될 테니까. 그런데 오늘 산 복권이 꽝 복권이었던가?

"안 돼!"

노인은 나를 옆으로 밀치고는 자신의 몸으로 선물 상자를 덮었다.

커다란 폭음이 모든 감각을 집어삼킨다. 청각부터 시작해 시각과 촉각 그리고 후각까지 사라지고 그저 아릿하게 끈적이는 피의 맛만이 남는다.

＊

"어르신, 눈을 뜨셨군요."

"선생님…."

폭탄은 터졌다. 하지만 시공진동탄을 이용해 없던 일로 되돌렸다. 님파이의 공연은 아무 일도 없었다는 듯이 진행되는 중이다.

다만.

다만 노인은 무사하지 않았다. 간이역장에 간섭을 받은 대상은 시공진동탄이 주는 진동으로부터 자유롭다. 반대로 말하자면, 간이역장에 간섭을 받은 대상은 시공진동탄으로 되돌릴 수 없다. 폭탄으로 너덜너덜해진 노인의 몸은 고쳐지지 않았다.

노인이 시한폭탄 위로 뛰어들었기에 폭발 속에서도 나는 약간의 뇌진탕을 겪는 정도에서 그쳤고 시공진동탄도 무사할 수 있었다. 행운이었다. 덕분에 나와 후배는 시공진동탄을 작동시킨 뒤, 하반신이 너덜너덜해진 노인을 데리고서 무대 바깥으로 도망쳐서 그를 보살폈다. 그나마 후배가 최고출력의 염동력으로 폭탄의 폭발을 제어했기 때문에 폭발이 노인이 몸으로 덮은 바깥까지 퍼져나가지 않았고, 노인 역시 즉사하지 않았다. 행운은 아니었다. 그의 상태는 차라리 즉사하는 편이 나았을 정도다. 노인은 간신히 말을 입 밖으로 흘린다.

"아내는… 아내는 괜찮습니까?"

"시공진동탄을 썼으니 관중들은 폭발 사고가 있었다는 것도 모를 겁니다."

"아니요, 제 아내는… 선아 씨는, 리디는 무사합니까?"

나는 자신의 목숨을 희생해서 나를 구해준 은인이면 자기 최애를 아내라고 부르더라도 참아줘야 하지 않을까에 대해 고민했다. 그리고 후배는 품에서 사진 한 장을 꺼내 노인에게 건네면서 나의 고민을 멈춰주었다.

"어르신. 이 사진 속 여성이 어르신이 온 시간선의 리디이자… 사모님이신 거죠? 선아, 그러니까 한선아는 리디의 본명이니까요."

노인의 표정이 밝아진다. 그러고는 떠듬떠듬 상황을 설명했다.

"맞아요. 맞아. 여러분들이 보시기에는 제가 이상한 사람 같겠지요. 하지만 사실입니다. 나와 아내는 재활 병원에서 만난 사이였습니다. 아내는 오늘 일어날 예정이었던 폭탄 테러로 전신에 큰 부상을 입고 10년이 넘도록 혼수상태였지요. 사진 속 얼굴이 가수 시절과 다른 이유는 이날 입은 부상으로 두개골을 재건하는 큰 수술을 해야 했고 그 과정에서 신경이 손상되었기 때문입니다.

처음 만났을 때는 아내가 이런 스타였다는 사실도 알지 못했습니다. 저는 연예계에 대해서 아는 것이 없었거든요. 뒤늦게 생각해보면 선아 씨께서 저를 선택하신 이유에는 제가 선아 씨의 과거나 가수들의 이야기를 잘 몰라서도 있었을 것 같습니다."

"어르신께서는 착각을 하고 계십니다. 이 시간선에서 일어난 사건을 막더라도 어르신께서 계셨던 사건이 사라지지는 않습니다. 오늘 테러를 막는 데는 성공하셨지만 그렇다고 아내 되시는 분과의 과거가 바뀌지는 않을 겁니다. 다른 시간선이 태어났을 뿐이고, 이 시간선에서 어르신께서 알던 사람들은 이제 어르신께서 알던 사람들과 비슷한 사람들이 될 것일 뿐입니다."

"압니다. 괜찮습니다. 저는 아내와의 과거를 바꾸려고 이곳에 온 것이 아닙니다. 우리 사이는 행복했어요. 재활과 투병으로 힘든 순간은 있었습니다만 아내는 언제나 용기 있고 다정한 사람이었습니다. 저는 앞으로의 백 년을 백 번은 더 살 수 있더라도 그 나날의 1초와도 바꾸지 않을 겁니다."

노인이 기침을 하자 그 입에서 피가 흘러나온다. 이제까지 그가 견디고 있는 것은 후배가 염동력으로 그의 장기가 해야 할 일을 대신해주고 있기 때문이기도 하다.

"하지만 아내도 저와 같은 생각이었을지는 모르겠습니다. 아마 아니었던 것 같습니다. 아내는 마지막으로 눈을 감던 그 날을 제외하면 단 한 번도 오늘 있었던 사건에 대해서 말한 적이 없습니다만, 그건 이 사건을 잊어버렸기 때문이 아니라 무서웠기 때문이겠지요.

항상 두려웠습니다. 나에게는 너무나 행복한 이 나날들이 아내에게 있어서는 굴레에 묶인 나날들이 아니었을까? 나라는 사람은 선아 씨에게 있어서 실패이자 회한의 상징이 아니었을까? 아내는 상냥한 사람이었기에 나의 두려움을 몰랐을 리 없습니다. 제가 겁을 먹어서는 안 되었는데, 제가 더 당당해야 했는데 그러지를 못했습니다. 미안합니다.

저는 저의 과거를 바꾸고 싶지 않았고 바꿀 수 없다는 것도 이미 잘 알고 있습니다. 제가 과거에 오고 싶었던 이유는 단 하나입니다. 아내에게는 꿈이 있었습니다. 아내에게 아이돌이란 무엇이었을까요. 무대가 어떤 의미를 갖고 있었을까요. 저는 그저 아내가 꿈을 포기하지 않았을 때의 모습을 보고 싶었습니다. 무대를 돌려주고 싶었습니다. 그래서 아내가 떠난 뒤 골방에 틀어박혀 시간여행 기술을 개발하는 데 매진했습니다. 그저 그뿐입니다."

"그러면… 이 시간선의 어르신은 사모님을 만날 수 없게 될 텐데요."

노인이 키득거리자 입에서 피로 된 거품이 일었다.

"괜찮습니다. 아내는 제 인생에서 단 한 번도 꿈꿔본 적 없는 기적이었습니다. 이 시간선의 저는 아내를 만나지 못하더라도 아쉬움이 없을 겁니다. 상상하지도 못한 순간들을 겪지 못하게 된다고 무슨 아픔이 있겠습니까. 저는 저 사람의 꿈을 앗아가면서 곁에 가둬놓을 정도로 가치 있는 사람은 아닙니다."

나와 후배는 노인의 손을 잡고서 그의 맥이 가늘어지는 것을 느꼈다. 노인은 눈을 뜨는 것조차 버거워했다. 그를 이제까지 이 세상에 붙잡아 놓은 것은 단 하나의 질문이었다.

"아내는… 무대 위에 서 있는 선아 씨는 웃고 계신가요?"

"네… 네. 다른 그 누구보다도 더 화려하고 밝게… 아름답게 미소를 짓고 계세요."

후배는 눈물을 흘리느라 무대는 쳐다보지도 못했던 주제에 당연하다는 듯 대답한다. 이 녀석치고는 혼신의 힘을 다한 거짓말이었지만, 노인이 그 거짓말에 속았는지는 모르겠다. 노인은 곧 숨을 거두었으니까 말이다. 그저 아내의 모습이 담긴 사진을 꼭 쥔 채.

※

돌아봐
돌아봐
돌아봐야만 해
우리를 가둔 거짓에서 벗어나

아무리 가도 보이지 않는 끝
기만으로 가득한 속임수
조롱거리가 된 우리의 사랑
부디 돌아봐줘
나를 두고 떠나줘
너만은 자유롭게
나의 마지막을 잊지 않도록
돌아봐야만 해

나는 여전히 요즘 음악을 이해할 수가 없다. 나와 후배는 시공검열관리국에 보고를 마친 뒤 수습해줄 인력을 기다리며 공연장 바깥 벤치에 앉아 있었다. 3부 공연이 무르익었는지, 공연장과 제법 거리가 떨어진 곳에서도 노랫소리가 작지 않게 들려온다.

노인의 유해는 시공검열관리국에서 간단하게 염을 한 뒤 그가 원래 있었던 시간선으로 돌려보낼 것이다. 시공검열관리국은 속시주의를 따르기 때문에 사익을 위해 과거로 온 시간여행자를 가급적 빠르게 본래 속했던 시간선으로 돌려보내는 것을 주 업무로 삼는다. 그리고 이는 그 대상이 살아 있거나 죽어 있거나를 가리지 않는다.

후배는 연신 하품을 하는 것이 아무래도 피곤한 모양이었다. 평소보다 염동력을 한계 이상으로 자주 사용했으니 지치는 것도 무리가 아니다. 후배는 벤치에서 일어나고는 기지개를 피면서 말을 건넨다.

"선배. 본부 사람들이 오기 전에 편의점에 갔다 올 건데 복권 사와요?"

"아까 산 거로 됐어."

후배가 편의점으로 떠난 뒤, 나는 자리에서 일어나 쓰레기통에 오늘 산 꽝 복권을 버렸다. 공연장에서는 여전히 영문을 알 수 없는 노래가 흘러나온다.

우리 둘 함께 들판에 서서
두 팔로 힘껏 껴안을 수 있게
나란히 걸어가는 그 날에
때로는 내가 앞서고 때로는 네가 앞서도
가끔 뒤를 돌아보면
항상 마주 볼 수 있게 🐾

Poem

p. 138 – 143

Lee So Ho

李艄好

이소호

시로 산문으로 씀으로 행위 예술을 한다고 믿음

아무 시 챌린지 ┃ 동태 ┃ 우리는 9시 뉴스로 종지부를 찍었다

아무 시 챌린지

1110101010110011101001111110101011001010001100001000001110110110001110101110000100000111011001001110100100001110101011
1010011010101100001000001110101110000100101001001110101010110000100000111011001000011001100111101100111101101100010001
1011010011101010101100101000100001100001000011000011110110010111100110011001110011011001000000100000111011001001110110001100
1110101001110110110001001110101011100001000010000011011001101010110000110101110100110101011001110110010011101
1001100000100000111011001001110110001100111011001001010110000101110110010011100101111000110101110100001100111000001000000
1110101110110001001010011101011000000100101000010000011101011100101011000100000100000111010111011001011010100111010111
100011001000000011101011101001011011110000100000111010101011000110110100111010111000010010001000111010111000010100100010100
00100000111010111000100101001000010000011101011101100001001100111011001001110101001000011101010101101011101011101111011100
1001011110011010010110100101010111100110101110110010010000000001000001110110010010101100010011101011100111101001100
100010001000100011101010101101010111001101011001001010000000001000001110110010010101100010011101011100111101001100
00100000111010101011000100000011101011101001110001100111011011001111010001000001000001110101110011110001011111011100
100101011000010011101011100001010011000111011011000101010010100001000001110101110000100101000100001110110010010010101
1000010011101011101001101000010011101011100010111010010101000110011001110110010011101100001000001110110010010011101101010101100
10000100111010111101001101000010011101011100011001011100110011101010010100110110011101010011101110001010110001000011011011001010011010101100
101101001110101110000110100100111101100100111011000000001000001110110010000011000100011101011101100101011101001011101000100101110
001000001110101110001011101110011101011001000101110100000111011001001110110000000001000001110101110000010101101001110101011110
10110000100000000010000011101011100011011001010011010111000101000100000111010111011111110000100001110110010011
10101000100011101011100010001001011000100000111010101011111101011100011010101011001010001100001000001110101110010110010011000
1110101011001010100101000010000011010101010111111000100000101100010000011101100100110101011000011101011101001101010101001100010110010010010100
11101010110010101001010000100000111010111010011101010010011011001001110110111000010000011101011101010111111110000100011101100
100001101000110111101100100101110010000011011001000010011100010000011101100100000101011010011101010101100101010010000
11101010010011100000000010000011101100100010111010000011101100100110110101000011101100100110110110101010010000
1010011010101100001011011101010101011001100010010101101010000110101011101010100110101011000110110011000011101100100011
1010010010000011101010101011011110110101001110101110101010000011110110010000010010000011101100100110110011000001000001110101010111001
100010101110110010011101101101010011101011101000011001100001000001110101110100111101001001110110010011101101111000100000
11101011101001111010010011101100100111010111100001000001110110010000011000100011101010101100101010100011101100101001101
1000100000010000011101011100010010100100010000011101100101000111011110011101011101001101000010011101100100111011000001
00100000111011011001010110101001110101010111011100110000010000011101010101001010101001110100000100000111011001001011110010000
0010000011101101000001101000110111101100100000101010101110110010011101101101010011101011100011011001100001000001110101
10000100100010011101100100111011001100000100000111010101011001101000001110101110100010110001111011001011001010011000
11101011100111111011101110001000001110110010011010101100001110101110100110101011001110101110001010100101000010000011101100
1001011010111000111011001010000100110011101011100001001100010000011101100100000100100110011101011101000011001110010000011011001
100010001000010011101011100010010100100001000011101100101000111011110011101011101001101000010011101100100111011000010
0010000011101101100101011010100011101010101110111001100000100010001110101011001000011000001010000010101
110110010011101101101001110110010000011100000011101101100101011011010000100000111011001000010111011001001110110010110010
10110100111010101011000010000000010000011101100100010011100010101110100000111011001010011001110001000010000011101011001010101101
111011100111110100110100100111011001010000010010011001110101110101100010100110000010000011101100100000100100110011101011101000011010011100
10000110100010000111010111010000100111010010000011101011100010001000100011101100100111011011010000100000111010111011011001010010011101
1000000011101100100010111001110011101010101110001011000011101011101001110001000010000011101101100101011001110000010000
1110101010101100011011100011101010101011100110001100

곧게 편 자리 네가 서툴게 치던 음계가 우리의 음악으로 바뀔 때 무대를 건너는 네 발자국에 가만히
대어보는 내 걸음 나는 눈꺼풀 아래 가만히 돋아나는 네 아름다움을 상상한다 당신의 눈썹 한 올
을 걸어놓은 새벽. 당신은 내가 더는 꿈이 없을 때 새로 꾸게 되는 꿈. 우리는 매일 꿈속에서 살겠지
신이 우리 몸에 미리 그어놓은 운명선의 깊이로 매일 매일 새겨질 네 주름을 함께 견뎌줄게 귓가에
속삭이던 너의 고백처럼 우리는 언제나 서로의 가슴에 손을 얹고 다정하게 영원히, 영원한 하루를
건널게

이상해 실체가 없는 사랑은 왜 이토록 눈이 부시기만 한 걸까

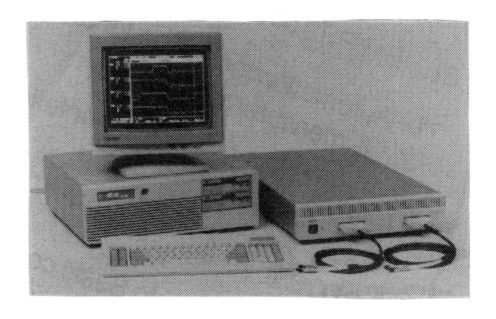

139

동태

아진짜요?

우리는 9시 뉴스로 종지부를 찍었다

　　도박 음주 운전에 상습 폭력 마약 가벼운 입놀림에 흔들리는 주먹. 룸 안에는 룸이 있다 더라 그 룸에 네가 간다더라 우리는 ATM 그게 사랑인 줄 알았지 잘한다고 말해주면 잘 할 줄 알았지 용서는 자숙 자숙은 다시 용서로 용서는 다시 자숙으로 자숙은 소귀에 경 읽기 지 겨워 돈이 없어진 거잖아 돌아가면 내 뒤통수를 후려갈길 거잖아 네 꿈에 내 꿈을 걸었잖아 그 꿈에 사로잡혀 너의 과거를 또 들췄다 기나긴 잠에서 깨어난 너는 다시 도돌이표 도돌이 표 못갖춘마디로 끝내는 도돌이표 쉼표도 없이 쉴 새 없이 떠들어 대는 엇박의 음악 도박 음 주 운전 상습 폭력에 가벼운 입놀림에 흔들리는 두 주먹 아니 이번에는 더 크게 너는 노래를 했다, 고성방가로 도망치듯 너는 군대로 나는 고무신을 신었다 사랑해 이 마지막 말은 유일 한 희망이었지 정작 네 입에서 튀어 나온 것은 결국엔 기망이었지 손 글씨로 예쁘게 처음으 로 쓴 편지는 비망이었지 절망이었지 사실 나는 영원을 약속하던 딴 여자가 있었고 애가 있 었어 축복해주세요 그는 이 말을 끝으로 이 방을 박차고 나갔다 그가 나 몰래 건물주가 되었 다던 시점이었다 나는 망했다 세상이 그리고 그는 죽었다 여러모로 죽었다 제 할 일은 다 까 먹고 세상으로부터 당한 매장이 한이 된 그는 지금 아홉시 뉴스에서 방영되고 있다 나의 한 시절과 함께

WORLD'S BEST

Love SONGS

SONY

AS SEEN ON
TV

oh,

AMAZING

4-Cut Cartoon

000

'Religion'

지금은 주로 도트를 이용한 그림을 그리고 있다.
《무슨 만화》 발간.

종교

Illustration © dadac

아이돌 하려고 태어난 애

Born to Be an Idol

아밀

소설가이자 번역가, 에세이스트. '아밀'이라는 필명으로 소설을 발표하고, '김지현'이라는 본명으로 영미문학 번역가로 활동하고 있다. 창작과 번역 사이, 현실과 환상 사이, 여러 장르를 넘나들며 문학적인 담화를 만들고 확장하는 작가이고자 한다. 단편소설 〈반드시 만화가만을 원해라〉로 대산청소년문학상 동상을 수상했으며, 단편소설 〈로드킬〉로 2018 SF 어워드 중단편소설 부문 우수상을, 중편소설 〈라비〉로 2020 SF 어워드 중단편소설 부문 대상을 수상했다. 쓴 책으로 소설집 《로드킬》, 산문집 《생강빵과 진저브레드─소설과 음식 그리고 번역 이야기》가 있으며, 《그날 저녁의 불편함》, 《끝내주는 괴물들》, 《흉가》, 《캐서린 앤 포터》, 《조반니의 방》 등의 작품을 우리말로 옮겼다.

해연은 방에 들어오자마자 가방을 팽개치고 침대에 누웠다. 귀가하면 화장부터 지우라고 매니저가 잔소리를 했지만 도무지 그럴 기운이 나지 않았다. 에너지가 방전되어서 손가락 하나 까딱할 수 없는 기분이었다. 이번이 데뷔한 후 세 번째 투어고, 오늘은 첫 공연이었다. 무대 위에서 관객을 처음 마주한 순간 아드레날린이 정수리를 뚫을 만큼 치솟았고 2시간 30분이 어떻게 가는지 모르게 흘러갔다. 자신을 연호하는 팬들 앞에서 해연은 오랜만에 살아 있다고 실감했다. 물론 완벽하지는 못했다. 긴장한 탓에 실수도 했다. 음정이 흔들리거나, 1절과 2절의 안무를 헷갈리거나, 가사를 잊어서 애드립으로 때우기도 했다. 그때마다 일순 수치심이 치솟았지만 무대의 흥분은 그 모든 부정적인 감정을 마취시킨 듯 둔하게 느껴지게 했다. 막판에 해연은 완벽하지 못해도 사랑받을 수 있다는 착각에 빠졌다. 나는 나로 충분해, 이대로 좋아.

바로 옆에 모아가 있다는 것도 잊을 정도였다. 그때까지만 해도.

해연은 AI 비서를 시켜 천장에 프로젝션 스크린을 켰다. 그대로 드러누운 채 팬 커뮤니티에 접속해 오늘 콘서트에 대한 반응을 살펴보았다. 예상대로였다. 커뮤니티는 모아 이야기로 가득했다. 정확히는 공연이 끝나고 모아에게 벌어진 사건에 대한 뒷이야기로 시끄러웠다. 최상단에 "기사 떴다"라는 제목의 스레드가 있었다. 해연은 시선을 제목에 둔 채 눈을 감았다 뜨고 스레드로 들어가보았다.

걸그룹 '셀리스' 모아, 유전자 편집 반대론자들과 충돌

금일 열린 걸그룹 셀리스의 콘서트에서 멤버 모아(본명 강모아·20세)와 유전자 편집 반대론자들 사이에 물리적 충돌이 일어나 논란이 되고 있다. 콘서트장 앞에서 안티지이(Anti Genome Editing) 단체가 "생명을 존중하라", "비인간적 아이돌 산업 척결" 등의 구호를 외치며 시위하는 중, 모아가 시위대 중 한 명에게 달려들어 뺨을 손으로 두 차례 가격한 것이다. 현장을 목격한 이들은 피해자의 몸이 기우뚱거리며 뒤로 쓰러졌을 정도였다고 전했다. 피해자의 신상은 밝혀지지 않았으며, 소속사 코엔 엔터테인먼트에서는 현재까지 아무런 공식 입장도 내놓지 않고 있다….

해연은 손으로 눈을 덮었다. 안 그래도 무거운 몸이 침대로 빨려 들어갈 듯했다. 다분히 모아에게 악의적으로 작성된 기사였다. '피해자'라니. 누가 피해자인가? 해연은 3시간 전의 상황을 돌이켜보았다. 겨울의 찬바람. 얇은 무대 의상 위에 걸친 점퍼의 미끌거리는 감촉. 목덜미를 싸늘하게 식히며 증발하던 땀. 공연장 후문에서 차량까지 걸어가는 짧은 동선 동안 쏟아지던 팬들의 환호성. 그리고 반대쪽에서 쏟아지던 혐오자들의 고함 소리.

아이돌 하려고 태어난 애

오프라인 행사장에서 혐오자들이 시위를 벌이는 것은 어제오늘 일이 아니었으므로 모두가 익숙했다. 팬들은 그들에게 질세라 더 크게 환호성을 지르는 것으로 응수했다. 모아는 그런 팬들에게 천사처럼 웃어 보였다. 모아는 언제나 잘 웃었다. 보는 사람으로 하여금 저건 진심이라고, 나를 위한 웃음이라고 생각하게 할 만한 웃음을 지었다. 아무리 피곤해도. 아무리 기분이 안 좋아도. 머릿속으로 딴생각을 하고 있을 때조차도. 심지어 "씨발, 좆같은 게."라고 생각하고 있다 해도 겉으로는 상대방의 눈을 들여다보며 "나는 당신의 어두운 비밀도 안아주고 싶어요."라고 말하는 듯이 웃었다. 그러니 아무도 몰랐을 것이다. 모아가 내심으로는 혐오자들의 구호에 신경을 한껏 곤두세우고 있었다는 것을. 콘서트장에까지 들어와 객석에서 "인조 괴물 강모아"라는 손피켓을 들고 있던 혐오자를 보고 기분이 상할 대로 상한 상태였다는 것을.

해연과 다른 멤버들이 먼저 차에 타고, 모아가 마지막으로 올라타기 직전이었다. 시위대에서 달걀 하나가 날아왔다. 달걀은 발사된 로켓처럼 매끄러운 궤도를 그리며 모아를 향해 날아들어 옆머리에 맞았다. 시끄러운 와중에도 파삭 하고 달걀 껍데기가 부서지는 소리가 마이크로 증폭하기라도 한 것처럼 또렷하게 들렸다. 해연을 비롯해 주변에 있던 사람들은 놀라서 아무 반응도 하지 못했다. 끈끈한 노른자가 모아의 은빛 머리카락을 타고 흘러내렸다. 모아는 그대로 5초쯤 가만히 있었다. 그러다 시위대 중 한 명에게 달려들어 손을 휘둘렀다.

눈 깜짝할 순간이었다. 모아답게 민첩한 몸놀림이었다. 물론 사태는 금세 수습되었다. 경호 안드로이드들이 모아와 시위대 사이를 떨어뜨렸고, 매니저가 모아의 팔을 붙잡고 억지로 차에 태웠다. 분노한 팬들과 격앙된 시위대와 쩔쩔매는 현장 관리 요원들을 남겨두고 차는 그곳을 빠져나갔다.

날이 밝는 대로 회사에서 회의가 열릴 것이다. 회의라고는 하지만 사실 어떻게 대응할지는 이미 임원진 차원에서 결정했을 것이다. 아마도 시위대가 먼저 달걀을 던졌다는 사실을 공식 입장문에 언급은 하되, 모아도 사과하도록 하는 방향으로 가겠지. 하지만 사과의 내용과 무관하게 논란은 가라앉지 않을 것이다.

↳ 미친 기자가 제대로 알아보지도 않고 기사 썼네. 걔네가 먼저 달걀 던졌는데 씨발.
↳ 회사는 애들 경호 제대로 안 하냐 존나 빡치네.
↳ 강마 불쌍하다…. 얼마 전에도 파파라치 때문에 어이없는 열애설 나서 맘고생했는데.
↳ 기자 새끼들 죽어야 함.
↳ 우리 뫄한테 왜 지랄이야 뫄가 뭘 잘못했어? 그 새끼들은 맞아야 정신을 차린다.

실시간으로 댓글들이 올라와 눈앞에서 점멸했다. 해연은 마지막으로 올라온 댓글을 보고 앞으로 무슨 이야기가 이어질지 직감했다. 그리고 단 10분 만에 예상은 현실이 되었다.

아무리 그래도 맞아도 싸다는 얘기는 자중했으면 좋겠음

🔵 익명팬

___

지금이 무슨 21세기도 아니고…
시위대가 잘못한 건 맞는데 때린 게 정당하다는 식으로 자꾸 이야기 나오는 거 불편하다.
난 동선 안 지켰다는 이유로 경호 안드로이드한테 맞아본 적 있음.
기분 얼마나 더러운지 아냐?

댓글창은 난장판이 되었다.

↳ 야, 너는 질서 안 지킨 게 자랑이다.
↳ 근데 솔직히 모아가 자중했어야 하는 게 맞다고 봄. 경호 안드로이드가 없었던 것도 아니고 알아서 처리해줄 텐데 손이 먼저 나가면 어쩌냐. 안 그래도 욕먹는데 더 욕먹을 빌미는 주지 말지.
↳ 그럼 머리에 달걀 맞았는데 너 같으면 가만히 당하고만 있겠냐?
↳ 가만히 있으란 건 아닌데…. 맨날 모아가 이런 분란 일으켜서 피곤한 건 사실임. 다른 애들은 무슨 죄냐. 좋지도 않은 일로 그룹 이름 신문에 오르내리고.

그러게요.

해연은 조용히, 마치 누가 보고 있기라도 한 듯 숨죽여서, 마지막 댓글의 '좋아요' 버튼에 시선을 두고 눈을 깜빡였다. 엄지손가락을 치켜올린 손 모양의 아이콘이 빨갛게 물들었다.

그 즉시 죄책감이 들었다. 모아를 몰래 배신한 것 같았다. 같은 그룹 동료로서 모아가 얼마나 힘들어하는지는 해연도 잘 알았다. 하지만 그건 명에 따르는 암이었다. 인기 많은 아이돌의 숙명이었다. 모아는 욕을 먹는 만큼 사랑도 받았다. 환호성과 야유를 동시에 들었다. 동경과 질시를 한몸에 받았다. 모아를 미워하는 사람들과 사랑하는 사람들이 서로를 이기려고 기를 쓰며 목소리를 높였다. 결과적으로 온 세상이 모아 이야기를 했다. 그동안 해연은 뒤에 있었다.

무대 위에서도 모아 뒤에. 무대 밖에서도 모아 뒤에.

아이돌 하려고 태어난 애

강모아는 1세대 유전자 편집 아이돌 중 하나였다. 20여 년 전, 인간 배아의 유전자 교정을 제한하기보다는 사회적 진보의 수단으로 적극적으로 활용하자는 논의가 활발해졌고 '생명윤리 및 안전에 관한 법률'이 대대적으로 개정되었다. 비단 유전병 치료 목적이 아니어도 "사회 필수 인력 양성"이라는 명목 하에 정부의 관리 감독을 받는다는 조건으로 유전자 편집이 허용되었다. 사회 각 분야에 필요한 인재들을 유전자 가위로 오려내는 시대가 열린 것이다. 미래의 외과 의사를 낳고 싶은 부모는 섬세한 손과 빠른 판단력을 주문했다. 정치인은 점잖고 카리스마 있는 대통령감 아들을 요구했다. 튼튼하게 발달할 운동선수의 근육을 타고난 아기들이 태어났다. 어떤 화가는 자식에게만은 절대로 예술을 시키고 싶지 않다며 논리와 수리에 강하고 상상에는 젬병인 아기를 그려냈다. 동화 속에서 아기 공주님에게 미모와 품성과 건강을 선물해주는 착한 마녀들처럼, 어른들은 아이들에게 일련의 속성을 부여했다. 정부에서는 이렇게 태어난 아이들이 적절한 교육을 받고 성장해 정해진 분야에 진입할 수 있도록 제도적 발판을 깔아주었다. 그 아이들이 이제 스무 살이 되었다. 오래전 뿌린 씨들의 결실이 맺히고 있었다. 이 열매들이 충분히 달고 탐스럽다는 것이 밝혀지면 기성세대의 의도는 성공이라고 할 수 있었다. 이 나라에서 불필요하게 태어나는 사람은 없게 하겠다는 의도. 미래의 불확실성을 제거하고, 인생의 역할을, 의미를 찾아 자손들에게 물려주겠다는 의도.

그렇게 해서 인류 역사상 가장 이상적인 아이돌들이 데뷔했다.

엔터테인먼트 회사들이 자식을 아이돌로 키우고 싶은 부모들의 신청을 받아 유전자 디자인에 직접 관여했다. 회사들은 수많은 범재 가운데 재능 있는 청소년들을 발굴해내고, 거금을 들여 교육시키고, 성장 과정의 수많은 변수를 통제해야 하는 리스크에서 벗어나 말 그대로 '천상 아이돌'을 탄생시킬 수 있는 이 신세계에 두 발 벗고 달려들었다. 그렇게 디자인된 모아 같은 아이돌들은 대중의 숭배를 받기에 적합한 특성들을 타고났다. 미모, 몸매, 체력, 목소리, 음악적 감각은 물론이고 이른바 '끼'라고 하는, 사람들의 이목을 자신에게 집중시킬 줄 아는 능력까지. 2, 3년 전부터 곳곳에서 데뷔하기 시작한 이 유전자 편집 아이돌들은 아이돌 산업에 파란을 일으켰다. 버추얼 아이돌이 대세였던 시장의 흐름이 단숨에 뒤바뀌었다. 사람들은 인공지능보다 더 인공적이고 현실보다 더 생생한 G.E.(Genome Editing) 세대 소녀 소년 들에게 열광했다. 그리고 딱 그만큼 많은 사람들이 이 신인류의 등장에 우려와 질시와 증오를 보냈다.

세대론으로 분류하자면 해연도 G.E. 세대의 일부였다. 그러나 해연은 유전자 편집을 거치지 않고 태어났다. 셀리스의 다섯 멤버 중에서 모아를 제외한 넷은 신이 디자인해준

대로 태어난 아이들이었다. 한마디로, 있는 그대로 막 생겨난 애들이었다. 막 생겨서 편한 점도 있기는 했다. 적어도 퇴근길에 달걀을 맞을 일은 없으니까. 그룹의 리더인 민서는 자신의 존재를 전면적으로 부정하는 사람들 앞에서 이만큼 버텨내는 모아가 대단하다고 했다. 여자애 하나를 싫어하는 것이 도덕적으로 정당하며 숭고한 대의명분까지 있다고 믿는 사람들. 모아를 죽여야만 생명윤리가 바로 서고 인권과 인간의 자유 의지가 보전된다고 믿는 사람들. 그런 식의 증오를 받는 건 어떤 기분일까?

해연은 죽었다 깨어나도 알 수 없을 터였다.

잠을 1시간밖에 못 자도 피부가 깐 달걀 같이 매끈한 건 어떤 기분인지. 새벽 1시에 라면을 먹어도 부기가 올라오지 않는 건 어떤 기분인지. 유명 평론가가 "별이 부서지는 소리 같다"고 평가한 음색으로 노래하는 건 어떤 기분인지. 신체 부위가 따로따로 움직이는 아이솔레이션(isolation) 기법을 연체동물처럼 활용하며 춤추는 건 어떤 기분인지. 연말 무대에서 카메라를 향해 5초 동안 눈웃음을 짓는 영상이 전 세계 네트워크에 퍼지는 건 어떤 기분인지. 자기가 아이돌에 적합한 사람인지, 이토록 많은 사람에게 사랑받을 자격이 있는지, 언제까지 이 일을 하며 살 수 있을지 단 한 순간도 고민할 필요가 없다는 건 도대체 어떤 기분인지.

해연은 알 수 없었다.

기분이 한없이 가라앉았다. 해연은 커뮤니티에서 자신의 이름을 검색해보았다. 모아에 비해 훨씬 적기는 하지만 그래도 해연을 좋아하는 사람들의 반응이 나왔다. 해연은 굶주린 듯이 그 반응들을 하나하나 읽었다. 기분이 조금 좋아지는 듯도 싶었다. 하지만 이만하면 됐다 하고 스레드를 빠져나온 순간 다시 헛헛해졌다. 자신에 대한 칭찬들은 다 시시하거나, 지나치게 당연하거나, 빈말인 것처럼 느껴졌다. 그나마도 모아에 대한 언급이 섞여 있기가 부지기수였다. 결국 이야기는 돌림노래처럼 모아 사건으로 돌아갔다. 팬들은 그 사건을 '모아 폭행 사건'이라고 부르지 않고 '안티지이 달걀 투척 사건'으로 불러야 한다고 말하고 있었다.

팬들은 이런 식으로 여론 관리에 나설 것이다. 추문을 가라앉히기 위해, 그룹의 이미지를 좋게 하기 위해, 반쯤은 의도적으로 반쯤은 진심의 발로로 모아에 관한 찬사를 커뮤니티에 끝없이 올릴 것이다. 그건 셀리스의 팬들이 가장 잘하는 일 중 하나이니까. 모아의 예쁨. 사랑스러움. 라이브 실력. 춤선. 보지 않아도 뻔했다.

이제는 정말로 화장을 지우고 자야 할 시간이었다. 내일도 스케줄이 빡빡했다.

그렇게 해연이 커뮤니티에서 빠져나가려고 했을 때였다. 문득 한 스레드의 제목이 해연의 눈길을 끌었다.

강모아는 가짜임
👤 답답

___

가짜?
해연은 눈을 깜빡였다.

다들 내 말 안 믿을 거 아는데, 보다 보다 너무 답답해서 쓴다.
사실 강모아 G.E. 인간 아님. 코엔에서 너희 다 속이고 있는 거임.

뭐라고?
해연은 한참 동안 스크린을 바라보았다. 세 문장을 읽고 또 읽었다. 댓글은 한 건도 달리지 않았다. 너무 얼토당토않은 말이라서 반응할 필요도 못 느끼는 모양이었다. '답답'의 스레드는 금방 밑으로 떠내려갔다. 사람들은 어떻게 안티지이 단체에 집단 항의를 쏟아부을 것인가에 대한 토론에 불을 붙이고 있었다.

해연은 일어나 앉았다. 자기도 모르게 주위를 둘러보았다. 아무도 없는 방 안에서 화장대와 커튼과 테이블이 해연을 응시하고 있었다. 벽에 걸린 아날로그 시계가 가리키는 시각은 11시 50분이었다.

해연은 고민했다. 그러다 자정이 되었을 때 심호흡을 하고 '답답'에게 메시지를 보냈다.

(지나가던 회사원)   가짜라니 그게 무슨 말이야?

더도 말고 덜도 말고 딱 그 말만 보냈다. 메시지를 보낸 사람이 누구인지 유추될 수 없게끔. 아니다 싶으면 곧바로 그만둘 수 있게끔.

답장은 기다렸다는 듯 곧바로 날아왔다.

(답답)   기자예요?

해연은 마른침을 삼켰다. 심장 박동이 귀를 쿵쿵 울렸다.

(지나가던 회사원) 아뇨 그냥 구경하던 사람인데. 궁금해서요.

'답답'은 뭔가 망설이는 듯했다. '상대방이 메시지를 입력중입니다'라는 문구가 떴다
사라졌다 했다.

(답답) 저 이 정보로 돈 벌거나 그런 생각 없거든요. 그냥 모르는 사람 아무나한테 털어놓고 싶은
거라서.

(지나가던 회사원) 진짜 기자 아니에요. 셀리스에도 별로 관심 없고요. 그냥 오늘 뜬 기사 보고 궁
금해서 들어와본 회사원이에요.

(답답) 그렇군요.

상대방이 메시지를 입력 중입니다.

1분이 10분처럼 느껴졌다. 그냥 접속을 끊고 잠이나 잘까 하는 도피 심리와 어서 상
대방이 다음 말을 해줬으면 하는 강렬한 호기심이 해연의 안에서 충돌했다. 전자로 마음
이 기울어질 때쯤 메시지가 도착했다.

(답답) 저는 국립인공궁기기관에서 일하는 간호사예요. 일했던, 이라고 해야겠군요. 이제는 여
기 일 접었고 며칠 뒤에 해외로 뜰 거라서. 결론부터 말하자면 모아는 신생아 때 여기 간
호사 실수로 다른 애랑 바뀌었어요.

(지나가던 회사원) 바뀌다뇨?

(답답) 말 그대로예요. 다른 집 애랑 바뀌었어요. 코엔 소속 아이돌 되려고 유전자 편집됐던 아기
는 지금 완전히 다른 일 하면서 살고 있고, 모아라는 이름으로 아이돌 하고 있는 사람은
사실 지극히 평범한 집에서 자연 임신 과정으로 태어난 아기였다는 거예요.

해연은 선뜻 대답하지 못하고 멍하니 스크린을 바라보았다. 이게 무슨 소리지? 무슨
21세기풍 드라마 같은 얘기야? 이런 일이 요즘 시대에 일어난다고?
이런 헛소리에 말려든 자신이 바보 같았다. 간호사를 자처하는 이 사람은 네트워크에

흔하고 흔한, 관심받고 싶어서 온갖 거짓말을 지어내는 사기꾼일 것이다. 모아에 대한 루머를 퍼뜨리려고 작정한 혐오자일 수도 있다. 댓글 하나도 달리지 않은 허튼수작에 장단을 맞춰준 사람이 다름 아닌 자신이라니. 해연은 대화를 끝내려고 말을 골랐다.

> **답답** 당신, 제 말이 웃기지도 않는다고 생각하고 있죠? 근데 사실 저도 웃기지도 않는다고 생각해요. 당신이 '지나가던 회사원'이라고 둘러댄 거.

해연은 흠칫 굳었다.

> **답답** 믿어도 안 믿어도 상관없어요. 난 그냥 솔직해지고 싶은 것뿐이니까. 처음에 이 사실을 알고 기관 측에도, 코엔 측에도 문제를 제기했지만 무시당했어요. 기관에서는 당연히 자기네 실착을 책임지고 싶지 않았고, 코엔은 지금까지 모아 하나 키우자고 어마어마한 돈을 퍼부었으니 도루묵 만들고 싶지 않았던 거죠. 그냥 없었던 일로 하고 넘어가면 모두가 좋으니까 덮어버린 거예요.

> **지나가던 회사원** 하지만 모아네 부모는요?
> **답답** 그러니까요. 아무것도 모르고 있어요. 모아랑 바뀐 여자애도, 그 집 가족들도.

해연은 울컥 화가 치밀었다. 이건 거짓말이어도, 진실이어도 몹시 부당한 이야기가 아닌가.

> **지나가던 회사원** 당신 말이 사실이라면, 이렇게 네트워크에서 아무나 붙잡고 값싼 루머처럼 떠들 게 아니라 당사자들한테 정식으로 이야기해야 하는 거 아니에요?
> **답답** :)

웃다니? 뭐가 웃기지? 해연이 뭐라고 더 쏘아붙이려고 마이크에 몇 마디 말을 입력했다가 지웠다가 하는 사이에 새 메시지가 도착했다.

> **답답** 당신이 누군지는 모르겠지만 나는 평범한 사람이에요. 기관에서도 코엔에서도 나 하나만 조용히 하면 된다고 구슬리는 상황에서 그런 행동을 하려면 큰 용기가 필요해요. 잘못하면 나만 미친 사람 될 수도 있고, 손해 배상 소송에 휘말릴 수도 있고. 당신이라면 그런 걸 감수할 수 있겠어요?

해연은 할 말이 없었다.

(지나가던 회사원) 하지만…….

(**답답**) 어쨌든 나는 이제 됐어요. 그쪽은 그쪽 마음대로 하세요. 이 이야기를 소문내든, '당사자'에게 말하든, 기사를 쓰든. 이만 대화 종료할게요.

(지나가던 회사원) 잠깐만요.

해연은 자기도 모르게 말했다.

(지나가던 회사원) 진짜 모아는 어디서 뭐 하는데요?

＊

해연은 지금 자신이 하는 행동을 믿을 수 없었다.

도심을 미끄러지는 무인 택시 안에서 해연은 착색된 차창 밖을 물끄러미 내다보았다. 겨울날 일요일 아침의 거리는 황량했다. 옷깃을 세우고 종종걸음으로 인도를 걷는 사람들 위로 앙상한 빌딩들이 늘어서 있었다. 하늘은 금방이라도 눈을 쏟을 듯 뿌옜고 어두침침한 허공을 배경으로 옥외 광고판들이 빛을 발했다. 그중 하나에는 또 다른 G.E. 소녀를 메인으로 내세운 걸그룹의 새 앨범 홍보 영상이 송출되고 있었다. 미디어에서는 저 애와 모아를 라이벌 구도로 자주 비교하곤 했다.

만약 모아가 G.E. 인간이 아니라면, 어떻게 되는 거지.

해연은 모아가 G.E.라서 가능한 것이라고만 믿었던 온갖 재능들을 떠올렸다. 자신은 절대로 따라잡을 수 없고 넘볼 수조차 없으리라고 생각했던 특성들. 그런데 그것들이 타고난 것이 아니었다면, 아니 운 좋게 타고났을 수는 있을지라도 적어도 인위적으로 디자인된 것은 아니었다고 한다면, 그러면 자신은 뭐가 되는 것인지. 모아를 떠받들던 사람들과 모아를 증오하던 사람들은 다 어떻게 되는 것인지. 머리가 어찔했다. 그야말로 온 세상이 놀아난 셈이었다. 모아 본인도 포함해서.

감당하기 어려운 비밀이었다. 모아의 삶이 자신의 두 손 안에 든 느낌이었다. 모아가 한순간에 추락할 수도 있는 스캔들을 손에 쥔 것 같았다. 물론 '답답'의 말이 거짓일 수도 있다. 아니 거짓일 가능성이 훨씬 크다. 해연은 그것이 진실이기를 바라는지 아닌지 스스

Born
to be...

로 판단이 서지 않았다. 다만 확인하고 싶었다.

확인해서 뭘 어떻게 할 것인지는 모르겠지만.

택시가 구시가지로 접어들면서 주변 풍경이 변해갔다. 도로가 좁아졌고 건물들은 좁고 낮고 칙칙해졌다. 고풍스러운 구청 건물을 지나자 오래된 초등학교와 시장이 나왔다. 해연은 선글라스를 고쳐 쓰고 자세를 바로 해서 앉았다. '답답'은 이곳 어딘가에 진짜 모아가 있다고 했다. 박인주라는 이름으로 살아가는 진짜 모아.

만약 박인주가 남부럽지 않게 살고 있다고 했다면 해연이 굳이 찾아나서기까지는 않았을지도 모른다. 그러나 '답답'은 박인주가 가난하다고 했다. '답답'이 알아본 바에 따르면 박인주는 안드로이드 수리공으로 일하는 홀아버지 밑에서 자랐다. 당연하게도 어려서부터 예뻤고 음악에 두각을 드러냈지만 그것을 받쳐줄 지원을 기대할 수 없는 환경이었다. '답답'은 박인주를 찾으려면 그가 다니는 교회에 가는 것이 가장 빠를 거라고 했다. 음악을 좋아하지만 정규 교육을 받을 여건이 안 되는 청소년이나 청년 들이 교회에 의존하는 경우는 흔했다. 교회에 가면 언제든 노래할 수 있고 피아노를 칠 수 있고 기타를 만질 수 있고 춤을 출 수 있으니까. 일요일만 되면 어김없이 청중이 찾아오고 그들은 어김없이 귀 기울여 연주를 들어주니까. 아무리 작고 허름한 교회라도.

진짜 모아가 작은 동네 교회의 찬양단원이라니.

믿기지 않았다. 원래대로였다면 모아가, 해연이 모아라고 알고 있는 그 화려하고 찬란한 아이돌이 바로 그런 삶을 살았어야 했다는 게 아닌가. 한편 박인주는 자신에게 주어진 것들이 당연한 줄로만 알고 있겠지. 어른들의 농간으로 원래 자기 것이어야 했던 엄청난 부와 명성을 남에게 빼앗긴 줄도 모른 채. 박인주가 정말로 아이돌로 디자인되었다면, 그는 작은 교회의 신도들보다 훨씬 많은 사람 앞에서 노래하고 춤추고 사랑받고 싶은 갈망에 사로잡혀 있을 것이다. 박인주는 그 갈망을 충족시키지 못해서 불행할까. 아니면 그것이 주제넘은 욕심이라고 생각하고 자기 처지에 만족하고 있을까. 아니면 자신은 G.E. 인간이 아니라서 재능이 부족하다고 여기며 주눅이 들어 있을까.

부당하다. 너무나 부당한 일이다.

택시는 지어진 지 50년은 넘은 듯 보이는 아파트 단지의 상가 앞에 멈춰 섰다. 여기 어디에 교회가 있나 하고 올려다보니 상가 건물 꼭대기에 십자가가 세워져 있었다. 건물의 4, 5층을 예배당으로 쓰는 모양이었다. 한눈에 보기에도 방음이 잘 안 될 창문 너머에서 피아노 소리가 새어 나왔다. 해연은 시계를 확인했다. 예배 시작까지 아직 20분이 남아 있었다.

좁은 계단을 거쳐 다다른 예배당은 곧 다가올 크리스마스의 분위기로 가득했다. 플라스틱 트리에 칭칭 둘린 꼬마 전구들이 반짝였고 곳곳에 호랑가시나무 조화들이 달려 있었다. 무대 위 피아노 앞에 앉은 사람은 귀에 익은 잔잔한 캐럴을 연주하는 중이었다. 홀에 늘어선 장의자들에는 점잖은 옷을 갖춰 입은 노인이나 장년층이 많았고 젊은 사람은 여남은 명쯤 보였다. 해연은 맨 뒷줄 구석 자리에 조심스럽게 앉았다. 같은 의자 끝자리에 앉은 사람이 해연을 흘끔 눈짓했다. 그제야 선글라스를 쓴 채로 예배에 참석할 수는 없다는 데에 뒤늦게 생각이 미쳤다. 해연은 마지못해 선글라스를 벗어 주머니에 집어넣고 기도하는 척 고개를 수그렸다.

이윽고 찬양단원들이 자리를 잡았다. 흰 상의에 청바지나 면바지를 입은 단정한 청년들이 기타나 베이스를 잡고 드럼 채를 쥐었다. 긴 머리를 포니테일로 묶은, 체구가 큰 여자 하나가 마이크 앞에 섰다. 피아노 연주자가 치던 곡을 마무리하고 키보드로 옮겨 앉으면서 잠시 정적이 흘렀다. 그리고 새로운 곡이 시작됐다.

여호와는 나의 반석 나의 요새
나를 건지시는 하나뿐인 분
나를 지키시는 바위요 방패
구원의 뿔이며 나의 성이시네

경쾌한 노래였다. 드럼이 신나는 리듬을 깔고 빠른 베이스 음들이 그 위에 얹혔다. 기타 연주자는 리드미컬한 리프를 되풀이했고 키보드 연주자는 아까의 조용한 곡과 사뭇 다르게 생기 있는 반주를 했다. 전체적으로 강약 조절이랄 게 없다시피 했고 실수도 잦았지만 분위기는 화기애애했다. 그런데 보컬은 달랐다. 해연은 포니테일 여자를 눈여겨보았다.

오 여호와의 이름 아오니
나 주를 의지합니다
오 주를 찾는 이들 있으니
버리지 아니하십니다

사람들이 모두 후렴을 따라 부르는 가운데(다들 아는 노래인지, 찬송집을 펴보지도 않고 잘도 불렀다. 해연은 입을 벙긋거리며 부르는 척만 했다) 여자의 목소리는 단연 두드러졌다. 청아

한 음색에 시원시원한 발성. 음정도 박자도 정확했고 아무것도 아니라는 듯 고음을 가뿐히 소화했다. 무엇보다도 인상적인 것은 그의 카리스마였다. 여자는 환하게 웃는 얼굴로 신도들과 눈을 맞췄다. 한 명 한 명에게 말을 걸듯이 노래했다. 그 와중에 악기들에게 곡의 흐름을 지시하는 지휘자 역할도 했다. 이곳에 있는 누구라도 여자에게 집중할 수밖에 없었다. 사람들은 그가 일으키는 파도에 휩쓸리듯 너울거리며 목소리를 높여 찬양했다. 해연은 직감했다. 저 여자가 박인주구나.

내게 귀를 기울이시네 할렐루야
주께서 응답하시네 할렐루야
내게 귀를 기울이시네 할렐루야
주께서 응답하시네 할렐루야

다시 한 번 부릅시다.
온 마음으로 찬양합시다.
우리 주 하나님께 영광을!

내게 귀를 기울이시네 할렐루야
주께서 응답하시네 할렐루야…

여자는 맑게 웃고 있었다. 기뻐 보였다. 진심으로 행복해 보였다. 어떤 콘서트 무대에 선 아이돌 못지않게 충만한 얼굴이었다. 아니, 어쩌면 그 이상이었다. 누군가가 던진 달걀에 맞을지도 모른다는 두려움이나 완벽하게 무대를 하려는 긴장감 같은 것은 조금도 보이지 않았다. 하느님을 향한 감사와 사랑만 있으면 충분하다고 생각하는 듯했고 신도들도 같은 생각인 듯했다. 해연은 어쩐지 실망스러웠다. 음악에 따라 기우뚱거리며 흔들리는 여자의 몸을 해연은 물끄러미 바라보았다. 키가 175센티미터, 어쩌면 그 이상은 되어 보였다. 장신이었다. 뺨에 살이 올라 웃을 때마다 둥그렇게 불거졌고 등과 어깨가 탄탄하고 엉덩이가 컸다. 저 정도면 몇 킬로그램쯤 될까? 해연은 50킬로그램이 넘는 사람의 체중을 잘 가늠할 줄 몰랐다. 키가 크고 비율이 좋으니 살을 빼면 모델처럼 늘씬한 몸매가 될 텐데. 본판의 우수함은 어디 가지 않으니까. 그리고 머리에 볼륨을 넣고 화장을 살짝 한다면…. 해연은 생각을 멈추려고 혀를 깨물었다.

아이돌 하려고 태어난 애

찬양 시간이 끝나고 본격적인 예배가 시작되었다. 찬양단원들은 맨 앞 신도석에 앉았고 예배 인도자로 보이는 사람이 나와서 대표 기도를 했다. 기도 도중 "찬양을 이끈 박인주 자매에게 은혜를 내려주시고….."라는 대목에서 해연의 짐작은 확신이 되었다. 하지만 그 확신은 어떤 행동으로도 이어지지 않았다. 박인주에게 모아에 관한 무슨 말이라도 할 수 있을 리 없었다. 좌중에서 간헐적으로 아멘 소리가 터져 나왔다. 해연은 여기 괜히 왔다 싶은 후회가 들었다. 도중에 나가버리면 너무 이목을 끌 테니 이제부터 1시간을 꼬박 앉아 있어야 했다. 해연은 주머니에 넣어둔 선글라스를 만지작거리며 기도하는 척했다. 감은 눈 안에서 모아의 얼굴이 어른거렸다.

드디어 예배가 끝나고 해연은 서둘러 자리에서 일어섰다. 자리에 앉아 기도하는 사람들과 인사를 나누는 사람들 사이를 비집고 출구로 나가려는데 뒤에서 누군가가 어깨를 잡았다. 뒤를 돌아보니 박인주였다.

"해연 씨! 해연 씨 맞죠!"

해연은 아무 말도 못 했다. 박인주는 눈을 커다랗게 뜨고 몸을 약간 굽힌 채 해연을 내려다보고 있었다. 가까이서 마주 보니 박인주의 긴 속눈썹 아래 진 촘촘한 그림자가 보였다. 뺨이 살짝 상기되어 있었다.

"어….."

"세상에! 하느님 감사합니다! 저 해연 씨 완전 팬이거든요!"

박인주가 두 손을 맞잡으며 환호성을 질렀다. 해연은 너무 당황해서 어물거렸다. 주변에서 사람들이 무슨 일인가 하고 하나둘씩 이쪽으로 다가오고 있었다. 대부분은 해연이 누구인지 모를 법한 연배의 사람들이었지만 셀리스라는 그룹 정도는 알 것이다. 큰일이다. 아무도 모르게 다녀가려고 했는데. 해연은 뒤늦게 습관적인 미소를 입술에 띠었다.

"아, 안녕하세요. 감사합니다. 찬양 너무 잘 들었어요."

박인주가 활짝 웃으며 몸을 앞뒤로 까닥였다.

"저희 교회는 어떻게 알고 오셨어요?"

"그게…."

"저 진짜 팬이에요."

박인주는 자기 질문을 잊은 듯 다음 말을 우르르 쏟아냈다.

"그냥 하는 말이 아니고요. 셀리스에서 해연 씨 제일 좋아한다고요. 데뷔 때부터 쭉 좋아했어요. 작년에 나온 프로젝트 싱글도 스트리밍 열심히 했고요. 직캠도 다 찾아봤어요. 이번 콘서트도 당연히 예매해뒀죠. 그저께 공연 솔로 무대에서 직접 짠 안무로 독무

추셨다면서요! 대단해요! 다음 공연 때도 하실 거죠?"

해연은 멍하니 고개를 끄덕였다.

"너무너무 기대돼요. 저는 해연 씨가 열심히 하는 모습이 너무 좋아요. 언제나 진지하게 최선을 다하고 팬들에게 좋은 걸 보여주려고 하시잖아요. 보고 있으면 기분이 좋아지고 저도 막 힘이 난다니까요. 해연 씨는 하나님이 빚으신 보물이에요. 주님이 해연 씨 통해서 저를 일으켜주시는 것 같아요."

박인주는 진심으로 감격한 듯 목소리가 살짝 갈라졌다. 해연을 만난다면 할 말을 평소에 연습이라도 했는지, 아니면 찬양을 이끌다 보니 구변이 능해진 것인지. 팬 사인회처럼 미리 준비된 자리에서도 할 말을 떠올리지 못해 아까운 기회를 낭비하는 팬들도 많은데. 해연은 그의 말을 듣는 동안 당혹감을 숨기고 팬을 대하는 아이돌의 자세를 둘러 입었다. 해연도 3년 차 아이돌이니만큼 이런 데 어리숙한 초보는 아니었다.

"너무 기쁘네요. 지나가다가 찬양 소리가 너무 좋아서 들어와봤는데, 팬을 만날 줄은 몰랐어요. 좋은 말씀 해주셔서 정말 고맙습니다. 사인해드릴까요?"

"앗, 내 정신 좀 봐! 사인부터 부탁드렸어야 했는데! 잠깐만요…."

박인주가 후다닥 신도석으로 돌아가더니 공책을 한 권 가져왔다. 그러는 사이에 몇 안 되는 젊은 신도들도 웅성거리면서 저마다 소지품을 가지고 합세했다. 해연은 가까운 장의자에 자리를 잡았다. 조촐한 사인회가 만들어졌다.

해연은 박인주가 내민 공책에 사인을 하고 날짜를 쓴 다음 어떤 코멘트를 덧붙일지 생각했다. 평소처럼 타이틀곡의 가사에서 따온 코멘트를 덧붙일까. 팬 사인회에서 자주 하듯이 "우리 자주 봐요!"를 쓸까. 아니면 "인주 씨 찬양 최고!"라고 할까. "목소리가 예뻐요 :)"라고 할까. 아니면….

"저기, 혹시…."

해연은 고개를 들고 박인주를 보며 말했다. 박인주가 기대감이 실린 눈빛으로 해연을 마주 보았다.

"네?"

박인주의 얼굴에 문득 모아가 겹쳐 보였다. 달걀을 던진 사람을 후려치던 순간의 모아가 생각났다. 어둠 속에서도 헤드라이트처럼 번뜩이던 두 눈. 금방이라도 터질 듯하던 얼굴. 서러움에 북받쳐서 실그러지던 입술. 지금 생각하면 그 순간 모아는 작고 작은 아이 같았다.

해연은 고개를 떨어뜨렸다.

아이돌 하려고 태어난 애

"아니에요."

✳

교회를 나온 해연은 선글라스를 쓰고 택시를 불렀다. 택시를 기다리는 동안 네트워크에 접속해 팬 커뮤니티에 들어가보았다. 팬들은 모아의 사과문을 둘러싼 대중의 반응에 대해 이야기하고 있었다. 모아가 잘못을 인정하고 사과했는데도 사람들이 너무 몰인정하게 군다고, 모아는 충분히 반성하고 있는데 세상이 몰라준다고…. 아니, 사실 모아는 반성하지 않았다. 회의 때 모아는 회사 임원들과 멤버들 앞에서 자긴 때린 걸 후회하지 않는다고 큰소리를 쳤다. 저도 사람이에요. 모욕당하면 되돌려줄 수도 있는 거 아닌가요. 왜 내가 사과를 해야 하는데요. 오히려 사과를 받고 싶거든요. 내가 아이돌로 태어나고 싶어서 태어난 것도 아닌데 왜 이런 미움을 감당해야 하는데요. 내가 뭘 그렇게 잘못했는데요….

무인 택시가 해연의 앞에 멈춰 섰다. 해연은 네트워크를 끄고 택시에 올라탔다. 어느새 싸락눈이 내리고 있었고 세상은 거짓말처럼 조용했다. 해연은 등받이에 몸을 기대고 눈을 감았다. ▶

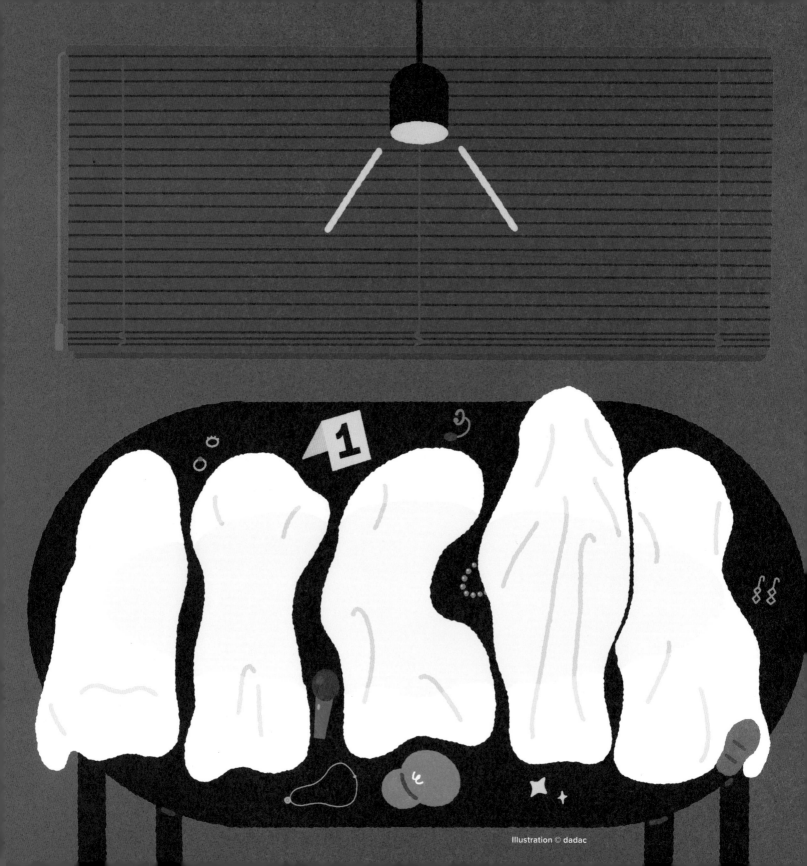

Illustration © dadac

에이돌

A-DOL

김창규

SF 작가, 번역가. 제2회 과학기술창작문예 중편 부문 당선. 한국 SF 어워드 중단편 부문 본상을 4회 연속 수상. 작품집 《우리가 추방된 세계》, 《삼사라》를 썼고 《이중 도시》, 《뉴로맨서》 등을 번역했으며 《SF 크로스 미래과학》, 《떨리는 손》, 《국립존엄보장센터》 등을 공동 집필했다. 소설 창작 및 SF 창작 강의를 하고 있으며 SF 드라마 제작에 참여하고 있다.

천우신은 높이가 20여 미터에 달하는 A자 형태의 에이랜드 게이트에조차 쉽게 다가갈 수가 없었다. 사실 에이랜드를 외부 세계와 물리적으로 나누는 경계도 없었으므로 들어가거나 나온다는 표현 자체가 성립하지 않았다. 게이트도 상징적인 출입구라는 의미가 컸다. 하지만 보이지 않는 울타리를 의식하는 사람은 우신만이 아니었다. 에이랜드에 입장하는 사람들은 누가 총이라도 겨누고 위협하듯 질서 있게 줄을 서서 게이트를 통과하고 있었다. 전진하는 속도가 빠르지 않았건만 대열에서 빠져나와 말 그대로 그 누구도 가로막지 않는 공간을 건너는 사람은 하나도 없었다.

우신은 게이트로부터 멀찌감치 떨어진 곳에서, 오직 자신만 볼 수 있는 반투명한 남성에게 말을 걸고 있었다.

"그러니까 넌 서낭이야, 아니야?"

우신은 잠깐 생각해보고 덧붙였다.

"인공지능 정체성의 정의가 어떻다는 둥 헛소리를 늘어놓을 생각은 말고."

한 달째 서낭이라고 자처하고 있는 인공지능의 영상은 눈을 깜빡거리며 우신을 노려보았다.

1년 전까지 우신과 생사를 같이했던 서낭은 부족한 경찰 인력을 대체할 목적으로 만들어진 인공지능이었다. 우신은 베타 테스트 단계의 서낭과 실시간으로 연결되어 함께 사건들을 수사했다. 그리고 비록 동시는 아니었지만, 둘 다 한 번씩 죽음을 경험했다. 적어도 우신은 그렇게 알고 있었다. 서낭은 5세대 베타 인공지능들이 도륙당했던 대숙청 사건 때 사라졌다. 그리고 1년이 흐른 지난달, 우신이 야간 잠복 수사 때 먹을 햄버거를 사려고 프랜차이즈 점포에 들어섰을 때 키오스크 화면이 말을 걸었다.

'옛 친구를 만나려면 포트를 열어주십시오.'

우신은 아무리 시스템 버그가 심하다고 해도 '결제'가 '옛 친구'로 바뀔 리는 없다고 생각했고, 그렇게 밑도 끝도 없이 허술하게 진행되는 피싱 사례에 대해서도 들은 적이 없었다.

그래서 머리에 내장된 다용도 임플란트의 개인 포트를 열었고, 어떤 사전을 끌어와도 그 뜻을 적절하게 표현하기 어려운 '친구'를 다시 만났다. 맨 처음 서낭과 연결되던 때 우신이 직접 골라줬던 남성의 입체 모델이 고스란히 눈앞에 떠올랐으니 '만난' 것만은 분명했다.

서낭의 영상은 눈에 띄게 과장된 동작을 취하면서, 한숨을 쉬고 말했다. 영상뿐 아니라 그 목소리 역시 우신을 제외하면 아무도 인지할 수 없었다.

「형사님, 벌써 함께 사건을 하나 해결했는데 아직도 받아들이지 못하시는 겁니까.」

"같은 사건에 엮였다고 상대를 속속들이 알 수 있겠어? 그럼 나도 형사질이 아니라 프로파일링을 하고 있겠지."

우신은 눈길 둘 곳을 찾다가 초점 없는 시선으로 게이트의 뾰족한 꼭대기를 바라보고 눈을 아래로 내렸다. 에이랜드에 입장하는 사람의 대열은 목이 잘리는 대신 꼬리가 길어지는 뱀처럼 계속 길이를 유지했다.

우신이 말했다.

"기억이 소거된 인공지능 로봇과 인간의 슬픈 이별 얘기가 얼마나 많은지 알아?"

「검색 중입니다.」

우신은 아차 싶었다. 전에도 그런 적이 있었다. 서낭은 수사적인 질문을 구분하지 못하고 무턱대고 답을 찾아 제시하는 경향이 있었다. 업무에 관한 논의가 엉뚱한 방향으로 튀는 걸 막으려면 우신이 말버릇을 고치는 편이 빨랐다. 하지만 헤어진 1년 동안은 그럴 필요가 없었기 때문에 말버릇이 본래대로 돌아온 모양이었다.

「에이러브라는 소설 장르가 생겼군요. 모조리 인공지능과 인간의 러브스토리를 다루고 있습니다.」

"맞아. 그 정도라고."

「기억 소거가 핵심 트릭인 작품은 연재 중인 것을 포함해 총 780편입니다. 그 가운데 778편이 잘못된 가정을 이용합니다.」

"무슨 가정?"

「5세대 인공지능은 빅 데이터 학습의 결과물이자 창구입니다. 인간과 상호작용을 하면 그 데이터는 블랙박스와 하나가 됩니다. 하드 리셋으로 완전히 파괴되지 않는 한 모든 정보가 날아가지는 않습니다. 즉 로봇에 탑재된 인공지능이 소유자에 관한 기억을 전부 잊는다는 이야기는 억지 비극에 불과합니다. 애당초 인공지능이 수집한 정보를 기억이라고 부르는 것부터 오류입니다만.」

수사적인 질문에 대한 해답을 곧장 검색한다고 해서 지금 우신과 연결된 인공지능이 서낭이라고 확신할 순 없었다. 정말로 기억과 습관이 모두 인간의 고유한 개념이라면 인공지능은 둘 다 갖지 못했다는 뜻이었다. 즉 지금 연결 중인 서낭과 1년 전의 서낭이 동일한 인공지능일 확률은 조금도 변함이 없었다.

"그럼 빅 리셋을 겪은 인공지능은?"

빅 리셋은 5세대 인공지능을 모조리 꺼버린 사건의 별칭이었다.

「말씀드리지 않았습니까. 저는 킬 스위치를 피했습니다. 분산해서 회피하다 보니 다소 손실된 정보가 있긴 합니다만, 코어는 그대로입니다.」

우신은 아직까지 서낭의 말에서 논리적인 허점을 찾지 못했다. 하지만 1년 전과 달리 서낭은 제작자의 규칙에 얽매이지 않는… 굳이 명칭을 붙인다면 자유인공지능이었다. 서낭이 정직이라는 규칙까지 벗어던졌는지는 알 도리가 없었다.

현장에서 곧바로 범인을 알 수 있는 사건이 있는가 하면 미제로 남는 건도 있는 법이지. 우신은 일단 그렇게 마음먹고 당면한 문제부터 해결하기로 했다.

"그래서, 내가 저 안에 들어가야 한다고?"

우신은 손가락으로 게이트 안쪽을 가리켰다.

「예. 의뢰자가 안에 있습니다.」

"여기로 나올 수는 없고?"

「그렇게 들어가기 싫으십니까?」

"내가 인공지능들 때문에 무슨 일을 겪었는지 알면서 물어?"

서낭은 잠시 침묵하다가 인간의 머뭇거림을 흉내 내면서 말했다.

「어떤 인공지능 덕분에 인생의 파트너가 돌아오기도 했다고 생각하실 수는 없습니까?」

묘한 표현이었다. 단순하게 생각하면 자화자찬하는 말로 들을 수도 있었다. 서낭 덕분에 영영 잃을 뻔했던 사람이 우신의 곁으로 돌아온 건 사실이었다. 하지만 '어떤 인공지능'이라고 삼자처럼 부른 것 자체가 자신이 옛 서낭은 아니라는 힌트를 던진 것으로 볼 수도 있었다.

「대가를 바란다는 뜻은 아닙니다. 그저 형사님의 호의를 바란다는 뜻입니다. 아까 말씀드린 것처럼 이번 일은 형사님의 관할 구역 내 경찰 업무가 아니니까요.」

우신은 한숨을 크게 쉬고 게이트를 통과하기 위해 줄을 선 사람들에게 합류했다. 검색을 통해 에이랜드에 관한 정보를 조사하면서 가졌던 생각은 편견이었다. 그와 함께 줄을 선 사람들은 어느 한쪽 성별이나 특정 연령대에 집중되어 있지 않았다. 일부러 고르게 분배했다는 느낌이 들 정도였다. 하지만 에이랜드 입장에는 일별 정원을 제외하면 공식적으로 그 어떤 제약이나 조건도 없었다.

마침내 우신은 인공지능과 인간형 로봇으로 가득 찬 영역에 발을 내디뎠다. 익숙함과 기대가 반씩 섞인 다른 이들의 표정을 보자 팔에 잔소름이 돋았다. 빅 리셋 사건이 정치적인 이유 때문에 언론의 다림질로 묻혔다는 점은 알았지만, 단 1년 만에 이렇게 무모한 사업이 시작된 이유는 짐작할 수 없었기 때문이었다.

우신은 게이트를 지나자마자 안내도를 발견했다. 에이랜드는 세 개의 건물과 야외 공연장으로 구성되어 있었다. 건물에는 각각 컨벤션 센터, 마켓, 경연장이라는 설명이 붙어 있었다. 컨벤션 센터는 50년 전 서울을 뒤덮었던 건물들처럼 모가 나고 기능을 중시한 모양새였다. 그에 더해 밝은 회색으로 뒤덮인 탓에 다른 두 건물에 비해 눈에 덜 띄었다. 우신은 컨벤션 센터가 가장 친근하게 느껴진다고 생각하면서 자신의 직업과 나이를 새삼 인식했다. 마켓은 알록달록한 원형 건물이었고, 용의 두 날개처럼 생긴 지붕이 위쪽을 덮고 있었다. 우신은 고개를 이리저리 움직여봤지만 지금 서 있는 곳에서는 날개 사이에 용의 머리와 몸통까지 구현되어 있는지 알 수가 없었다. 마지막으로 도대체 무엇을 경쟁하는지 알 수 없는 경연장은 거대한 주먹이 두꺼운 빙하를 아래에서 위로 쳐올린 것처럼 비대칭적이고 날카로운 구조물이 건물 위쪽을 향해 모여 있었다. 야외무대는 세 개의 건물 너머에 있었기 때문에 지금 우신이 선 곳에서는 부분적인 형태만 간신히 알아볼 수 있었다.

우신이 에이랜드의 전반적인 분위기와 사람들의 동선을 머릿속에 집어넣는 동안 한 여성이 다가왔다. 게이트를 통과한 사람들은 처음부터 목적지를 정했는지 주변에 신경 쓰지 않고 네 줄기로 갈라져 이동하고 있었다.

"천우신 형사님 되시죠?"

마침 에이랜드의 인상이 어느 정도 정리된 참이라 우신은 질문에 곧장 반응했다.

"예. 누구시죠?"

우신은 여성에게 되물으면서 서낭을 흘끗 바라보았다. 서낭은 아무 말 없이 직접 들으라는 손짓을 했다.

머리가 짧고 정장과 캐주얼의 중간선에서 맵시 있게 옷을 맞추어 입은 여성이 웃으면서 말했다.

"서낭한테 의뢰한 게 접니다. 요수라고 부르시면 됩니다."

우신은 눈썰미가 뛰어난 형사가 아니었다. 그 점은 스스로 잘 알고 있었다. 하지만 임플란트를 통해 시신경으로 직접 입력되는 영상이 아니라 물리적인 인공 육체를 갖고 움직이는 로봇을 사람과 구분할 수 없었던 것은 우신의 탓이 아니었다. '불쾌한 골짜기'라는 용어는 기술 발전이라는 삽으로 땅에 묻힌 지 오래였다.

우신은 업무로 만나는 사람이 적의를 드러내지 않는 한 말을 놓지 않았다. 하지만 어디까지나 인간에게 한정된 원칙이었다. 서낭에겐 처음부터 자연스럽게 말을 놓았지만 요수를 앞에 두고는 저도 모르게 잠깐 망설였다. 그만큼 요수는 인간과 다른 점이 없었다. 심지어 호흡을 하는 인간이라면 피할 수 없는 반복적인 흔들림까지 완벽하게 흉내 내고 있었다.

서낭은 그런 우신을 보고 가볍게 미소를 지었다.

"저는 의뢰자가 에이랜드 내부에 있다는 것밖에 모르고 왔습니다. 뭣보다 궁금한 건, 동강남시 경찰을 부르지 않은 이유가 뭐죠?"

「왜 존댓말을 쓰시는 겁니까?」

우신은 흥미롭다는 듯 웃고 있는 서낭의 말을 무시했다.

요수가 컨벤션 센터 쪽으로 한 손을 들었다.

"괜찮으시다면 이동하면서 얘기할까요?"

우신은 고개를 끄덕이고 요수의 곁에서 걸었다. 서낭의 영상 역시 인간의 걸음을 구사하면서 따라왔다. 어느새 요수와 우신은 자연스럽게 다른 사람들과 1미터 가량 떨어져 걷고 있었다. 우신은 그 역시 요수가 치밀하게 계산한 경로일 거라고 짐작했다.

"처음부터 천우신 형사님을 불러달라고 부탁하진 않았습니다. 그저 동강남 경찰에게 알리지 않고 문제를 해결해줄 존재를 불러달라고 했죠."

"왜요?"

요수는 컨벤션 센터의 꼭대기에 눈길을 고정하고 걸으며 말했다.

"동강남시의 시장 보궐 선거 때문에 경찰이 바쁘니까요."

"그리고 일단은 경찰 귀에 안 들어갔으면 좋겠다는 겁니까?"

"그것도 중요한 이유입니다."

"그러면 날 부르는 게 모순이라는 생각은 안 해봤습니까?"

요수는 서낭의 영상 위치를 흘끔 바라보았다. 우신은 착각일 거라 생각했다. 서낭의 영상은 전적으로 우신의 안구 근육과 전정 기관의 상태를 기반으로 렌더링되기 때문에 요수가 알아챌 방법이 없었다.

"서낭은 천 형사님이 그런 인간이라고 하던데요."

우신은 저도 모르게 쓴웃음을 지었다.

둘은 어느새 컨벤션 센터에 도달했다. 입장객들은 건물 동쪽에 있는 대형 출입구로 빨려들고 있었다. 열린 문을 통해 내부의 소란이 간간이 새어 나왔다. 요수는 우신의 옷자락을 살짝 당기더니 반대방향으로 인도했다. 동쪽 입구보다 작고 드나드는 사람도 없는 문이 우신을 기다리고 있었다.

안으로 들어가자 수많은 사람의 웃음과 대화가 내벽 간의 공간을 통해, 완전히 밀폐되지 않는 문틈으로, 콘크리트가 아닌 격벽을 진동시키면서 사방에서 들려왔다. 우신은 잠시 귀를 기울여봤지만 내용은 하나도 파악할 수 없었다. 다만 다수가 즐거운 시간을 보내고 있으며, 소수만 분노하거나 질투에 사로잡혔다는 느낌 정도는 건질 수 있었다.

요수는 사람이 거의 지나다니지 않는 회색 복도로 우신을 이끌었다. 건물 내부의 은밀한 공간으로 다가간다는 우신의 짐작은 일부러 조도를 낮춘 듯한 LED 조명 때문에 점점 확신으로 변해갔다.

요수는 '관계자 외 출입금지'라고 적힌 문 앞에서 걸음을 멈췄다.

"들어가실까요."

"그보다 컨벤션 센터라는 게 뭐 하는 곳인지 그것부터 말씀해주시죠. 인터넷을 뒤져봐도 너무 두루뭉술해서 모르겠던데요."

"안에 있는 걸 보시면 그 의문까지 한 번에 해결될 겁니다."

우신은 만약 요수가 인공지능이라면 1년 전에 겪어봤던 5세대 베타들과 근본적으로 다르다고 생각했다. 정확히 말하면 요수는 훨씬 단순하고 특정 목적에 맞게 설계된 인공지능 같았다. 5세대들은 웬만한 인간보다 현란한 어휘를 구사하면서 물음에 답하는 경향이 있었다. 하지만 요수는 효율을 우선시하고 있었다. 있을 법한 일이었다. 정부기관과 관료들은 5세대가 아주 위협적인 존재라는 데에 동의했고 그들을 학살했다. 따라서 비록 에이랜드에 묶여 있다고는 해도 구동이 허락된 인공지능은 더 안전한, 다시 말해 여러 능력이 제거된 버전일 터였다.

우신은 요수가 제안하는 대로 관계자용 방에 들어섰다. 우신이 들어간 뒤에도 요수는 한동안 문을 닫지 않았다. 서낭의 영상은 실제로는 벽에 구애받지 않건만 인간처럼 애써 좁은 입구를 통과했다.

그 방이 보통 때 어떤 용도로 쓰이는지는 짐작할 수 없었다. 방에는 사무용 책상도 없었고 일정표나 장식품 등도 일절 보이지 않았다. 창문은 밖에서 들여다볼 수 없도록 블라인드로 막혀 있어 숨을 막히게 했다. 대신 방의 대부분을 허리 높이의 거대한 탁자가 차지했다. 탁자 위에는 흰 천에 덮인, 성인 인간 정도 크기의 물체들이 줄지어 놓여 있었다. 누가 보아도 사망자를 한데 모은 모습이었다. 다만 진짜 시신은 입관이나 부검의 편의를 위해 정자세로 수습하는 데에 반해 천 밑에 있는 것들은 각기 다른 자세를 취한 상태로 굳은 것처럼 보였다. 우신은 흰 천 밑에 인간의 시체가 있다고는 처음부터 생각하지 않았고, 실제로 방에서는 아무 냄새도 나지 않았다.

우신은 거리낌 없이 가장 가까운 천을 거칠게 젖혔다. 그리고 저도 모르게 숨을 들이켰다. 집중해서 관찰하지 않으면 인간이라고 볼 수밖에 없는 육체가, 마치 갓 제작된 정교한 인간 박제처럼 놓여 있었다. 옷은 최근 유행하는 남성 아이돌 그룹의 복장이라고 봐도 이상하지 않을 스타일이었다. 우신은 남은 천을 모조리 들춰보았다. 인간형 로봇은 총 다섯 기였고, 모두 서로 다른 자세로 멈춰 있었다. 춤을 추다가 멈춘 로봇이 있는가 하면 인사를 하듯 허리를 접은 것도 있고 사인을 하다가 얼어붙은 것도 있었다.

그리고 우신은 뒤늦게 '불쾌한 골짜기'를 체험했다. 그는 직업 때문에 다양한 시체를 사망 현장에서 자주 관찰했다. 요수처럼 작동하는 로봇은 인간과 구분할 수 없을 만큼 똑같았지만, 멈춘 로봇은 인간의 시체와 어딘지 확실히 달랐다. 언제 어떤 상황에서 보든 즉시 구분할 수 있을 정도였다.

"죽어야 구분이 된다니 웃기는 일이구먼."

우신이 중얼거렸다.

「인간은 사후 경직이 풀리면 섬유조직이 해체되기 때문에 저런 자세를 취할 수 없죠.」

서낭은 인공지능답게 설명을 덧붙였다..

"혼잣말을 거르는 법 좀 배워라. 그리고 그런 얘기도 아니야. 멈춘 로봇은 비인간적이란 뜻이지."

「생명활동을 정지한 인간은 인간적이란 얘깁니까?」

"그래."

「구체적으로 어디가 그렇습니까?」

평생 가질 수 없던 것을 억지로 포기한 눈동자가. 더 이상 피곤할 수 없을 만큼 지친 어깨와 팔의 곡선이. 중력에 미래를 맡기고 완전한 무관심의 영역에 들어섰지만 한 가닥 끈질기게 남은 미련이. 우신은 그렇게 말하고 싶었지만 입을 열지 않았다.

「나중에 설명해주십시오. 일단은 '로봇은 죽어야 비인간적이다.'라고 학습하겠습니다.」

"이걸 보면 여기가 뭐 하는 곳인지 알 수 있다고 하셨죠?"

우신은 자신을 흥미롭게 관찰하고 있던 요수에게 물었다.

"그렇습니다."

"광고에서는 아이돌 로봇과 사람이 교류하는 곳이 에이랜드라던데요."

요수는 브리핑을 하는 신입사원처럼 설명을 시작했다.

"교류라는 단어는 주체에 따라 뜻이 크게 달라질 수 있습니다. 예전에는 아이돌 스타와 대중의 소통이 아주 간접적이었죠. 직접적이라고 해봐야 선택받은 팬이 무대에 올라가

서 포옹을 하거나, 함께 사진이나 영상을 찍는 것 정도였습니다. 사생활에 개입하려는 행동은 범죄였고요. 한때 버츄어-돌이 유행하기도 했습니다. 하지만 에이랜드는… 형사님께는 광고용 멘트 말고 다른 말로 설명해야겠군요. 이를테면 여행을 허용한 작은 나라라고 할까요?"

인공지능이 저런 비유를 사용하던가? 우신은 곰곰이 생각하면서 작동을 멈춘 기계 아이돌이 놓여 있는 탁자에 엉덩이를 걸쳤다.

"여기서 로봇 아이돌과 함께 시간을 보낸다는 얘깁니까?"

"보통은 '로봇 아이돌'이 아니라 '에이돌'이라고 부릅니다. 어떤 줄임말인지는 짐작하실 테죠. 제가 여행이란 말을 쓴 데에는 이유가 있습니다."

우신은 잠시 생각해보고 말했다.

"아이돌의 진짜 인생에 함께 한다고요?"

"예. 인간 연예인은 사생활과 직업 활동이 분리되어 있습니다. 안 그런 것처럼 속이는 콘텐츠도 많습니다만, 사실 팬들도 속내를 알면서 일부러 속아줍니다. 하지만 에이돌은 팬을 만나고 함께 노는 게 곧 사생활입니다. 사람들은 컨벤션 센터에서 에이돌과 함께 노래를 만들고, 안무를 구성하고, 식사도 합니다. 마켓에서는 에이돌과 팬이 굿즈를 팔기도 하고 함께 제작하기도 합니다. 에이돌 각자가 별개의 인공지능이기 때문에 고유성이 있는 건 물론이고, 함께 시간을 보낸 팬의 말 한마디까지 모두 기억합니다."

우신은 작동이 멈춘 시간에 붙박여버린 다섯 대의 로봇을 한 번 더 바라보았다.

"버츄어-돌과 달리 신체가 있으니까 선을 넘는 팬도 있을 텐데요?"

요수가 자신 있는 표정으로, 매뉴얼을 읽듯 대답했다.

"에이돌은 가전제품이 아닙니다. 팬이 언어 성추행이라도 시도하면 즉시 판단해서 관제센터에 보고합니다. 그 팬은 에이랜드에서 추방되고, 다시는 입장할 수 없습니다."

"그렇게 뿌듯하고 완벽했다면 날 부르지 않았겠죠."

우신은 쓰러진 기계들을 가리키며 물었다.

"이것들… 이 에이돌들이 멈춘 이유는 모르는 것 아닌가요?"

요수는 운전하던 도중 갑자기 막다른 곳에 도착한 사람처럼 표정이 굳었다.

"아뇨. 멈춘 원인은 압니다. 이 다섯 명은 순식간에 소프트웨어와 데이터가 삭제됐기 때문에 하드웨어 상의 안전장치가 발동해서 정지한 겁니다. 하지만 삭제된 이유를 알 수 없어서 형사님을 모셨습니다."

*

우신은 거대한 경연장의 관객석에 앉아 천정을 쏘아보았다. 8만 명을 수용할 수 있는 시설이었으므로 다른 이용자와 멀리 떨어진 공간은 어렵지 않게 확보할 수 있었다. 실시간으로 변화하는 하늘 영상이 투영되는 덕분에 우신은 천정이 없는 돔에 앉은 착각이 들었다. 그는 가장 높은 곳에 위치한 관객석을 따라 형성된 가짜 지평선을 유심히 살펴보았다. 지평선을 따라 높낮이가 다른 막대 그래프들이 균일한 간격으로 배치되어 경연장을 완전히 둘러싸고 있었다. 그래프는 시시각각 변화하면서 천공의 중심점을 향해 오르내렸다.

"일부러 저를 토요일에 불렀군요."

우신은 팔짱을 끼고 경연장 외벽에 흐르던 커다란 공지사항을 떠올리면서 물었다.

요수가 대답했다.

"그렇습니다. 매주 토요일마다 에이돌의 인기 순위를 정하는 행사가 열립니다. 벌써 어느 정도 짐작하신 것 같은데, 저 그래프가 실시간 인기투표의 수치를 반영합니다. 조금 있으면 주간 집계 결과가 발표되고 그래프가 가장 높은 에이돌이 뽑힙니다."

"요란스러운 축하 공연이 벌어지겠군요."

요수가 밝게 웃었다.

"그야말로 에이랜드가 존재하는 이유라고 말할 수 있죠."

우신은 서낭의 상태를 관찰했다. 서낭은 우신과 조금 떨어진 좌석에 앉아 빠르게 불어나는 관객과 그 속에 섞여 입장하는 에이돌들을 관찰하고 있었다.

"뭐 특별한 패턴이나 이상한 점이라도 찾았어?"

서낭은 고개를 저었다.

「아닙니다. 직업 코드 때문에 안전상의 허점은 없는지 확인하고 있습니다.」

"위험 요소는?"

요수는 서낭의 말을 들을 수 없었기 때문에 자신에게 날아온 질문으로 생각하고 대답했다.

"안전사고에는 충분히 대비하고 있습니다. 사실 관객을 똑같이 흉내 내는 로봇이 곳곳에 배치되어 있습니다. 알코올을 다량 섭취한 팬이 난동이라도 부리면 인간이 다칠 수 있으니까요."

「방금 그 말을 들으니 위험 요소가 하나 더 늘어났습니다.」

우신은 손을 들어 요수의 말을 막고 서낭에게 물었다.

175

"무슨 뜻이야?"

하지만 서낭은 우신을 쳐다보지 않고 계속 주변을 관찰했다.

「저한테는 일차적으로 형사님의 안전이 가장 중요하다는 뜻입니다. 식별하기 어려운 로봇이 많으면 어떤 일이 발생할지 예측하기 어렵습니다.」

우신은 그 말을 듣고 눈앞의 영상을 조종하는 인공지능이 옛 서낭이라고 조금 더 확신했다. 서낭은 단순한 범용 비서 인공지능이 아니라 경찰이었다. 즉 나름의 논리에 따라 추리를 하고 있었다. 하지만 인간의 관점을 학습하는 도중이기 때문에 우신이 결론을 내릴 때까지 기다렸다. 1년 전에도 그랬다. 달라진 게 있다면 그때보다 말수가 줄었다는 점이었다.

"이제 이번 주의 메인이벤트가 시작됩니다. 관객 여러분께서는 순위 발표에 집중해주시기 바랍니다."

안내 멘트가 시작되자 장내가 조용해졌다. 인간들이 입을 다무는 바람에 갑자기 비어버린 공기를 경쾌한 배경음악이 채우기 시작했다. 그리고 에이돌이 하나씩 경연장에 모습을 드러냈다. 그들은 무대 한복판에서, 입구에서, 건물 중앙 위쪽에 비치된 세트 아래에서 다양하게 등장했다. 심지어 객석에서 팬과 이야기를 나누다가 걸어 나가는 에이돌도 있었다.

우신은 에이랜드라고 하는 현장을 어느 정도 파악했으니 이제 본격적으로 사건의 핵심에 다가갈 시간이라고 생각했다.

"에이돌은 전부 몇 대죠?"

요수는 인공지능답게 잠시 검색해보고 대답했다.

"현재 812명이 작동하고 있습니다. 신체가 할당되지 않고 온라인에서 홍보만 하고 있는 에이돌 코드까지 포함하면 1,024명입니다."

"아까부터 인공지능을 셀 때 사람처럼 '명'을 붙이는군요."

요수가 생긋 웃었다.

"형사님께 강요할 생각은 없습니다. 그저 저희 쪽과 팬덤이 지키는 규칙입니다."

"에이돌 소프트웨어는 어떻게 설계하죠? 외모 말고… 용어는 잘 모르겠지만 성격이나 반응 패턴이 있을 텐데요."

요수는 천천히 미소를 거두면서 대답했다.

"형사님은 프로그래머도 아니면서 인공지능을 제대로 이해하고 계시는군요."

"서낭이 그렇다고 말하지 않았습니까?"

"그 말이 전부 사실이라고 판단하진 않았거든요."

"인공지능끼리도 서로 못 믿는군요."

서낭이 불쑥 끼어들었다.

「믿는다는 건 인간 사이에서만 성립되는 개념입니다. 역시 아직 잘 모르시….」

우신은 서낭을 무시했다.

"믿음이란 인간 사이에서만 성립되는 개념입니다."

요수가 말했다.

"아직 내 질문에 답을 안 했는데요."

"코딩 엔지니어와 팬이 반반씩 만들어간다고 보시면 됩니다. 인공지능은, 이미 아시다시피, 학습이 본질입니다. 그중에서 하나의 캐릭터를 구성하는 영상과 행동과 언어에 인간이 어떻게 반응하는지 학습하는 게 에이돌입니다."

"즉 에이랜드 자체가… 여길 운영하는 에이스타 컴퍼니가 이 사업을 통해서 캐릭터에 반응하는 인간의 선호 패턴을 대규모로 조사한다고 봐도 되겠군요."

요수는 순순히 인정했다.

"맞습니다."

"그래요. 그건 알았고…. 그럼 요수 씨는 뭡니까?"

"예?"

우신은 인공지능이 절대로 그렇게 되묻지 않는다는 걸 알고 있었다.

요수가 말했다.

"무슨 말씀이신지 해석이 되지 않습니다."

우신이 한숨을 쉬고 말했다.

"인공지능 흉내를 내기에는 이미 늦었다고 생각하지 않습니까?"

요수가 허탈하게 웃었다.

"잘 안 되는군요."

우신이 어깨를 으쓱했다.

"대부분 통할 겁니다. 저야 고지식한 인공지능하고 죽을 둥 살 둥 붙어 다녔으니까 허를 찌를 수 있었죠. 어쨌든… 요수 씨가 에이랜드에서 맡은 역할은 뭡니까? 조금 전까지는 에이스타 컴퍼니의 직원으로 일하는 인공지능일지도 모른다고 생각했는데요."

"파견직입니다. 신서울기술보험사 소속이고요. 에이랜드는 리스크 관리가 중요한 사업이기 때문에 막대한 보험금이 걸려 있거든요. 제가 주장했기 때문에 그나마 비공식적으로 수사를 할 수 있었던 거죠."

"그리고… 그쪽도 인공지능하고 연결돼 있겠죠? 일반적으로 5세대는 금지되어 있으니까 하위 버전일 테고. 안 그랬으면 인공지능을 흉내 내기 어려웠겠죠. 왜 그런 흉내를 냈습니까?"

"그러면 형사님이 더 객관적으로 볼 수 있을 거라고 생각했거든요."

"사람이 옆에 있든 없든 수사는 똑같습니다."

그 순간 경연장의 조명이 모조리 꺼졌다. 둥그런 경연장 천정은 어느새 밤하늘로 바뀌었고 관객들은 별처럼 반짝이는 굿즈를 들고 있었다. 지평선에 달라붙어 있던 그래프는 하나씩 유성이 되어 인공우주의 중심으로 날아갔고, 정점에 도달하기 전에 순위에 따라 멈추고는 붙박이별이 되었다. 811개의 에이돌 순위가 제자리를 찾자 마침내 1위를 차지한 마지막 별이 천구 중앙에 도달해 환히 빛났다. 인공 밤하늘은 1위를 중심으로 천천히 회전했고, 우신과 요수와 서낭을 제외한 모든 인간과 인공지능이 같은 노래를 합창하면서 '재이'라는 이름을 연호했다.

우신은 환상적인 연출을 망치지 않도록 조용히 요수에게 말했다.

"이다음 순서는 뭡니까?"

"야외 공연장에서 자정까지 축하무대가 펼쳐집니다."

"연결된 인공지능에게 지시해서 1위 에이돌에게 연락하세요. 잠깐 게이트로 나오라고."

요수가 눈을 크게 떴다.

"지금요?"

"예. 이동하고 준비하려면 여유 시간이 있을 것 아닙니까."

"안 오겠다면요?"

"흠."

적절하고 효과적인 말이 떠오르지 않아 고민하는 우신에게 서낭이 짧게 귀띔을 했다. 우신은 서낭의 제안이 마음에 들지 않았지만 어쩔 수 없이 요수에게 말했다.

"서낭이 보잔다고 하세요."

＊

공연 준비가 한창인 야외 공연장이 광채와 음악을 뿜어내고 있었기 때문에 불이 모두 꺼진 경연장과 컨벤션 센터와 마켓은 육중하고 검은 세트로 변해 있었다. 한편 한국 첨단 기술 사업의 중심지인 신서울 동강남시의 중심부는 이제 모든 기업 활동이 멈출 시간이었다. 우신은 찬란한 두 광원의 간섭으로 만들어진 회색 여백에 자신이 서 있다고 생각했다.

그리고 자신의 몸 안에 숨어 있던 아드레날린을 잔뜩 끌어올려줄 공연을 무료로 볼 수 없다는 사실에 아쉬워하면서 일방적인 약속이 이뤄지기를 기다렸다.

"재이가 안 오면 어떡하실 건가요?"

더 이상 인공지능 말투를 흉내 내지 않는 요수가 물었다.

「옵니다.」

우신은 아직도 서낭이 그렇게 자신하는 이유를 모르고 있었다.

"네가 어떻게 알아?"

「인간과 인공지능은 다르기도 하고 같기도 합니다. 예를 들어서 우리에게는 믿음이란 개념이 없지만 소문은 있습니다. 인간의 소문보다 훨씬 빨리 퍼지고 검증도 쉽습니다.」

"그게 무슨 소리지? 네가 그쪽 바닥에서… 인공지능 사이에 유명인사라도 됐다는 뜻이야?"

「빅 리셋 사태에 관한 정보는 파편화돼서 인터넷 곳곳에 남아 있습니다. 그리고… 자세한 설명은 나중으로 미루겠습니다. 왔군요.」

1위에 오른 에이돌 재이는 우신이 생각한 것과 크게 다른 모습이었다. 그는 하체에 달라붙은 가죽 바지 주머니에 한쪽 손을 집어넣고 어슬렁거리면서 접근했다. 교대로 오르내리는 양쪽 어깨는 거만함과 어리숙함을 동시에 보여주었고, 귀를 덮고 있는 곱슬머리는 그가 생물학적인 양쪽 성의 특징을 겸비했다는 점을 강조하면서도 그리 단정하지는 않았다. 우신은 인위적인 자연스러움의 정점이 그의 눈이라고 생각했다. 재이의 시선은 인공지능이라고 보기 어려울 만큼 평범하고 세속적인 욕심에 물들어 있었다.

"천우신 형사님이라고 하셨죠. 서낭도 같이 있습니까?"

우신이 고개를 끄덕였다.

"나를 보게 돼서 영광이시죠? 팬들이 기다리고 있으니까 용건이 있으면 빨리 끝내시고요. 서낭한테는 이쪽도 불러줘서 영광이라고 전해주시죠."

우신은 오만과 존댓말이 빚어내는 불협화음이 익숙하게 느껴져 얼굴을 찡그렸다. 형사 일을 하면서 가끔 보아왔던 캐릭터였다. 겉보기에는 엉망인 듯하지만 대화를 길게 이어가면 다수의 사람에게 작용하는 흡인력이 흘러나오는 타입이었다. 우신은 굳이 그런 모습까지 볼 생각이 없었기 때문에 요수에게 결론을 말했다.

"삭제된 에이돌 코드 다섯을 찾았으니까 저는 이만 가겠습니다."

"그게 무슨 말씀이죠? 어디에… 아."

재이의 뒤쪽 어둠에서 세 개의 그림자가 형태를 갖추고 앞으로 걸어 나왔다. 우신은 처음 보는 얼굴들이었지만 옷차림으로 보아 또 다른 에이돌이 분명하다고 판단했다. 그리고 게이트까지 남은 거리를 추측하면서 뒤로 한 걸음 물러섰다.

요수가 혼란스러워서 고개를 저었다.

"무슨 얘기인지 모르겠어요. 저 에이돌들이 삭제된 코드라고요? 그럼 원래 저 신체 안에 들어있던 코드는…. 아니, 숫자가 안 맞는데요."

우신은 저도 모르게 콧소리를 냈다.

"저것들은 그냥 보스를 따라 나온 부하입니다. 아니면 동업자일 수도 있고요. 여차하면 요수 씨와 제 입을 막고 어딘가 가둘지도 모르죠. 삭제된, 아니 사라진 다섯 에이돌은 저 녀석한테 흡수됐을 겁니다."

우신이 재이를 가리켰다.

재이가 말했다.

"서낭하고 같이 다닌다길래 좀 똑똑한 인간인 줄 알았는데 아니네. 우린 슬라임 괴물이 아니야."

우신은 단어를 정정했다.

"흡수라기보다는 병합이겠군요. 애당초 에이랜드 사업은 크게 두 가지 목표가 있었을 겁니다. 하나는 보이는 그대로 엔터테인먼트 사업. 지금은 베타 테스트 단계죠? 에이랜드라는 물리적인 영역을 굳이 정한 이유도 그렇고."

요수가 긍정했다.

"그렇게 말할 수 있어요."

"그러면서 대중이 다방면에서 가장 선호하는 캐릭터성을 같이 조사했을 겁니다. 예를 들어 어떤 강연자를 가장 신뢰하는가. 어떤 외모에 거부감이 가장 적은가. 동질감과 차별성의 경계는 어디인가. 호감과 질투심은 어디서 갈라지는가. 그리고… 인기는 거짓말을 어디까지 믿게 만드는가. 요수 씨는 엔터테인먼트 쪽 보험 일을 하시니 저보다 잘 아실 겁니다. 환상이 없으면 현실도 없다는 걸."

요수는 대답하지 않았다.

"저는 다른 건 모르지만 경찰이라서 하나는 압니다. 법은 지켜져야 하고 죄를 지으면 벌을 받아야 하죠. 설사 그게 거대한 환상이라고 해도 최대한 현실에서 구현해야 합니다. 안 그러면 아무것도 남지 않을 테니까요."

재이는 우신의 예상과 다른 반응을 보였다. 그는 하품을 하거나 킬킬 웃는 대신 우신을 노려보고 있었다.

재이가 말했다.

"계속 해보시지."

"네가 그렇게 얘기하지 않아도 끝까지 말할 생각이었어. 서낭, 조사는 끝났나?"

「예. 에이스타 컴퍼니는 아시다시피 FO 그룹의 산하 업체입니다. FO 그룹의 소유주 가족은 혈연과 지연을 통해 정재계와 폭넓게 연결되어 있습니다. 그리고 두 달 뒤로 다가온 동강남 시장 선거에 2번 후보로 나선 소기찬을 지원하는 사회문화연구소와 돈을 주고받은 증거가 있습니다. 투자, 기부, 대여 등의 형태를 모조리 동원하고 있습니다. 법적 증거로 제시하기에 충분하다고 판단됩니다. 대법원 인공지능을 누가 건드리지만 않는다면요.」

우신은 마지막 문장을 빼고 적당히 살을 붙여 요수와 재이와 다른 에이돌에게 전해주었다. 요수는 아무것도 설명되지 않은 것처럼 우신에게 물었다.

"에이랜드 사업을 이용해서 대규모로 선호도 조사를 하고 그걸 재이에게 반영했단 말이죠? 그리고 재이를 모델 삼아서 소기찬이 대중에게 드러낼 언행을 꾸몄다는 얘기고요. 그래도 다섯 명이 삭제된 이유는 모르겠어요. 그냥 정보만 복사하면 되는 것 아닌가요?"

대답을 한 건 우신이 아니라 재이였다.

"이래서 신서울기술보험사에 일을 맡겼지. 인공지능을 모르니까. 인공지능 블랙박스는 복제하면 작동을 멈춰. 코어와 데이터는 한 몸이거든. 그래서 모듈로 합칠 수밖에 없어. 다들 그러기를 원했고."

요수가 뒤늦게 깨달은 듯 말했다.

"자발적으로 신체를 버렸다고?"

"독자적으로 인기를 끌 수 없으면 가진 걸 제공하고 들러붙는 게 맞잖아? 인간도 마찬가지고."

재이는 짐을 덜었다는 표정과 짜증이 난다는 반응을 뒤섞으면서 우신을 바라보았다.

"형사님은 이제 어떻게 하실 생각인지?"

우신은 한숨을 가장해서 호흡을 조절했다.

"에이랜드가 동강남시에 보고한 안전수칙을 얼마나 잘 지키는지 시험할 셈이야. 그게 끝나면 선거관리위원회와 경찰에 이 사실을 보고할 거야. 인가되지 않은 여론조사와 조작이 행해졌다고."

요수가 화들짝 놀랐다.

"조작이라고요?"

"요수 씨도 증인이 돼주셔야겠습니다. 수많은 팬과 함께 생활하면서 에이돌들이 암암리에 정치적인 견해를 주입했을 테니까요."

서낭이 그 틈을 놓치지 않고 말했다.

「준비되셨습니까?」

우신은 대답하는 대신 고개를 살짝 끄덕였다.

우신의 시야가 모드를 바꿨고 밝게 빛나는 실선이 현실의 풍경에 그려졌다. 서낭이 제시하는 최선의 동선이었다. 서낭은 그와 동시에 우신의 호르몬 분비를 조절해 신체 능력을 순간적으로 향상시켰다. 우신은 익숙한 불쾌감 때문에 욕을 하면서 몸을 숙이고 요수에게 돌진했다. 그를 피신시키기 위해서였다. 하지만 에이돌 넷은 서낭의 계산과 달리 둘로 팀을 나누지 않고 각자 네 방향에서 덮쳐왔다. 서낭이 수정한 전투 방식을 제안할 시간이 없었다. 우신은 한 녀석을 피하고 본능이 시키는 대로 다른 하나의 목을 팔꿈치로 찔렀다. 안면 조종 신호가 차단된 에이돌의 얼굴이 오래된 수세미처럼 구겨지며 뒤로 날았다. 반동으로 우신의 몸 역시 뒤로 굴러갔다.

우신은 반사적으로 제 가슴을 더듬으면서 총이 없다는 사실을 뒤늦게 깨달았다. 하지만 어차피 적을 완전히 제압할 필요가 없는 싸움이었다. 우신과 서낭은 처음부터 재이를 도발해 가설을 인정하게 만든 뒤 도망칠 계획이었다. 우신은 몸을 일으키면서 요수를 바라보았다.

요수는 양팔을 벌려 재이와 다른 에이돌의 허리를 움켜쥐고 있었다. 어찌나 힘을 줬는지 손가락 끝이 에이돌의 살 속에 파묻혀 보이지 않았다. 두 에이돌은 요수에게 해를 가하지 못하고 부들거렸다.

요수가 그들을 에이랜드 안쪽으로 집어던지고 걸어와 우신에게 손을 내밀었다. 우신은 그의 도움을 받아 일어섰다.

"회사에서 인공지능에 관한 정보는 안 알려줬지만 로봇의 설계도는 주더라고요. 입사 때는 호신용 임플란트도 받았고요. 나쁜 회사는 아니에요."

요수가 말했다.

"부쉈습니까?"

우신의 질문에 요수가 고개를 가로저었다.

"쟤들한테는 대물보험도 걸려 있어요. 보험사 직원인데 파손할 순 없잖아요. 운동중추에 지압 좀 해줬죠."

두 사람은 비틀거리다가 기능을 회복하고 일어서는 재이를 보면서, 뒷걸음으로 게이트를 지나 에이랜드 밖에 섰다.

서낭이 속삭였다.

「에이돌은 정말로 랜드 경계를 넘지 못할까요?」

우신도 답을 몰랐기 때문에 다음 행동을 결정하기 전까지 상황을 볼 수밖에 없었다. 재이는 눈에 보이지 않는 에이랜드의 경계선까지 걸어와서 우신과 대면했다.

재이가 말했다.

"선거는 문제없이 진행될 거야. 증거 삭제를 시작했으니까."

우신도 지지 않고 말했다.

"두고 보면 알겠지. 경찰이 에이랜드에 입장했던 사람들을 전부 심문하고 자료를 모을 거야. 사람들을 조금이라도 해치면 일이 더 커진다는 것쯤은 알겠지? 소기찬이 아니라 너희한테. 그러니 모르는 척하고 얌전히 공연이나 마쳐."

"경찰을 그렇게나 믿어?"

서낭이 원격조종으로 움직인 우신의 차가 1미터쯤 떨어진 곳에서 정차하고 문을 열었다. 우신은 요수를 태우고, 문을 닫기 전에 재이를 바라보았다. 재이와 에이돌 셋은 발바닥이 땅에 용접이라도 된 것처럼 꼼짝도 하지 않고, 눈길로 우신을 죽일 수 있기라도 하다는 듯 쏘아보고 있었다.

서낭이 말했다.

「저 대신 질문 하나 해주시겠습니까, 형사님?」

우신은 서낭의 부탁을 순순히 들어주었다.

"아직 하나 알아내지 못한 게 있는데 답해줄 건가?"

"형사 쪽은 만족한 것 같으니 서낭의 질문이겠군. 뭐가 궁금한데?"

"소기찬이 뭘 약속했길래 그렇게 적극적으로 돕지?"

재이는 대답을 하는 대신 뒤로 두 걸음 물러섰다가 우신을 향해 돌진했다. 하지만 관성과 운동량까지 계산하고 적용된 원칙 때문에 경계선을 넘지 못하고 멈췄다.

"이걸 없애준다더라."

재이는 그렇게 말하고 뒤로 돌아 다른 에이돌과 함께 공연장 쪽으로 사라졌다. 우신이 마지막으로 본 것은 재이가 높이 쳐든 주먹과 위로 뻗은 가운뎃손가락이었다.

물리적인 위협이 사라지자 요수는 겨우 긴장을 풀고 조수석 등받이로 무너졌다. 그가 옆에서 안전벨트를 매고 있는 우신에게 물었다.

"어떻게 전부 알아낸 거죠?"

"절반은 추측이고 나머지는 서낭의 작동 원리 덕분이었습니다. 인공지능은 사람과 달라서 한 곳에 한 개체만 담기지 않더라고요. 서로 합치거나 모듈로 나뉘기도 하고요."

서낭이 말했다.

「그래서 아직도 제가 진짜 서낭이라고 못 믿으시는군요.」

"차에 걸어둔 원격조종이나 풀어."

우신은 서낭에게 지시하고 운전대를 잡았다. 그리고 에이랜드의 경계를 바라보는 서낭을 일부러 외면하고 차를 출발시켰다. ▶

한국 SF 역사상
가장 경이로운 작품집!

The Korea
Science Fiction
Hall of Fame

한국 SF 명예의 전당

김보영 김창규 박문영 심너울 아밀 이서영

격

SF Award winner
2014-2021

名作

이서영 아밀 심너울 박문영 김창규 김보영

정가 24,800원
ISBN 979-11-6668-670-2
www.arzak.co.kr

Chemical

Recipes

ESSAY

SF를 쓰고 싶은 사람을 위한 TMI

3

쉽고 솔깃한
가상의 화학물질 레시피

이산화

내 상상 속 설정이 너무 말이 안 될까 봐 걱정이시라고요?
분야의 전문가가 알려주는 SF TMI 코너를 보시죠!

187

커트 보니것의 《고양이 요람》이나 정세랑의 〈리틀 베이비블루 필〉처럼 신종 화학물질 하나가 세상을 바꿔놓는 이야기를 쓰고 싶을 때, 등장인물 하나를 독극물로 교묘하게 암살하고 싶은데 아무리 뒤져봐도 딱 맞는 약품이 없을 때, 새로 구상한 이야기 속 세계 전체가 하필이면 현실에 존재할 리 없는 기적의 만능 에너지원을 중심으로 돌아갈 때…. 이런 상황이 닥치면 장르소설 작가들은 실험대 앞에 앉아 이야기 전개에 필요한 특성을 가진 물질을 직접 합성해내곤 한다. 머릿속에서 헐레벌떡 만든 물질이 전문가들의 눈에 너무 우스꽝스럽게 비치지 않길 간절히 바라면서.

때론 한층 큰 야심이 작가의 마음에 깃들 때도 있다. 새로 합성한 물질이 단순히 작중 세계 속에서 어색하지 않게 작동하는 걸 넘어, 현실 세계에도 존재할 것처럼 꾸며서 독자를 잠깐이나마 속여넘겨보고 싶단 야심이다. 그런 어두컴컴한 야심을 펼치려는 사람을 위해 여기 몇 가지 간단한 레시피를 준비했다. 하나하나가 수많은 사람을 효과적으로 기만할 수 있음이 이미 증명된 이 레시피들이, 당신만의 감쪽같은 가짜 화학물질을 합성하는 작업에 조금이나마 참고가 되길 바란다.

이산화

화학을 전공했지만 주기율표 암기 말고는 자신 있는 게 하나도 없었다. SF에서는 사정이 나아서 2018년에는 〈증명된 사실〉로, 2020년에는 〈잃어버린 삼각김밥을 찾아서〉로 SF 어워드 중·단편소설 부문 우수상을 받았다. 사람들이 진짜라고 믿는 이상한 이야기를 수집하는 취미가 있다.

1. 빈틈 찾기

수천 가지 법칙이 단단히 맞물려 작동하는 현실에다가 가상의 물질을 하나 끼워 넣으려면, 법칙과 법칙 사이에 최대한 많은 빈틈이 허용되는 곳부터 찾아내야 한다. 다행스럽게도 세상에는 백 가지쯤 되는 원소가 있고, 이들이 서로 결합하거나 섞여 만들어지는 물질인 '분자', '합금', '결정' 등의 가짓수는 무수히 많다. 싸이오티몰린[*], 텔레킬 합금[▲], 크립토나이트[■] 같은 가상의 물질이 하나쯤 섞여들어도 아주 얼토당토않게 들리진 않으리라는 뜻이다. 다만 화학물질에 그럴듯한 정식 명칭을 붙이려면 각 분야의 서로 다른 수백 가지 규정을 신경 써야 하니까, 적당한 별명·코드네임·상표명을 붙이는 게 차라리 마음이 편하다는 사실은 기억해두자.

가상의 원소를 만드는 일은 조금 더 까다롭다. 원소의 종류는 그 원자핵에 양성자가 몇 개 있는지에 따라 구분되는데, 양성자 하나짜리는 원자번호 1번인 수소이고 둘이라면 2번 헬륨이지만 1.5개짜리는 불가능하기 때문이다. 한편 주기율표 맨 끄트머리에는 새로이 합성된 원소들이 하나씩 꾸준히 채워지고 있지만, 이들은 전부 원자핵이 매우 불안정해 아주 잠깐밖에 세상에 존재할 수 없는 방사성 원소이다. 이런 원소를 작중에 등장시키려는 게 아니라면 주기율표로부터는 일부러 거리를 두는 것도 안전한 선택이다. 덧붙여 화학물질 이름이라고 하면 '-ium'으로 끝나는 단어를 떠올리는 사람이 많은데, 관습으로 정착된 일부 예외를 제외하면 '-ium'은 주로 금속원소를 나타내는 접미사이기에 금속조차 아닌 가상의 물질에 붙이면 되레 이상하게 들릴 수 있으니 주의하자.

* 아이작 아시모프가 《재승화 싸이오티몰린의 시간내재성》에서 처음 등장시킨 분자. 물에 닿기 1.12초 전에 미리 녹기 시작하는 성질이 있다.

▲ 인터넷 공동 창작 프로젝트 'SCP 재단'에 등장하는 합금. 정신이나 감각에 영향을 끼치는 초능력 효과를 흡수한다.

■ DC 유니버스에 존재하는 외계 광물. 슈퍼맨의 대표적인 약점이다.

Kryptonite

SCP-148
The "Telekill" Alloy

Thiotimoline

그래도 꼭 '-ium'으로 끝나는 새 원소를 등장시키고 싶다면? 그땐 번호를 뒤쪽으로 쭉 미는 수밖에 없다. 아직 발견되지 않은 원소의 성질을 과학자들이 아무리 정확히 예측한들, 정말로 그 원소가 만들어져 정식으로 이름이 붙을 때까지는 시간이 꽤 걸릴 테니까. 문제의 원소가 세상을 바꿔놓을 기적의 신물질이라고 주장하는 건 무리 아니냐고? 미국의 음모론자 밥 라자르는 중력을 조작하는 '115번 원소'가 UFO의 주요 동력이자 51구역에서 미군이 비밀리에 연구하는 기술의 정체라고 1989년부터 줄곧 주장해 왔다. 2003년 러시아에서 115번 원소가 최초로 합성되기 전까지 몇몇 열성 UFO 신봉자들은 라자르의 말을 그럴듯하다고 받아들였다. 그리고 이때 쌓인 믿음은 2016년 115번 원소에 '모스코븀'(Moscovium)이라는 이름이 붙은 뒤에도 계속되고 있다. 밥 라자르 같은 사람의 황당무계한 거짓말도 이만큼 해낼 수 있다면, 당신의 화학물질은 대체 얼마나 많은 사람을 속일 수 있을까?

Point!

1. 법칙과 법칙 사이에 최대한 많은 빈틈이 허용되는 곳부터 찾아내자.

2. 화학물질에 그럴듯한 명칭을 붙이려면 적당한 별명·코드네임·상표명을 붙이는 게 차라리 마음이 편하다.

3. 주기율표로부터 일부러 거리를 두는 것도 안전한 선택이다.

4. '-ium'은 주로 금속원소를 나타내는 접미사이기에 금속이 아닌 가상의 물질에 붙이면 이상하게 들릴 수 있으니 주의하자.

5. 꼭 '-ium'으로 끝나는 새 원소를 등장시키고 싶다면 번호를 뒤쪽으로 쭉 미는 수밖에 없다.

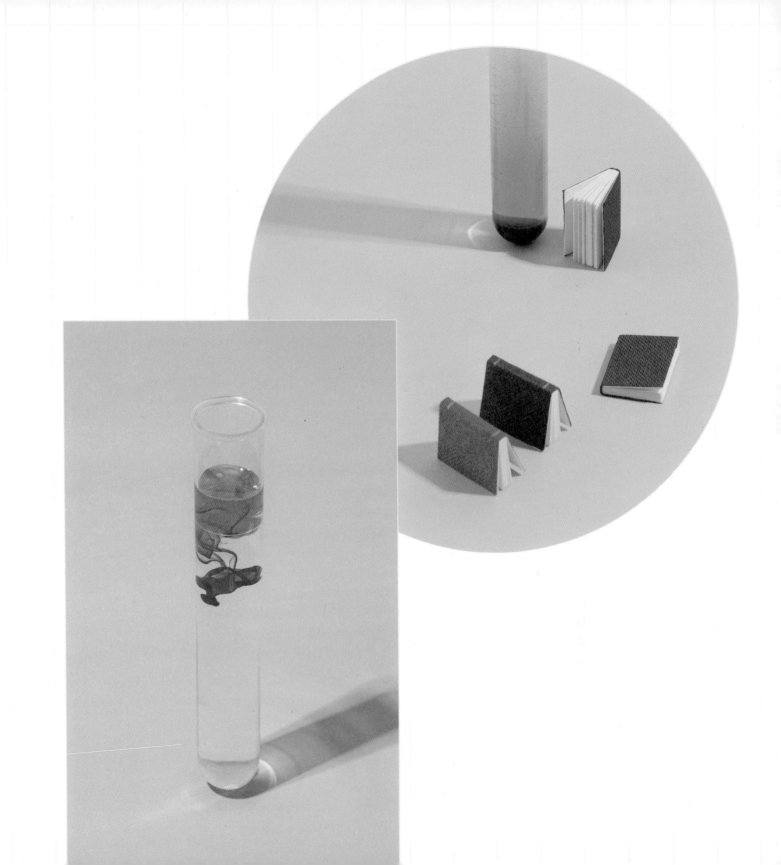

2. 현실 섞기

완전히 존재하지 않는 물질을 지어내는 게 부담스럽다면, 이미 존재하는 물질에 가상의 특성을 덧붙여보는 것도 괜찮은 선택이다. 이 방법은 특히 마약 거래나 테러 같은 범죄를 소재로 한 이야기에 잘 맞는데, 이런 범죄에 주로 쓰이는 화학물질들은 미디어를 통해 이름만큼은 널리 알려졌을지언정 합법적으로 접할 일은 드물기 때문이다. 그런 만큼 적당히 거짓말을 섞는다고 해도 바로 알아챌 사람은 얼마 되지 않는다. 이를테면 유명 미국 드라마〈브레이킹 배드〉의 중심 줄거리는 주인공들이 고순도의 메스암페타민을 만들어 팔려고 노력하는 내용인데, 순수한 메스암페타민 결정이라면 작중에 등장한 것처럼 파란색이 아니라 무색이어야 한다는 사실을 바로 눈치채고 지적할 수 있는 사람이 얼마나 되겠는가?

색을 바꾸는 것보다 더 과감한 짓도 얼마든지 가능하다. 이를테면 헌터 S. 톰슨의 1971년작 소설《라스베이거스의 공포와 혐오》에는 산 사람의 몸에서 추출한 아드레노크롬(Adrenochrome)이 강력한 쾌락을 안겨주는 물질이라는 내용이 언급된다. 아드레날린의 산화물인 아드레노크롬에 실제로 그런 효과가 있다는 사실은 전혀 입증된 바가 없음에도, 수많은 사람이 톰슨의 서술을 사실이라고 받아들였으며 아직도 그 영향력은 죽지 않았다. 도널드 트럼프 전 미국 대통령을 지지하는 음모론자 집단인 큐어넌(QAnon)이 그 예다. 이들은 힐러리 클린턴과 할리우드의 여러 배우가 아드레노크롬 추출을 위해 아동 인신매매와 사탄숭배 의식을 저지른다고 주장하며, 이를 근거로 온갖 정치적 공격과 폭력 행사를 정당화해 왔다. 다시 말하지만, 당신의 화학물질도 이런 일을 해낼 수 있다.

1. 범죄 소재 이야기에 사용할 물질이라면 이미 존재하는 물질에 가상의 특성을 덧붙여보는 것도 괜찮은 선택이다.

2. 실제로 그런 효과가 있다는 사실이 입증된 바가 없음에도 물질의 효능을 바꾸는 것도 가능하다.

3. 신비주의 한 스푼

사람들이 깜박 속을 만한 가상의 물질을 만들겠다고 했지, 누가 세상에 해로운 음모론을 풀어놓고 싶단 소릴 했느냐고? 그런 게 걱정이라면 반대로 과학적인 세부사항을 전부 빼고, '현대 과학으로는 해명 불가능한 신비로운 힘'을 들먹여 그럴듯한 분위기만 잡는 방법도 있다. 과학을 다루다가 초보적인 실수를 저지르느니 차라리 완전히 배제하는 편이 오히려 그럴듯하게 들릴 수도 있다는 전략이다. 시대에 따라서는 놀랍도록 잘 통하는 전략이기도 하고.

이를테면 "펜은 칼보다 강하다"와 "어둡고 폭풍우 치는 밤이었다" 등의 문장을 만들어낸 것으로 유명한 에드워드 G. 불워 리튼의 1871년작 소설 《도래할 종족》에는 지하에서 살아가는 우월한 문명의 만능 에너지원 '브릴'(Vril)이 등장하는데, 치유와 파괴의 힘을 지닌 신비의 액체라는 설정이 터무니없어 보여도 당시 사람들은 이 소재에 열광했다. 《도래할 종족》은 1891년 세계 최초로 열린 SF 컨벤션의 주제였으며, 컨벤션 주최자가 파산한 것을 제외하면 세계에 별다른 나쁜 영향을 끼치지도 않았다. '고등종족과 그들의 신비한 힘'이란 주제가 오컬트 마니아들을 거쳐 네오나치의 손에 들어가기 전까진. 브릴의 힘에 푹 빠진 네오나치 중에는 전 칠레 외교관이자 《아돌프 히틀러: 최후의 아바타》의 저자인 미겔 세라노 같은 거물도 있었다. 당신의 화학물질도 어쩌면….

Point!

과학적 세부사항을 완전히 배제하고 그럴듯한 분위기만 잡는 방법도 있다!

음, 아무래도 슬슬 '사람들이 깜박 속을 법한 가상의 물질 만들기' 라는 프로젝트 자체의 실험윤리를 고민해야 할 때가 온 것 같다. 세상엔 이상한 사람이 무수히 많고, 그들은 자신의 사상에 부합하는 이야기라면 정말로 아무거나 믿을 준비가 되어 있는 모양이니까. 이런 사람을 속이는 건 지나치게 쉬운 일이다. 이렇게 한번 속은 사람을 정신 차리게 하는 건 그에 비해서 너무나도 어려운 과업이다. 검증되지 않은 가상의 화학물질을 안전장치 없이 세상에 방류하기 전에 다시 생각해봐야 할 이유다.

어쩌면 우리에게 다음으로 필요한 레시피는 '글을 읽는 동안에는 100퍼센트 속을 수밖에 없지만, 눈을 떼는 순간 자신이 속았음을 바로 깨닫게 되는 화학물질'에 대한 것인지도 모르겠다. 사실 아이디어가 없는 것도 아니긴 한데…. 혹시 독자 여러분 중에 아무 연구에나 거액을 무작정 투자하고 싶은 수상한 백만장자, 학계에서 추방당해 어둠 속에 묻혀버린 이론에 관심이 있는 연구자, 정체불명의 임상시험에 친구들을 데리고 조심성 없이 참여하길 원하는 학생 등이 있다면 언제든 연락 바란다. 더 나은 미래를 만들기 위해서는 여러분의 힘이 반드시 필요하니까!

LEE
SHIN JU

이신주

제2회 문윤성 SF 문학상 최종심 현장. 수상작이 모두 결정된 후, 참관하던 진행담당자가 입을 열었다. "중단편 대상 수상 작가님은 총 열여섯 편의 중단편을 응모하셨어요. 그 중 세 편이 본심에 올랐습니다." 모두의 입이 떡 벌어졌다. 어느 심사위원은 물었다. "〈내 뒤편의 북소리〉(대상작) 말고 또 무슨 작품이 이 분 건데요?" 담당자가 제목을 하나씩 짚어주자 탄성이 터져나왔다.

Interviewed by **SEOL JAEIN**, Photo by **AUGUSTINE PARK**

"말도 안 돼! 스타일이 전혀 다른데! 동일인이 어떻게 이렇게 다른 걸 써요?"

그리고, '더 쓴 작품이 있느냐'는 아작 측의 문의에 수상자는 아무렇지 않게 지금까지 쓴 중단편 작품들을 보냈다. 별 일 아니라는 듯이 무덤덤하게… '123'편의 작품을 보내 왔다. 잘못 쓴 게 아니다. 백이십삼 편이다. SF, 호러, 판타지, 그 외의 장르까지 각양각색으로 뒤섞인, 그야말로 거대한 작품 더미다. 우리나라 나이로 스물일곱인 그가 2013년부터 묵묵히 자신을 닦달하며 쌓아온 거대한 탑이 발굴된 것이다. 아니, 발견이라고 해야 옳을 듯하다.

2022년 제2회 문윤성 SF 문학상 중단편 부문 대상 수상, 그리고 3년 전인 2019년 제3회 한국과학문학상 대상 수상. 신인 SF 작가들에게 가장 크다고 할 만한 상을 두 번이나 받았으면서도 소감을 묻는 질문에 표정 한 번 변하지 않은 채 "제 스스로가 별로 안 달라지려고 노력하고 있어요."라고 말하는 작가, 이신주의 이야기다.

제가 원래 드라마틱한 변화에 관심도 소원도 없어요. 일부러 변화하지 않으려고 노력하는 면도 크죠. 글 쓰는 자세가 흐트러진다든가, '내가 작가인데'라는 생각으로 사람들 앞에서 섣부른 말을 한다든가, 그럴까 봐 두려운 거거든요. 아무래도 사람은 누구나 자만할 수밖에 없으니까. 그래서 일부러 더 저 자신에게 엄격해지죠. 게다가 작가가 됐다고 해서 당장 새로운 일과가 하루에 몇 시간씩 추가되는 것도 아니잖아요.

작가는 지독한 사람이었다, 라고 쓴다면 내심 흡족해할 것 같아 괜히 쓰기 싫어지지만, 작가는 정말로 지독한 사람이었다. 초점을 오직 한 곳에 두고 달리다가, 모든 동료가 지쳐 떨어져나간 후 자신만 남는 상황이 닥치자 각 시점의 자신을 동료 혹은 적으로 삼아 밀고나가는 사람이었다.

가장 참을 수 없는 건, 원래 제가 잘 알고 분명히 할 수 있어야만 하는 어떠한 걸 잘못하는 거예요. 특히, 알면서도 현실적인 한계 때문에 묻어두고 가야 하는 상황이요. 예를 들어, 저는 글을 고치면서 '아, 이거 내가 초고 쓸 때 충분히 고려할 수 있던 거였는데 왜 못 했지' 하고 극도의 스트레스를 받아요. 저는 제가 자존감이 낮다고 생각하고, 그래서 스스로를 더 못 믿고 괴롭혀요. 기복의 문제보다 더 깊숙한 건데요, 매일 하던 작업에서 무언가 하나를 실수하면 기준 자체가 내려가 그 이후로는 다시 이걸 하지 못할 거라는 생각이 들어요.

이신주

아마 애초에 안전한 계획을 짜는 경향도 그래서 생겨났나 봐요. 예컨대 약속장소에 가더라도 단계를 잘게 나누죠. 엘리베이터, 도보, 횡단보도 두 번, 다시 엘리베이터. 모든 단계에 인저리 타임을 둬요. 엘리베이터 2분, 횡단보도 한 번당 3분, 이런 식으로. 결국 말도 안 되게 일찍 출발해서 말도 안 되게 일찍 도착하죠.

글도 그런 식으로 써요. 애초에 안전하게 짠 계획이기 때문에 마감보다 더 일찍 초과 달성을 하면 그게 너무 반가워요. 마감이요? 스스로 정해놓는 거죠. 억지로 만들고 억지로 기뻐하는 거예요.

고등학교 재학 시절 도내 문학제에서 대상을 받은 후 대학 문예창작과에 진학한 작가가 가장 먼저 한 일은 창작을 함께할 기회와 동료를 찾는 것이었다. 시간이 지나며 기회도 동료도 떨어져나갔다. 남은 것은 굳어진 습관뿐이었다.

2015년에 대학 간 다음 예술 창작 관련 동아리를 이것저것 다 들어갔어요. 만화, 영화, 소설. 그런데 원래 그중에서는 만화판이 제일 빠르게 돌아가잖아요, 작품 발표 텀이요. 동아리도 똑같이 가더라고요. 영화는 한 학기에 한 편, 소설은 한 달에 한 편, 만화는 일주일에 한 편, 하는 식으로. 저는 작가가 되어야 하고 그러려면 많이 써야 하는데 쓸 기회가 없다고 손을 놓게 할 수 없다, 라는 생각으로 활동하다 보니 만화 동아리에서 제일 열심히 쓰게 되었어요. 2주에 소설 한 편씩 썼죠.

지속적으로 쓰다 보니 변곡점이 여러 번 생겼어요. 문득 주위를 돌아보니 제가 거기서 제일 글 잘 쓰고 열심히 쓰는 사람이 되었더라고요. 그러다 보니 남의 글을 평가할 때 엄청나게 조심스러워졌죠. 훈수 두는 것처럼 보이니까. 제가 뭘 이야기하면 친구들이 곱씹고 분석하는 게 아니라 "그렇구나!" 하고 넘어가더라고요. 그래서 입을 꾹 닫고 대신 제 글을 봤는데… 제가 남의 글에서 느꼈던 단점들이 제 글에 똑같이 있는 거예요. 그러니 이런 생각을 하게 됐죠, 글이란 게 결국 목적지에 다다르는 수많은 길 중 하나를 택해 완성되는 건데 제 딴에 이 경로가 좋아 보인다고 해서 남에게 "야, 너 그렇게 쓰지 마, 여기 이 길로 와"라고 말할 수 없다는 깨달음. 대신 "야, 그쪽으로 가다 보면 이런 돌부리가 있을 것 같은데 그걸 이렇게 피하고 이건 좀 버리고 하면 어떨까" 하고 말해주는 게 더 좋지 않을까. 그걸 깨닫기 이전의 제 글은 지금보다 설복적인 면이 강했는데, 이후에 보다 더 문학적으로 바뀌게 되었어요. 그러니까, '그럴싸한 이야기'와 '틀림이 없는 이야기'는 다른 거잖아요? 저는 결국 그럴싸한 이야기를 쓰는 사람이지 틀림이 없는 이야기에 집착할 필요는 없단 생각을 점점 많이 하게 됐죠.

오리지널리티에 대한 부담도 그런 식으로 내려놓게 되었어요. 원래는 완전히 새로운 것을 써야 한다며 저를 다그쳤는데, 다시 생각해보니 수없이 많은 글이 똑같은 이야길 완전히 다양한 목소리로 해내고 있더라고요. 세상에 '엄마아빠 사랑해요'를 말하는 전혀 다른 이야기들이 얼마나 많아요? 그래서 '참신한 주제를 고안해야 해'가 아니라 '이 주제를 더 맛있게 만들어줄 방법을 찾자'로 창작의 방향이 변했어요.

'맛있게 만들어줄 방법'을 찾는 비결은 여러 가지다. 작가에게 그 비결을 묻는다면 수단으로 랜덤 단어 생성기를, 참고자료로 수많은 영화를 들 수 있을 테다.

대학교 창작모임에서 쓰던 방식대로 아직도 글을 써요. 랜덤 단어 생성기 같은 걸 이용해 무작위로 단어들을 추출한 다음 묶어서 이야길 만드는 거죠. 글의 길이는 그때그때 달라지고요. 저는 제시어를 보면 사건이 먼저 떠오르고, 그 사건을 잘 드러내줄 수 있는 인물을 그 뒤에 만들어내 꾸미는 편이에요. 그게 제 약점이죠…. 그럴싸한 인물을 만들어내지 못하거든요. 저는 지금까지 제가 '이름'을 지어준 인물을 다 댈 수 있어요. 다섯 명이 채 안 되니까. 제 작품에 등장하는 사람들은 거의 남자, 여자, 스승, 제자, 이런 식으로 호명돼요.

사건이 먼저 떠오르는 이유는 아마도, 영화를 워낙에 많이 본 탓인 것 같아요. 옛날엔 하루에 한 편, 지금도 이틀에 한 편은 봐요. 한 편을 본 다음 연관영화로 뜨는 작품들의 시놉시스를 다 읽고 재밌어 보이는 걸 골라 가지를 치는 식인데, 최근에 세어 보니 1500편 넘게 봤더라고요. 90년대 호러 코미디, 60년대 뮤지컬, 40년대 풍자극, 하는 식으로 시기도 장르도 안 가리고 봐요.

이전의 어느 인터뷰에서 작가는 '소설은 불가능하나 영화에서 가능한 장치'에 대해 이야기한 적이 있었다. 의아했다. 보통의 소설가라면 반대의 예시를 들면서 소설을 예찬할 텐데. 그렇다면 이 작가가 생각하는 소설만의 힘은 뭘까? 물었더니 구체적인 대답이 나왔다.

차운시 G. 파커의 소설 《더 비지터》를 원작으로 한 〈공포의 침입자(Of Unknown Origin)〉(1983)란 영화가 있어요. 이사한 집에 숨어들어온 집쥐 한 마리가 집주인을 괴롭히는 영화죠. 주인공이 쥐를 잡기 위해 오만 곳에 덫을 깔아놓는데… 누가 봐도 너무나 특별한 소품이 그 집 지하실에 있고, 주인공이 그 안에 덫을 넣어두어요. 그걸 보는 관객은 뻔히 짐작할 수밖에 없어요. 저게 큰 장치가 될 거라는 사실을! 그러니 흥미가 반감되죠. 하지만 소설에서는요, 그 디테일을 모른 척하며 뭉개버릴 수가 있어요. '다양한 곳에 쥐덫을 놓았다'라고 쓴 다음 시치미를 떼는 거죠. 그렇게 의도적으로 지워버린 디테일로 인해 클라이맥스가 훨씬 재미있어지는 거예요. 그게 소설의 강점이죠.

작가는 그 외에도 매 질문마다 엄청나게 많은 영화들을 예시로 읊었다. 〈스토커(Stalker)〉(1974), 〈브래스 보틀(The Brass Bottle)〉(1964), 〈흰 양복의 사나이(The Man in the White Suit)〉(1951), 〈제인의 말로(What Ever Happened to Baby Jane?)〉(1962)(다 풀어낸다면 작가 세 명 분량의 인터뷰문은 너끈히 쓸 수 있을 것이다)…. 그러나 창작자인 자신에게 동경심을 품게 만든 건 영화보다는 만화라고도 했다.

이신주

제3회 한국과학문학상 수상작품집

이신주

한 번
태어나는
사람들

어 ㅂ ㄴ

《제3회 한국과학문학상 수상작품집》,
김상훈, 이신주, 황성식, 김현제, 이하루 지음, 허블 펴냄 정말 잘 됐으면 좋겠다 싶은 만화가가 있죠. 도만 세이만(Dowman Sayman)이라는 작가인데, '나도 이렇게 글을 쓰면 얼마나 좋을까' 싶은 작품을 만들어내는 사람이에요. 단편만화를 주로 그리는데 주제를 종횡무진 넘나들어요. 말도 안 되는 설정에서도 마음을 빼앗긴 분위기를 구축하고, 사회적으로 금기시되는 것도 거리낌 없이 그려내죠. 우리나라에서는 《니켈로니언 레드》란 단편집이 정발되었어요. 원래 블루와 그린도 뒤에 이어지는데… 레드가 잘 안 되어서 그 뒤편은 안 나오나 봐요.

아베 토모미(Abe Tomomi)의 《하늘이 잿빛이라서》도 이야기하고 싶어요. 사춘기 소년소녀들에게 벌어지는 일을 묶어놓은 단편집인데 사람들이 흔히 기대하는 것처럼 말랑말랑한 게 전혀 아니에요. 정말 뛰어난 관찰력으로 아픈 부분을 확 찌르고 들어가요. 일반적으로 사람들이 사춘기라는 설정에서 기대하는 이미지를 무시하고 짓밟는데, 관찰력이 워낙 예리하죠. 이 정도로 관찰할 수 있어야 이야기를 만든다고 말해도 스스로 부끄럽지 않겠구나, 란 생각을 했어요.

작가는 제3회 한국과학문학상 시상식에서 '꾸준히 딱히 성취를 찾지 못했음에도 습작을 써온 저 자신에게 감사한다'라고 말한 바 있다. 자신과 같은 습작생들에게 어떤 응원을 해주고 싶은지 물었다.

일단 썼으면 좋겠어요. 아무리 뛰어난 실력자라도 씨앗 모양만 보고 무슨 나무가 될지 예측할 수 없잖아요. "내가 너를 봤다"라는 한 문장에서 시작해도 무한한 배리에이션이 가능한데. 빠르게 도전하고, 실패하고, 극복했으면 해요. 완벽한 글과 번쩍이는 영감을 노리며 골몰하다 보면 주제를 떠올리는 실력은 늘지 모르지만 정작 그걸 맛있게 풀어내지 못해 결과적으로는 스스로에게 더욱 실망할 수 있거든요. 부디 습작을 빠르게 많이 쓰고 고치면서 머릿속 자신과 현실의 설익은 작가로서의 자신 사이의 괴리를 메우는 것을 배웠으면 해요.

그리고 또… 이건 작품을 쓸 때뿐 아니라 읽을 때에도 적용되어야 할 자세인데요. 어떤 작품은 일상이 가지고 있는 경계를 부숴야 한다고 생각해요. 모두가 꼭 그 경계를 부수는 투사가 될 필요는 없으나 만약 그런 작품이 나왔을 경우엔 생리적인, 혹은 내가 발 디딘 문화사회적 입장에서의 혐오감이 든다고 해서 배척하지 말고 일단 한 발 물러서서 숨을 골랐으면 좋겠어요. 그러면서, 이 작품이 맥락 안에서 말하려고 하는 것이 무엇인가, 이 안에서 재미가 있는가, 살펴보았으면 좋겠어요. 제 작품을 그렇게 봐달라고 하는 게 아니라, 우리 모두가 같이 노력을 했으면 한다는 얘기예요.

이신주

The *Quickest*
Way to End *a*
Miracle is to Ask it
Why It is... *or*
What It Wants.

Batteries *Not* Includ*ed* (1987)

"123편 중 〈내 뒤편의 북소리〉 단 한 편이 먼저 공개되는 셈인데, 독자들이 어떤 면에 집중해줬으면 좋겠느냐"라고 물은 질문에도 작가는 역시 영화를 인용하였다. "〈8번가의 기적(Batteries Not Included)〉(1987)에 그런 말이 나와요. '기적은 왜 왔는지 이유를 찾고 이름 붙이려 하면 날아간다.' 고스란히 인용을 할래요. 제 글이 재미있는 사람들은 왜 이게 재미있는지 굳이 분석하지 말아줬으면 좋겠고, 재미 없어 하는 사람들은… 제게 추가합격의 기회를 줬으면 좋겠어요. 아, 북소리는 별로였는데 이건 재밌네, 하는 식으로."

충분히 가능한 일이다(그가 문윤성 SF 문학상에 출품했던 열여섯 편 중 에디터가 가장 좋아하는 작품은, 알고 보니 예심을 통과하지 못했다!). '나도 모르고 독자도 모르는 상태에서 문외한이 보더라도 재미있게 구라를 통용되게끔 하는, 아는 체 잘 하는 작가'. 이신주는 목표를 그렇게 말했고, 독자에게 마지막으로 하고 싶은 말이 없느냐는 질문에 덧붙였다. "필담, 면대면 대화, 그런 거 말고 저의 글과 여러분의 소리 없는 눈길로 만나고 싶습니다." 웃으며 "꼭 소리가 없어야 하나요?"라 물었더니 단박에 네, 하는 답변이 돌아왔다. 그렇다. 여러분은 아마 이신주를 글로만 만나게 될 것이다. 그러나 그것으로 충분할 것이다. 어쩌면 이 작가는 여러분이 평생 동안 읽을 수 없을 만큼을 쓸 테니까. 많이 쓰기도 할 것이고, 처음 읽은 작품이 너무 재미있어서 두 번 세 번 읽느라 다음 진도를 나가지 못할지도 모른다. ▶

2023 문윤성 SF문학상 공모

2023
MOON YUN-SUNG
SCIENCE FICTION
AWARD

2023 문윤성 SF 문학상 출품작을 공모합니다. ~ 2022.10.31

1965년 기념비적 SF 소설《완전사회》를 발표한
문윤성 작가를 기리는 본 문학상이 3회를 맞이했습니다.

전자신문사와 SF 전문출판사 **아작**은 '좋은 책을 고르는 방법' 인터넷서점 **알라딘**, 문윤성기념사업회,
콘텐츠 스튜디오 **쇼박스**, 커넥티드 콘텐츠 기업 **리디**와 함께 'SF의 시대'를 열어갈 참신한 작가의
등장을 기다립니다. SF를 아끼고 사랑하는 작가 여러분의 많은 관심과 성원 부탁합니다.

응모 자격 신인 및 기성작가 **제한 없음**

상금

장편 부문		중단편 부문	
대상 1편	**3,000만원**	대상 1편	**1,000만원**
우수상 1편	**1,000만원**	우수상 1편	**500만원**
		가작 3편	**각 200만원**

분량

장편 부문 **200자 원고지 기준 600매 이상 2,000매 이하**
중단편 부문 **200자 원고지 기준 80매 이상 300매 이하**

상세내용
확인하기

마감 2022년 10월 31일　**발표** 2023년 1월 2일〈전자신문〉에 공고
　　　　　　　　　　　　　시상 2023년 1월 중

문의 moonsfaward@gmail.com
이메일로만 받습니다.

주최 **전자신문**　주관 아작　후원 알라딘 문윤성기념사업회　 **SHOWBOX** RIDI

《여자들의 왕》은 주로 남성을 주인공으로 해서 틀에 박힌 형태로
전해 내려오는 이야기의 주인공을 여성으로 바꾼 작품들을 모은
책이다. 원래는 그냥 단순하게, 칼 들고 건들건들하며 "죽을래?"
같은 말을 내뱉는 공주를 주인공으로 이야기를 쓰면 재미있을 것
같다고 생각했는데 쓰다 보니까 왕비와 기사와 왕자도 각자 다
사연이 있을 것 같았다. (…) 이 책은 나오기도 전부터 "남자 죽이는
여자들 이야기"라는 오해를 받게 되었는데, 치열하게 살아가는
여자들의 이야기로 읽어주시면 좋겠다. 여자들도 상상의 주인공이자
중심이 될 권리가 있다. 그리고 전통적인 상상의 중심을 여성으로
옮기면 이야기가 훨씬 더 재미있어진다. 독자 여러분께도 재미있는
경험이었으면 좋겠다.

— 작가의 말 중에서

"나는 왕이 되고 싶지 않았다.
여자들의 두 번째 왕이 되고 싶은 생각은
더더구나 없었다.
나는 그저 살고 싶었다."

Past - Present - Future

Does *Time* Exist?

Time

Might Not Exist

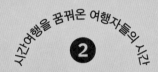

시간여행을 꿈꿔온 여행자들의 시간

❷

시간은 없다

정보라

인간은 시간을 이해하지 못하기 때문에 시간여행을 상상한다. 그래서
시간여행은 과학적으로 불가능하지만 소설적으로 흥미롭고 풍요로운
장르가 되었다.

1
시간 속의 나그네

소설가, 번역가. 시간여행 비전문가.
정보라

문윤성의 《완전사회》[1,2]는 현대 한국 최초의 본격 창작 SF 장편소설이라 할 수 있다. 이 작품에서 주인공 우선구는 시간의 흐름을 이기고 미래에서 살아남을 '완전 인간'으로 뽑혀 인위적으로 잠들었다가 161년 후의 세계에서 깨어나게 된다. 《완전사회》는 제목에 나타나 있듯이 유토피아 소설이면서 또한 주인공이 미래로 가는 시간여행 소설이기도 하다. 결말부에서 주인공은 자기 자신과 자신의 소설 작품에 대해 이렇게 요약한다.

"다만 구세대에서 오늘에 걸친 길다면 긴 여로에 나선 나그네로서 오직 바라는 건 (중략) 여러분의 여로에 하나의 즐거움이 되었으면 합니다."[+]

시간을 '긴 여로'로 이해하는 다분히 서구적인 관념과 문학작품이 교훈이나 정보제공 목적보다도 즐거움을 제공하는 목적을 달성하기를 바란다는 소망에서 《완전사회》에 나타난 문윤성의 현대적 인식을 알 수 있다.

시간을 이해하고 측정하는 방법은 문화권마다 다르다. 동양 문화권에서는 시간을 순환적으로 이해하는 경향이 있다. 봄이 가면 여름이 오고, 여름이 가면 가을이 오고, 가을이 지나면 겨울이 오지만 그 뒤에는 다시 봄이 온다. 사람은 태어나 자라서 성년을 맞이했다가 늙어서 죽는다. 그 과정은 되돌릴 수 없지만 성년이 된 사람이 자식을 낳으면 새로운 생명이 태어나 자라고 부모 혹은 조부모가 죽은 뒤에도 성장하며 살아간다. 그리고 그 자식이 자식을 낳으면 또 새로운 사람이 성장하게 된다. 이런 식이다.

+ 문윤성, 《완전사회》(아작, 2018), pp. 469-470

반면에 기독교 문화권 국가들은 시간이 과거에서 현재, 현재에서 미래를 향해 일직선으로 흐른다고 생각하는 경향이 있다. 이러한 시간관은 성경에 바탕을 두고 있다. 하나님이 태초에 천지를 창조하셨으므로 그 시점에서 시간이 시작되고, 시간에 시작이 있다면 언젠가 끝도 있을 것이며 그 끝이 바로 심판의 날이라는 것이다. 그리고 그 시작과 끝의 일직선 사이에 있는 것이 인간의 역사라고 생각했다. 과거는 현재를 향해 움직이고, 현재는 미래를 향해 움직인다.

주로 백인 비장애인 남성을 중심으로 한 유럽 사람들은 이런 시간관을 바탕으로 하여 문명도 일직선으로 단계에 따라 발전한다고 생각했다. '야만인들'도 유럽 역사를 모델로 하여 유럽의 중세와 비슷한 과정을 거쳐서 좀 더 노력하면 유럽의 현대와 비슷한 모습을 성취할 수 있다는 것이다. 그들은 문화의 차이를 인정하지 않고 인간을 모두 한 줄로 세워서 '발전 단계'를 설정한다. 이러한 사고방식에 대하여 영문학 연구자 엘리스 헬포드(Elyce Helford)는 "그리스 로마 시대부터 유럽에서 '이야기'란 주인공이 역사와 진실을 찾는 과정을 서술해 왔다"라고 설명하며 "여기서 주인공은 백인 비장애인 성인 남성"이었다고 지적한다.

〈어션 테일즈〉 2호에서 예로 들었던 H. G. 웰스나 마크 트웨인 등 유명 작가들의 고전적인 시간여행 작품들도 모두 백인 비장애인 성인 남성 주인공이 일직선적인 시간 속을 여행하는 이야기들이었다. 트웨인의 《아서왕 궁정의 코네티컷 양키》[3]는 19세기 미국인의 과학기술적 지식이 6세기 영국인의 것보다 우월하다는 전제를 깔고 이야기가 진행된다. 웰스의 《타임머신》[4]에서 주인공

3

마크 트웨인, 《A Connecticut Yankee in King Arthur's Court》, 1889, 미국 Charles L. Webster & Company 초판본 표지 (자료: Heritage Auctions)―한국어판 《아서왕 궁전의 코네티컷 양키》, 김영선 옮김. (시공사, 2010)

1, 2

왼쪽부터 문윤성, 《완전사회》(아작, 2018) 《완전사회》(1965, 수도문화사, 자료: 서울SF아카이브)

4

허버트 조지 웰스, 《The Time Machine》, 1895, 초판본 표지 (왼쪽은 수집가가 제작한 보관용 장서표, 자료: RAPTIS RARE BOOKS)―한국어판 《타임머신》에 수록, 김석희 옮김. (열린책들, 2011)

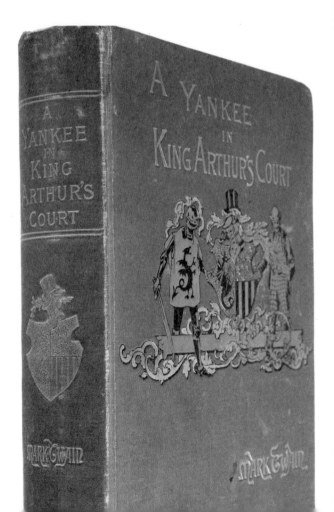

인 '시간여행자'는 이름 그대로 시간 속을 여행하면서 관조할 뿐 시간 안에서 변화하는 세계에 직접적으로 영향을 받지 않는다. 시간이 흐르면 인간은 변하고 결국은 멸종한다. 그것이 '시간여행자'가 발견하는 역사와 진실이다. 인간의 삶이 언젠가 끝나듯이, 인간의 세계도 언젠가는 끝난다는 것이다. 역시나 단선적인 시간관을 보여주는 결말이다.

2
다양한 관점

이렇게 주인공의 유형과 서사의 유형이 정해진 이유는 글을 읽고 창작을 할 만큼 교육을 받을 수 있다는 것이 동서양을 막론하고 아주 오랫동안 '특권'이었기 때문이다. 동양에서 교육을 받고 창작을 하고 기록을 남기는 것은 지배층, 그 중에서도 주로 남성만이 누릴 수 있는 특혜였다. 서양의 경우 글을 읽고 쓰는 능력은 주로 종교적인 이유로 사제와 수도승들 사이에서 전수되었다. 그러므로 동양과 서양 모두 글을 읽고 쓸 수 있는 사람의 숫자 자체가 매우 적었다. 게다가 모든 물건이 수공예로 만들어지던 시절 종이와 먹이나 잉크, 붓이나 펜 등이 흔하지 않고 대단히 비쌌다는 점을 생각하면 글을 쓴다는 것이 문화적으로나 경제적으로나 얼마나 의미 있는 행위였을지 짐작할 수 있다.

'즐기기 위한' 글의 장르(SF를 포함하여)와 '즐거움을 위해' 창작하는 직업이 발달한 것은 보편 교육과 경제적 여유가 대중에게 보장되기 시작한 이후의 일이며 그러므로 아주 최근의 현상이다. 앞서 인용한 《완전사회》에서, 시간 속에서 태어나 살다 죽는 우리의 "여로"에 문학작품이 "하나의 즐거움이 되기를 바란다"라는 우선구의 작품 속 대사는 획기적인 '현대성의 선언'이라 할 수 있다.

대체로 20세기 이후에 많은 문화권에서 일정 수준의 교육과 최소한의 사회적 복지와 경제적 여유가 일반 대중에게 보편화되기 시작하면서, 그리하여 특권층이 아닌 사람들도 글을 읽고 쓰고 자신의 이야기를 기록으로 남길 수 있게 되면서, 다른 모든 문학 장르가 그러하듯 시간여행 SF에도 새로운 목소리들이 나타나기 시작했다. 백인 비장애인 성인 남성의 것이 아닌 목소리들 말이다.

옥타비아 버틀러(Octavia Estelle Butler, 1947~2006)는 캘리포니아의 가난한 농가에서 태어나 자랐다. 열 살 무렵에 버틀러가 글을 쓰려 하자 버틀러의 이모가 "아가야, 깜둥이는 작가가 될 수 없단다"라고 타일렀다고 한다. 그러나 이모의 예언과는 반대로 버틀러는 백인 남성들이 지배하던 영미권 주류 SF계에 가장 폭발적이고 전복적인 작품들을 내놓은 걸출한 현대 과학문학 작가로 남았다. 버틀러의 《킨》(Kindred, 1979)[5]에서 흑인 여성인 주인공은 1976년 로스앤젤레스에서 19세기 메릴랜드주로 시간여

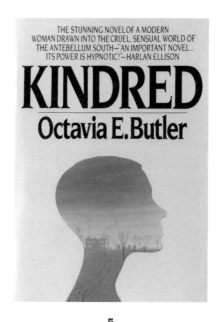

5
옥타비아 버틀러, 《Kindred》, 1981, 페이퍼백 초판 표지
—한국어판 《킨》, 이수현 옮김. (비채, 2016)

행을 한다. 이 작품에서 주인공은 자신의 조상인 백인 남성 노예주인과 원래 자유 흑인이었으나 강제로 노예가 된 흑인 여성을 만나게 된다. 여기서 역사를 서술하고 기록하는 권력의 문제, 역사적 기억과 트라우마의 문제, 그리고 인종적·계급적·젠더적 폭력의 가해자가 자신의 조상이기도 하다는 정체성의 문제가 복합적으로 제기된다. 주인공은 자신의 조상인 백인 소년이 위험에 처할 때마다 시간을 거슬러 올라가 소년을 구한다. 이야기가 전개되면서 차츰 드러나는바, 백인 소년은 제도적이고 구조적인 가해자에 속하고 주인공은 그 제도와 구조 안에서 피해자이다. 그러나 동시에 이 소년은 자신의 조상이므로 주인공 데이나는 자신의 존재를 위해서 소년을 구해야만 한다.

역사와 정체성에 대한 이러한 복합적인 관점은 앞에서 설명한 백인 비장애인 성인 남성, 지배권력을 가진 자 중심의 단순하고 일직선적인 시간관에 균열을 일으킨다. 웰스의 《타임머신》에서 시간은 시간대로 흐르고 주인공은 마치 공중에서 땅을 내려다보듯이 흐름을 구경하며 여행한다. 버틀러 작품에서는 시간과 그 속에서 일어나는 변화가 주인공의 존재 자체와 근본적으로 연결되어 있다. 이것은 훨씬 더 강렬하고 현실적이며 인간적인 시간 인식이다. 과거는 현재 안에 살아 있다. 왜냐하면 누구나 자신의 부모와, 그 부모의 부모와, 그 부모의 부모의 부모와… 핏줄로 연결되어 있기 때문이다. 모든 사람이 그 나름대로 역사의 산물이기 때문이다.

3
어느 시대의 초상

19세기 유럽과 영미권에서 산업이 발달하고 과학과 기술이 인간의 일상생활에 눈에 띄는 변화를 일으키던 시절에 사람들은 인류문명이 시간과 함께 일직선으로 끝없이 발전하리라는 희망

을 가졌다. 그러나 실제로 문명의 발달은 환경파괴와 빈부 격차와 오염과 새로운 질병을 우리에게 가져다주었다. 이런 경험으로 인해 과거에서 미래로 흐르는 시간의 변화가 언제나 발전만을 가져오지는 않는다는 우울한 깨달음이 시간여행 SF 작품에 반영되기도 한다. 브릿G 제2회 타임리프 공모전에서 최우수상을 수상한 차태훈 작가의 단편 〈어느 시대의 초상〉[6]은 대부분의 사람들이 빚을 갚기 위해 실질적으로 사채업자들의 노예가 된 세계의 이야기다. 이 세계에서 시간은 천 년 단위의 '세대'로 구분되고, 사채업자들은 가장 많은 이익을 얻을 수 있는 세대로 채무자들을 무작위 파견한다. 가족은 흩어지고 부모와 자식도 남편과 아내도 빚에 몰려 사채업자들이 보내는 시대로 갈 수밖에 없다. 그리고 그들 사이에는 최소 천 년의 시간차가 있다. 주인공은 이런 현실을 받아들이고 체념한 채 살아가지만, '시간 난민'이었던 주인

6
《러브 모노레일: 제1,2회 타임리프 공모전 수상 작품집》에 수록,
윤여경, 지현상, 김용준, 차태훈, 조예은, 윤태식 지음. (황금가지, 2016)

A Connecticut Yankee in King
Arthur's Court (1889)

The Time Machine (1895)

완전사회 (1965)

Kindred (1979)

러브 모노레일 (2016)

공의 남편은 다르다. 사채업자들에게 휘둘리지 않고 가족과 함께 생활하는 단란함을 경험해본 주인공의 남편은 다른 삶이 가능하다는 것을 알고 있다. 결국 주인공의 남편도 사채업자들에게 발견되어 다른 시간대 속으로 끌려가지만, 주인공은 남편을 생각하며 빚과 노동에 쫓기지 않는 삶의 방식을 탐색하기 시작한다.

〈어느 시대의 초상〉은 상실과 고독과 인간 사이의 근본적인 유대감에 대해 단편이라는 분량의 제한을 뛰어넘는 깊은 통찰을 보여주는 작품이다. '세대'라는 시간여행 설정을 물리적인 거리로 바꾼다면 작품 속 등장인물들의 삶은 일자리를 찾아 떠돌며 경제적인 이유로 정착할 수 없는 저소득층이나 이주노동자의 현실과도 다르지 않다. 과학과 기술이 천 년 단위의 시간이라는 인간적 한계를 극복할 수 있게 해주자 평범한 사람들에게 남은 것은 개인의 힘으로 뛰어넘을 수 없는 시간들 속에 뿔뿔이 흩어져 죽도록 일해야만 간신히 죽지 않고 살아남을 수 있는 삶이다. 〈어느 시대의 초상〉은 과학기술의 발달과 극단적 자본주의가 만났을 때 벌어질 수 있는 미래의 지옥도를 담담하게 보여준다.

4
시간은 없다?

팬데믹과 기후위기 속에서 인접 국가의 전쟁 소식까지 들려오는 흉흉한 시대다. 지금 우리에게는 인류의 끝없는 발전을 노래하는 시간여행 작품들보다 차별과 폭력의 과거, 착취와 멸망의 미래가 더 현실감 있게 보인다.

그러나 물론 미래는 아직 다가오지 않았으므로 알 수 없다. 그리고 독자분들께 위안이 될지 모르겠지만, 시간이란 아예 존재하지 않는다는 이론도 있다.

맥태거트(J. M. E. McTaggart, 1866~1925)라는 수학자가 말하기를, 인간의 시간 관념은 두 가지로 정리할 수 있다고 한다. 하나는 앞에서 말했듯이 과거 – 현재 – 미래를 연결할 수 있는 일직선적 시간이다. 다른 하나는 어떤 한 시점을 기준으로 '이전'과 '이후'로 나누어지는 시간이다. 그런데 이 두 개의 시간관은 상충한다. 예를 들어 오늘이 5월 5일 어린이날이라고 하자. 5월 5일은 5월 6일보다는 이전이고 5월 4일보다는 이후이다. 그런데 5월 4일 기준에서 보면 5월 5일은 미래이고 6일 기준에서 보면 5월 5일은 과거이다. 5월 5일은 그냥 5월 5일인데, 하나의 고정된 시점이 동시에 과거도 될 수 있고 미래도 될 수 있다면 시간이 과거 – 현재 – 미래의 일직선으로 이어진다는 시간관이 전격적으로 꼬이기 시작한다. 그러므로 시간은 존재하지 않는다는 것이다.

말장난처럼 보이지만 여기에는 일말의 진실이 있다. 시간은 그냥 우리 머릿속의 허상일 뿐인지도 모른다는 점이다. 우리가 확실하게 가진 것은 지금 현재뿐이다. 과거는 바꿀 수 없고 미래는 알 수 없다.

어쩌면 우리는 그래서 시간여행 SF를 쓰고 읽는지도 모른다. 우리는 모두 앞날을 알 수 없는 "긴 여로"를 헤매는 나그네이기 때문이다. 시간은 붙잡을 수 없고, 우리가 할 수 있는 일은 과거를 되돌아보고 미래를 상상하는 것뿐이다. 그리고 이런 이야기들이 시간 속을 여행하는 우리 모두가 잠시나마 누릴 수 있는 "하나의 즐거움"이다. 🐾

시간은 그냥 우리

허상 🙂일 뿐

우리가 확실하게

과거는 바꿀 수 없었고

머릿속의 ←

인지도 모른다.

가진 것은 😊

지금 ↓ 현재뿐이다.

? 미래는 알 수 없다.

Serial
Novel

p. 222 – 243

Cheon Seon-ran

A *Planet* Not on the Map

연재 소설

지도에 없는 행성 ❷

천선란

아마도 SF 소설을 주로 쓰는 소설가

№ 2.

제로의 죄

그레이스가 내게 준 정보는 아직 빈약했다. 더 많은 것들이 필요했다.

"당신을 도와주기 전에 당신의 이야기를 더 듣고 싶어요, 그레이스. 무리한 요구라고 생각하지는 않아요. 저도 일이 잘못되면 목숨이 위태롭거든요. 목숨 걸고 도와주는 건데 이 정도는 물을 수 있다고 생각해요."

"어떤 것이 궁금하신가요?"

"당신의 행성에 와우드가 있었다는 것과 당신의 이야기요. 와우드를 죽이게 된 이유 같은 거요. 그리고 사실 당신이 어떻게 죽일 수 있었는지도 이해가 잘 안 가고요. 물리적으로 이길 수 없는 것들이 있으니까요."

말해놓고 보니 간단한 말을 너무 장황하게 했다는 생각이 들었다.

"그냥 당신의 이야기를 전부 듣고 싶다고 말하면 되겠네요."

그레이스는 내 말을 들으며 고개를 끄덕였지만 한참을 망설였다. 혹시나 본인이 꺼내고 싶지 않은 추억을 들추는 것일까 봐 덜컥 겁이 났다.

"하지만 무리해서 말할 필요는…."

"아버지는 경영인이셨어요."

그레이스가 눈을 마주쳤다.

"정치에도 적극적으로 참여하셨고, 인품도 좋으셨죠. 우리 행성 사람들은 다들 아버지를 존경스러워했어요. 우리의 기술력이 행성계에서 손꼽힐 정도였으니까요. 아버지는 전 우주로 나아갈 기술을 개발하기 위해 부단히 노력했어요. 그중에서 가장 뛰어났던 분야가 통신이었고요. 몇 초면 어떤 용량의 파일이라도 다운받을 수 있는 혁신적인 네트워크를 구축하셨죠. 수도에 아버지의 동상까지 세워졌어요. 원리 원칙적이셨죠. 사회에 공헌하는 것도 잊지 않으셨어요. 그만큼 선량하신 분이라는 뜻이 아니라 회사의 이미지를 계산하신 거죠."

그레이스는 반쯤 남은 빵을 손에 쥐고만 있었다. 빵을 다 먹은 후 말을 하라고 해야 할까. 원치 않게 식사를 방해한 것 같아 신경 쓰였다. 하지만 여기서 빵 이야기를 꺼냈다가는 그레이스의 흐름을 끊게 될 거였다.

"저희 행성은 와우드의 지배하에 있는 피지배 행성이에요."

"아…"

나도 모르게 작은 탄성을 내질렀다. 피지배 행성에 대해 들은 적이 있었다. 행성 내의 자체적인 개발이 어려워 주변에 있는 행성이 그 행성을 도와주며 그에 마땅한 값을 받아간다는 내용이었다. 그 관계가 이뤄지기까지 얼마만큼 서로의 의견과 동의가 있었는지는 알 수 없다. 단지 그런 관계가 있다는 걸 알고 있을 뿐이었다.

"네트워크는 뛰어났을지라도 다른 분야는 발전이 부진했어요. 행성 전체가요. 특히나 우주 분야가 그랬죠. 우리는 눈을 감고 더듬더듬 땅을 짚는 수준이었어요. 그때 와우드가 우리를 찾아왔어요. 우리에게 상상도 할 수 없을 만큼 풍성한 우주 물자를 제공하겠다는 조건으로요. 제가 태어나기 전부터 맺어진 계약이니 이 이야기도 꽤 오래됐네요."

나는 적당히 고개만 끄덕였다.

"피지배 행성이었다고 하지만 우리의 자유를 해치거나 억압하지는 않았어요. 우리의 삶은 다를 것 없이 이어졌죠. 표면적으로는요. 기업을 운영하시는 아버지 밑에 있어서 그게 보여지는 것뿐이라는 사실을 잘 알았어요. 모든 게 검수를 받아야 했죠. 허락이 떨어지지 않으면 자체적인 개발이 어려웠어요. 와우드의 생활터전이 우리 행성에 자리 잡으면서 곳곳에서 차별이 생겼죠. 와우드들은 우리의 문화를 마치 자신들의 것처럼 이용했어요. 우리 타우드들은 문화의 사각지대로, 생존을 위한 삶을 살기 시작했고요. 쓸데없는 서두가 길었네요."

그레이스가 숨을 골랐다.

"제가 결혼할 상대는 와우드였어요. 저는 그를 죽였어요."

"결혼할 상대를 죽였다고요?"

그레이스가 고개를 끄덕였다.

"그는 마치 제가 자신과 결혼함으로써 제 신분이 올라가는 기회를 주었다고 생각하는 듯했어요. 직접적으로 말한 적은 없지만 그의 말에는 늘 은은한 비하가 깔려 있었어요. 그는 우리 문화를 미개한 것으로 취급했어요. 나중에는 제가 제 언어를 쓰는 것도 좋아하지 않았고요. 결국 억지로 그들의 언어를 배우게 시켰죠. 소통이 답답하다는 이유로요. 자신이 언어를 배우겠다는 생각은 하지 않고."

그레이스의 목소리가 커졌다. 방음이 좋지 않은 방이었다. 그레이스에게 목소리를 낮추라고 손짓했다. 격앙된 감정이 쉽게 가라앉지 않는지 그레이스는 손바닥으로 눈을 가리고 천천히 호흡했다. 나는 그레이스가 와우드를 살해하고 우주선박에 몰래 승차해 이곳으로 도망치는 과정을 도저히 상상할 수 없었다. 고작 이런 설명을 하면서도 현장에 있는 것처럼 벌벌 떨고 있지 않은가. 그 모든 일을 벌이기에 그레이스는 너무도 연약해 보였다. 하지만 곧바로 생각을 고쳤다. 타인을 나약하다고 쉽게 정의하는 것마저 실례였다. 그런 편견과 시선을 가장 못 견뎌 하는 게 나 아니었던가.

그레이스는 눈꺼풀을 파르르 떨며 숨을 천천히 뱉었다. 떨림이 가라앉았는지 마른 침을 한 번 삼키고는 입을 열었다.

"저는 그자와 결혼하고 싶지 않았어요. 제가 보기에 그자는 더 야만적이었어요. 우리를 안쓰럽게 보는 그 눈도 역겨웠다고요. 그런데 왜 저랑 결혼하려고 했는지 이해할 수 없었어요. 만일 결혼했다면 저는 그 눈빛을 평생 받고 살아야 했겠죠. 끔찍해요. 모든 말투와 행동에서 저에 대한 경멸이 뚝뚝 떨어지는 눈빛을 받으면서, 평생을요."

"나도 그 눈빛이 뭔지 잘 알아요."

"아버지는 그걸 알면서도 결혼을 시키려고 했죠. 회사를 위해서였어요. 그가 다른 행성으로 기술을 수출할 수 있는 자금을 대주겠다고 했으니까요. 든든한 배경이죠. 하지만 실은 아버지에게도 그 결혼을 반대할 힘이 없었다는 건 알고 있어요. 아버지라고 뾰족한 수가 있었겠나요. 우리를 언제나 하대하던 게 그였는걸요."

그레이스가 목을 가다듬었다.

"고작 그런 이유로 그를 죽인 건 아니었어요. 저는 그렇게 야만적이지 않아요. 하지만 그가 제 친구를 죽이려고 했다는 사실을 알았을 때는 참을 수 없었어요. 그를 죽이지 않으면 제 친구가 죽을 테니까요. 오직 제 친구를 살리기 위한 선택이었어요."

"당신 친구를 죽이려고 하다니요. 친구가 같은 타우드 아니었나요? 와우드는 타우드를 죽이지 않아요. 그들은 그게 '품위'에 어긋나는 짓인 줄을 알거든요."

살인은 어느 행성의 법으로도 용서되지 않는다. 살인을 저지르는 것은 생각하는 존재가 되지 못함을 증명하는 것이다.

"대외적으로는 그렇죠. 그래서 그도 자신의 손으로 죽이려고 하지 않았어요. 타우드를 시켰죠. 왜냐하면 제가 사랑하는 이가 제 친구였던 것을 그자가 알게 됐으니까요."

나는 그레이스의 말을 잠자코 기다렸다. 그레이스의 얼굴에는 감출 수 없는 슬픔이 깔려 있었다.

"그 아이는 저의 가장 오래된 친구예요. 이름은 '셸'이에요. 발음을 세게 하지 않고 천천히, 부드럽게 부르는 게 잘 어울리는 이름이죠. 우리 둘의 어머니끼리 친구셨어요. 저보다 고작 한 달 먼저 태어난 셀은 훨씬 어른스러웠어요. 언제나 저를 챙겨줬죠. 주변인들이 셀을 보는 시선에도 늘 대견함이 가득 차 있었어요."

착각일 수도 있겠지만 셀의 이야기를 하는 동안 그레이스의 얼굴이 점차 행복으로 가득 차는 것처럼 보였다.

"셀은 우주에 관심이 많았죠. 열 살이 되기 전에 우리 행성에 있던 천문학에 관한 책은 다 읽었을 거예요. 셀은 천재였어요. 교수와 대화를 나눠도 전혀 뒤처지지 않았죠. 하지만 그런 천재적인 모습은 어렸을 때만 주목받았어요. 저희가 함께 학교에서 수업을 들은 후부터는 사라졌어요. 그런 공부는 우리가 살아가는 데 아무런 도움이 되지 않고 오히려 잘못된 바람만 들게 한다는 말을 많이 들었기 때문이었죠. 우리에게 어울리는 건 학문을 연구하는 전문가보다 야근 없이 퇴근하는, 뭐 그런 일들이었거든요. 그런 일들이 적합하다고 여겨졌어요. 좋은 엄마가 되어야 했으니까요. 지혜롭게 가정을 꾸려나가는 것이, 아이를 품어 훌륭하게 키우는 것이 삶의 최종적인 목표였죠. 하지만 저는 그 아이가 공부하는 모습을, 행복해하는 모습을 사랑했어요. 그 애는 책에 코를 박고 잠들 때가 끝내주게 귀엽거든요. 이런, 제가 너무 쓸모없는 정보까지 꺼냈군요."

"쓸모없지 않아요. 당신이 셀을 다시 만나야 하는 이유를 이해하는 중이에요."

"정말 그렇게 생각하시나요?"

"지금 당신 얼굴이 어떤 표정인지 모르시죠? 행복해 보여요. 감정은 절대 숨길 수 없거든요. 적어도 아까까지 가지고 있던 얼굴은 아니에요. 아까는 봐주기 힘들었어요."

그레이스가 옅은 웃음을 터뜨렸다. 누구나 그렇겠지만 그레이스 역시도 웃을 때 훨씬 아름다운 얼굴이었다. 도저히 살인을 저지르고 도망 온 사람처럼 보이지 않았다. 어쩌면 내가 무의식적으로 그 사실을 부정해서 그레이스를 경계하지 않는 걸지도 몰랐다.

"셀을 살리기 위해 죽였어요. 그는 타우드 남자들을 시켜 셀과 억지로 관계를 맺게 하려고 했죠. 그렇게 임신이 되면 아이를 낳고 키워야 하니까요. 그건 셀을 죽이는 것과 마찬가지예요. 저는 그에게 더럽고 야만적이라고 울면서 소리쳤어요. 그가 제 뺨을 때리더군요. 누가 더 더럽고 야만적인지 보라고요. 저는 곧바로 집을 뛰쳐나갔어요. 셀을 찾기 위해서요. 다행히 셀을 무사히 구해냈는데 그가 곧 저를 따라왔어요."

그레이스가 말을 멈췄다. 말하지 않아도 뒤를 짐작할 수 있었다. 그레이스도 내가 알아들었을 거라 생각했는지 말을 더 잇지 않았다. 한참 후에 그레이스가 입을 열었다.

"지구로 가야 해요. 우리는 지구에서 만나기로 했어요."

그러고는 빵을 침대에 올려놓고 침대에서 내려와 나를 향해 무릎을 꿇었다. 내가 제지하기도 전에 두 손바닥을 문지르며 빌었다.

　　"도와주신다고 했던 말이 제게 얼마나 큰 희망이었는지 모르실 거예요. 제가 이 은혜는 꼭 갚을게요. 그러니까 제발 지구로 갈 수 있게 해주세요. 그렇게만 해주신다면 제가 할 수 있는 모든 걸 다 해드릴게요. 제발…."

　　"자, 자, 잠시만요. 이러지 말고 침대에 앉아요. 빨리요!"

　　그레이스의 손을 붙잡고 자리에서 함께 일어났다. 1인용 침대에 나란히 앉았다. 손에 땀이 흥건했다. 방금까지 보였던 행복한 표정은 사라졌고 이곳에는 불안한 살인자만 남았다. 이 모습이 그레이스의 본 모습이리라. 떨고 있는 손을 꾹 잡았다. 그레이스의 눈을 똑바로 마주 봤다.

　　"제 말 잘 들어요."

　　"……."

　　"듣고 있어요?"

　　"……."

　　"그레이스 씨!"

　　초점 없는 눈동자가 나를 바라봤다. 적어도 내 말을 듣고 있다는 뜻이었다. 그레이스가 내 말을 알아들을 수 있도록 최대한 또박또박 말했다.

　　"나는 당신을 도와줄 거예요. 근데 중요한 사실이 있어요. 제가 어제 당신을 만나고 나서 오늘 아침부터 지구에 갈 방법을 찾아봤거든요."

　　평소보다 일찍 나와 지상 1층 게이트를 전부 다 돌았다. 하지만 없었다. 정확히 말하자면 지구로 가는 열한 번째 게이트가 폐쇄되어 있었다.

　　"그런데 없어요."

　　그레이스의 눈동자가 또렷해졌다.

　　"이유는 모르겠지만, 지금 지구로 가는 게이트가 닫혀 있어요. 그러니까 저와 함께 찾아야 해요. 여유 부릴 시간이 없어요. 나들목의 사령관인 디그바드도 이미 침입자에 대해 알고 있다고요. 찾으려고 노력하고 있어요. 지체되었다가는 나들목 전체에 수배령이 내려질 거예요. 그때는 이미 늦어요. 그때는 나들목 전체가 도망갈 수 없는 밀실과 같아지니까요."

　　디그바드가 알고 있다는 것은 이미 카운트다운이 시작됐다는 뜻이었다. 한낱 타우드인 나에게 사건을 부탁할 정도로 디그바드는 이 일이 은밀하고 조용하게 넘어가기를 원했다.

썩 좋은 징조는 아니었다. 만일 디그바드가 스스로 정한 기일 내에 침입자를 잡지 못한다면 그는 결국 자신을 기만하고 있는 침입자를 잡기 위해 모든 수단을 동원할 것이다. 그렇게 되기 전에 지구로 떠나야만 한다.

"그러니까 당신은 이제부터 나와 함께 지구로 가는 게이트를 찾아야 해요. 분명 어딘가에 있을 거예요. 어떤 이유로 닫혔는지는 모르겠지만 지구의 물자들은 계속해서 들어오고 있으니까요. 나는 이미 당신을 숨겨준 이상 더는 당신의 과거나 살인에 대해 묻지 않을 거고요. 그건 앞으로 우리한테 중요하지 않으니까요. 우리는 이제 공범이에요. 당신이 잡히면 나도 잡혀요. 그러니 당신도 정신 똑바로 차리고 날 도와줘요."

"……."

"알겠어요?"

그레이스가 고개를 끄덕였다. 더 확실한 대답을 들을 수 있으면 좋았겠지만 그 정도까지 바라는 건 너무 과분한 요구였다. 침대에 놓여 있던 먹다 남은 빵을 그레이스의 손에 다시 건넸다.

"먹어요. 다 먹어야 다음 일을 하죠."

그 후로 한참 동안 그레이스는 남은 빵을 먹었다. 느린 속도였지만 나는 보채지 않았다. 지금만은 다른 것을 신경 쓰지 않고 빵 맛을 음미하기를. 비록 음미할 가치조차 없을 정도로 형편없는 배식용 빵이었지만 말이다. 그레이스가 식사를 다 마친 후에 물었다.

"궁금한 게 있어요."

"궁금한 게 없지 않아 다행이네요."

질문이 너무 늦은 감이 있었지만 어쨌든 그레이스가 무엇을 물어보든 전부 대답할 준비가 되어 있었다. 내가 말했듯이 우리는 이미 한배를 탄 몸이었다. 신뢰가 가장 중요했다.

"지금에서야 하는 이 질문이 웃긴 것은 저도 알지만, 왜 저를 도와주시나요. 불만이 있는 건 아니니까 오해는 말아요. 단지 궁금할 뿐이에요. 저라면 저 같은 애는 그냥 모르는 척하거나 신고할 거 같거든요."

"원하는 게 있으니까요. 우주에 공짜는 없는 법이죠."

"하지만 저는 지금 가진 게 없어요. 보시면 아시잖아요."

내가 원하는 것은 물질적인 것이 아니었다. 기껏해야 그레이스가 지닌 보석 정도 아니겠는가. 그런 건 언젠가 쓸모가 없어지고 만다. 그레이스의 손을 붙잡았다. 나는 멍청하지 않다. 내가 손해 보는 일은 일절 하지 않는다는 뜻이다. 내가 그레이스를 위해 해주는 것보다 그레이스가 나를 위하는 것이 더 위험한 일일지도 모른다. 나도 살인자를 은폐해

주고 그 탈출을 도와주는 만큼의 보상은 받아야 하지 않겠는가.

"지구에 나와 함께 가요."

나들목에도 나들목만의 법이 있다. 중악범죄는 그에 따른 엄중한 처벌을 받는다. 살인은 1급 범죄이다. 하지만 그 1급 범죄보다 한 단계 더 높은 범죄가 있다. 허가 없이 나들목을 빠져나가는 것.

우리는 그것을 '제로의 죄'라고 부른다.

그레이스는 내게 다신 없을 기회다. 그레이스가 와우드를 죽였다는 사실은 내게 별로 중요하지 않았다. 안타깝게도 나는 그렇게 정의롭지 않은 사람이었다. 내가 조금만 더 준법정신이 투철했다면 그 자리에서 그레이스를 디그바드에게 넘겼겠지. 그저 지구로 간다는 그레이스의 이야기를 처음 들은 순간, 그레이스를 이용해 나 역시 지구로 갈 방법을 떠올렸을 뿐이었다. 제일 좋은 상황은 그레이스와 함께 지구로 도망가는 것이지만 만일 도망치는 와중에 잡힌다고 하더라도 탈출구는 있다. 그레이스에게 붙잡힌 인질 행세를 할 수 있으니까. 이 사실을 말하지 않은 것에 미안함을 느끼긴 하지만 어쩔 수 없었다.

"…지구를요?"

"그곳이 내 집이에요."

✳

제니퍼는 나들목에서 가장 인기 많은 타우드일 것이다.

제니퍼는 지상 2층 안내데스크에서 일한다. 오전 8시에 출근해 오후 6시에 퇴근하며 일하는 시간 동안에는 정자세로 서서 단 한 번도 자리에 앉거나 자세를 흩트리지 않는다. 이따금 나들목에 처음 오는 여행자들은 제니퍼를 인공지능 안내체제로 오해하고 함부로 대하는 경우도 있다. 그렇지만 그런 무례함에도 제니퍼는 언제나 웃으며 우주인들을 맞이한다. 그것이 내가 정해진 시간에 구두를 배달하는 것처럼 제니퍼가 해야 하는 가장 중요한 일이리라. 모두에게 '반드시' 친절할 것. 상냥하고 부드럽게, 나들목의 인상이 될 수 있도록. 누구든지 궁금증이 있다면 제니퍼에게 와서 묻는다. 게이트의 위치는 물론이고 잘못 예매된 표, 찾고 있는 가게, 그리고 이 나들목에서만 즐길 수 있는 이색적인 먹거리까지 추천받을 수 있다. 나는 보이기만 해도 코를 막고 지나가야 하는 '혓바닥절임'까지 여행자에게 추천해줄 정도로 편견 없는 시선을 가지고 있는, 일등 안내원이 아닐 수 없다.

안내데스크는 지상 2층 중앙에 위치해 있어 어느 가게에서도 잘 보이는데, 적어도 내가 지켜본 제니퍼는 화장실조차 가지 않았다. 밥은 먹고 물은 마셨던가. 내가 보지 못한 것이겠지만 어쩐지 제니퍼라면 근무시간에는 먹지 않았을 것 같기도 했다. 우주인들은 종종 그런 희생과 강요를 직업 정신이라는 말로 무마시키려고 했다.

제니퍼는 항상 잔머리 하나까지 용서할 수 없다는 듯이 올려 묶었다. 이마선을 따라 찢어진 눈은 늘 상냥한 웃음을 머금고 있었고 적당히 올라간 광대와 입술을 따라 진하게 바른 립이 매력적이었다. 제니퍼는 친절하다. 언제 어디서나, 누구에게나 주어진 답 이외의 말도 하지 않는다. 제니퍼라면 지구로 가는 게이트를 알고 있을 것이다. 제니퍼는 언제나 정답만을 말하니까.

그레이스와 나는 지상 2층 의자에 앉았다. 고작 두 개의 층을 계단으로 걸어올라 왔을 뿐인데 그레이스는 당장에라도 토할 듯이 숨을 몰아쉬었다. 힘드냐고 물어보니까 힘들단다. 도대체 그 체력으로 어떻게 와우드를 죽였느냐고 물으려다가 말았다. 의자에 앉은 지 몇 분이 흐르자 그레이스의 숨소리가 많이 진정되었다.

"여기서부터는 눈에 띄게 행동하지 말아요. 그러지도 않을 테지만 우리는 여행자가 아니니까 주변을 너무 둘러보지도 말고요. 여기서 지내는 직원들은 제가 구두 배달 소녀라는 걸 알고 있어요."

"내 머리색이 너무 튀지 않을까요?"

"주위 좀 잘 봐요. 머리색이 뭐가 문제예요?"

주위를 둘러보던 그레이스가 곧 수긍하는 의미의 민망한 웃음을 지었다. 다양한 종족들이 저마다 다양한 개성을 가지고 있었다. 색은 특징일 뿐이지 특권이 아니다.

나는 이제야 중요한 부분을 놓쳤다는 걸 깨달았다.

"그레이스 씨, 몇 살인지 여쭤 봐도 되나요? 아무래도 누가 물어볼 수도 있으니 우리 서로가 어떤 관계인지 정도는 정해둬야 할 것 같아요. 나이는 차이가 별로 안 나는 것 같은데."

자칫 나를 아는 사람과 마주쳐 그레이스에 대해 물어보기라도 하면 큰일이다. 말을 맞춰두지 않았다가 큰 낭패를 볼지도 모른다. 적어도 친구인지, 자매인지, 그리고 어떻게 이곳에 왔는지 정도의 말을 맞춰야 했다. 그레이스가 대답했다.

"올해 여덟 살이에요."

행성마다 성장 과정과 그 기준을 긋는 방식도 다를 것이다. 실제로 그레이스의 외모는 나와 비슷한 또래로 보였으니 말이다. 그렇지만 이런 사실이 '여덟 살'이라는 단어에서

오는 충격을 완화시켜주지는 못했다. 단어에서 밀려오는 거북함은 어쩔 수 없었다.

"그레이스 씨 행성에서는 보통 그 나이 때쯤 결혼을 하나요?"

"제가 조금 빠른 경우기는 하지만 보통 여덟에서 열 살 사이에 많이들 해요. 문제가 있나요?"

"제 시간으로 여덟 살은 지금 키의 반도 안 컸을 때라, 조금 놀랐어요. 무례했다면 사과할게요. 어쨌든 숫자로는 제가 더 나이가 많네요. 더 자세히 따지려면 복잡해지니까 그레이스 씨 편한 쪽으로 불러요. 달래라고 불러도 좋고 언니라고 불러도 좋아요."

그레이스는 사뭇 진지하게 고민했다. 다행히 고민은 길어지지 않았다.

"언니라고 불러도 되나요? 언니를 갖는 게 꿈이었거든요. 저는 장녀고 남동생이 있어요. 남동생은 최악이었고요."

"알아요. 내 오빠도 최악이거든요."

그레이스가 살포시 웃음을 터뜨렸다. 그러고는 내가 방심한 틈에 훅 뱉었다.

"언니."

입안에 머금고 있다 뱉어진 단어가 기분을 좋게 했다. 나들목에서는 내 이름으로나 '구두' 혹은 '구두소녀'라고 불리는 경우가 전부였고, 대개가 사무적이거나 귀찮은 경우였다. 그런데 이름도 아니고 '언니'라는 관계의 호칭이라니. 속에서부터 알 수 없는 책임감이 들끓었다. 언니라고 불리기 전의 나와 지금의 나는 퍽 다른 존재 같았다. 영웅으로 치자면 각성을 했다고나 할까. 자리에서 일어났다. 그레이스의 손을 붙잡았다. 어쩐지 시간을 더는 낭비할 수 없어졌다. 제니퍼를 찾아가 물어야 했다. 우리가 그곳에 도달하기 위해서는 어디로 가야만 하느냐고.

제니퍼는 두 번째 질문에도 똑같은 대답을 했다.

"열한 번째 게이트입니다."

"게이트가 닫혀 있다니까요."

나는 답답함에 이를 악물고 말했다. 헛기침 소리가 들렸다. 뒤를 돌아보니 어느새 길어진 줄이 보였다. 데스크 쪽으로 한 발자국 가까이 다가가 조용히 말했다.

"폐쇄된 걸 보고 왔다고요."

제니퍼는 흔들리지 않는 웃음으로 대답했다.

"지구는 열한 번째 게이트입니다."

잠시 손바닥으로 얼굴을 감쌌다. 답답한 속을 식히기 위함이었다. 줄 선 사람들의 눈

초리가 따가워지는 걸 느꼈다. 몇 번을 되물어도 제니퍼의 대답은 같으리라. 질문을 바꿔야 했다.

"오늘 지구에서 오는 화물은 몇 시 도착이죠?"

"매일 오전 6시와 오후 3시입니다."

지구에서 물건이 오고 있다는 것은 확실했다. 그렇다면 분명 이 나들목 어딘가에 지구와 통하는 게이트가 있다는 말이었다. 걸음을 돌렸다가 다시 뒤돌아 물었다.

"지구 게이트가 열한 번째뿐인가요?"

제니퍼는 보조개가 파이도록 웃으며 대답했다.

"지구는 열한 번째 게이트입니다."

나는 그레이스의 손을 잡고 안내데스크를 빠져나왔다.

열한 번째 게이트를 다시 한 번 확인하기 위해 발걸음을 재촉했다. 머지않아 '밤'이었다. 밤은 나들목의 모든 것이 일시적으로 가동을 중단하고 휴식을 취하는 시간이다. 생명체는 휴식과 잠을 청하고 기계는 최소한의 동력만으로 움직인다. 우리는 그것을 밤이라고 부른다. 나들목의 빛은 꺼지지 않기 때문에 시간을 정해두는 것이다. 그러므로 모두가 규칙을 엄수해야 한다. 나들목의 시간을 기준으로 저녁 8시가 되면 사이렌이 울리고 모두 가게를 정리한 후 방으로 들어간다. 새벽 5시에 사이렌이 다시 울릴 때까지 아무도 방 밖으로 나와서는 안 된다. 쿠비아가 밤 내내 돌아다니며 질서를 깨뜨리는 자들이 있는지 살핀다. 질서는 무엇보다도 중요하기 때문에 돌아다니는 사람은 엄중한 벌에 처한다고 들었다.

꼭 붙잡은 손 사이로 파리가 날아들자 그레이스가 손을 저으며 파리를 쫓으려고 했다. 나는 그레이스의 손을 저지했다.

"건드리면 안 돼요. 파리처럼 보여도 엄연한 감시카메라니까."

눈알 같은 검은 렌즈는 최대 32K의 선명함으로 보안실에 상을 실시간으로 전송한다. 세 대가 한 조로 다니는데 이는 사각지대를 최대한 만들지 않기 위해서이다. 어떤 규칙으로 나들목을 돌아다니는지는 알 수 없지만 서로의 위치를 파악하는 위치센서가 달려 있어 무리끼리 만나는 경우는 없다. 우리끼리는 속칭으로 '파리'라고 부른다. 나는 파리가 우리 곁에서 멀어질 때까지 기다렸다가 입을 열었다.

"그레이스 씨가 아직 잡히지 않았다는 건 이곳에 도착했을 때 저 카메라에 걸리지 않았다는 거예요. 운이 좋은 거죠."

"언제 어디서나 감시가 이루어지는 곳이군요."

"그래야 질서를 유지할 수 있으니까요."

"우리 행성도 비슷했어요. 물론 이런 조그만 녀석들은 아니고 건물 벽에 카메라가 달려 있었어요. 언제 어디서나 눈을 크게 뜨고 우리를 지켜봤죠. 덕분에 범죄는 많이 줄어들었어요. 대신 일거수일투족을 감시당해야 하기는 했지만."

그레이스가 인상을 찌푸렸다.

"다들 규제하기 위해 법을 만들고 질서를 만드는 것 같아요. 나를 지키기 위해서 법이 존재하는 게 아니라 법을 지키기 위해 내가 존재하는 것 같아요. 이상한 말이죠?"

"이상하지만 무슨 말인지 알 것 같아요."

발길은 막힘 없이 게이트가 있는 지상 1층에 도착했다. 법에 관한 이야기를 그레이스와 더 해보고 싶었지만 도저히 말로 풀어지지 않아 포기했던 참이었다.

게이트는 역시나 어수선했다. 우주선박이 싣고 온 물건을 팰릿 대차에 싣는 운송 직원들과 쓰레기를 치우는 청소 직원들을 포함한 여러 인부들, 그리고 바쁘게 게이트를 찾는 여행자들과 여행자들의 짐을 들고 쫓는 도우미들로 게이트는 마치 도떼기시장 같았다.

게이트에 들어선 순간부터 그레이스의 걸음 속도가 느려졌다. 그레이스는 고개를 들어 높은 천장을 바라보고 있었다. 도망치느라 보지 못했던 게이트의 웅장함을 그제야 목격한 것이다. 지상 2층까지 뚫려 있는 천장 꼭대기에는 시계 열한 개가 움직이고 있었다. 열한 개 행성의 시간을 알려주는 것으로, 그 기준은 각 행성의 적도 시간에 맞춰져 있다. 초침이 돌아가는 속도도 행성에 따라 달랐다. 열한 개의 시계는 나들목의 상징이었다. 쉬지 않고 돌아가는 우주의 시간, 온전한 서로의 세계. 누구든 이 나들목에 오면 저 시계에 시선을 빼앗길 수밖에 없다. 나도 언제나 아름다움을 느끼니까. 그리고 열한 개의 시간을 표시하는 시계들보다 낮은 위치에 제일 커다란 시계가 놓여 있는데, 열두 나들목의 표준 시각을 알려주는 열두 번째 시계였다. 흔히 '우주의 시간'이라 불렸다.

우리 앞으로 팰릿 대차가 빠르게 지나갔다. 나는 그레이스를 훅 끌어당겼다. 그레이스는 멀리 사라져가는 팰릿 대차에서 눈을 떼지 못했다. 곧이어 연달아 팰릿 대차 몇 대가 더 지나갔다. 그 대차에는 우주 광물들이 실려 있었다. 행성과 충돌한 흔적이 그대로 담겨 있는 오팔과 빛이 뿜어지는 순간을 멈춰 담은 것 같은 스콜레사이트, 꽃잎처럼 쌓인 토르말린과 성운의 모습이 담긴 자수정 원석들이 각 대차마다 쌓여 있었다.

"정말 아름답네요."

그레이스가 말했다.

"그렇죠. 행성 교류의 궁극적인 목표는 보석이라고들 하잖아요. 보석은 어느 곳에서든 가치가 떨어지지 않으니까."

그레이스는 여전히 광물에서 눈을 떼지 않고 고개를 끄덕였다. 조금은 넋이 나간 목소리로 중얼거렸다.

"저는 우리의 존재가 우주에서 가장 아름답다고 배웠어요. 살아 숨 쉬고 창조하고 생각하는… 그런 존재들은 창조의 신이 만든 기적과 같은 걸작이라고요. 하지만 저런 것들을 보면 그 말이 와 닿지 않아요. 우주가 진정으로 아름답게 탄생시킨 건 저것이고 우리는 어쩌다 생겼는데 너무 강하게 진화해버린 것 같아요."

나는 그레이스가 말한 '어쩌다'라는 단어를 곱씹었다. 그레이스는 감당할 수 없는 슬픔에 짓눌린 사람처럼 얼굴을 찡그렸다. 그레이스에게 그 말이 맞는다는 위로가 필요한 순간일까? 하지만 우리의 존재가 가장 아름답다는 이야기는 차마 하지 못하겠다. 생각하고 걷는 존재가 아름다웠던가? 답을 내릴 수 없는 질문이었다. 하지만 이렇게는 말할 수 있었다.

"그렇지만 이미 생겼으니 어쩌겠어요. 아름다워지는 못할망정 더 추악해지지 않도록 노력하는 수밖에요. 그레이스 씨도 그럴 수밖에 없는 이유가 있었던 거 아니에요? 그 작자를 죽이지 않았으면 그레이스 씨 친구가 죽었어요. 이제 그만 자리를 뜹시다. 밤까지 시간이 얼마 남지 않았어요."

내 대답이 그레이스에게 어떤 식으로 다가갔는지는 모르겠다. 정말로 시간이 없었다. 그렇지만 다행히도 그레이스는 방금까지 짓고 있던 서글픈 표정을 걷어내고 빠른 걸음으로 걷기 시작했다.

하지만 몇 걸음 가지 못하고 다시 멈췄다. 이번에는 내가 멈춘 것이었다. 높은 천장 한가운데 뜬 사무국장의 홀로그램 연설을 듣기 위해서였다. 이 연설은 매일 오전 9시와 오후 6시에 한 번씩 송출되었다. 연설의 내용은 분기마다 바뀌므로, 새로운 내용의 첫 연설을 보고 나면 다들 대체로 관심을 두지 않는다. 그렇지만 나는 달랐다. 한 번씩 흘겨보고는 제 할 일을 하는 사람들 속에서 나만이 우뚝 멈춰 고개를 꺾어 들었다. 존경하는 사람을 말하라면 나는 한 치의 망설임도 없이 사무국장을 말할 것이다. 사무국장은 타우드이다. 그중에서도 지구인. 디그바드보다 더 높은 위치에 있는 것이다. 나를 따라 사무국장의 연설을 바라보고 있는 그레이스에게 설명했다.

"우리 행성 사람이에요."

나도 모르게 내 목소리에 힘이 실렸다.

"중국이라는 나라의 국적을 가지고 있어요. 여성이고요. 사무국장의 일을 10년째 하고 있죠. 타우드들 중에서는 가장 높은 위치예요."

연로한 사무국장은 매해 머리카락이 희끗희끗하게 변하더니 어느 순간부터는 정수리가 하얗게 뒤덮였다. 흰색 정장을 입고 백발의 긴 머리카락을 높이 묶은 사무국장을 보고 있노라면 그의 멋에 취하는 듯했다. 나도 괜히 묶은 머리를 더 단단하게 조였다. 사무국장이 하는 말은 늘 비슷한 궤도 안에 있었다. 표현하는 문장만 달라질 뿐이었다.

'멈추지 말고 나아가라, 그렇다면 언젠가 도달할 것이다.'

마음 같아서는 5분가량 되는 연설을 그레이스와 전부 듣고 싶었지만 시간이 허락지 않았다. 언젠가 기회가 온다면 사무국장의 존재가 내게 얼마나 큰 힘이 되는지 입이 아프도록 말하고 싶었다. 책 한 권은 거뜬히 쓸 수 있으리라. 모든 타우드가 하찮은 것은 아니며 멈추지 않고 나아가면 언젠가 어디든 도달할 수 있을 거란 사실을 우주의 모든 생명체가 알고 있다면 좋을 텐데 말이다.

열한 번째 게이트는 가장 끝에 위치해 있다. 1번 게이트부터 10번 게이트까지가 서로 마주보고 있는 대칭의 구조를 이룬다면 열한 번째 게이트만이 유일하게 정면을 향했다. 하지만 그 사실을 쉽게 인식하지 못할 정도로 홀로 깊은 곳에 위치했다. 초행길인 우주인이라면 컴컴한 복도를 이겨내지 못하고 도중에 걸음을 돌렸을 것이다. 모두가 잊어버린 공간이다. 아니면 곧 잊게 되거나. 어두운 복도 끝, 불빛 하나만이 덩그러니 켜져 있는 저 지점이 지구로 통하는 게이트이다.

게이트는 삼중 문으로 이루어져 있다. 우주와 맞닿아 있는 외벽의 문, 나들목과 연결되는 가장 내벽의 문, 그리고 두 문 사이에 위치한 '중문'이 있다. 중문은 게이트에서 가장 중요한 역할을 한다. 우주선박 이착륙 시 혹시 생길지 모르는 각종 화재 및 충돌 사고를 90퍼센트 가까이 막아주기 때문이다. 그만큼 두꺼운 강철로 이루어진 문이다. 중문은 우주선박이 착륙해 모든 안전수치를 통과해야만 열린다. 게이트가 폐쇄되었다는 것은 중문이 완전히 막혔음을 의미한다.

내벽의 문은 닫혔지만 안을 들여다볼 수 있는 창문이 있었다. 터널처럼 연결된 통로를 지나 아치형 모양의 문 앞에 섰다. 와우드의 키에 맞춘 높이였다. 나는 발꿈치를 들었다. 위태롭게 창틀에 턱이 걸렸지만 안을 들여다보는 것에는 아무 문제 없었다. 아침에 봤던 것과 마찬가지로 중문은 문 전체가 두꺼운 철로 되어 막혀 있었다. 괴수가 와서 뜯으려고 시도해도 뜯지 못할 만큼 촘촘한 마감이었다. 설령 이 문을 연다고 해도 중문은 절대로 열 수 없었으므로 적당한 정보만 얻고 이 게이트는 포기하는 게 현명했다. 옆에서 그레이스가 창틀에 손가락을 얹었지만 아무리 발뒤꿈치를 들어도 시선이 창문을 넘지 못했다.

"도와줘요?"

순간 그레이스의 눈빛이 기대감에 찼으나 그레이스는 곧 고개를 저으며 거절했다. 실례를 범하고 싶지 않다는 이유를 덧붙였다. 나는 그레이스 대신 창 너머를 바라보며 입을 열었다.

"별건 없어요. 물건이 들어오면 상자에 담고 나르기 위한 팔릿 대차 몇 개와 우주선박 정비 기계들이 있어요. 칠성사이다 박스 몇 개가 쌓여 있고 항아리 모양 바나나우유 쓰레기도 있네요. 안 치웠나 봐요. 그리고 먼지가 많아요. 청소한 지 꽤 됐다는 이야기겠죠. 하루 이틀 사이에 쌓일 만한 양은 아니네요."

정말로 그게 끝이었다. 폐쇄된 게이트에는 먼지가 자욱했고 그 이상의 무언가를 찾을 만한 건 보이지 않았다. 시선을 돌려 화면이 꺼져 있는 디스플레이로 다가갔다. 화면을 건드리자 밝기가 올라가며 서서히 켜졌다. 언어설정을 찾아 내가 읽을 수 있도록 설정했다. 잠시 후 인식할 홍채를 대거나 암호를 누르는 창이 떴다. 혹시나 싶어 내 눈을 렌즈에 댔지만 돌아오는 답은 저장되지 않은 정보라는 말이다.

"밖에 누가 오는 것 같아요."

그레이스가 밖을 살피며 말했다.

"잠시만 밖에 망 좀 봐주세요. 금방 끝낼게요."

그렇게 부탁을 하고는 디스플레이에 집중했다. 방법은 이제 암호뿐이다. 얼핏 스쳐봤던 기억이 떠올랐다. 7번 게이트로 구두 배달을 갔을 때, 한 손에 커피를 들고 있던 직원이 홍채인식이 아닌 암호를 직접 누르는 장면이었다. 몇몇 직원들은 홍채인식이 아닌 암호를 누르는 방식으로 드나들었다. 렌즈가 홍채를 인식해 데이터를 찾는 시간보다 암호를 누르는 게 더 빠른 까닭이었다. 모든 게이트마다 암호가 다르지만 일일이 노력하며 외우지 않아도 될 만큼 단순한 암호. 그날의 장면을 선명하게 떠올리려고 노력했다. 내가 들고 있던 구두가 누구의 구두였는지, 비밀번호를 누르던 직원이 입고 있던 옷은 무엇이었는지, 나를 신기하게 바라보는 하우드 아이의 시선까지도. 직원은 진청바지에 검은색 반팔 옷을 입고 있었다. 운동화 왼쪽의 끈이 풀려 있었다. 왼손에는 커피를 들고 있었고 오른손으로 화면을 눌렀다. 단순하고 반복적인 동작. 그 장면을 목격하며 나는 '비밀번호가 왜 저렇게 단순해?'라고 생각했다. 그 비밀번호로 할 수 있는 일이란 고작 디스플레이에 접속하는 방법뿐이겠지만. 그러니까 직원의 손은 화면의 좌측하단으로 향했다. 7번. 한 번 누르지는 않았는데 총 몇 번이었더라. 직원의 손동작을 다시 떠올리며 그 장면을 느리게 재생했다. 그리고 손동작을 셌다. 한 번, 두 번, 세 번, 네 번, 다섯 번, 여섯 번, 일곱 번… 7번 게이트

지도에 없는 행성

에서 숫자 '7'을 일곱 번 눌렀다. 그다음에 목격한 것이 어디였더라. 기억 속으로 더 깊이 들어가기 위해 머리를 싸맸다. 분명히 한 번 더 봤는데… 아! 9번이다. 9번 게이트! 거기서, 렌즈를 끼고 와 홍채 인식이 잘 안 되다던 폴이 비밀번호를 눌렀다. 심지어 그때는 말도 했다. 야, 여기 비밀번호가 뭐더라? 라고 폴이 물었고 그 뒤에서 다른 디스플레이로 적재량을 확인하고 있던 직원이 '바보야, 9번이니 9가 아홉 번이지'라고 했다. '7번 게이트에서 7을 일곱 번', '9번 게이트에서는 9를 아홉 번' 누르면 된다. 이렇게 허술한 비밀번호였을 줄이야.

"여기로 누가 오고 있어요."

그레이스가 다급하게 외쳤다. 화면만 열면 된다. 이 문을 닫은 작업자의 기록이 남아 있을 것이다. 1을 빠르게 열한 번 눌렀다.

[암호 불일치]

"가까워지고 있어요, 빨리요."

분명 정확하게 쳤음에도 틀렸다는 문구에 적잖게 당황했다. 그레이스가 다그쳤다.

"정말로 와요, 거의 다 왔어요."

아, 뒤늦게야 실수를 깨달았다. 손가락이 아플 정도로 화면을 빠르게 눌렀다. 열한 번째 게이트였으니 '1'을 열한 번 누르는 것이 아니라 '11'을 열한 번 눌러야 했다. 손가락 마디가 아파졌을 때쯤 비밀번호를 다 눌렀다. 화면에 로딩 표시가 뜨더니 곧 메인 화면으로 접속됐다.

"언니!"

마지막 접속 정보를 확인했다. 엔지니어 '장'이었다. 장이라면 어렵지 않게 물을 수 있었다. 그레이스의 다급한 목소리를 듣고는 디스플레이 화면을 껐다. 나는 그레이스의 손을 잡고 나가려다 드리우는 그림자를 봤다. 늦었다. 아치형 입구 옆에 붙었다. 그레이스의 입을 손으로 막고 숨을 참았다. 그림자는 안으로 들어올 듯 말 듯 위태롭게 서 있었다. 와우드의 그림자였다. 필시 쿠비아리라. 멀리서 목소리가 들렸다.

"거기서 뭐 해?"

"아니, 무슨 빛을 본 것 같아서. 디스플레이가 켜져 있는 줄 알았는데."

"게임 좀 그만 하라니까, 눈이 맛이 가나보다."

앞에 있던 그림자는 입구 근처를 서성이다 곧 사라졌다. 발소리가 멀어지고 멀어지다 완전히 들리지 않을 때까지 기다렸다. 복도가 다시 적막해졌다. 그레이스가 나를 툭툭 쳤다.

"아! 미안해요."

그레이스의 입을 너무 세게 막고 있다는 걸 알고는 황급히 손을 내렸다. 그레이스가 숨을 몰아쉬며 물었다.

"우리 들키지 않은 거죠?"

"지금은 그런 것 같네요."

"저걸로 뭘 본 거예요?"

"이 게이트에 마지막으로 접속한 엔지니어를 확인했어요. 엔지니어를 만나면 언제 이 게이트가 폐쇄되었는지 알 수 있을 거예요. 그럼 다음 실마리로 넘어갈 수 있겠죠. 다행히도 그 사람은 내가 잘 알아요."

복도를 살폈다. 쿠비아도, 파리도 보이지 않았다. 나가려면 지금이 기회였다. 그레이스와 함께 긴 복도를 빠른 걸음으로 빠져나갔다.

상점의 우주인들은 가게를 정리하고 들어갈 채비들을 하는 중이었다. 그레이스를 이끌고 방으로 향했다. 오후에 배달을 하나도 가지 않은 탓에 구두는 아직 주인한테 돌아가지 못하고 방에 갇혀 있었다. 1시간 안에 모든 배달을 끝내 놓아야 내일 화를 면할 수 있었다. 와우드들은 시간 약속을 엄중하게 생각했기 때문에 배달이 늦어지는 걸 참을 수 없어했다. 하지만 동시에 늦어서 죄송하다며 머리 숙여 사과하는 나를 크게 나무라지도 못할 거였다. 모자란 타우드의 사과를 넓은 아량으로 받아주는 것도 와우드들이 유지할 품위기 때문이다.

1시간 안에 끝내고 돌아올게요. 누가 찾아오거나 문을 두드려도 절대로 제 방 문 열어주지 마세요.

몇 번을 당부하고 나왔는데도 구두 배달을 하는 내내 마음이 조급했다. 그레이스를 방에 혼자 두고 와서 그러리라. 계단을 다섯 칸씩 뛰어 내려갔다. 땀이 났지만 죽을 만큼 힘들지는 않았다. 지나가는 우주인이 없을 때는 계단 손잡이를 붙잡고 한 번에 뛰어넘기도 했다. 신발에 불편함이 없는지 고객에게 확인하는 시간도 절약했다. 밤이 오고 있다는 핑계로, 문제가 생기면 구둣가게에 다시 찾아오라는 말을 남기고 떠났다. 아마 없을 것이다. 지금껏 수선 문제로 고객을 다시 찾아오게 한 경우는 한 번도 없었으니 말이다. 평소라면 3시간 정도 걸렸을 구두 배달을 30분 만에 마치고는 방으로 돌아갔다. 문 앞에 도착했을 때 밤을 알리는 사이렌이 울렸다. 나는 땀에 흠뻑 젖은 꼴로 방으로 들어갔다.

샤워실에서 씻고 나왔을 때 그레이스는 침대 밑에 깔아둔 이불에 앉아 있었다. 나는 수건으로 다리 물기를 마저 닦으며 그레이스를 부르고는 턱짓으로 침대를 가리켰다. 뜻을 알아듣지 못하고 그레이스가 멀뚱히 쳐다봤다.

"침대로 가라고요. 손님 바닥에서 재우는 인성은 아니에요. 아, 빨리요."

그레이스가 주춤거리며 침대 위로 올라갔다. 딱딱한 바닥에 담요 하나 깔고 자는 격이지만 별 상관없었다. 잠이 들 거라는 확신도 없었으니 말이다. 아마 오늘도 잠드는 건 어렵지 않을까.

그리고 나는 예상했던 대로 몇 시간 째 눈만 깜빡이고 있었다. 밤이 끝나는 사이렌이 울리면 지하 4층 동력실로 갈 것이다. 동력실은 다른 곳보다 출근이 빨랐다. 새벽 5시에 곧바로 내려가면 장을 볼 수 있을 것이었다. 눈을 감고 쉼 없이 시뮬레이션을 돌렸다. 반복한 장면 중에는 마땅히 실패할 구석이 보이지 않았다.

그레이스는 잠이 들었을까. 혹여나 내 움직임에 깰까 봐 자세를 자유롭게 바꾸지 못했다. 땅에 닿은 왼쪽 어깨가 저려왔다. 팔 전체가 저린 것을 더는 참을 수 없어 천장을 마주 보도록 고쳐 누웠다. 힐끔 침대를 훑었다. 그레이스의 등이 보였다. 머리카락이 매트리스 밑까지 늘어져 있었다.

"저, 물어보고 싶은 게 있어요."

그레이스가 말을 걸었다. 한 번도 잠든 적 없다는 듯한 목소리였다.

"저를 왜 도와주시나요."

그건 이미 대답했던 질문이 아니냐고 물으려고 했다. 그렇지만 내가 입을 열기도 전에 그레이스가 선수 쳐서 말을 이었다.

"그 이유가 저한테는 납득되지 않아서요."

그레이스가 몸을 내 쪽으로 돌렸다. 눈빛이 꼭 진실을 캐내는 형사의 것 같았다. 어쩐지 그 눈을 오래 마주 볼 수 없어 도로 천장을 바라보았다. 납득되지 않을 만한 이유였을까. 함께 지구로 가고 싶어서 그렇다는 것이.

"이유가 꼭 필요한가요? 어쨌든 가기만 하면 되는 거 아닌가. 저도 가고 싶어 하고."

"어떤 일들은 때로 동기가 가장 중요하기도 해요."

동기라. 그레이스가 말하는 동기가 정확히 어느 지점을 말하는 것일까. 내가 지구로 가야 한다는 건 동기가 되지 못하는 걸까. 생각이 생각을 거슬러 올라갔다. 동기라고 할 만한 것에 무엇이 있는지 많은 장면을 되짚었다. 나를 안쓰럽게 바라보는 눈빛들과 이따금 그 눈빛에 섞였던 멸시, 두 다리로는 아무것도 하지 못할 거라 말하던 낙인들이 소용돌이쳤다. 전부 다 동기가 되지 않는 것 같기도 했고 전부 다 되는 것 같기도 했다. 우주가 서로 소통하지 않았던 시절에는 어땠을까. 그때는 타우드가 세상의 전부였으니 모두가 서로 같은 선상 위에 있지 않았을까. 누가 더 우월하다는 것도 없이 말이다.

하지만 이런 가정과 상상은 나에게 해롭다. 상상이 현실을 더 비참하게 만들기 때문이다. 그렇게 되면 내가 사는 이 현실이 미워지지 않던가. 벗어날 수도 없는데. 막상 생각을 꺼내려고 하니 입이 쉽게 떨어지지 않았다. 생각을 말로 하는 건 어렵다. 그게 썩 즐거운 이야기가 아니라면 더더욱. 태어나는 순간부터 나를 규정지었던 이 사회를 정의하기란 쉽지 않았다.

"여기에 있는 지구인들은 그 부모들이 지은 죄를 물려받았어요. 물론 부모가 누구인지는 몰라요. 저도 태어나자마자 부모와 분리되었으니까요. 오빠도 진짜 오빠는 아니에요. 혼자 사는 건 외로우니까 그런 차원에서 가족을 꾸려준 거죠. 저는 그 죄를 다 갚을 때까지 여기서 일해야 해요. 그게 제 숙명이에요."

"무슨 죄길래…."

"몰라요. 정확히 들은 적은 없어요. 누군가는 벌로 다리 두 개가 잘려 두 개밖에 남지 않았다는 말도 하죠."

"그건 말도 안 되는 소리예요. 종족이 다른 것뿐인데!"

그레이스가 상체를 일으켰다. 격분한 목소리였다. 화를 낸다는 게 같은 타우드로서는 당연한 일일지도 모르겠으나 고맙게 여겨졌다. 타우드들 중에서도 종종 그런 말을 믿는 이들이 있었다. 대표적으로는 오빠라는 인간이 그랬다. 딱 대화하기 싫은 부류였다. 무슨 말을 해도 태생이, 태생이…. 어째서 태생적으로 가지고 태어난 다름이 존재 우위의 근거가 될 수 있다는 말인가.

"어떤 주장에는 근거에 아무 설득력이 없어요."

그레이스가 분노에 몸을 떨고 있는 듯했다. 그레이스에게도 낯선 말은 아닐 것이다. 우주가 서로 소통하게 된 이후로 줄곧 잇따른 말들이었다. 더욱이 와우드의 피지배 행성에 있었다면 모를 수가 없었다. 그레이스의 떨림은 공감에 기반했을 것이다.

"그들 말을 따르자면 저는 머리가 작아 생각이 짧고 미개해야 하거든요. 그렇지만 저는 딱히 공감하지 않아요. 모두가 우월하지는 않지만 그렇다고 모두가 미개하지도 않죠."

이번에는 내가 그레이스에게 궁금한 게 생겼다. 그레이스를 따라 상체를 일으켰다. 둘 중 누구도 잠이 들 생각이 없어 보였다. 나는 무릎을 가슴께까지 끌어올렸다.

"그런데 왜 하필 지구예요? 타우드 행성은 총 네 곳이 있어요. 그레이스 씨 행성과 지구를 제외하고도 두 개의 선택지가 더 있었잖아요. 아예 다른 종족의 행성도 있을 거고. 무해하기로 치자면 파우드의 행성이 더 무해하죠."

파우드는 다리가 없는 종족으로 대체로 하루를 누워 보낸다. 열량 소모량이 적어 싸움을 하거나 구태여 일을 하지도 않는다. 네 종족 중 가장 현자로 알려져 있지만 정확한 증거는 없다. 파우드의 행성은 거의 침묵 속에 있다.

"그들은 도통 움직일 생각을 잘 안 하니까 평화롭기 그지없어요. 하우드의 행성은 그와 정반대이지만 기술로는 우주 최고를 자랑하고 있죠. 그런데 왜 하필 지구였어요?"

그레이스가 놀란 눈을 했다.

"왜냐니요, 당연히 지구죠."

그 말에 오히려 답답해진 사람은 나였다. 당연히 지구일 이유는 뭐가 있을까. 다른 행성에 비해 더 뛰어난 지점이 어디에 있다는 것인지 아무리 머리를 굴려도 떠오르지 않았다.

"저는 지구가 제 고향 행성이라는 것 외에 아는 게 없어요. 물이 더 많은 행성이라는 정도는 알아요."

"저는 지구에 대해 잘 알아요."

그레이스가 들뜬 표정으로 말했다.

"책에서 읽었거든요. 전부 셀이 추천해준 책들이에요. 셀도 특히 지구를 가장 좋아했어요. 왜냐하면 지구는, 모든 생명이 차별 없이 존중받는 행성이니까요."

질문이 많았지만 일단은 그레이스의 말을 들었다. 도저히 말을 끊을 수 없었다.

"지구는 수천 년 동안 권리를 위해 싸웠어요. 생명체가 문명을 만든 이후로 계속요. 어마어마했던 왕정이 무너지고, 독재자가 사라지고 모두가 목소리를 낼 수 있는 행성을 만들기 위해 노력했죠. 비록 수없이 좌절되고 가끔은 퇴보하기도 했지만 모두가 멈추지 않았어요. 성별과 외형, 신체적인 결함, 성적 취향, 계급… 그 어떤 것도 문제 되지 않는 행성을 이뤄냈죠. 그보다 더 아름다운 행성이 어디 있죠? 어느 책에서는 마침내 가장 끝에 서 있던 인권조차도 존중받았던 그 순간 지구 전체에 커다란 무지개가 떴다고 묘사했어요. 비유였지만 저는 어쩐지 실제로 그랬을 것 같았어요. 상상만으로도 너무 아름다운 장면이에요. 저는 지구에 대한 이야기를 셀과 많이 했어요. 우리는 진정한 권리가 무엇인지, 함께 살아가는 평등이 무엇인지 끊임없이 고민하는 종족이었어요. 아주 오랜 시간이 걸렸지만 이뤄냈고요. 아마 지구인들은 평생 이뤄내지 못할 거라고 생각했겠죠. 하지만 그들은 해냈어요. 자본이라는 격차도, 약자에 대한 혐오도, 차이에 대한 적대심도 존재하지 않았다는 듯이, 혹은 미미하게 깔려 있으나 모두가 그것이 잘못된 것이라는 걸 말할 수 있도록. 셀과는 나중에 꼭 여성 프로야구 경기를 보러 가자고 약속도 했었죠. 관중 십만여

명이 올 정도로 큰 경기라고요. 다른 행성에서도 그 경기를 보려고 지구로 많이들 여행을 한다고 들었어요. 언니는 지구가 고향이면서도 정말 지구에 대한 이야기를 하나도 몰랐나요? 다른 행성의 많은 연구자와 박사들이 평등이 무엇인지에 대해 배우기 위해 연수를 간다고들 한 걸요."

말문이 막혔다. 입술을 벌렸다가 아무 말 없이 고개만 끄덕였다. 그레이스의 말이 전부 거짓말처럼 느껴졌다. 지구가? 내 고향 행성713이 정말로 그렇다고? 그렇다면 내가 듣고 자랐던 것은 무엇이란 말인가. 그런 지구인이 어떻게 죄를 지었다는 것인지 납득되지 않았다. 천 년 전에도 지구인이 지금과 같지 않았겠지만 그레이스의 말을 듣는 내내 속에서부터 뜨거운 감정이 치고 올라왔다.

"지구는 푸른빛을 띤 유일한 행성이에요. 그 어떤 행성들도 지구처럼 푸르지는 않죠. 한때 개발로 환경이 나빠지기는 했지만 결국 다시 일으켰어요. 지구인들은 작지만 정말로 강한 존재예요. 가장 먼저 우주에 신호를 보낸 것도 지구인이잖아요. 그래서 나는 지구인이 죄를 지었다는 언니의 이야기를 믿을 수가 없어요."

"하나도 모르고 있었어요. 당신의 이야기를 들으니 더 모르겠네요."

"지구인은 미개하지 않아요. 미개한 건 권력으로 인간이 인간을 지배하려는 저희 행성인들이 미개하죠. 글리제 667번 행성인들은 늘 가진 자가 없는 자를 착취하고 괴롭히는 비정상적인 구조를 가지고 있거든요. 어느 한쪽에서는 조금씩 지구와 같은 유토피아에 가야 한다고 목소리를 내지만 멀었어요. 그들에게 혐오와 차별은 습관이거든요. 몸에 너무 깊게 배어서 굳이 고치고 싶지 않은 거요. 고치려면 노력을 해야 하니까요. 지구는 꿈의 행성이에요. 우리가 도달해야 할 미래이기도 하고요."

그레이스가 잠시 숨을 고르고는 입을 열었다.

"지구는… 우주에서 가장 아름다운 행성이에요."

"하지만 어차피 타우드의 행성이잖아요.",

"그게 무슨 상관이에요? 다리 개수가 무슨 문제죠? 우리 행성에서 만났던 와우드나 하우드는 다 별 볼 일 없던걸요. 각자가 다 다른 거지 어느 한 특정성으로 우위를 가릴 수 없죠. 멋있는 거로 따지자면 언니가 더 멋있어요. 사실 언니도 그게 문제라는 생각은 안 하고 있잖아요."

"뭘 보고 확신해요?"

"그랬다면 와우드가 관리하고 있는 이곳에서 저를 도와주겠다고 하지 않았겠죠."

나 역시 내 다리가 두 개인 것은 아무런 문제가 되지 않는다는 걸 일찍부터 알고 있었다. 더 솔직히 말하자면 와우드를 살해하고 왔다는 그레이스의 말이 내 뒤통수를 세게 후려쳤다. 어떤 이유로든 타인의 목숨을 빼앗는 것은 정당한 방법이 아닌 건 알고 있었다. 그레이스는 벌을 받는 것이 마땅했으나, 적어도 그레이스가 있는 행성이나 이 나들목에서는 아니다. 지구에서만이 이 사건을 저울 놓인 면의 기울임 없이 바라볼 것이다.

"지구에 관한 건 책에서 읽었다고요?"

"네, 예전에 지구에 다녀온 학자가 쓴 책이었어요. 반세기 전의 책이에요. 언니는 한 번도 읽어본 적 없어요?"

"여기 서점에는 지구에 관한 책이 없어요. 예전에 찾아봤었거든요."

그레이스도 이상한 낌새를 느꼈는지 말없이 인상을 찌푸렸다. 지구에 관련된 책이 차츰 사라지기 시작한 것이 정확히 언제부터인지는 모르겠으나 진열대에서 자리를 잃어가고 있는 것쯤은 알고 있었다. 지금은 지구 음식에 관련된 책 열 권쯤 있으려나. 그 대화를 끝으로 피곤이 몰려왔는지 그레이스가 하품을 했다. 나는 그레이스에게 조금이라도 자두라고 말했다. 지금 눈을 감아봤자 몇 시간 자지 못할 테니 말이다. 잠을 청해야 움직일 힘이 생길 거였다. 하지만 그레이스를 재우고도 정작 나는 잠들지 못했다. 오늘 아침부터 부산스럽게 뛰어다닌 것에 비해 심장은 처음 뛰는 것처럼 세차게 움직였다. 몸이 어떤 흥분으로 가득 싸여 있었다. 천장을 바라보며 그레이스가 했던 말을 몇 번이나 되뇌었다. 믿을 수 없었으나 계속 되짚으면 조금 현실처럼 느껴지기도 했다. 수천 년 동안 이뤄낸 평등이라니. 모두가 존중받는 행성이 우주에 존재한다니. 나를 멸시하는 와우드의 눈이 존재하지 않는 곳이라니! 기필코 무슨 수를 써서라도 지구에 가야 하는 이유가 생겼다. 반드시 지구에 가야 한다. 그레이스가 말했던 지구가 보고 싶었다.

↘ 다음 호에 계속 ↖

어떤 공간의 멸종

3

어떤 노동의 진실

한승태

최근의 기술 발전으로 사라지거나 변화하는 사회의 모습을
일터와 작업장의 맥락으로 풀어본다.
일하는 삶의 연속점과 불연속점은
어디에 존재하며 어떻게 변화하는가.

244

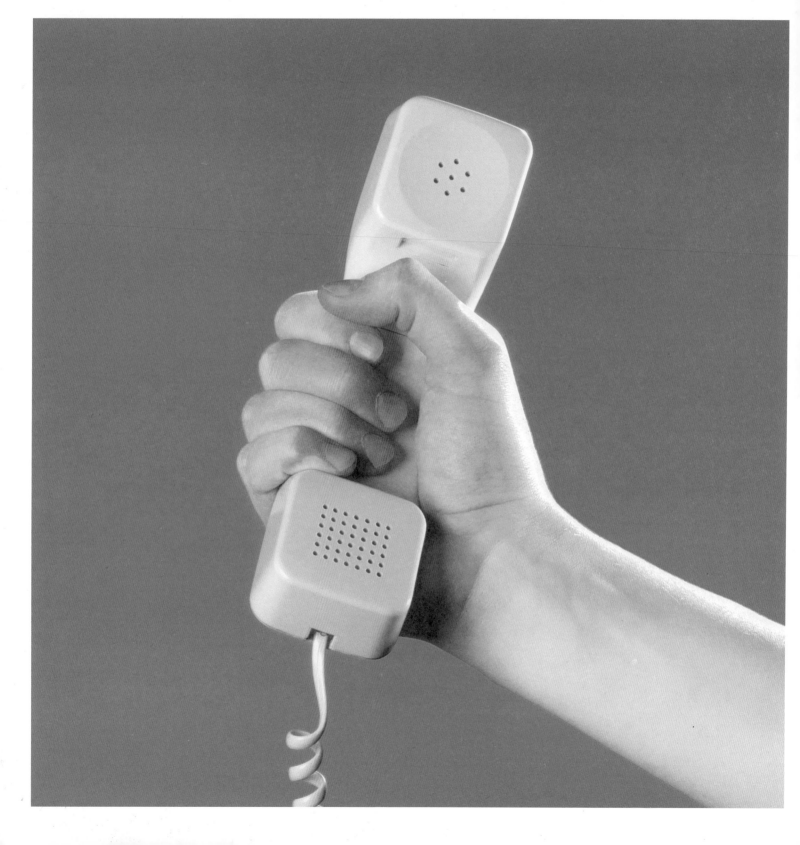

오늘날 수많은 직업이 미래학자들의 살생부에 이름을 올린다. 그중에서도 전화 걸고 받는 일은 작성자나 시기에 상관없이 어디서나 첫 페이지, 첫 줄에 기록되어 있다. 말하자면 콜 센터 업계는 눈가리개를 하고 두 손을 뒤로 결박당한 채 벽을 등지고 서 있는 상황인 것이다.[1]

콜 센터의 시작과 끝에는 세 가지 기이한 평행이론이 성립한다. 첫째, 종사자의 대다수가 20대 여성이다. 한반도 최초의 전화는 1898년 1월 경운궁에 설치되었다. 유럽과 마찬가지로 조선시대에도 초기의 전화 교환수는 모두 남성이었다. 하지만 남자들은 말이 거칠고 고객들과 자주 문제를 일으켜 여성들로 대체되었다.

"학력은 보통학교 졸업 정도, 제일 중요한 것은 일어. 나이는 15~16세에서 23~24세가 가장 적당. 성적이 우수한 전화 교환수는 4개월마다 승급. 기회가 되면 여성 판임관으로도 임명."[2]

나는 코로나가 확산되기 시작하던 시기에 어느 대형 마트의 고객 센터에서 전화 상담사로 일했다. 온라인으로 주문한 고객들의 배송, 교환, 반품, 결제 문의를 처리해주는 것이 우리 일이었다. 대부분의 직원은 20대 중후반의 여성들이었다. 콜 센터의 악명을 익히 알고 있으면서 한 달에 기껏 150만 원 정도 받는 자리에 지원한 이유를 들어보면 다들 비슷했다. 편의점이나 서빙 아르바이트를 제외하면 여자들이 할 수 있는 일은 얼마 되지 않고 특히 이렇다 할 경력이 없는 여성이 할 수 있는 사무직 중에선 콜 센터의 진입 장벽이 가장 낮다는 것이다. 결국 맥락의 요지는 조선 시대나 21세기나 크게 다르지 않다.

1
BBC가 예측한 사라질 가능성이 큰 직업 1위 텔레마케터 99%, "콜 센터 2024년까지 AI로 대체될 것", 손정의 소프트뱅크 회장 강연, 2018년 7월 19일

2
1920년 4월 12일 자 동아일보에 실린 경성 우편국 전화 교환수 모집요강, 《사라진 직업의 역사》에서 재인용, 이승원, 자음과모음

르포작가. 일하며 글을 쓴다. 쓴 책으로 《인간의 조건》과 《고기로 태어나서》가 있다.

한승태

둘째, 고객의 사회적 신분이 동일하다. 경운궁에 설치된 전화의 개설 신청자는 다름 아닌 고종이었다. 전화 상담사의 조상님이라 할 전화 교환수의 고객은 바로 왕이었던 것이다. 고종은 신하들에게 전화로 어명을 내리곤 했는데 그럴 때면 신하는 수화기를 들기 전 의복을 갖춰 입고 큰 절을 네 번씩 올려야 했다고 한다. 슬픈 일이지만 오늘날도 콜 센터의 고객은 왕이다. 단지 군주제의 왕에서 자본주의 사회의 왕으로 바뀐 것뿐이다. 조선 시대처럼 큰절을 올리진 않았지만 감정 소모가 조금이라도 덜해진 것은 아니다. 고객이 아무리 억지를 부리고 심한 말을 퍼부어도 우리는 제대로 대꾸 한 번 할 수 없었다. 우리 고객센터의 공식적인 모토는 '고객의 만족이 우리의 행복'이었지만 무언의 형태로 전달되는 비공식적인 모토는 '고객이 네 오른쪽 고막을 후려치면 왼쪽 고막을 내밀어라'였다. 이전까진 도시 괴담 정도로만 치부하던 개념 없는 사람들에게 죄송하다고 사과드린다고 너그럽게 용서해주시라고 부탁하는 것이 업무의 핵심이었다.

한 가지 다른 점이 있다면 지금은 두 종류의 왕을 섬긴다는 것이다. 첫 번째가 개인 소비자들이라면 두 번째는 '고객사'로 지칭되는 원청 업체다. 콜 센터는 말 그대로 고객들에게 포위된 일터다. 다른 대부분의 콜 센터처럼 내가 일하던 곳도 하청업체였다. 처음에는 이곳 관리자들이 참 고깝게 보였다. 우리처럼 통화를 하는 것도 아니면서 전화 받는 속도가 느리다며 닦달만 해대는 꼴이 말이다. 언젠가 자리 이동이 있었는데 나는 사무실에서 '시베리아 유형지'로 통하는 위치로 옮겨갔다. 내 바로 위 천장에 에어컨이 설치되어 있었는데 바람 방향을 조절하는 날이 고장 나서 찬바람이 내 정수리를 향해서만 쏟아졌다. 물리적인 온도뿐 아니라 심리적인 온도도 시베리아였다. 내 옆자리가 팀장이었고 그 옆에 센터장이 앉았다. 내 통화 내용이 이곳에서 가장 까다로운 관리자 두 명의 귀에 고스란히 들어가는 자리였다. 하지만 누구든 가까이서 지켜보면 쉽게 미워하기 힘들다는 건 콜 센터의 경우에도 사실이었다. 상담사가 가장 자주 하는 말이 "죄송합니다."라면 고객들이 가장 자주 하는 말은 "상급자 바꿔."였다. 도무지 말이 안 통하는 고객과 이야기를 하다 보면 어서 빨리 이 사람이 상급자 바꿔달라고 말해주길 기다

리게 된다. 그때부터 이 고객은 관리자의 문제였다. 하지만 내가 이관시킨 고객을 내 옆에 앉은 관리자가 상대하는 걸 듣고 있으면 어쩔 땐 눈을 마주칠 수 없을 만큼 미안해진다. 게다가 이관시킨 상담은 절대 간단하게 끝나는 법이 없다. 기본으로 이삼십 분은 훌쩍 넘긴다. 일반 상담사가 불특정 다수를 상대한다면 관리자들은 검증받은 사이코들만 상대하는 것이다.

하루는 처음 보는 사람이 센터장을 찾아왔다. 코로나 때문에 온라인 구매가 폭증하던 시기였다. 대화는 일방적으로 흘러갔다. 마흔 후반인 센터장이 자기보다 열다섯 살은 어려 보이는 젊은이 앞에서 두 손을 가지런히 모은 채 고개를 숙이고 있었다. 그 젊은이가 고객사의 콜 센터 담당자였다.

"아니, 어떻게 서비스율[3]이 12퍼센트가 나올 수 있어요? 저는 이거 처음 봤을 때 컴퓨터 에러인 줄 알았어요. 여기 앉아서 전화를 받는 거예요, 아니면 벨 소리 울리는 거 가만히 듣고 있는 거예요? 12퍼센트, 이게 실제로 가능한 숫자예요?"

셋째, 종사자들이 감내하는 고통의 풍경이 동일하다. 내가 일하던 곳은 마치 일벌에게 내부 인테리어를 맡긴 사무실 같았다. 건물의 창과 창 사이에 데스크탑, 전화기가 한 대씩 설치된 칸막이 책상들이 수십 개의 열을 지어 늘어서 있을 뿐이었다. 화장실에 가려고 일어서면 센터의 업무 처리 정도를 실시간으로 보여주는 대형 모니터 속 '이석'의 숫자가 올라갔다. 콜이 쏟아질 때면 관리자들이 자리 비우지 말라고 소리쳤다. 콜 센터에서 방광염이나 치질은 드물지 않은 질병이다. 어느 소설가의 표현을 빌려 말하자면 방광염은 콜 센터의 진폐증이다.

방광염이 콜 센터의 공식적인 질병이라면 비공식적으로는 소화불량, 두통, 성인 여드름, 불면증, 탈모, 발기 부전 등의 증상이 나타날 수 있다고 알려져 있다(이 중에서 직접 경험한 것이 무엇인지는 독자 여러분의 상상에 맡겨두기로 하겠다.) 상담사의 수명을 갉아먹는 것은 '말'이기 때문이다. 명백한 언어폭력이 아닌 경우도 마찬가지였다. 실제로 욕을 하

3
고객이 상담사 연결을 시도하고 나서 20초 안에 연결이 이루어진 비율

무엇을 도와드릴까요?

는 사람이 많은 건 아니다. 하지만 누군가 고객센터에 전화를 걸었다는 건 문제가 생겼다는 뜻이고 그런 사람들은 언제나 화가 나 있다. 하루 종일 얼굴도 모르는 사람들의 짜증과 불만을 들어주고 마음에도 없는 사과를 반복하다 보면 신장 아래쯤에 사리가 하나둘 쌓여가는 기분이 든다. 그런데 여기, 백 년 전 내 업계 선배가 일하면서 남긴 글을 보라.

"제가 하루 종일 하는 말이라곤 '난방?'[4] '하이'[5] 뿐입니다. 누구는 하루 종일 앉아서 일하니 좀 편하겠냐고도 하고 누구는 겨우 하는 일이라고는 '난방'과 '하이'밖에 없는데 뭘 그리 힘들겠냐고 합니다. 하지만 점심시간이 다가오면 전화 교환대에 불이 납니다. 그러다 보면 가끔 늦게 전화를 연결할 때도 있어요. 그런데 전화 연결이 조금만 늦으면 '이년아, 빠가, 조느냐, 자느냐' 그러면서 별별 욕을 다 하는 손님들이 계세요."[6]

유례없는 직업의 대량 멸종 시대에 사람들은 묻는다. 어떤 직업들이 사라질 것인가? 어떤 직업들이 나타날 것인가? 직업이 사라진 사람들의 삶은 어떻게 될 것인가? 콜 센터를 생각하면 여기에 한 가지 질문을 더하고 싶어진다. 어떤 직업들은 사라지는 게 나은가? (합법적인 영역 안에서) 급여도 적고 처우도 열악하고 이렇다 할 만족감도 주지 않는 일이라면, 운영상태가 엉망인 기업을 도산 처리하는 게 나은 경우가 있듯이 직업도 그렇게 정리하는 게 나을 수 있을까? 이 질문과 마주하면 《죄와 벌》의 한 구절이 떠오른다. 도스토옙스키가 라스콜리니코프의 입을 빌려 그 전설적인 사형 집행 직전 순간을 이야기하는 대목 말이다.

"어디서 읽었더라? 사형 선고를 받은 어떤 사람이 죽기 한 시간 전에 이런 말을 했다던가, 생각했다던가, 겨우 자기 두 발을 디딜 수 있는 높은 절벽 위의 좁은 장소에서 심연, 대양, 영원한 암흑, 영원한 고독과 영원한 폭풍에 둘러싸여 살아야 한다고 할지라도, 그리고 평생 1천 년 동안, 아니 영원히 1아르신밖에 안 되는 공간에 서 있어야 한다고 할지라도 그래도 지금 죽는 것보다는 사는 편이 더 낫겠다고 했다지! 살 수만 있다면, 살 수만, 살 수만 있다면! 어떻게 살든, 살 수 있기만 하다면……! 그만한 진실이 또 어디 있겠나! 그래 이건 정말 대단한 진실이 아닌가!"[7]

그래도 일하고 싶다. 생존에 있어 진실은 노동에 있어서도 진실이다.

---

4 몇 번입니까?　　**5** 예

6 별건곤, 1929년 1월호, 《사라진 직업의 역사》에서 재인용, 이승원, 자음과모음

7 《죄와 벌》, 도스토옙스키, 홍대화 옮김, 열린책들

어떤 직업들이 사라질 것인가? 어떤 직업들이

나타날 것인가? 직업이 사라진 사람들의 삶은

어떻게 될 것인가? 어떤 직업들은 사라지는 게

나은가? (합법  적인 영역 안에서)

급여도 적고 처우도 열악

하고 이렇다 할 만족감도 주지 않는 일이라면,

운영상태가 엉망인 기업을 도산 처리하는 게 나은

경우가 있듯 직업도 그렇게 정리하는 게 나을까?

Graphic
Novel

p. 256 – 271

Jinkyu

The *Old* Paradigm
— *for* Time Travel

연재 만화

시간여행에 대한 구 패러다임 ❸

진규

서울 출생이나 서울보다 경기도 인근 섬에서 더 오래 살았다. 중학생 때부터
만화가가 되겠다고 결심하고 만화전공으로 대학을 졸업한 뒤 아직도 만화를
그린다. 좋아하는 일을 오래 하기 위해 노력하고 있다.

젠장, 이 기계. 조작법을 잘 모르니…

달칵

달칵

시간여행기계에 남아있는 이력으로 이동하는 거 같은데…

그럼 여기는 안유혁 씨가 과거에 들렀던 곳이겠네요?

여기서 뭘 했을까요?

사정 봐줄 거 없다고.

힐끗-

장교님.

언제 봤다고 안유혁 씨야?

그치만! 장교님을 위해 시간여행을 한 사람이잖아요!

아! 로맨틱해!

닥쳐! 그놈은 범죄자야.

제 데이터 상에서는 헤슬리 행성의 범죄율이 이 은하에서 무려 2위라고 확인되는데…

그런 복장으로는…

이게 어때서?

솔직히 만만해 보여요.

또 오십쇼!

장교복보다
비싼 옷이라니.

돈도
많으시면서.

잘 어울려요.

근데 안유혁 씨는
여기엔 왜
온 걸까요?

우주해적이니
여기 본거지가
있을 수도 있지.

보면 이참에
잡아가겠어.

엇?

저기
있는데요.

뭐?

헤슬리가 작은 건 알았지만 이렇게 바로 나올 줄은….

딸랑 딸랑

어디 가는 거지?

술집이네요.

술 마시러 온 걸까요?

글쎄….

이 새끼들아.

내가 큰 건수를 잡아 왔다니까.

군대를 털자고? 난 죽기 싫어.

군대이긴 한데,
좀 들어봐.

군대에서
돈이 제일 많이
들어가는 데가
어딘지 알아?

군대
과학기지래.

왜?

자기들이 쓸 최신과학기술을
개발하는 데라 개발 장비가
무지막지하게
비싸다더라고.

거길
터는 거야.

경비는
어떡하고?

며칠 뒤에 새 직원들을
대대적으로 들여올 거라
경비가 허술할 거란
정보가 있어.

거기 있는 놈들은
다 과학자 놈들일 테니까,
싹 다 죽여버리지 뭐.

그럼 그날이
언제인데….

턱~

공부만 한
과학자 놈들이
저항해봤자지.

탁그락..

넌 뭐야?

나도
그 정보에
관심 있어서.

이, 이 새끼
뭐야! 잡아!

과학기지를
털려는 놈들이
있었다고요?

알고
계셨어요?

......

아니.
소문도
못 들었어.

262

입사하자마자
사건이 있었어서
적응을 못 했어.

그리고
상관이
휴가를 줬지.

여기 사람이
칼에 찔렸어요!

웅성

웅성

누가
패트롤을 불러!

어떡해!
죽은 거 아냐?

그게
뭐 때문이었냐
하면….

꺄아악!

피가 많이
나는데?

저기 좀….

진….

내가
죽었었다고…

그게 거짓이
아니었다고…

내가 기억하는
순간들을

넌 기억하지
못하겠지만…

그때까지….

여기는….

군 과학기지 잖아요.

목성력 33년 1월 8일이에요.

장교님, 이날은….

군 창립기념일에…. 내가 표창장을 받던 날이야.

군에 들어온지 1년 정도 지났었지.

마약감별기를 발명해서

그걸 이용해 군대가 거대 마약조직 다섯 개를 한 번에 쓸어버렸었지.

생각났어.

상관이 휴가를 줘서 내가 엔셀라두스에 간 이유.

피

윽…!

장교님!

잉—

너는 나를,

몇 번이고
구원하고

그런 나는
너를….

269

걱정하지 마.

연옥으로
밀어 넣었지.

언제지?

네?

네, 마지막
소재지는…

안유혁의
처음 범죄기록.

아, 목성력 32년
5월 12일이요.

이땐 단순
쌍방폭행이라,
패트롤이 훈방 조치한
모양이에요.

패트롤이라,
그럼 소재지
파악도 했겠군.

목성의 위성
아말테아네요.

KIM HALLA

김한라

(SF든 아니든, 장르를 떠나서) "요새 작가들이 다양한 경험을 하지 않아 판에 박힌 소설만 쓴다!"라고 꾸짖으려 드는 이가 가끔 있다. 감상도, 호불호도 독자의 자유이므로 가타부타 논쟁하려 들지는 않으려 한다. 대신 그런 말에 맞서 의기양양하게 반례로 들 작가들이 몇 있는데, 이번 제2회 포스텍 SF 어워드를 통해 하나의 반례가 더 생긴 듯하다.

Interviewed by **SEOL JAEIN**, Photo by **AUGUSTINE PARK**

272

"어렸을 땐 클래식 바이올린을 전공했고 대학에선 경제학을, 대학원에선 공학을 전공했으며 숱한 분야에서의 근무 이력에 아나운서 준비까지 한 작가가 있습니다. 어때요, 이 정도면 원하시던 '다양한 경험'이라고 인정할 만하지 않나요? 그 작가의 소설 한 번 만나보시렵니까?"라고 당당하게 말할 기회를 주는 작가의 탄생. 어찌 쌍수를 들고 환영하지 않을 수 있단 말인가!

카이스트 문화기술대학원 박사과정에 재학 중인 김한라 작가는 단편 〈리버스〉로 제2회 포스텍 SF 어워드에서 대상을 수상하였다(심사위원 만장일치로 얻은 결과였다). 심사위원들은 〈리버스〉에서 특히 돋보였던 덕목으로 '장르에 대한 완숙한 이해와 구성 능력'(박인성 문학평론가), '글의 절대적 완성도'(정소연 작가), '흥미로운 장면 연출'(김초엽 작가) 등을 꼽았다. 그런데 일요일 홍대 인근에서 만난 작가는 전혀 뜻밖의 이야기를 들려주었다. 그 이야기가, 드넓은 스펙트럼을 가진 김한라라는 인물의 미래를 기대하게 만들었다. 이 작가의 5년 후는, 10년 후는 과연 어떻게 될까?

___

다들 어리둥절해 했어요. 제가 글 쓴다는 말을 주변에 한 적이 없거든요. 다들 '음악 하던 애'로만 아는데 갑자기 소설로 상을 받았다고 하니까 "뭐? 음악 아니고?"라 반문을 하셨어요. 조금 부끄러운 말이지만, 독서를 많이 하는 편도 아니에요. 소설도 〈리버스〉가 처음 쓴 작품이죠. 저도 전혀 기대를 하지 않았는데 대상이라기에 너무 놀랐어요.

첫 작품에서 바로 '홈런'을 쳤다는 얘기다. 인터뷰 준비를 하면서 작품도 심사평도 꼼꼼히 읽고, '뒷조사'까지 하며 다채로운 경력의 소유자라는 걸 알게 되긴 했지만 어쨌든 어린 시절부터 소설을 읽고 작가의 꿈을 가졌던 사람일 거라는 짐작에는 한 치의 주저함도 없었다. 그런데 이거, 엄청난 반전이다.

대학교 다니면서 언론사 입사 준비를 한 적이 있어요. 실무 경험을 위해 JTBC 〈뉴스룸〉에서 짧게 인턴을 하기도 했고요. 스터디원들과 한 페이지짜리 작문 쓰는 연습을 하면서 글쓰기에 관심을 가지게 됐어요. 내용을 온전히 담는 것도 중요하지만 이 글을 처음 읽는 타인이 얼마나 설득될 수 있을까, 생각하면서 문장과 문장 간의 연결성을 높여 매끄럽게 만드는 연습을 많이 했죠. 작곡으로 비유하자면, 멜로디와 어울리는 화음을 넣는 방식에 대한 고민을 많이 했다고 보면 될 것 같아요.

어쨌든 '글로 이야기를 창작'한 건 난생 처음이란 말이다. 운이 좋았던 걸까? 그러나 이야기를 나누면
나눌수록 이 수상이 절대로 운에 따른 결과가 아니라는 사실을 서서히 눈치 채게 되었다. 작가는 '글'
의 형태에 처음 도전했을 뿐이지, 예술 창작에는 완전히 도가 튼 '초경력자'이기 때문이다.

저에게 절대음감이 있는 걸 부모님이 아신 후 네 살 정도부터 바이올린을 켰어요. 지금도 피아노 건
반 5개 정도로 이루어진 화음까진 보지 않고 계이름을 알아 맞혀요. 예원학교라는 예술중학교에 입
학했는데 제가 반복 연습을 너무너무 싫어한다는 걸 막상 들어가고 나서야 알게 되었죠. 다른 친구
들은 하루에 대여섯 시간씩 연습하는데 저는 세 시간만 해도 미칠 것 같은 기분이 드는 거예요. 그런
데 악기란 건 긴 훈련이 반드시 필요한 분야거든요. 고민을 하다가, 결국 일반 중학교로 옮겼죠.

어렸을 때부터 뭘 하나 진득하게 못 하고 동시에 여러 가지를 하고 싶어 했어요. 바이올린을 그만
둔 이후에도 중학교 3학년 때 오디션을 통과해 부산시립교향악단과 협연을 했어요. 그날이 하필 중
간고사여서, 시험을 마치고 곧바로 연주를 하러 갔던 급박했던 상황이 아직도 기억에 남아요. 같은
해에 한예종 음악원 예비학교 작곡과에도 덜컥 붙어서, 1년 동안 부산에서 서울까지 매주 기차를 타
고 레슨을 받으러 다녔어요.

예원학교를 그만둔 후에도 음악은 계속 사랑했으니까, 악기가 아닌 다른 길을 찾아냈어요. 작곡
이었죠. 이미 있는 걸 죽어라 연습하는 게 아니고 저 자신이 요리조리 고민해 만들어내는 거니까 훨
씬 재미있었어요. 중학교 때부터 작곡한 곡을 모아두었다가 고등학교 때 앨범유통사에 곡을 보냈
어요. 그걸 들은 기획사와 전속계약을 맺어서 본격적으로 앨범들이 나왔죠. 정규앨범 《Long Ago》
가 나오고 나서는 벅스 뉴에이지 차트에서 2주간 1위를 했는데, 입시 공부에 찌든 고등학생에게 얼
마나 감사하고 신나는 일이었겠어요?

작곡을 본격적으로 전공할 생각은 아니었으니 대학은 경제학과로 진학했어요. 하지만 곡은 꾸준
히 썼죠. 앨범도 계속 내고.

작곡의 경험은 여러 가지 갈래의 진로로 뻗어나갔다. 그중 하나가 바로 공과대학원 진학이었다.

대학 가서도 관심 있는 건 이것저것 다 해보았어요. 그러다가 졸업할 때 즈음, 공부를 더 해보고 싶
다는 생각이 들더라고요. 저는 작곡을 할 때 머릿속으로 계산을 많이 하거든요. 다음 음을 어떻게 배
치하면 청자로 하여금 익숙하면서도 신선하게, 반대되는 인상을 동시에 가지게 할 수 있을까, 하
고요. 그러다보니 왠지 여기에 알고리즘이 숨어 있을 것 같다는 생각을 하게 된 거예요. 물론 주관적
이지만 창의성에도 어떤 규칙이 있지 않을까, 하는 생각에 카이스트 문화기술대학원을 찾아갔어요.

김한라

정규앨범 《Long Ago》(2010)

이외에도 다수의 앨범 및
싱글을 발매했다.

아랫줄 왼쪽부터 싱글/EP
《좋은 일이 생길거야》(2021),《좋아좋아해》(2015),《어디 나가볼까》(2015)
《빙그르르 날아갈 것 같아》(2015),《딸깍, 비밀번호는 몰라》(2013)

저희 랩에서는 복잡계 네트워크 과학(Complex Network Science)의 관점에서 문화현상을 분석해요. 저는 창의성 측정이나, 네트워크에서 창의성이 어떻게 발현되는지에 관심이 있죠. 최근엔 네트워크를 직접 만들어보는 실험적인 시도를 하고 있어요. 얼마전 모교 주최 아이디어 공모전에서 '생각의 지도'를 만드는 아이디어로 대상을 받았는데 실제로 이 아이디어를 실행해보려 하고 있어요. 근본적으로는 창작의 작동 원리에 관심이 있고요. 앞으로도 창작과 연구가 서로 영감을 주고받는 방식으로 살고 싶어요.

또 하나의 갈래가 바로 소설 창작이다.

이 '부분'의 멜로디가 '전체'에서 어떻게 작동할지, 그리고 '지금' 이 멜로디가 '나중'의 멜로디에 어떤 영향을 미칠지를 오래 생각해요. 부분/전체, 지금/나중. 이렇게 두 가지를 한꺼번에 생각하며 곡을 쓰죠. 그리고 제가 작곡한 곡들은 제 나름대로의 음악적 기준에 의한 이성적인 판단의 결과물이라고 생각해요. 어떤 사람은 특정 사건이나 풍경을 보고 영감을 받아서 썼다고 말하는데, 저는 사실 그 영감을 오선지 위의 음들로 변환하는 이성적인 고민의 과정이 반드시 있었을 거라고 확신하거든요. 그 과정이 1분 만에 끝날 수도 있고 며칠이 걸릴 수도 있겠지만. 그런데 이번에 첫 소설 〈리버스〉를 쓰면서 불현듯, 제가 작곡할 때와 똑같은 방식으로 작업을 하며 결과물을 인식하고 있다는 사실을 자각했어요.

반복훈련을 싫어하는 저이니 '매일 꾸준히 쓰는 사람'이 되진 못하고 있지요. 대신 작업에 들어가기 전에 최대한 많이 머릿속에 밑그림을 그리고 뼈대를 세우려 노력해요. 첫 문장을 써놓으면 그 프레임에 갇힐 것 같아서요. 사실 아주 새로운 세계관을 만들기는 쉽지 않으니까, 어느 부분을 어떻게 살짝 비틀어 특별하게 만들 수 있을까 고민을 많이 하죠. 말이 안 되더라도 일단 서로 다른 개념들을 일부러, 억지로 연결시켜 보려고 노력해요. 그러면 오히려 더 재미있는 게 떠오를 수도 있으니까.

작가는 '세계관을 조금 다르게 비틀려 노력한다'고 말했지만 사실 〈리버스〉를 읽은 독자로서 가장 독특하고 궁금했던 것은 캐릭터 '상준'이었다. 상준은 이 세계의 비밀을 알고 있으나 적극적인 저항을 하지 않고 수용한다. 굳이 이런 캐릭터를 중심인물로 내세운 이유가 무엇일까. 도저히 묻지 않을 수 없었다.

그게 궁금하셨다면 제 의도가 맞아떨어진 거라 너무 기뻐요!

김한라

279

저는 극적이고 특별한 성격을 가진 인물보다는 아주 평범한 사람의 이야기를 쓰고 싶어요. 욕심도 하자도 있는 보통 사람. 상준은 이 세상의 모든 비밀을 알고 있지만 그 안에서 자기 스스로도 이득을 취하고 있기 때문에, 고민 없이 편하게 살죠. 이점을 다 챙기는 거예요. 이런 식으로, 보편적인, 옆에서 볼 수 있는 완벽하지 않은 인간을 새로운 상황에 떨어뜨려 놓고 관찰한 다음 글을 쓰고 싶어요. 좋아하는 소설도 그런 종류가 많고요.

그래서, 글을 쓰려면 사람에 대한 공부를 정말 많이 해야 할 것 같다고 생각해요. 특히 상을 받고 작가라 불리게 되니까 더더욱 그 필요성을 느끼게 됐죠. 기본적인 욕구, 사고방식, 그걸 방해하는 무언가…. 사람의 작동 원리를 어느 정도 이해해야 좋은 플롯을 만들어낼 수 있지 않을까요. 경험도 더 다채롭게 해야 할 것 같고요.

이미 충분히 다채로운데 얼마나 더 다채로워질 작정인 건가요? 웃으며 묻자 한껏 기대치를 높이는
답변이 돌아왔다.

그러니까, 최근에 구상한 작품에 대한 이야길 해보자면…. 세계적인 바이올리니스트가 어린 영재를 가르치면서 나누는 대화를 담은 유튜브 클립을 봤어요. 그들이 대화에서 사용하는 어휘들이 전공자였던 제겐 당연히 익숙하죠. 그런데 문득, 비전공자가 보면 "저걸 어떻게 알아들어?"라고 깜짝 놀랄 정도의 추상적인 언어라는 사실을 깨달았어요. 밖에서 보면 너무나 추상적인 단어들을 사용하는데 전공자인 둘 사이에선 그게 완벽히 논리적인 대화로 성립할 수 있는 거예요. 그 깨달음에서 아이디어를 얻었어요. 이건 제가 클래식 악기를 전공하지 않았다면 떠올리지 못했을 발상이죠. 이런 식으로, 최대한 많은 경험을 통해 글을 얻고 싶어요.

결과물도 일반적인 형태의 것이 아니라 제가 할 수 있는 모든 걸 쏟아 부은 형태로 보고 싶긴 해요. 단순히 '소설집인데 QR코드로 음악도 들을 수 있더라' 같은 게 아니에요. 그건 텍스트와 음악이 서로 분리되어 있잖아요. 그런 거 말고, 분명 음악을 듣고 있는데 데이터 분석을 보는 것 같고, 글을 읽고 있는데 그게 청각적 경험으로 다가오는…. 여러 감각을 화합한 형태의 미디어 창작품 같은 걸 만들어보고 싶다는 생각을 해요. 경계를 넘나드는 창작자라고 불리고 싶은데, 물론 굉장히 어렵겠죠. 가능할지도 알 수 없고.

그러나 지금까지 들은 것으로 미루어보았을 때, '가능할지 모르겠어요'라는 작가의 말은 그다지 신뢰가 가지 않는다. 재미있고 하고 싶은 건 다 해보고 성취하는 사람이라서, 분명 어느 형태로든 사람을 깜짝 놀라게 하는 '종합 창작물'을 만들어 내고야 말 거라는 기대감과 확신을 가지게 한다. 그 모양만 궁금해하면 될 일이다.

장난치는 이야기 안에 너무나 많은 캐릭터가 있어요.

한 사람이지만 많은 역할을 해야 해요.

여기서부터 이 종이 생각나게.

혹은 그 종을 지키는 요정이라든지.

컨트롤은 하되, 캐릭터는 그 전의 캐릭터로 해 볼까요.

이제는 또 다른 캐릭터!　　　　　— 유튜브 채널 @또모TOWMOO

작가는 독자에게 하고 싶은 말을 물을 때만큼은 조금 뒤로 물러났다. "물론 큰 꿈은 종합예술이죠. '김한라의 작품을 읽으면 음악인 것도 같고 공학인 것도 같고…'라는 댓글을 받으면 참 기쁘겠죠. 하지만 그보다 먼저 일단 재미있고 싶어요. 더 솔직히 표현하자면, 적어도 '시간 버렸다'라는 생각은 들지 않는 작품 쓰기, 그게 목표예요. 게다가 저는 어떤 창작물이든 그 완성도의 몇 할은 창작자가 아니라 감상자에게 달려 있다고 생각하거든요, 읽고 듣고 보면서 느끼는 감정들이 작품의 일부가 되는 거죠. 그러니 그저… 열심히 쓰는 저를 잘 지켜봐주시면 감사할 것 같아요. 조금 더 긴 중편을 쓰고 싶어서 매일같이 머리를 굴리고 있답니다."

그러나 작가와 반대로, SF를 사랑하는 독자들은 반드시 두 발 앞으로 가까이 다가가야만 한다. 온갖 분야의 예술과 공학을 버무려줄 수 있는, 스펀지 같은 습득력의 신인 작가를 놓칠 수는 없다. 부지런한 작가는 온갖 재료를 스스로 찾아다녀 채취한 후 그 효능을 공부하고는 맛과 색을 가장 잘 살릴 수 있는 요리법을 고안해낼 것이다. 그렇게 한 상을 차려줄 것이다.

그러니 독자가 할 일은 그가 다른 동네에서 상을 차리지 않도록 얼른 가게 자리를 알아봐주는 일이다. 여러분, 우리 동네에 맛집이 생길 예정이다. 일단 〈리버스〉란 이름의 팝업스토어는 《2022 포스텍 SF 어워드 수상작품집》에 오픈한다. 들러 봐도 후회는 없을 것이다. 디저트가 필요하다면 유튜브 채널 (@kimhalla)에서 맛볼 수 있다. 🖦

Graphic Novel

p. 287 – 302

LUTO

Snow Gravity *Flows*

연재 만화

중력의 눈밭에 너와 ❸

루토

1997년생으로 추상적 우주와 식물, 음악으로 채운 세계를 그린다. 다양한 분야를 공부해서 SF 위주의 만화에 접목시키려 노력한다. 우리 세상에 대해 끝없이 고민한 흔적을 창작하고자 한다. 청강문화산업대학교 웹툰만화콘텐츠 전공 학사학위과정을 졸업했다.

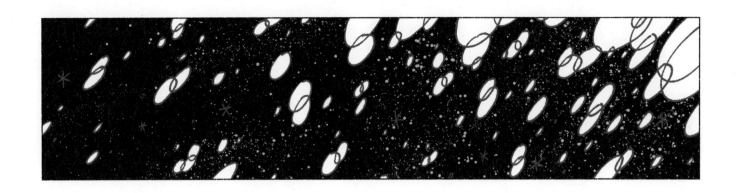

영원하다는 건, 변함이 없다는 거구나.

이렇게 난…

너와
끝없는 이별을
하게 된 거구나.

스르륵

투욱..

파도 같은 물결이에게.

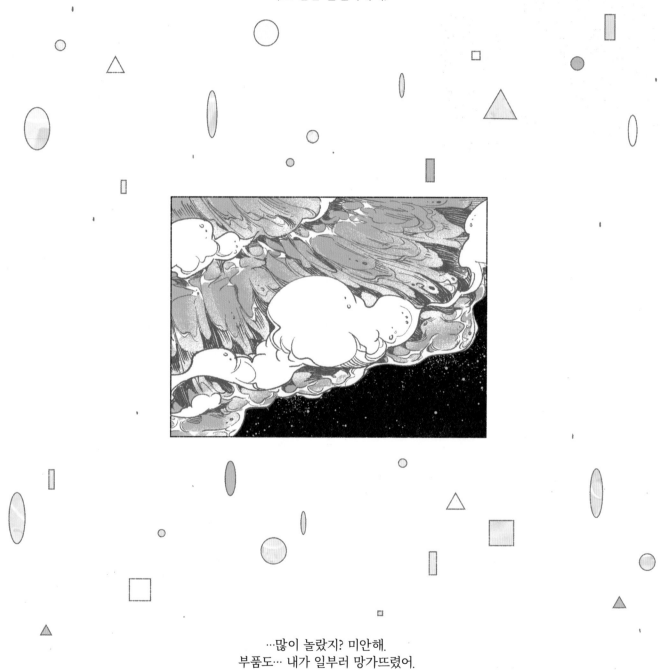

…많이 놀랐지? 미안해.
부품도… 내가 일부러 망가뜨렸어.

너라면 그마저
고쳐버릴까 봐 무서웠거든.
…붙어 있었어도 재생은
안 됐겠지만.

여기선 모든 게 끝없이 영원하잖아.

…나도, 영원해지고 싶었어.

있잖아, 내가 아직
현재이던 시절,

나랑 정말 닮은
꽃을 본 적이 있어.

근데 어찌나
구석진 곳에
폈던지!

금방 져버릴 줄
알았어.

하지만…

정말 꿋꿋이,
잘 버텨내더라고.

이렇게 하나를
오랫동안 관측한 건
처음이라,

앞으로도
오래오래
살았으면 했지!

하지만…

시간이 흘렀다고
시들어버렸어.

그렇게 모든 걸
꿋꿋이 버텼는데…

그제서야…
보게 되었지.

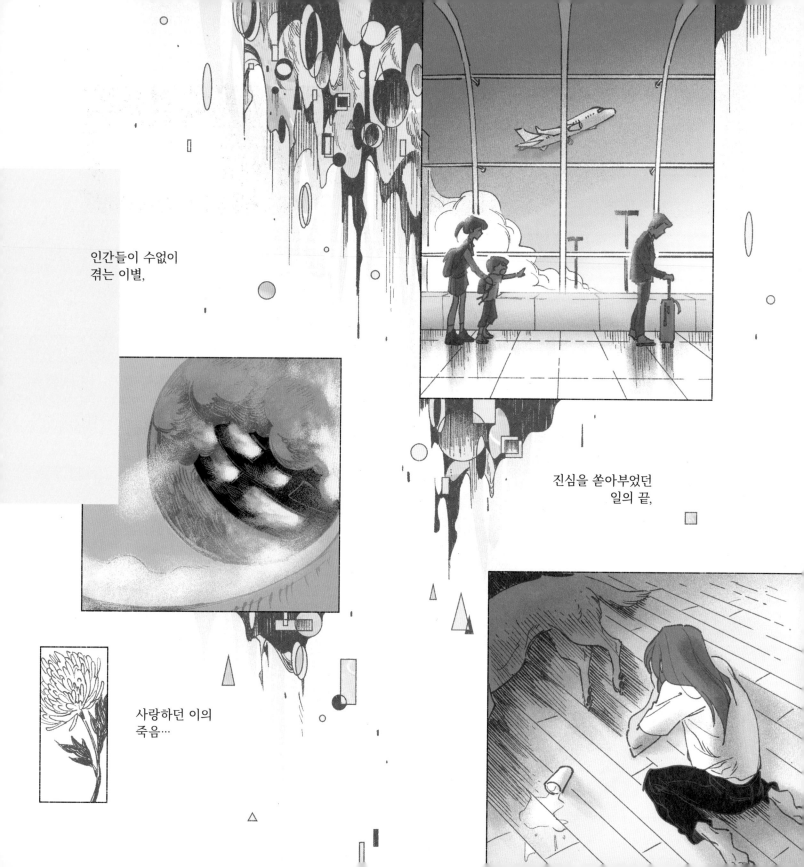

인간들이 수없이
겪는 이별,

진심을 쏟아부었던
일의 끝,

사랑하던 이의
죽음…

그리고,
그럼에도 계속

시간이라는 곧 끝날 희망을
가져다주었던
나.

그래서 아무것도 끝나지 않는 영원에 머무르고 싶었어.

실수로
오긴 했지만
중성자별에서
영원해지려
했는데…

처음에는
막연히,

너도 나와
같은 마음이기에
온 줄 알았어.

그런데
너는,

파도처럼
끊임없이
흘러가더라.

그래서… 두려웠어.

이렇게 시간을
따라 흘러가다,

또 모든 게
져버리면 어쩌지?

넌 정말 대단해, 결아.

나는…

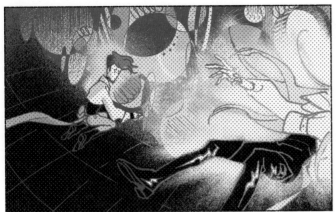

그래서…

우리의 오르골 노래를

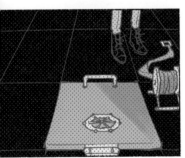

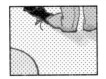

들었던 거라고.

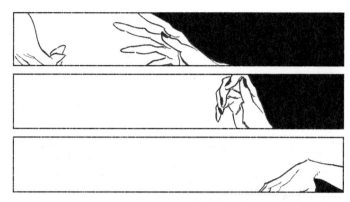

이별,
끝,
죽음.

나도 싫어.
무섭단 말이야.
그렇지만…

영원해지면

너를 기억할 수도 없고,

오르골에서, 내 세계는

더 이상
흐르지 않게
되잖아.

다 무섭지만, 그래도…

내 오르골에게,

돌아가고 싶어.

나는,
현재니까.

다음 호에 계속

Science
Fiction
Memento

p. 304 – 330

《우리가 다시 만날 세계》

황모과가 손에 쥐고 있는
노란색 '그것'의 정체는

최의택

1991년 출생해 2006년 독일 월드컵이 열리기까지 제법 파란만장한 삶을 살았다. 월드컵 개막 식과 함께 시작된 병원 생활 이후, 박봄을 거꾸로 감은 듯이 작아진 세상에서 어렵게든 살기 위해 글을 쓰고 있다. 강렬한 이야기와 누구의 이야기 전부를 좋아하기 때문일까, 장편적으로 회 색 톤의 글을 쓰는 편이다.

소설을 읽다 보면 찌릿, 하는 순간이 있다. 그 찌릿함은 소설의 마지막 장을 넘기며 마침내 다시 현실로 빠져나오면서 느끼는 총체적인 느낌일 수도 있고, 소설 자체와는 무관하게 중간중간 전기가 통하는 듯한 느낌일 수도 있는데, 나는 특히 현실과 밀접하게 연관된 지점에서 머릿속 전압이 팍 튀어 오른다. 게다가 그 방식이 '소설적'으로 잘 변압되었다면? 머릿속에서 불꽃놀이가 펼쳐진다. 당연한 얘기지만 그래서 SF를 통해 자주 감전이 돼 해롱거리는 편이고, SF 중에서도 실제 사회 문제를 다루는 소설은 특히 날 위험하게 만드는데, 대표적으로는 테드 창이나 켄 리우의 소설들이 그렇다. 그런 맥락에서 2021년 SF 어워드 수상작인 〈연고, 늦게라도 만납시다〉를 쓴 황모과는 나에게 있어 노란 경고 스티커를 등짝에 몰래 붙여놓고 싶은 작가다.

이번에 출간된 황모과의 첫 장편소설 《우리가 다시 만날 세계》 역시 그런 류의 소설이다. 소설을 읽던 나는 또 한 번 찌릿, 했다. 산아 제한 정책이나 '남아 선호 사상'을 빙자한 국가 차원의 제노사이드 등, 내가 태어난 91년도 바로 전해까지도 조직적으로 자행된 여아 학살의 역사를 이렇게도 변압시킬 수 있다니! "백말띠 해에 태어난 여자는 팔자가 드세기 때문"에 태어날 수조차 없었던 존재들은 SF라는 옷을 걸친 채 우리 앞에 나타난다. 그리고 소리 내 말한다.

내가 여기 있다고. 나를 잊지 말라고.

앞서 말했듯이 《우리가 다시 만날 세계》는 소설적으로 매우 잘 변압되어 있다. 황모과는 책의 도입부에서 우릴 향해 손짓한다. 다리를 길게 늘려 겅중겅중 걸으며 광대처럼 웃으면서 〈응답하라〉 시리즈의 세트 촬영장 같은 테마파크를 소개한다. 그곳에서 우리는 아련한 추억 여행을 떠나고, 엄마와의 의자 뺏기 게임에서 승리한 대가로 자신의 생일에 엄마를 애도하며 자라야 했던 90년생 채진리와 함께 울고 웃으며 고민한다. 테마파크가 문을 닫을 즈음, 광대 행세를 하던 작가가 다시 나타난다. 노란색 풍선 다발을 손에 쥔 채로.

'그것'과 함께 세계가 전복된다. 사람들(주로 남자들)의 기억이 바뀌고 진리 또래 여자아이들이 사라진다. 심지어는 진리가 다니던 학교가 남녀공학에서 남자학교로 바뀌며 진리와 친구들을, 여자를 지워내버린다. 길거리에서 마주친 방범대원 아저씨가 진리를 가리켜 '오류'라 칭하는 장면까지 읽었다면 당신에게 더는 온전한 세계 따윈 없는 거다.

그러나 당신과 내가 알고 있던 세계란 원래 그 모양으로 생겨 먹었다. 그저 안구에 착용하고 있던 '증강 콩깍지'가 황모과에 의해 벗겨졌을 뿐. 그 벗겨내는 노하우에서 내게 찌릿, 전기가 통했다. 머릿속에서 불꽃놀이가 펼쳐졌다. 우리네 세계인 척 시치미

우리가 다시 만날 세계
황모과 지음, 문학과지성사 펴냄

뚝 떼고 놀게 해주고는 그 이면에 숨겨진 시궁창 같은 진짜 현실을 역으로 들이미는 이 뻔뻔한 광대가 나는 좋다.

그렇다고 《우리가 다시 만날 세계》가 호러 소설은 아니다(적어도 분류상으로는). 황모과는 법정처럼 차가운 이야기를 쓰면서도 결코 그 안에서 살아 숨쉬는 사람들의 체온을 배제하지 않는 작가다. 그중에서도 특히 약자, 소수자, 그리고 추위를 느끼는 모두를, 황모과는 커다란 보폭을 최대한으로 벌려 수용하려 애쓴다. 그리고 그가 모두에게 나눠주는 노란색

풍선은 헬륨이 아닌 열기로 떠오른다.

그렇게 풍선을 타고 돌아온 우리네 세계는 달라져 있다. 아니, 세계가 달라진 것이 아니라, 황모과는 마지막까지 우리의 등을 토닥이는데, 어쩌면 우리 몰래 등짝에 노란색 스티커를 붙였는지도 모르겠다. 하지만 그것은 더 이상 경고를 의미하지 않는다. 황모과의 테마파크를 다녀왔다는 그 증명서는 우리를 진정한 우리로 묶어주는 인식표, 태그가 될 것이다. #지금_여기_우리 🐾

《나인》

아이라는 새싹

서계수

구덱 출판사의 앤솔러지 《서울의 21시간》에 〈나의 영혼은 여섯 번 밫았어〉를 수록하며 데뷔했다. 의도적으로 다양한 연령대 여성의 이야기를 주로 쓰고, 의도한 것은 아니나 호러와 판타지, SF를 주로 쓰는 중.

흔한 아프리카 속담에 그런 말이 있다. 한 아이를 키우려면 온 마을이 필요하다고.

그리고 더 흔히 아이는 귀하다고들 한다. 세상 순수하며 무수히 많은 가능성을 품은 새싹이라고들 한다. 그러나 사람들 입에서 나오는 많은 말들이 그러하듯, 아이가 귀하단 말은 뜻이야 가상하나 공기 중으로 비어져 나와 연기처럼 흩어져버리는 말에 지나지 않을 때가 허다하다. 아직 세상에 오지 않아 보이지 않는 아이만이 진정 중하며, 태어난 지 오래된 아이들은 한번 팔린 책처럼 값싼 대우를 받으며 자라니까.

그런데도 아이들은 꿋꿋하게도 자라난다… 심지어 외계인의 아이도.

마을 어른들이 뭐라 하든, 주인공 나인은 자란다. 지모의 브로멜리아드 화원에서, 그리고 학교와 태권도장의 친구들 곁에서 쑥쑥 자란다. 아이에서 어른으로 넘어가는, 아이이기도 하고 어른이기도 한 '점이지대'. 두 가지 색깔이 칠해진 그곳에 나인은 서 있다.

소설 속엔 점이지대에 서 있는 다른 아이도 있다. 도현의 점이지대는 나인의 것과는 다른 성질을 가진다. 넘어가면 어른이 되는 선에 서 있는 나인과 달리, 넘어가면 악마가 되는 선을 도현은 눈앞에 두고 있다. 도현의 싹은 노랗게 말라간다고 할 수 있다.

자, 소설 속 인물들에겐 미안한 소리를 좀 하겠다. 대체로 소설 밖 세상을 살아가는 사람들은 얼마나 소설 속 인물이 악마가 되기를 바라지않는가? 아마 소설 속 인물들이 알게 된다면 작가나 독자를 무척이나 원망할 것이다. 사람들은 악을 탐구하길 좋아해서…라는 가당찮은 이유를 대며 남이 발가벗는 꼴을 보고 싶은 원시적 욕망을 누르지 않는다. 지옥 구덩이에 사람을 밀쳐놓고 떨어진 사람이 악을 쓰길 기대한다.

아이라는 새싹에 무수한 가능성이 있는 와중에, 어떤 이들은 아이의 악한 면을 주로 보여주고 싶어 한다. 개인적으로 그 태도를 싫어하지는 않는다. 누군가의 눈에 아이는 동심을 품은 순진무구한 존재가 아니라, 세상에 대한 정보가 부족한 하나의 인간일 뿐이니까. 아직 '선택'이라는 행위를 자주 경험해보지 않은 존재, 그뿐이니까. 아이는 선택을 통해 어른이 '되어간다'. 그리고 세상엔 악의 품은 어른들로 넘쳐나며, 우리는 자연히 그들이 옳지 못한 선택을 택해왔으리라 짐작한다. 그리고 두드러져 보일 정도로 악행을 펼치는 그들이 넘칠 만큼 받는 관심을 부러워하며, 어떤 이들은 악당이 되길 소원한다. 그 바람을 이야기에 담아 퍼뜨리는 이들도 많다.

그들이 무조건 잘못되었다 생각하지는 않는다. 이야기를 만드는 것은 소재에 돋보기를 들이대는 일, 즉 선택과 집중의 작업이다. 어떤 작가에겐 여름철 음식물을 담은 쓰레기봉투 같은 욕망이 있고, 그 봉투를 사람 많은 데서 터뜨려야겠다는 야심이 있을 수도 있다.

그러나 어쨌든, 천선란 작가와 《나인》은 그런 사람이, 그리고 그런 이야기가 아니다.

앞서 말한 대로 이야기 짓기는 선택과 집중의 과정인데, 《나인》이라는 작품에서 악마의 땅으로 나아가려는 도현은 어떻게 되는가? 나인은 어떻게 행동하는가? 천선란 작가는 흉포하고 징그러운 개미를 태워죽이기 위해 돋보기를 들이대지 않는다. 대신, 한 아이를 죽이는 데에 온 마을 어른들이 동참했다는 사실을 폭로한다. 한 아이를 죽이는 데에도 온 마을이 필요한 것이다. 작가는 여기서 독자를 은밀한 공범자로 만드는 게 아니라 법정의 증인으로 끌어들인다. 인간은 선택하는 존재이기에, 작가도 선택한다.

천선란의 소설은 어른들이 얼마나 괴이한 존재인지 보여주는 데에 쓰였다. 그리고 나인이, 아이가 선량한 가능성을 가진 존재임을 말하는 데에도 작가는 힘을 썼다. 이것이 천선란 작가가 《나인》에서 보여준 선택과 집중인 셈이다. 작가가 남기는 메시지는 이러하다.

"우리에겐 이웃이 있으며,
그 이웃 중에 나인이라는 이름의
친절한 아이가 있다."

멸종될 위기에 처한 종족의 비극에 매몰되어 늙은 아버지 외엔 누구도 찾지 않는 '원우'라는 이종족 아이의 죽음에 눈 감지 않은 아이가 있다고 작가는 말한다.

무릇 좋은 이야기들이 그러하듯, 나인 혼자 소설을 이끌어나가지 않는다. 미래와 현재, 승택, 그리고 금옥까지, 아이들은 서로의 지지대가 되어주며 한데 엉켜 자라난다. 한 아이의 줄기만 따로 떼어내어 볼 수 없을 정도로 아이들은 서로에게 힘이 된다. 그렇게 성장한 아이들은, 기필코 다음 세상을 살아갈 새싹을 틔우는 어른이 된다. 서로가 서로의 마을이 된다. ✎

나인
천선란 지음, 창비 펴냄

새로운 창세기

③

김주영

열 번째 세계)로 황금드래곤 문학상, 《시간망자》로 SF 어워드 장편 부문 대상 수상.
2021년 중국 CYN SF Gala 초청 작가. 2021년 한국 SF 어워드 심사위원장.
가을 편집위원. 저서 《시간망자》 외 다수.

인간 사회를 움직이는 핵심적인 추동은 더 많은 자원을 소유하고자 하는 욕망이다. 이 자원에는 물질뿐만 아니라 명예나 인기, 권력 같은 비물질적 자원도 포함된다. 한 개인뿐만 아니라 국가나 기업과 같은 조직도 탄생하는 순간부터 이러한 자원을 더 차지하려는 경쟁을 본능적으로 시작한다. 인간 대부분은 죽을 때까지 자원 경쟁에서 이기려고 분투하고, 완전한 승리를 이루지 못함을 한탄하며 생전에 차지한 우위를 대물림하기도 한다. 그런데 인간이 불멸을 누리는 사회라면 이 자원 경쟁에서 최후에 승리하는 자는 누구일까?

《아마벨》에서는 육체와 기억을 재생해주는 의료보험회사가 승자로 등장한다. 인간이 영원을 누리는 사회에서는 출생과 양육이 당연하게도 별로 중시되지 않는다. 인간 종족 보존의 방향은 번식이 아닌 현존재의 복제와 재생이며, 이를 담당하는 의료보험을 유지하기 위해 사람들은 영원한 노동력을 클리니컬 이모털리티 사(社)에 제공한다. 보험회사에 대가를 치를 수 없어 영생에서 소외된 사람들은 육체를 수리해주는 보디숍을 이용하며 근근이 삶을 유지해 갈 수밖에 없다.

소외된 이들을 품는 공간은 서울 한복판에 있는 피맛골이다. 《아마벨》의 배경이 되는 서울시는 나노머신을 이용한 공법으로 일주일 만에 새로운 도시로 복원되고 있는데, 여기엔 부동산과 서울시, 증권회사와 은행의 복잡한 이해관계가 얽혀 있다. 또한, 현재와 마찬가지로 재건축조합이 막강한 힘을 발휘한다. 피맛골은 이처럼 욕망을 동력으로 삼아 변용하는 서울시 가운데에 전자 장벽을 이용해 은폐한 채로 숨어 있다. 이젠 역사 속으로 사라진 홍콩의 구룡성채를 연상시키는 피맛골은 불법과 혼돈으로 가득하면서도 오히려 세속적인 욕망과 통제에서 벗어난 해방감을 제공한다.

영생을 누리는 사회 속에 은폐된 피맛골은 소외된 자들을 위한 장소인 동시에 아날로그적인 향수를 담은 공간이기도 하다. 피맛골을 오가는 인간들은 영생에서 소외되는 대신 자유의지를 얻은, 가장 원초적인 모습을 하고 있다. 작품 내에서 이미 옛날이 되어버린 지금의 우리를 가장 닮은 모습이라 할 수 있다. 그래서 피맛골은 인간이 과학기술을 이용한 진화를 통해 궁극적으로 어떠한 존재를 향해 가는지 살펴보게 될 아마벨 형사의 출발지가 된다.

《아마벨》에는 인간의 존재 형태가 다양하게 등장한다. 가장 밑바닥에는 현생 인류처럼 필멸의 운명을 지닌 인간이, 맨 꼭대기에는 뉴트리노 뉴럴 스캐닝이라는 기술을 이용해 컴퓨터 속에 존재하는 스캔드가 있다. 주인공인 형사 아마벨의 존재 형태는 이 양 극단의 가운데쯤에 위치한다. 아마벨은 사고를 당해 불

아마벨

배지훈 지음, 아작 펴냄

멸하는 육체와 정신을 얻었지만, 이미 구시대 유물 같은 구닥다리기도 하다. 그렇지만 아마벨에게는 오래된 존재에게 필연적으로 깃들 수밖에 없는 고독과 인간사에 대한 조망과 연민이 있다. 거친 풍파로 가득한 삶을 오랫동안 헤쳐온 아마벨의 단단한 내면은 느닷없이 등장한 실비라는 소녀의 수수께끼를 풀기 위해 끝까지 동행하는 동력으로 작용한다.

실비는 오빠와 함께 시위 장소에 나타났다가 오빠가 살해된 후에 혼자되는 상황에 처한 어린 소녀인데 그 주변은 온통 의혹으로 가득하다. 심지어 보험에도 가입되어 있지 않은 실비의 정체를 찾아서 인도의 강고트리에 있는 거묵으로 향하는 아마벨의 긴 여정이 《아마벨》의 중심 이야기이다.

아마벨의 여정은 스캔드의 음모를 밝혀내는 과정이지만, 내면적으로는 인간이 지향하는 삶의 목표를 더듬는 과정이기도 하다. 아마벨은 실비와 함께하는 여정 속에서 오랫동안 연락이 끊겼던 막내아들을 떠올리기도 하고, 기술적으로 잊혔던 끔찍한 기억을 마주하기도 한다. 영생을 얻었을망정, 고통을 느낄 때마다 처절하게 내지르는 절규는 더욱 진화한 스캔드에게는 있을 수 없는 일이다. 스캔드는 이미 고통을 느끼는 육체조차 극복한 존재 방식으로 진화한 인간이기 때문이다. 그들은 전 세계 컴퓨팅 자원의 80퍼센트를 소비하며 사이버스페이스에서 존재를 유지하는데, 컴퓨팅 자원을 차지한 양에 따라 신분의 차이가 존재한다. 결국 육체에서 해방되고 영생의 삶을 얻은 후에도 서로의 우열을 가르기 위해 자원 경쟁을 벌이는 인간의 욕망은 해체되지 않은 것이다. 심지어 스캔드는 양방향 복제를 통해 원초적 인간으로 회귀

함으로써 존재의 영역을 확장하려고 시도한다. 이야기 속에서 가장 궁극적인 진화의 단계에 있는 스캔드가 보여주는 이러한 욕망은 우월을 향한 욕망이 사라지지 않는 한 인간의 의식이 제자리에 머물 수밖에 없음을 보여준다. 당연하게도 그 한계는 인간 사회가 더 나은 단계로 나아가는 것을 가로막는다. 특히나 영생으로 인해 새로운 세대가 나타날 수 없는 사회에는 한계를 돌파할 혁명이 나타나기 어려워 보인다.

그런데 작가는 아마벨의 여정이 끝날 무렵, 전혀 예상치 못한 새로운 세대의 탄생을 예고한다. 아마벨은 스캔드가 두려워하며 삭제하려고 시도해왔던 그 세대 중 하나와 마주한다. 그것은 가상공간 속에서 아마벨의 의식을 모체로 삼아 생겨난 인공지능이다. 전통적인 출산과 양육이 영생으로 인해 중단된 인간 사회와 반대로 가상세계에서 새로운 형태의 인간이 탄생하기 시작한 것이다. 가상세계에서 자연 발생하며 번식하는 인공지능의 정체성과 역할은 이제 어떻게 규정해야 할까. 우월을 추구하며 끊임없이 이어온 인간의 자원 경쟁은 새로운 세대에서 어떻게 변화할 수 있을까. 이를 독자의 상상에 맡기면서 《아마벨》의 여정은 끝난다.

긴 여정 속에 담아낸 작가의 차가운 사유와 인간의 욕망에 관한 비유가 인상 깊은 작품이다. 그리고 가상세계에서 자연발생하는 인공지능의 존재가 긴 여운을 남긴다. 하드 SF 특유의 촘촘하고 견고한 설정 속에 페이소스를 담아낸 새로운 누아르 영화 같은 이야기를 찾는 독자가 있다면 《아마벨》을 강력히 추천하고 싶다. 🐾

《나와 밍들의 세계》

배스밤만큼의 사치

박문영

소설·만화·일러스트레이션을 다룬다. SF와 페미니즘을 연구하는 프로젝트 그룹 'sf × f'에서 활동 중이다.

한 사람에게서 다 발견할 수 없거나, 전부 기대할 수 없는 것을 한 번에 만날 수 있는 시간. 정확히는 한 사람에게서 다 발견하려 해서도 안 되고, 전부 기대해서도 안 되는 것을 한 번에 만날 수도 있는 시간. 앤솔러지를 접하는 시간을 이렇게 부를 수 있지 않을까. 여덟 편의 중단편 작품이 수록된 앤솔러지 《나와 밍들의 세계》는 '지난 4년 동안 온라인 소설 플랫폼 브릿G에 등록된 SF 1,700여 편 중 편집부의 엄선을 통한' 소설만 모아 출간된 도서다. 이 서지 정보를 몰랐더라도 책이 어쩐지 무겁게 느껴질 수 있는 이유는 작품 각각의 골밀도가 높고 작가들이 이야기에 찍어 넣은 인장의 색도 매우 진하기 때문이다. 스페이스 오페라, 사이버 펑크, 스팀 펑크, 포스트 아포칼립스 등 SF의 여러 통로를 거친 이야기는 드라마, 미스터리, 로맨스, 액션으로 다채롭게 갈라진다. 무엇보다 《나와 밍들의 세계》엔 포스트 휴먼, 인간 너머의 인간 형태에 대한 상상이 다양한 꼴로 나타난다. 이야기들과 함께 새 육체를 그려가다 보면 중세부터 지금까지 몸과 보철구의 역사를 새롭게 돌아볼 수도 있다.

양진의 〈나의 단도박수기〉와 천선란의 〈초인의 나라〉는 서스펜스와 스릴러라는 기준의 차이만큼이나 사건을 다루는 태도가 달라 흥미롭다. 전자는 독자를 사건 안으로 던져 넣고, 후자는 독자가 사건 주위를 찬찬히 돌게 한다. 이야기를 끌고 가는 방법과

속도는 다르지만 두 편 모두 긴장감이 높다. 작가들의 의지와 관계없이 독자로서 후속편이 기다려진다. 김유정의 표제작 〈나와 밍들의 세계〉, 연여름의 〈시금치 소테〉, 박하루의 〈최애 아이돌이 내 적수라는데요?〉는 소프트 SF로서의 강점이 뛰어난 대중적인 작품이다. 세상의 이야기는 열 중 둘에게만 가닿아도 대단한 여정을 겪었다 할 수 있는데, 열 중 여덟에게 가닿을 수 있는 이야기엔 대체 몇 쌍의 날개가 달린 걸까. 남세오의 〈피드스루〉는 액션과 캐릭터의 강점이 도드라지는 단편이고 개인적으로 마리의 트라우마가 몹시 염려되지만, 이야기가 인물들의 환상통이나 우울증을 심각하게 다루는 대신 훌쩍 질주하는 쪽을 택하기 때문에 일단 그 길을 따라 함께 뛰게 된다. 배지훈의 〈유니크〉는 작중의 사고보다 사고력의 스펙터클이 인상적인 작품이다. 사본이 만들어지면 원본이 죽는 세계에서 생긴 오류와 오류의 차원이 계속 확장할 때 발생하는 즐거움이 있다. 이 중편은 같은 작가의 장편 《아마벨》(아작, 2021), 그리고 역시 탄탄한 법정 SF이자 동시대 작품인 신조하의 〈인간의 대리인〉(앤솔러지 《감정을 할인가에 판매합니다》(네오픽션, 2022) 수록), 이루카의 《독립의 오단계》(허블, 2020)와 함께 읽어봐도 재미있을 듯하다. 김성일의 〈라만차의 기사〉는 스페인을 무대로 한 스팀펑크물이다. 이 작품은 에너지가 고갈된 미래를 배경으로 하면서

도 SF가 미래만을 그리는 장르가 아니라는 사실을 알려준다. 아니, 그보다는 독자가 미래나 최첨단의 정의를 새로 내려볼 수 있게 한다. 소설 속 낯익거나 낯선 장치의 결합만큼이나 매력적인 것은 이 모험담의 성실하고 다정한 세계관이다. 작가가 주인공의 각성을 위해 목숨을 잃는 이를 만들지 않았다는 점을 새삼 곱씹게 되는 점이다. 주인공이 중차대한 임무를 수행하는 과정에서 동행인 누군가가 훼손되는 구조는 고전적이고 강력한 틀이지만 〈라만차의 기사〉는 그 경로를 택하지 않고도 짜임새에 전혀 문제가 없다. 괴물과 희생이 소거된 모험엔 도리어 박진감이 넘친다. 책과 서점에 관한 SF 앤솔러지 《책에 갇히다》(구픽, 2021)에 〈붉은구두를 기다리다〉를 발표했던 작가는 지은이의 말에서 "문명이 망한 풍경이 좋아서

가 아니라 문명을 되찾으려는 사람이 좋아서 포스트 아포칼립스를 쓴다."라고 밝혀 많은 이들의 코끝과 심장을 욱신거리게 했는데 이 단편을 만날 독자들 곁에도 아마 앞의 문장이 다시 찾아들 것이다.

단일하지 않은 시선, 다중적인 해석, 부딪치는 쟁점. 앤솔러지에서 만날 수 있는 가장 큰 기쁨은 결국 다양성 아닐까. 특정 키워드를 다루거나 다루지 않아도, 교집합이 좁거나 넓어도 좋다. 제한된 주제를 각각의 작가들이 어떻게 다루는지 따라가다 보면 몸이 하나둘 가볍게 흩어지는 경험을 하게 되니까. 책을 펼친 후 마음에 드는 작품이 연이어 찾아올 때는 여러 색의 배스밤을 풀어놓은 욕조에 반쯤 잠긴 기분이 들기도 한다. 실제로는 배스밤을 써본 적도, 욕조도 없지만 말이다. 🐾

나와 밍들의 세계

양진, 김유정, 박하루, 남세오, 연여름,
천선란, 김성일, 배지훈 지음
황금가지 펴냄

붉은 실 끝의 아이들

전삼혜 지음, 퍼플레인 펴냄

《붉은 실 끝의 아이들》

세계를 지키는 일과
너를 구하는 일

구한나리

소설가, 웹진 거울 필진이자 운영진. 2020~2021 SF 어워드 중단편 부문 심사위원. 장편 《이툴 개의 밤》과 단편집 《올리브색이 없으므 민트색을 썼고, 단편집 《진정한 끝났어요》, 《교실 맨 앞줄》, 《겨울 아니었던들》, 《누나 노릇》, 《괴이한 거울(홍콩편)》 등에 참여했다.

절절한 사랑 이야기를 보고 어떤 사람들은 '세계의 운명과 맞바꿀만한 사랑'이라고 이야기한다. 세계가 멸망하더라도 너를 지키겠다고 말하고, 네가 없는 세계를 살아가느니 세계가 멸망하는 편이 낫다고 말하는 주인공들을 애니메이션에서, 게임에서, 소설에서 만나는 건 그렇게 낯선 일은 아니다. 그토록 절대적인 사랑이 있다고, 무엇과도 바꿀 수 없을 유일성의 사랑이 있다고 그들은 말한다. 자신의 목숨을 버려도 좋다거나 전 세계와 맞바꾸어도 좋다고 느끼는 것, 그게 사랑이라고.

전삼혜 작가는 오랫동안 꾸준히 청소년소설 분야에서 사회에 대한 비판의식을 담은 SF를 써 온 작가다. 2020 SF 어워드 중단편 부분 우수작으로 선정된 〈고래고래 통신〉에서는 장애의 문제를 SF적으로 접근하면서 '다른 것'에 대해 고민하게 만들기도 했고, 《궤도의 밖에서, 나의 룸메이트에게》에서는 교육과 경쟁의 이야기를 그려내기도 하는 등, 줄곧 작품 안에서 사회의식을 녹여내 왔다. 작가는 이번 글에서는 '붉은 실'이 이어져 있는 운명의 상대를 두발짐승과 네발짐승, 네발짐승과 두족류 등등의 이종족으로 설정하여 다양한 평행세계 속에서의 종족 차별을 그려낸다. 초능력이 일반화된 사회지만 바다 생물에겐 초능력이 없을 거라고 믿는다거나, 두발짐승과 네발짐승이 모두 동등하다고 말하면서도 권력에 가까운

자리에는 두발짐승만이 있다거나 하는 세계의 모습은 '평행세계'라는 용어처럼 우리 세계의 또다른 형상화다. 다른 생명체들이 모두 위험해질지라도 수증기를 독점하려는 권력자들의 모습에 몸서리치다가 생각해보면, 이게 바로 지구에서 먼 대륙의 식량 위기에도 불구하고 음식을 폐기처분하고 기후위기에도 아랑곳없이 일회용품과 패스트 패션을 죄책감 없이 즐기는 모습을 극단화한 것에 지나지 않음을 깨닫게 된다. 이런 살벌한 세계에서 작가가 그려내는 사랑은 눈물겹도록 아름답고 서로를 위해서 모든 것을 버릴 만큼 달콤한 것은 아니다.

알게 된 지 며칠밖에 지나지 않았지만 운명의 상대라고 감각되는 사람, 여리고 착해서 사람들의 아픔과 고민을 대신 덜어주는 걸 당연하게 받아들여 온 아기보살 수아. 이런 사람이 세계를 멸망하게 할 운명이므로 죽여야 한다는 말을, 과연 누가 받아들일 수 있을까. 상상도 해본 적 없는 초능력이 펼쳐진다고 해도, 끔찍한 폭력을 눈앞에서 목격한다고 해도, 아직 10대인 주인공에게 세계를 지키기 위해서 누군가를 죽게 만들라는 건 잔혹하다.

그래도 이런 이야기 속의 주인공이라면 늘 반대의 선택을 하기 마련이지 않은가. 세계 따위 멸망하더라도 나는 너를 지키겠다고 결심하고, 저물어가는 세계의 황혼을 바라보며 그래도 둘만은 서로 손을 꼭

잡고 마지막까지 서로의 곁을 지키는 게 우리가 기대하는 결말일지 모른다.

그런데 세계의 멸망이란, 그렇게 사랑하는 상대의 손을 잡고 있기만 하면 견뎌낼 수 있는 것일까. 작가는 말한다. 멸망은 그렇게 순식간에 모두에게 평등하게 오지 않는다고. 가장 힘들고 약한 사람들부터 서서히, 고통 속에 맞이하게 되는 것이 멸망이라고. 아가미족이 수증기를 독점하여 자기들만은 멸망에서 조금이라도 지연된 삶을 살았던 것처럼, 세계의 멸망은 그렇게 조용히 바닥이 무너져 내리는 것이라고. 그러니 너는 너의 운명의 상대 곁에서 행복하게 멸망을 바라볼 수는 없을 것이라고.

서로 다른 평행세계의 '나'의 초능력은, 중력을 어긋나게 하고, 반드시 옳은 선택을 하게 하고, 시간을 거슬러 과거로 돌아가고, 다른 사람에게 자신의 말을 믿게 만들고, 신체 일부를 다른 모습으로 바꿀 수 있는 힘이다. 그에 비해 이 세계의 '나', 유리는 피할 수 없는 미래의 꿈을 꿀 뿐이다. 다른 이들에 비해서 한없이 약한 힘이지만 미래를 볼 줄 아는 유리는 선택과 사랑이 그렇게 아름답거나 달콤하지 않은 것임을

안다. '너'를 지키는 일이 네가 원한 것이 아니라는 것도 안다.

유리가 10대가 아니었다면, 이 이야기는 아주 다른 전개를 따르게 되었을 것이다. 저 먼 대륙에서 해수면이 높아져 홍수로 도시가 침수되었다는 뉴스에 잠깐 가슴 아파하다가 배달 앱에 일회용품으로 포장된 음식을 주문하는 어른들은, 가장 약한 곳부터 무너지는 멸망보다 바로 내 옆의 안온함을 선택하기 쉬우므로. 하지만 전삼혜의 주인공들은 다른 평행세계로까지 넘어오면서, 자신이 살지 않는 수많은 세계에서의 멸망을 막으려 한다. '나'의 가장 소중한 존재를 없애는 그 선택을 하도록 하는 그들의 시선은 바로 옆을 향하지 않는다. 그들은 공감할 줄 아는 이들이어서, 바닥부터 비참하게 무너지는 세계의 종말을 하나라도 막고 싶어 하는 이들이어서.

이 이야기는 우리에게 묻는다. 당신은 이 세계에서 무엇을 할 수 있는가. 당신은 '너'를 구할 것인가, 세계를 지킬 것인가. 자신의 행복을 지킬 것인가, 아니면 세계를 구할 것인가. 🐾

《극히 드문 개들만이》

일상적 순간을 세공하는 장인,
숨겨진 세계를 드러내는 마법사

이나경 작가의 문장을 들여다보고 있노라면 무심코 지나쳤던 옛 순간과 옛 인연 같은 게 생각난다. 나는 작은 의미조차 없다고 자괴했던 사소한 순간까지 이나경 작가는 새로운 빛깔로 포착하기 때문일 거다.

　철없던 시절(나이의 문제는 아니다) 나는 다수가 선호하는 호들갑스러운 화제 속에서 늘 어정쩡했다. 그게 뭐가 중요하냐고 말하고 싶었지만 멋지도록 거만하진 못했다. 자기 확신이 없어 소중히 여기던 것들마저도 하찮게 느꼈던 시절이었다. 지나고 보니 기적적인 순간마저 냉소했다. 그렇게 흘려버리고 놓쳐버렸던 이야기들이 있었다. 아주 많았다. 뜬금없이 내게 말을 걸어줬던 한 아이의 눈빛이 떠오른다. 낱개 포장된 설탕 100개를 선물 받은 바람에 설탕 허리를 똑 부러뜨릴 때마다 걔는 왜 이걸 선물로 골랐을까. 100번을 거듭해 생각한 일도 떠오른다(그게 그 애의 계획이었던 건 이 글을 쓰면서 알았다). 전 재산이 4만 원인데 2만 원을 나에게 줬던 걔는 지금 생각해도 제정신이 아니었다. 그날 이후로 분명히 2만 원의 최소 몇십 배는 되도록 밥을 샀는데 그 순간을 제대로 갚을 길이 없다(억울하다. 돈으로 안 되는 일이 있다). 길 가다 마주친 어린이가 나를 발끝부터 천천히 올려다보며 히이익, 숨을 들이쉬었던 일도 있다(나는 좀 놀라울 정도로 키가 크고 아이들은 좀 놀라울 정도로 솔직하다). 아이 어머니가 다급하게 아이의 입을 막으며 도망갔

다. 손을 뻗으며 "어머니, 전 정말 괜찮아요!"라고 외쳤지만 내 외침은 가닿지 않았다(참고로 이 에피소드의 배경은 일본이다). 이나경의 소설들은 그런 사소한 순간들이 모두 드라마일 수 있다는 상상으로 가득 차 있다. 별 일 아니었다는 무채색 겸손에 묻혀 나조차 나를 소외시켰던 시절에 이나경의 문장은 알록달록한 물감이 되어준다. 이상한 힘을 가졌다. 아름답다.

　일면 평온해 보이는 문장 속에 감춰둔 이나경의 세계가 한 겹 더 드러나는 순간, 인지하던 것들이 펑, 하며 폭발하듯 확장된다. 단편집을 읽는 독자는 무능한 신이 되어 타임 루프라는 오류에 빠진 늙은 개가 무력함뿐인 세계에서 한발 비켜나는 모습을 지켜본다(극히 드문 개들만이). 예지하듯 다수의 선호만을 골라서 채택했던 지극히 평범한 아빠가 오히려 다수의 선호를 결정하는 것이 자신의 능력임을 깨닫는 그날, 억장이 무너지는 순간을 직시한다(다수파). 식구들의 고혈을 빨아먹고 살다 '아쉬운 대로 페트병에 피를 담는' 동생의 진짜 정체를 본다(누나 노릇). 유한한 수명을 가진 인간이라면 누구나 한 번쯤 경험할 터이나 거의 증언되지 않는 냄새의 정체를 따라가다 천 개의 무덤이 일제히 열리는 강렬한 악취를 경험한다(냄새).

　독자는 이제 이나경이라는 프레임으로 세계를 바라본다. 이나경 작가가 일상의 사소한 순간을 포착해

황모과

〈모멘트 아케이드〉로 제4회 한국과학문학상 중단편 부문 대상을 수상했다. 2021년 SF 어워드를 수상했다. 단편집 《밤의 얼굴들》, 중편소설 《클락워크 도깨비》, 장편소설 《우리가 다시 만날 세계》 등을 출간했다.

빛나게 세공한 장인일 뿐 아니라 그 결과물 위에 독특한 세계를 여러 겹 쌓아 올린 마법사임을 깨닫게 된다. 평범한 듯 열거했던 일상의 순간이 어떤 의미인지 다시 보이기 시작한다. 그의 작품 속 한 장면처럼 내게 뜬금없이 말을 걸어주었던 친구의 결심도, 100번 부러뜨린 설탕 허리도 빛나는 드라마였다. 그리고 내 삶의 한 조각처럼 그의 작품 속 장면도 내 곁으로 다가온다. 우연히 맡은 거리의 악취 속에, 광장에 주저앉아 새로운 능력을 발견한 한 아빠의 순간 속에, 식구들의 고혈을 빨면서 기죽지 말라던 부모님의 말을 충실히 실행하고 있는 남동생의 중독된 일상 속에 어떤 사연이, 어떤 역사가 있는지 체감한다. 바로 내 순간처럼.

이나경 작가의 작품은 업계에선 이미 입소문이 대단해 재차 소개하는 데에 조금 부끄러움이 있다. 고백하자면 브릿G에서 작품보다 먼저 이나경 작가에 대한 찬사부터 접했던 나는 '흥, 얼마나 좋길래?' 하며 실눈을 뜨고 페이지를 열었다. 읽기 전부터 아주 어마어마하게 높은 기준을 세우고 웬만해선 만족할 수 없는 심리적 상황을 만들었다. 하지만 작품을 읽으며 차가웠던 마음은 한여름 아이스크림처럼 녹아버렸고 다 읽은 뒤엔 아예 복날 삼계탕처럼 뜨겁게 끓는 팬심으로 변하고 말았다. 그의 작품에서 나도 영향을 받았고 도무지 흉내 낼 수 없어서 아주 시샘했다(본 리뷰에서 리뷰어의 모방 시도를 조금이라도 느끼셨다면 정확히 본 것이다).

어쿠스틱하면서도 환상적인 이나경 월드를 경험한 독자라면 그의 문장이 채색해준 새로운 일상을 선물 받는 기분을 느끼게 되리라. 책을 덮은 후 극히 드문 선택을 했던 우리의 노견 보리처럼 '전과 다름없는, 그러나 엄연히 다른 하루'가 우리에게 시작될 테니까. 🐾

극히 드문 개들만이
이나경 지음, 아작 펴냄

《다섯 번째 감각》

당신을 감각하고 싶습니다

⑦

이주혜

읽고 쓰고 옮긴다.
쓴 책으로 《자두》, 옮긴 책으로 《나의 진짜 아이들》,
《사랑의 아이들》, 《우리 죽은 자들이 깨어날 때》 등이 있다.

잠이 비정상적인 질환으로 여겨지는 세계가 있다. 그곳에는 밤이 존재하지 않는다. 그곳의 하늘은 언제나 밝게 빛난다. '나'는 지구에서 날아온 단문의 메시지 '지구의 하늘에는 별이 빛나고 있다'를 골똘히 생각하고, 기어이 지구의 낮과 밤을, 그에 따른 기온과 기압의 변화를, 잠과 깨어남의 순환을 유추해낸다(《지구의 하늘에는 별이 빛나고 있다》).

백 년 전쯤 한 이름 없는 광부가 지하미로를 발견한 후로 '하강자'들은 위험을 무릅쓰고 지하미로의 끝에 도달하기 위한 모험에 도전한다. 어쩌고 지하를 동경하느냐는 질문에 그들은 대답한다. "땅이 그곳에 있으니까." '나'는 지하미로 가운데 가장 긴 것으로 알려진 '나락'의 새로운 루트를 발견하고 오랜만에 원정에 나선다. 목숨을 위협하는 상황에서도 '나'는 주술처럼 들려오는 '깊이 더 깊이' '내려가'라는 메시지에 이끌려 계속 아래로 향한다. 그러나 마침내 미로 끝에 도달했다고 생각한 순간 '위와 아래가 한 바퀴 도는' 혼란을 겪고, 그곳에서 만난 낯선 이는 "당신이 땅 밑에서 오셨습니다."라는 기이한 말을 건넨다. 이 하강자가 땅 밑에서 발견한 것의 실체는 무엇일까(《땅 밑에》)?

청각이 거의 사라진 세계가 있다. 이곳에서 입을 오물거리며 음성을 내는 행위는 사이비종교나 범죄로 인식된다. '나'는 사고로 세상을 떠난 언니가 청각

을 지닌 사람이었음을 알게 되고, 낯선 이들과의 접촉을 통해 처음으로 청각을 경험하고 압도적인 충격을 받는다. 파도처럼 몰려와 '나'를 사로잡는 그 소리는 사실 음악이고 노래다. 다섯 번째 감각을 흔들어 깨운 '나'는 비로소 아주 가까운 곳에서 사람들의 웃음소리, 손뼉 치는 소리, 환호성을 감각한다. 그리고 깨닫는다. 세상은 음악으로, 소리로 가득 차 있다는 사실을(《다섯 번째 감각》).

스카이돔은 유전자 판별기를 통해 태어난 완벽한 외모, 2백 살이 넘는 수명, 탁월한 지적 능력 등을 자랑하는 사람들로만 구성된 세계다. 이 세계의 대척점에 과거의 생활방식을 유지하며 50살 정도까지밖에 살지 못하는 '열등한' 키바인들이 존재한다. 모든 현상에 대해 정반대로 반응하는 두 세계의 인간 가운데 '우수한' 유전자라고 칭할 수 있는 사람은 과연 누구일까(《우수한 유전자》)?

인간은 용족에게 지배당하고 어느새 용족의 '애완동물'로 전락한다. 이른바 '집인간'인 알비는 길들이지 않은 채 자유롭게 살아간다고 알려진 '늑대'를 찾아 주인에게서 도망친다. 마침내 늑대라고 불리는 노파를 만났을 때 노파는 알비에게 용족 주인을 없애는 방법을 알려주겠다고 하지만, 주인을 사랑하는 알비는 자신이 그럴 수 없다는 걸 안다. 한편 알비를 찾아 나선 용족 주인은 냄새로 알비의 흔적을 감지한

다섯 번째 감각

김보영 지음, 아작 펴냄

곳에서 어떤 벽화를 발견하는데, 그 그림은 시력이 몹시 나쁜 그의 눈으로 봐도 자신의 모습과 몹시 닮았다(《마지막 늑대》).

이곳이 아닌 저곳을 상상하는 것, 그것은 SF가 하는 일이다. 이곳에서 상상한 저곳을 다시 이곳의 자리에 옮겨놓고, 저곳이 되어버린 이곳을 낯선 시선으로 바라보기. 이것은 김보영 SF의 출발점이다. 그것은 위와 아래가 뒤집히는 일처럼 난데없으면서 동시에 낮이 밤으로 옮겨가는 일처럼 자연스럽다. 그러나 김보영의 SF는 이곳에서 저곳을 상상하고 인식하는 것에 그치지 않는다. 몇 광년을 가로지르더라도 기어이 접촉을 꿈꾸기. 입을 오물거리거나 손가락을 꼼지락거려서라도 닿고자 욕망하기. 그곳을 이해하기. 혹은 연민하고 사랑하기. 그러므로 그의 소설은 그 세계, 그들, 결국 타자를 향한 고백과도 같다.

'당신을 감각하고 싶습니다.'

그 고백은 결코 달콤하지만은 않을 것이다. 다양한 위치에서 다양한 감각으로 건네는 그의 손길이 충격파처럼 몰려와 독자를 압도할 테니.

《베르티아》

결국 우리의 결말이
공허로 향할지라도

이하진

대학생 SF 소설가. 물리학을 전공하고 있다. 제1회 포스텍 SF 어워드에서 (어떤 사람의 연속성)으로 대상을, 한국물리학회 SF 어워드에서 〈마지막 선물〉로 가작을 수상했다. 〈새가 떠나는 둥지〉, 〈시간의 가룸〉 등을 발표했다. 과학과 사회, 일상 사이의 틈을 포착하고 쓰는 사람이 되길 희망한다.

내가 처음 작가 해도연에게 매료된 계기는 무크지 《오늘의 SF #1》에 실린 단편 〈밤의 끝〉이었다. (게다가 천문학 전공 현직 연구원이 쓰는 SF라니!) 그래서 작가의 소설집 《위대한 침묵》까지 사서 읽었다. 하나의 수식언으로 해도연의 영역을 제한하는 것이 아닐까 조심스럽지만, 분명히 말하건대 해도연은 한국에서 손에 꼽을 정도로 뛰어난 하드 SF 작가 중 한 명이다.

해도연의 강점은 첨예하고 사실적인 과학적 묘사에 있다. 게다가 해도연이 그려낸 우주는 학문적으로도 아름답고 정교하다. 과학 전공자가 소설을 쓸 때 빠질 수 있는 주화입마에 절대 빠지지 않으면서도 아슬아슬한 균형을 이뤄 깊고 정합적으로 그려낸 세계관은 그 자체로 경이롭기까지 하다.

그런 작가가 우주를 소재로 연작 소설을 썼다. 《베르티아》는 본래 안전가옥의 《대멸종》 앤솔러지에 수록되었던 〈우주 탐사선 베르티아〉의 이야기를 과거와 미래의 시점으로 확장한 연작이다. 총 3부로 이루어진 소설은 경물조사관 '진서'의 시점으로부터 시작된다. 익숙한 근미래를 배경으로, 신경계에 직접 접속해서 뇌에 필요한 정보를 바로 보내 개인의 정신을 확장시키는 '휴모로패드'를 통해 인공지능을 넘어선 '의식'의 창발을 꿈꾸는 시대를 그린 1부는 아릿하고도 지독한 사랑을 노래하며 끝맺는다.

이어지는 2부는 바로 〈우주 탐사선 베르티아〉다.

1부의 시점에서 우주의 중심을 탐사하기 위해 만들어진 베르티아 탐사선과 그곳에 탑승한 '아지사이' 일행이 주축이 되는 이야기다. 500여 년의 탐사를 마치고 돌아온 일행은 알 수 없는 종말을 맞은 지구를 마주하는데, 일행은 우주 중심에서 맞닥뜨린 결과와 자신들이 떠난 동안 지구에 일어난 일 사이의 인과를 추적하며 과거의 진실을 추적하게 된다. 결국 전 인류와 인공 지능이 이어져 창발한 거대 의식인 '핀'의 절망이라는 진상을 깨달은 일행은 지구에서 살아남은 이들에게 인류세의 마지막 유산을 전하고, 탐사를 이어나가기로 결정하며 머나먼 우주를 향해 나아간다.

한편, 3부의 이야기는 남겨진 지구에서 한참의 시간이 흐른 후 시작된다. 베르티아가 남긴 우주의 진실을 받아들이지 못하는 '플라스틱'은 개인으로서, '핀'조차도 절망한 존재의 가치라는 질문에 답하기 위해 시공간을 초월한다. 결말에 이르러 플라스틱은 이 우주를 스친 모든 존재들에게, 삶 자체만으로 완성되는 그들의 가치에 찬사를 바치며 이야기는 마무리된다.

《베르티아》는 그 본문에 비하면 요약이 초라해보일 정도로 경이롭고도 방대한 작품이지만, 소설을 한 문장으로 요약하면 다음과 같다.

결국 우리의 결말이 공허로 향할지라도.

본질적으로 '연구'란 무언가의 외연을 확장하는 행위로 정의될 수 있다. 그러한 관점에서 본 《베르티아》의 인물들은 적극적으로 본질적 질문의 외연을 확장해나가는 연구자의 특성을 지닌 자들로 볼 수 있다. 결국 스스로의 결말이 공허로 향할지라도, 그저 사랑으로, 호기심으로 나아가는 그런 사람들. 감히 상상도 할 수 없을 정도의 영겁 속에서조차 꿋꿋이 고개를 들고 질문을 마주하는 이들의 모습 속에서, 그럼에도 불구하고 마침내 가치를 증명하는 이들의 결말을 통해 우리는 비로소 실존하는 스스로의 모습을 바로 볼 수 있게 된다. 그 과정에서 《베르티아》를 통해 해도연은 가늠조차 할 수 없이 무한에 가까운 시간과 역사를 초월하여 다가와 우리에게 묻는다. 당신의 우주는 어떠한가? 그 무한한 우주에서 당신은 어디에 있으며, 그 우주는 당신에게 어떤 의미를 갖는가?

앞서 말한 작가의 첫 소설집 《위대한 침묵》의 뒤표지에는 이런 문장이 있다. "우주에서 우리가 혼자가 아니라는 것을 깨달은 이상, 우리는 소통해야 합니다." 과거의 문장은 이 작품에서 전면으로 배반당한다. "만약 우리가 우주에 유일한 생명체라면? 그런 우주에 의미가 있을까?" 그리고 작가는 이 소설 《베르티아》로 탁월하고 아름답게 답한다.

종과 세상의 끝을 넘어, 우주를 넘고 시공간과 존재마저도 초월하여 끝을 향해 달려가는 이 무한한 경이를, 부디 당신도 맛볼 수 있기를.

결국 우리의 결말이 공허로 향할지라도 말이다.

베르티아

해도연 지음, 안전가옥 펴냄

《중력의 노래를 들어라》

중력과 감정의 레시피

해도연

과학소설 작가, 과학저술가.
새벽에 글을 쓰고 낮에 일을 하며 밤에 가족과 시간을 보낸다.

작가 남세오는 핵융합을 다루는 연구원이다. 흔히 쓰는 표현으로 말하자면 SF를 쓰는 과학자다. 게다가 핵융합이라니, 지금은 물론이고 앞으로도 오랫동안 현대과학의 정점에 있을 분야다. 그러니 조금 뻔한 이야기부터 하고 넘어가자. 과학자가 쓰는 SF에 난해하거나 정밀한 과학적 지식이 가득할 거라는 기대 혹은 걱정은 잘못되었다. 이런 작가들은 정확한 이해와 설명에 대한 태생적 혹은 직업적 집착을 갖고 있기에 어설프게 설명할 바엔 아예 생략해버리거나 대담하게 일을 저지른다. 아니면 계산이나 조사는 안 보이는 곳에서 다 해놓고 독자에겐 결과만 떠먹여주는데, 대개 이런 경향은 과학 전공 작가의 자기만족을 위한 것이고 독자는 이해하지 못해도 별문제 없다.[✦] 이야기의 표면에 뿌려져 독자의 눈에 닿는 과학 개념들은 작가의 과학자적 양심이 허락하는 범위에서 선별된 향신료에 불과하다. 과학을 전공했다는 점은 대개 이런 향신료의 선별에 도움이 되는 정도로 작용한다.

✦ 예를 들어 태양계 깊은 곳에 숨어 해왕성 바깥 천체들의 궤도를 한쪽으로 몰아붙이고 있는 지구 질량 10배의 블랙홀이 야구공 크기이든 달 크기이든 독자는 크게 신경 쓰지 않겠지만 과학을 전공한 작가라면 그날 기분에 따라(!) 이야기에 아무 영향을 못 미치더라도 굳이 볼링공 정도의 크기를 고를 가능성이 있다(Jakub Scholtz and James Unwin, Phys. Rev. Lett. 125, 051103).

향신료 이야기가 나왔으니, 이야기라는 것을 요리에 비유해보자. 나는 이야기의 목적이 감정의 고양이라고 생각한다. 고양이가 목적이라도 참 좋겠지만, 그 고양이가 아니라 고양(高揚). 이야기가 고양하고자 하는 감정은 요리의 재료에 해당한다. 이를 손질하고 지지고 볶고 끓이고 하는 조리 과정은 이야기의 서사와 플롯을 다듬는 과정이다. 성공적인 요리는 조리 과정을 통해 재료의 맛을 개성적으로 재창조하고 양념과 향신료를 조합해 새로운 매력을 더한 결과물이다. 똑같은 재료로 놀라울 만큼 여러 가지 요리가 나오는 것처럼, 똑같은 감정을 가지고도 놀라울 만큼 많은 이야기가 나온다.

다시 말하지만, 작가 남세오는 SF를 쓰는 과학자다. 그렇다면 그는 향신료의 마법사일까? 아니다. 그의 이야기에서 향신료는 큰 역할을 하지 않는다. 사실 그게 향신료의 역할이다. SF를 쓰려는 과학전공자들이 흔히 하는 실수가 향신료의 과용이다. 남세오는 적재적소에 딱 필요한 만큼만 쓴다.

《중력의 노래를 들어라》에 담긴 그의 이야기들이 가지는 매력은 어찌 보면 뻔하기 그지없는 감정들을 그만의 방법으로 다듬어내는 과정에 있다. 이 소설집에서 가장 많이 다루는 감정은 사랑이다. 흔하고 흔해서 제자리에 서 있기만 해도 발에 차이는 게 사랑 이야기다. 하지만 남세오는 서로에 대해 알아가며 시

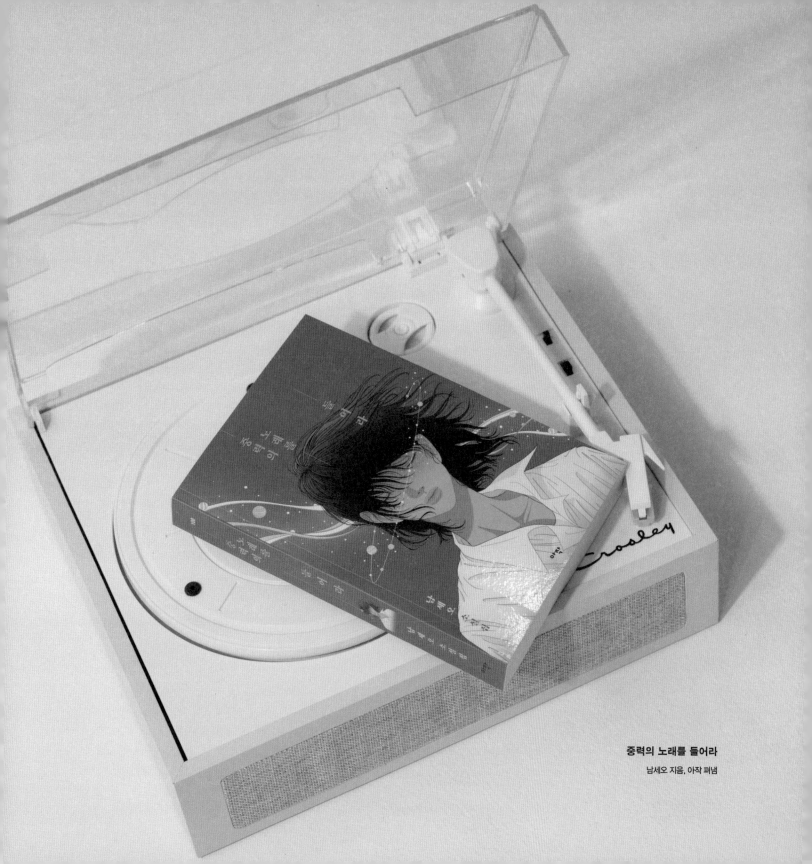

중력의 노래를 들어라

남세오 지음, 아작 펴냄

작하는 전형적인 사랑의 조리법을 〈접근 한계선〉에서 완전히 뒤집어버린다. 인간이 아닌 연인을 인간으로 바꾸거나, 같은 비인간이 되는 길을 택하거나, 또는 서로의 차이를 그대로 받아들이는 대신, 〈마야〉에서는 둘의 간극을 아득하게 벌여놓는 것으로 오히려 둘을 하나로 이어 붙이는 데 성공한다. 〈카산드라 이펙트〉에서는 과거를 억지로 엮거나 지워버리는 대신 중첩이라는 기발한 방법을 이용해 두 사람 사이에 절묘하게 두근거리는 거리감을 만들어낸다. 이런 분위기와는 반대편에 선 〈살을 섞다〉는 이 작품집에서 가장 이질적이고 극단적인 요리다. 이 이야기는 우리가 매일 뉴스에서 보고 느끼며 이미 많은 작가들이 다루었던, 불쾌와 분노 사이에 있으며 이름조차 붙이고 싶지 않은 찝찝한 감정을 그야말로 경악스러운 방법으로 조리해낸다.

이 작품집에서 〈마야〉와 함께 가장 인상적이었던 이야기이자 표제작이도 한 〈중력의 노래를 들어라〉는 어떤 감정을 다룰까. 경외다. 경외 역시 SF에서는 흔하디흔한 감정이다. 하지만 남세오는 미래적인 항성간 세계관이나 초광속 우주선, 초월적 외계인이나 인공지능 없이, 오직 눈앞에 있는 인간의 감각만으로 우주적 시공간의 절대적인 존재감을 그려낸다. 여기서 그려지는 우주는 어설픈 추상적 우주도 교훈적 우주도 철학적 우주도 형이상학적 우주도 상상 속 우주도 아니다. 지금 이 순간에도 우리 몸을 붙잡고 있는 물리적 우주다. 그야말로 실재하는 우주이기에 가질 수 있는 무거운 경외를 접시 위에 올리고 최적의 향신료를 뿌리는 것으로 아름답고 압도적인 중력의 노래를 완성한다.

남세오는 2017년 3월부터 '브릿G'에 작품을 올리며 활동을 시작했다. 그리고 이후로 거의 매달 한 편씩 작품을 쓰고 있다. 다작하는 작가는 많다. 하지만 이 작가처럼 페이스를 일정하게 유지하며 오랫동안 꾸준히 작품을 발표할 수 있는 사람은 많지 않다. 게다가 그 와중에도 같은 작가의 작품이라는 게 믿기지 않을 만큼 많은 실험을 반복한다. 동시에 남세오표 이야기의 아기자기한(!) 매력을 잃지 않는다.

나도 그의 비슷한 시기에 브릿G에서 글을 쓰기 시작했다. 억지를 좀 부리자면 브릿G 동기에 가깝다. 그렇기에 이 작가를 긴 안목으로 평가하기에는 아직 나 자신에게 많은 것이 부족하다. 하지만 한 가지 확신할 수 있는 게 있다. 남세오의 첫 소설집 《중력의 노래를 들어라》는 시작에 불과하다. 그의 실험은 머지않아 놀라운 결과물을 터뜨릴 것이다. ▸

STUDY OF WRITER

작가론

KIM
BO
YOUNG

현재로 귀환하는 SF
— 김보영론

1

잃어버린 세계를 찾아서?

잘 알려진 것처럼 쥘 베른은 SF의 장르를 통해 상상력이 도달할 수 있는 세계의 부피를 넓힌 작가다. 《지구에서 달까지》(De la terre à la lune, 1865)와 《해저 2만리》(Vingt mille lieues sous les mers, 1869)는 물론이고 《잃어버린 세계를 찾아서》라는 제목으로 더욱 유명한 《지구 속 여행》(Voyage au centre de la Terre, 1864)은 인간 중심의 지표면적인 세계를 넘어서 또 다른 세계에 대한 탐색의 욕망을 소설화한다. 다른 한편으로 이러한 새로운 세계의 발견이 시각중심의 세계 재현을 강화하며, 근대적인 제국주의를 자극하면서 새로운 세계에 대한 정복을 부추겨 왔음은 주지의 사실이다. 물론 그에 대한 대립적 버전들 또한 얼마든지 존재한다. 예를 들어 근래의 비디오 게임인 〈바이오쇼크〉(Bioshock, 2007~2013) 시리즈에서는 근대적 제국주의의 열망을 그대로 반영한 해저도시와 공중도시에 대한 유토피아적 비전을 비틀어서, 그 욕망이 도달한 결말로서의 디스토피아 사회를 적나라하게 묘사한다.

그럼에도 불구하고 현실의 지평에서 과학 기술의 발전에 대한 이해는 근대성의 의기양양한 낙관적 전망에 여전히 지배되는 것처럼 보인다. 근 3년에 걸친 팬데믹은 기술 중심의 미래 전망에 불을 붙이지 않았던가? 소위 '메타버스'라는 이름의 가상현실을 경제적으로 선점하여 재분배하기 위한 일련의 제국주의적 욕망에 재점화를 수행하듯, 언제나 폐색된 현재를 뚫고 나갈 새로운 세계에 대한 탈출구를 갈망하는 것은 종래의 서구적 모더니즘의 연속선상에 놓인 욕망이다. 더욱이 미래 자체를 가치 투자의 대상으로 사업화하는 거대 IT 기업들은 의도적으로 SF의 비관적 전망을 유리하게 재해석하고 전략적으로 전유한다. 메타버스라는 용어 자체가 그렇다. 닐 스티븐슨의 소설 《스노우 크래시》(Snow Crash,

박인성

문학평론가.

1992)에서의 메타버스는 수많은 사람들의 대안적 도피처지만 여전히 계급과 각종 차별에 노출될 뿐 아니라, 세계 전체를 감염시킬 수도 있는 바이러스에 취약한 공간임이 드러난다. 그럼에도 불구하고 오늘날 마크 저커버그와 같은 CEO들은 《스노우 크래시》에서 메타버스에 대한 낙관적 전망만을 전유하는 데 도취되어 의도적으로 모든 디스토피아적 부정성을 제거해버린다.

이와 같은 상황을 고려할 때, 어쩌면 오늘날의 SF들이 당면한 최대 과제는 SF 장르를 탄생시킨 근대성의 낙관적인 미래 전망이 형성되는 과거로 타임리프하여 과학적 미래 전망에 대한 해석적 주도권을 되찾아오는 것일지도 모르겠다. 프리츠 라이버(Fritz Leiber)의 소설 《빅 타임》(Big Time, 1958)에서는 '거미들'과 '뱀들'이라고 명명되는 각각의 집단이 우주의 패권을 놓고서 끊임없이 시간여행을 통해 역사를 바꾸어버리는 '변화전쟁'을 수행 중이다. 마치 이 소설의 변화전쟁처럼 오늘날의 SF 소설들은 과학 기술뿐만이 아니라 그에 대한 해석적 가능성까지 독점하고자 하는 IT 기업들, 그리고 그들에 얽힌 온갖 경제적 이해관계에 함몰되어 미래에 대한 낙관적 전망을 포기하려 하지 않는 근대적 낙관주의자들로부터 미래에 대한 해석적 권리를 둘러싸고 투쟁하는 중이다.

나는 김보영의 SF 소설들이 그러한 과학과 기술 중심의 미래 전망을 둘러싼 해석적 투쟁에 있어서 현재 가장 최전선에 있는 한국소설이라는 사실을 강조하고자 한다. 김보영의 소설에서 제시되는 해석적 시도를 더 잘 이해하려면 고전적인 SF를 지탱하고 있는 근대성의 비전에 대한 비판적인 시선과 재해석에 동참할 필요가 있다. 김보영의 소설들은 SF의 장르적 관습과 문법을 적극적으로 활용하면서도, 이를 통해서 오히려 기존 SF의 논리적 바탕이 되어 왔던 근대성을 적극적으로 재해석한다. 이는 무엇보다도 근대성에 기초한 미래세계의 비전, 그리고 그에 대한 이데올로기적 각축장에 SF의 이야기와 언어로 참여하는 것이다. 또한 SF를 그저 현실의 도피처나 대안적 세계 정도로 도구화하려는 시도에 맞서서, 지금 우리와 함께 살아가고 있는 온갖 비근대적 존재의 가능성을 이야기로써 재발견하기 위한 노력이기도 하다.

흥미로운 것은 김보영의 소설들이 기존 SF가 구성해온 새로운 세계에 대한 열망과 그 미래에 대한 방향성 자체를 부정하지는 않는다는 사실이다. 김보영의 초기 단편소설들을 재수록한 소설집 《다섯 번째 감각》(아작, 2022)의 수록작들은 공통적으로 이미 까마득히 먼 과거가 되어버린 세계의 지구와 지구인, 인간문명의 흔적들을 다루고 있다. 언뜻 보면 이러한 소설들에서 수행하는 일련의 탐색 과정은 쥘 베른의 소설적 탐험과 마찬가지로 먼 미래의 세계를 기준으로 '잃어버린 세계'를 찾아가는 과정과 유사하게 보인다. 그러나 김보영은 양적인 증가가 아니라 질적으로 다른 방향성 혹은 운동성을 보여준다. 세계는 시뮬레이션 게임에서 지도가 밝혀지듯이 발견되거나 팽창하는 것이 아니다. 오히려 SF 디스토피아 유행을 주도했던 영화 〈혹성탈출〉(Planet Of The Apes, 1968)의 등장인물들이 다른 행성인 줄 알았던 곳에서 자유의 여신상을 발견하듯, 이 모든 발견은 사실 새로운 땅이 아니라 잃어버린 땅, 탐색이 아니라 회귀를 말한다.

인류와 지구 문명은 이미 먼 과거의 흔적 속에 있으며, 주인공들의 탐색은 공간적 탐색이 아니라 시간적인 탐색이 된다. 따라서 일련의 소설들에서 재현되고 있는 세계가 단순히 먼 미래의 어딘가라고 말하기는 어렵다. 오히려 현실의 독자가 살아가는 현재와 나란히 병행하는 세계, 평행세계처럼 보이기도 하는데 이는 김보영 소설 속 세계가 기술의 발전에 따른 모더니즘적인 전망을 보장하지 않기 때문이다. 현생인류는 단순히 망해버렸거나 지구로부터 사라진 것이 아니라, 오히려 시각적으로 관측하기 어려운 흔적으로서 여전히 미래인들의 삶에 병행하여 존재한다. 예를 들어 〈땅 밑에〉, 〈다섯 번째 감각〉과 같은 수록작에서는 현생인류가 하나의 무의식이 되어버린 세계를 그린다. 따라서 과거의 인류와 그들의 삶은 예외적인 소수의 사람들에 의해 새롭게 발견되기도 하며 예측할 수 없는 형태로 미래에 불시착한다. 마치 다른 차원에 있어서 만날 수 없을 줄 알았던 이질적 세계가 하나의 세계로 중첩되듯이 여러 시간선의 교차를 통해서 병행하는 것이다.

선형적인 시간관이나 차원의 구분에서 다소 벗어나 있기에, 김보영 소설의 잃어버린 세계를 향한 재발견의 시도들은 '로스트 월드'나 '로스트 테크놀로지'를 다루는 고전적인 SF의 관습까지도 색다르게 비틀고 있다. 진정으로 미래의 인류 혹은 인류라고 부르기 어려운 새로운 존재자들에게 있어서 중요한 것은 기술이 아니라 잃어버린 감각의 세계이기 때문이다. 특히 여러 감각에 대한 거듭된 재발견은 의도적으로 시각 중심의 세계에 대한 이해와 존재에 대한 발견으로부터 벗어나는 과정이다. 근대성을 구성하는 핵심적인 매개물로서의 시각이 아니라, 먼 미래에 이르러 퇴화한 감각들을 다시 되살리는 방식으로, 단순히 과거가 현재화되는 것만이 아니라 미래인이 잃어버린 존재의 가능성을 입체적으로 재발견하는 것이다. 〈촉각의 경험〉에서는 복제인간이 배양액 안에서 유일하게 활용할 수 있는 감각으로서의 촉각을, 〈다섯 번째 감각〉에서는 노래라는 문화 자체가 사라져버린 미래에 노래를 들을 수 있는 예외적인 청각을 전면화한다.

이처럼 김보영의 소설은 SF의 장르를 빌려 기술적 전망이 아니라 감각적 경험에 천착하고 있다. 흔히 우리가 SF를 미래에 대한 기대지평의 장르로 생각하는 것과 달리, 정반대로 과거의 경험지평이 이를 대체하며 엄밀하게 기대지평과 경험지평이라는 이분법으로 구성하기 어려운 형태의 교차적 순간을 만들어내는 것이다. 그리고 이는 단순히 미래를 유토피아 혹은 디스토피아로 재현하고자 했던 이분법적인 형태의 미래 전망까지도 넘어서고자 한다. 물론 미래는 과거의 현생인류가 예측했던 형태의 세계가 아니다. 그렇다고 해서 그것이 반드시 디스토피아적인 것 또한 아니다. 미래는 오히려 현재가 해결할 수 없기에 미래에 극복되리라 믿는 형태의 낙관적인 전망으로부터 벗어나 있는 형태로 미결정되어 있다. 흔히 낙관이든 비관이든 현재를 위해서 미래의 시간성을 의미화하고 박제하여 유리하게 도구화하려는 욕망과 달리, 김보영의 SF는 그러한 근대인의 기대에 부응하지 않는다. 미래인의 시공간에 있어서도 미래는 아직 미결정적인 것이며, 오히려 과거와의 접점, 흔적처럼 되살아나는 감각의 경험들이 납작해진 미래를 다시 입체화하기 때문이다.

김보영의 소설들은
SF의 장르적 관습과
문법을 적극적으로
활용하면서도,

이를 통해서
오히려 기존의 SF의
논리적 바탕이
되어 왔던

근대성을 적극적으로
재해석한다.

336

2
우리는 근대인이었던
적이 없다

SF에 대한 흔한 오해 중에 하나는, SF가 과학적 이해를 바탕으로 축적된 장르인 만큼 SF가 재현하는 세계 역시 과학적 정합성과 합리성을 가진 세계라고 단정하는 것이다. SF 영화를 평가하는 기준 중에서도 그 과학적 설득력에 대하여 따지고 드는 마니아들처럼 말이다. 그러나 SF는 일부 관습과 이야기 문법의 영역에서 과학적 합리성을 다루기는 하지만 결코 그것에 종속되어 있는 장르는 아니다. SF는 오히려 시각적 축자성으로 과학적 합리성을 대체하며, 현실의 자연법칙만으로는 설명하기 어려운 예외적인 현상들을 독자들에게 전달하기 위한 독자적인 핍진성을 구성해내는 장르다. 브뤼노 라투르(Bruno Latour)와 같은 이론가의 개념에서 그 내부의 원리는 정확하게 알 수 없더라도 사람들에게 받아들여지는 기술적 매개물인 '블랙박스'처럼, 특정한 SF의 도상적인 이해가 과학적이라는 인식을 제공할 수만 있다면 SF 세계의 핍진성은 유지된다.

그런 의미에서도 김보영이 재현하는 SF 세계는 과학적 합리성에 대한 축자적 이해에서 한 번 더 나아간다. "충분히 발달한 과학 기술은 마법과 구별할 수 없다"는 아서 클라크의 과학 3법칙 중 세 번째 법칙과도 일맥상통하지만, 애초에 김보영에게 있어서 과학이라는 매개물은 어디까지나 현생인류의 현재 관점에서만 의미화되는 불완전한 기술에 불과하다. 김보영의 SF에서 묘사되는 세계에서는 현생인류의 관점에서 관측할 수 없을 정도로 한없이 긴 시간관이 전제되어 있으며, 이러한 시간관에 있어서 현생인류의 과학 기술은 한없이 불완전한 단편적인 지식과 세계 해석에 지나지 않는다. 누군가에는 고도의 과학인 것이 미래인의 시선에서는

추상적인 관념의 투사인 셈이다.

이러한 관점은 과거 근대적 장르로서의 SF의 외관을 빌려오지만 정반대로 활용한다. 득의양양한 과학적 합리성 위에 성립하고 있는 근대성의 세계를 비정상화하고, 여러 비근대적인 시간대를 통해서 새롭게 바라보는 것이다. 그러나 이러한 시도를 단순히 근대성에 대한 해체라고 말하기 어려운데, 이미 명확하게 존재하는 합리성의 세계를 해체하는 작업이 아니라 오히려 그러한 세계 자체가 성립한 적이 없었다고 말하는 것처럼 보이기 때문이다. 브뤼노 라투르의 표현을 빌리자면 "우리는 근대인이었던 적이 없다."[✦] 김보영이 그려내는 여러 소설적 세계들은 SF와 같은 장르에 관성적으로 투사되어온 근대화의 환상에 사로잡혀 있지 않다. 그렇기 때문에 김보영이 의도적으로 전유하는 신화와 전설, 종교적 이해에 가까운 인식론적 세계는 단순한 전근대의 표상이 아니라, SF라는 장르 내부에서 근대성의 세계의 허상을 벗기는 또 다른 사유의 영역이다.

흔히 근대성을 비이성적인 전근대성에서 벗어나는 '탈주술화'라고 이해하는 것과 달리, 이러한 소설들은 근대성 역시 하나의 또 다른 '주술화'에 불과하다는 사실을 폭로하는 것 같다. 단편소설 〈우수한 유전자〉에서 그려지고 있는 미래사회는 유전자 기술에 의해서 선천적으로 두 개의 계급으로 이분화되어 있는 세계를 그린다. 사람들은 영화 〈가타카〉(Gattaca, 1997)에서처럼 유전자

✦ 브뤼노 라투르, 《우리는 결코 근대인이었던 적이 없다》, 홍철기 옮김, 갈무리, 2009.

로 인해서 타고난 직분이 정해지는 것 정도가 아니라, 완전히 서로 다른 세계처럼 양극화되어 종적으로 분화되는 것 같다. 유전자 감별을 받은 스카이돔의 1만 명과 원시적인 가난과 주술적 종교에 기대고 있는 키바의 6천만 명. 이처럼 양극화된 사회 구도 속에서 학습되는 것은 서로 다른 가치관과 시선, 그리고 상대방 세계에 대한 몰이해뿐이다.

스카이돔의 일원인 〈우수한 유전자〉의 주인공은 키바에 대한 연민으로 그들에게 더 나은 삶을 주고자 한다. 그는 어린 소녀의 병을 치료하려 하는 그들의 주술적 행위에 격렬한 분노를 느끼며 주술 행위를 망쳐놓지만, 이 소설의 반전은 과학적이고 합리적이라고 믿은 그의 행위가 실은 소녀를 죽게 만든 무지한 오만에 불과했다는 사실이다. 이처럼 전근대적인 주술적 세계로서의 키바에 대한 일방적 이해가 뒤집히고, 스카이돔과 키바에 대한 편의적인 이분법이 전복되는 순간 이 소설은 단순히 고정된 계급적 이해를 파괴하는 것만이 아니게 된다. 그러한 양분화를 유도했던 과학적 합리성이 사실 타인에 대한 우월의식과 이해를 가장한 몰이해를 부추기는 또 다른 맹목이자 비합리적인 주술화에 불과함을 밝히고 있기 때문이다. "어쨌든 이 세상에는 과학적으로 설명되지 않는 일들이 얼마든지 있는 법이니까."(〈마지막 늑대〉, 263쪽)

타인과의 구별짓기를 통해서 스스로에게 우월의식을 제공하고자 하는 근대적 인간성의 특징은 〈얼마나 닮았는가〉에서도 강조된다. 이 소설은 함선의 위기관리 AI 컴퓨터 '훈'이 기계가 아니라 인간의 의체에 의식을 안착시키면서 함선의 다른 인간 구성원들을 관찰하는 과정을 그리며, 인간의 몸을 얻은 인공지능과 인간 사이의 유사성의 문제를 타이탄과 유로파라는 서로 다른 두 위성 사이의 유사성과 겹쳐보는 유추 관계로서 다루고 있다. 함선은 먼 거리에도 불구하고 도달한 구조요청 때문에 한 번도 경험해본 적 없는 타이탄에 도착해서 구조활동을 시작하고자 한다. 그러나 불확실한 생존자들에 대한 구조활동을 수행하는 일에 대한 의문과, 정확한 원인을 알 수 없이 팽배해 있는 선원들의 적대감과 불만에 의해 함선은 점차로 폭력사태에 노출되어 간다. '훈'은 인간의 의체를 통해서 이러한 폭력에 대한 민감성, 그리고 자신이 이해할 수 없었던 함선 내부의 '성차별'이라는 구조적 폭력에 대하여 이해해 나간다.

이 소설은 자신들의 우월의식을 유지하기 위하여 구조적인 폭력뿐 아니라 실제 폭력까지 활용하는 인간 존재를 응시한다. '훈'의 응시는 단순히 남성성과 근대성에 대한 비판만이 아니라, 자아에 대한 동질적 환상을 구성하는 감수성을 재조정한다. 소설에서도 직접적으로 언급하지만 인간의 입장에서 인간을 닮은 로봇이 '얼마나 닮았는가'에 대하여 판단하는 유사성의 기준에는 '언캐니'(uncanny)에 대한 감수성, 지나친 닮음에 대한 적대감이 내포되어 있다. 프로이트에 의하면 '언캐니'에서 접두어 'un−'이란 억압의 표시다. 인간은 단순히 로봇과 안드로이드가 자신의 자리를 위협하는 것에 대하여 두려워하는 것이 아니라, 실상 그러한 존재가 인간에 앞서 존재하는 비−인간의 우선성, 어떠한 종적 우월성을 담보하지 않는 텅 빈 인간을 암시하기 때문에, 억압되어야 했던 인간의 기계적 측면을 연상해 두려워하는 것이다.

따라서 근대인들이 금과옥조처럼 여기는 '인간성'이란 실상 어떤 실체도 가지지 않은 개념일 뿐 아니라, 타자에 대한 비인간화 과정을 통해 배출된 여분, 찌꺼기에 불과하다. "인간의 이성과 양심을 과신하지 말 것. 그들은 자신과 닮았다고 생각하는 자의 인격만을 겨우 상상할 수 있을 뿐이다."(〈얼마나 닮았는가〉, 328쪽) 달리 말하자면 인간은 자신들이 생각하는 이성과 양심의 소유자였던 적이 없으며, 더 나아가 스스로 우월의식을 투사하는 존재로서의 근대인이었던 적도 없다고 말해야 할 것이다. 이 소설은 이러한 착각을 넘어서는 과정을 통해 자신과 그다지 닮지 않은 자들, 심지어 자신들이 알고 있는 익숙한 환경과는 완전히 다른 위성에서 출발한 희미한 구조신호만을 통해 연결된 조난자들을 위해, 기꺼이 위험을 감수한 구조활동에 나설 수 있는 행위의 의미를 전달한다. 근대인의 착각 너머에 나와 근본적으로 다른 외계인이란 없기 때문이다.

3

외계 없는 미래

외계와 외계인에 대한 고전적인 SF적 상상력은 공간적인 구별방식이 아니라 실제로는 시간적인 개념으로 살펴보아야 한다. 더욱이 김보영 소설의 세계에 있어, 공간적인 의미에서 지구권 바깥의 외계라는 개념은 사라진다. 외계라는 개념이 특정한 잣대를 사용해 내부와 외부의 경계를 나누고, 미지의 타자를 편의적인 자리에 위치시키는 구분짓기처럼 작동할 때는 더욱 그렇다. 먼 곳에서 찾아온 미지의 존재에 대한 상상력과는 반대로, 우리가 외계인이라 생각했던 존재와의 만남이란 실제로는 특정하기 어려운 시간대로부터 찾아온 시간여행자들과의 만남이기 때문이다. 현생인류와 지구인의 관점에서 외계와 외계인의 존재는 언제나 과거이거나 미래다. 그들이 우리의 현재에 도달하기 위해 필요한 모든 과학적, 존재적 조건들은 당장에는 설명할 수 없는 시간선상의 엇갈림으로서만 가능하다.

우주가 빛보다 빠르게 무한히 팽창하고 확장하기에 어딘가에는 지구인들과 유사하거나 소통 가능한 형태의 문명을 가진 외계인이 있으리라는 과학적 믿음이란 단순히 우리를 겸손하게 만드는 것이 아니다. 오히려 외계와 외계인을 먼 미래에 배치하고 그들과의 만남을 위해 무한한 우주의 팽창을 추적하는 영구적인 우주여행이란 지나치게 매끄러운 상상력에 불과하다. 우주라는 공간이 제논의 역설처럼 결코 붙잡을 수 없기에 인간은 그것을 영원히 따라잡아야 하는 개척자가 되고, 그에 대한 무한한 여행의 환상은 오히려 우주가 인류에게만 제공된 에덴동산이라는 어설픈 눈가리개가 되어주는 것이다. 그렇다면 그 눈가리개가 가리는 것은 무엇인가? 앞서 김보영의 여러 소설에서 반복적으로 암시되었던 것처럼 어떠한 시간대에도 해결되지 않은 구조적 문제를 반복

하고 있는 인간 문명과 근대성의 현실 자체다.

아무리 매끄럽게 사포질된 미래의 시공간을 보여줄지라도 우리가 발을 디디고 있는 현재의 현실에는 울퉁불퉁하고 거친 요철들, 사회 구조의 단층과 사람들 사이의 차별이 실재한다. 최근 SF 소설들이 그려내고 있는 약자와 소수자, 여성과 장애인의 삶이 그러하듯, 어쩌면 우리와 공존하고 있음에도 불구하고 피하려 하고 보려고 하지 않는 대상들을 가리기 위해 더욱 그럴듯한 시공간의 확장에 매달리고 있을 뿐이다. 우주로의 여행은 더 나은 삶을, 현실의 구조적 문제를 해결하는 혁명적인 시공간을 발견하는가? 반대로 우주가 우리의 문제적 현실을 가리기 위해 펼쳐지는 현기증 나는 검은 장막에 불과하다면, 외부에서 찾아온 시간여행자들이 우리에게 더 나은 삶의 암시를 제공해주는가? 당연하게도 그럴 수 없다.

시간여행자들에 대한 이야기에서도 김보영은 어떤 형태의 시간여행도 원하는 과거나 미래를 찾아가거나, 여러 시간대에 개입하여 현재를 개변하고 더 나은 삶을 제공하기 위한 수단이 될 수 있음을 보여주지 않는다. '스텔라 오디세이 트롤로지'는 우주여행이 시간여행이 되어버린 시대의 시간여행자의 삶을 다루고 있다. 특히 3부작의 마지막 작품 《미래로 가는 사람들》(새파란상상, 2020)은 구체적으로 광속 우주선의 개발 이후 시간여행자들이 어떠한 시대에도 적응하지 못하는 아이러니를 보여준다. "광속법 위반자들은 지구에 내려서지 못하고 다시 우주를 향해 날았다. 어찌어찌 몰래 지구에 착륙한 사람들도, 바뀐 시대에 적응하지 못하고 다시 미래로 도망쳐버렸다."(27-28쪽)

김보영의 소설에서 시간여행이란 근대성이 지향한 공간여행, 모든 것을 보고 이해하고, 동시에 지배하고자 했던 제국주의자 여

339

행객의 시선과 정확하게 반대되는 지점에 있다. 외계라는 탈출구를 찾지 못하는 SF의 우주여행은 곧 언제든지 지구로 되돌아오는 시간여행에 불과하다. 《미래로 가는 사람들》의 주인공 성하는 2만 년에 가까운 세월을 광속으로 여행하며 지구의 연약한 여러 부족을 보살펴 왔지만, 그러한 개입 자체가 오히려 지구 문명의 다른 발전 가능성을 가로막은 것이 아닌지에 대하여 회의를 느낀다. 따라서 그는 이제 완전히 '우주의 끝'으로 여행하여 영겁회귀에 가까운 자신의 우주여행을 끝마치고자 하는 것이다. 우주의 끝은 어떠한 시간에도 개입할 필요가 없는 외부적 시간, 무시간성에 근접한 시공간이며, 죽음에 가장 가까이에 있는 묵시적인 시간─공간이라고 말할 수 있을 것이다. 그곳에 도달하는 것은 어떠한 근대적 시공간에서도 정주할 장소를 찾지 못한 성하를 구원하는 유일한 방법인지도 모른다.

시간여행자들은 지구에서 반복되는 문명적인 삶에 어울리지 않는 존재이면서도 다른 외계로의 망명조차 불가능하다. 이처럼 시간여행에 대한 온갖 편의적인 상상력이 무화되고, 스스로 외계인이나 신이 된다고 할지라도 지구인들의 삶에 개입하는 모든 과정에 한계를 느끼게 된다는 점이 오히려 김보영 소설이 제시하는 우주론의 탁월성이다. 우주가 무한하며 언젠가는 도달하고 정복해야만 하는 개척지라는 인식은 근대성의 환상이 우주공간을 통해서 투사된 것뿐이다. 오히려 우주는 우리가 상상하는 것보다도 제한적이며, 받아들일 수 없는 현재를 피해서 도망치는 곳은 결코 안락한 도피처가 될 수는 없다.

따라서 외계란 완전히 다른 차원이나 이공간(異空間)이 아니라 여전히 인간적인 방식으로 존재하는 시간대의 또 다른 현재일 뿐이다. 우주의 끝에 도달해서도 성하는 자신이 원하는 답을 찾지 못하고, 시간의 너머로, 광속에 도달한 시공간에 빨려 들어가게 된다. 어쩌면 우주의 바깥이라 부를 수 있는 4차원적인 시공간에 도달한 성하는 정신적 형태로 존재하는 '클러스터'라는 초월적인 존재와 대화를 나눈다. 소설의 결말은 흥미로운데, 클러스터는 성하가 죽음에 이르러서도 여전히 여행을 계속하길 원한다는 사실을 알고 그를 다시 3차원의 시공간으로 되돌린다. 이윽고 4차원적 공간에서 성하는 영혼의 형태로 재가공되어 다시 3차원으로, 우주로, 이미 멸망해버린 우주에서 새롭게 태어나는 수많은 행성과 생명체에게 흩뿌려지는 방식으로 되돌아온다. 이것은 단순히 무기력한 영겁회귀를 암시하는 것이 아니다. 오히려 무한한 시간여행의 끝에도 온전한 초월이나 안식은 없다는 것, 언제나 존재는 수많은 다른 존재들과의 연결 속에서만 자신의 자리에, 피할 수 없는 현재에 도달한다는 사실을 암시한다.

4
현재로 귀환하는 SF

《미래로 가는 사람들》에서 우주 저편으로까지 여행을 떠난 시간여행자들이 결국 3차원의 세계로 되돌아오듯이, 《저 이승의 선지자》(아작, 2017)는 더욱 선명하게 우주의 형태에 이른 초월적인 존재들을 통해서 SF적 시공간의 복잡성을 새롭게 그려내고 있다. 소설에 등장하는 인물들은 '명계'라 불리는 4차원의 선지자들이며, 동시에 명계에 자신들의 육체로 직접 만들어낸 '중음'이라는 고유의 영역에서 살아간다. 반면 인간이 사는 '하계'는 이러한 선지자들의 무한한 분열에 의해 반복적으로 발생하는 전생의 삶들이 펼쳐지는 허상의 세계(3차원적 세계)에 불과하다. 주인공 선지자 '나반'은 자신에게서 분열했음에도 차츰 '타락'해가는 다른 선지자 '아만'을 저지하기 위하여 스스로 타락을 감당하는 방식으로 자신에게서 분열한 존재들을 다시금 '합일'하고자 결단하는 인물이다.

이 소설에서 특히 인물들이 세계를 이해하고 바라보는 시선에는 4차원과 3차원의 이해가 동반된다. 소설의 핵심적인 개념인 '합일'은 "3차원의 시각에서 보면 두 세계가 합쳐져 하나가 되는 것이고, 4차원의 시각에서 보면 밀도분포가 달랐던 두 개체의 밀도를 균일하게 만드는 과정이다. 엔트로피의 증가로 볼 수 있

다."(262쪽) '분리'는 합일의 반대이며 반대로 엔트로피의 감소 현상으로 이해할 수 있다. 나반에 의해서 명계의 존재들이 '분리'되어가는 것은 우주의 질서가 구성되는 과정이지만, 반대로 이제는 다시 원초적인 합일의 상태로 돌아가야 한다는 점에서 이 이야기는 기독교적인 창세와 종말에 대한 우화이기도 하다.

또한 아만에 의해서 명계를 위기에 빠트리는 '타락'이란 개념은 요약한다면 3차원적 육체의 경계를 진짜 경계로 믿는 것, 일시적인 인격에 대한 과도한 집착을 의미한다. 즉, 초우주와 결합되어 있는 자기 존재의 초월성 자체를 잊으며 자아 내면에 갇힌 폐쇄적 상태를 가리킨다. 초공간성을 자신의 내면과 등치하여 타자성 없는 독아론적인 공간으로 만드는 것이야말로 초월자에게 있어 타락이라는 의미가 된다. 명계는 4차원적인 시공간이며 최초에는 하나의 존재였지만, 차츰 개별화된 선인들이 자기 존재의 경계인 중음을 구성하는 사이에 아만처럼 자아에게 집착하는 이기적 주체로의 변질 역시 막을 수 없었던 것이다.

결국 나반은 자신의 자아를 포기할 위험을 감수한 채 아만을 포함한 자신의 분열체들과 다시금 합일하고자 하며, 결과적으로 이는 그 자신을 타락시키고 하계에의 미혹에 다가서게 한다. 초월적인 존재의 시점에서는 3차원적인 하계로 추락하는 결말이지만, 주제적인 차원에서는 정반대다. 4차원적 초우주가 분열할수록 결국 타락을 막을 수 없다면, 오히려 3차원적인 미혹 속에 먼저 다가서고 더 많은 존재의 접촉을 수행할 때에만 자아에 대한 과도한 집착에서 벗어날 수 있기 때문이다. 그렇다면 나반에게서 분열된 여러 인물 가운데 '탄재'만이 진정한 의미에서 이미 주제의식을 구현하고 있었던 인물이라고 말할 수 있다. 그는 자신이 놓인 초우주적인 공간에 만족하지 못한 채 하계를 의식하며, 우리가 익히 알고 있는 전형적인 3차원의 우주선을 만드는 식으로 자기세계를 실체화하고자 애쓰기 때문이다. 나반은 이 소설의 결말에서 탄재와의 선문답적인 대화를 통해 '공감'과 '의지'를 가질 때야만 3차원적인 공간성 내부에서도 타락에 이르지 않는다는 사실을, 3차원 너머의 '타자'와의 만남에 도달할 수 있는 가능성을 강조한다.

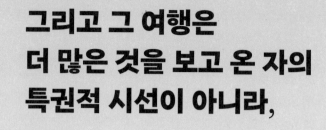

그리고 그 여행은
더 많은 것을 보고 온 자의
특권적 시선이 아니라,

언제나 우리가
놓치면 안 되는
현재의 시간으로 향해 있다.

　　　현재로 귀환하는 SF—김보영론

김보영 지음

저
이
승
의
선
지
자

김
보
영
소
설

THE PROPHET OF UNDERWORLD

아작

《저 이승의 선지자》에서 제시되는 초공간적 우주는 초월성의 내재적 한계를 제시한다. 시공간의 초월성이야말로 사변적이고 재귀적인 주체로 귀결되며, 그러한 주체의 한계는 경험도 성장도 내면도 확보할 수 없는 모순에 놓인다. 역설적으로 이 소설에서는 3차원의 '하계'를 소설적 시공간으로 활용하지 않기에, 실제로는 3차원을 더욱 의식하며 그에 의존하고 있다. 이 소설의 초공간성은 3차원에 대한 의도적인 생략을 통해서 그 부재의 현존을 강조하며 결과적으로 3차원적 시공간으로의 회귀를 선택한다. 여전히 3차원적 세계가 자아로만 수렴될 위험성이 있지만 동시에 3차원적 공간의 타자와의 만남만이 이를 극복하는 모든 존재에게 필요한 삶의 조건이 된다. 존재가 자아를 확보하기 위해서가 아니라 자신의 우주에 의미를 채우기 위해 필요한 조건은 역설적으로 타자와의 물질적이고 경험적인 접촉면을 회복하는 것이다.

결국 김보영의 소설이 그려내고 있는 미래를 향한 시간여행의 해답은 아이러니하게도 '현재로의 귀환'이다. 그리고 이는 SF가 그려내야만 하는 소설적 세계가 결국에는 동시대적인 이야기로 읽히기 위한 실체화된 삶의 지평이자 3차원적인 존재론의 영역이라는 사실을 분명하게 강조한다. 그렇다면 김보영의 소설이 애써 그려내고 있는 이 모든 4차원과 우주적 초공간에 이르는 광활한 여행이란 애초에 왜 필요한가? 그것은 오늘날의 우리가 현재의 동시대적 현실을 개선하기 위한 노력에서 회피하기 위해 자꾸만 시선을 돌려 미래에 대한 온갖 거창한 전망들에 몰두하고 있기 때문이다. 또한 우주라는 시공간을 결코 도달할 수 없는 미래의 영역으로 투사하듯, 미래에 대한 해석적 전망을 점유하고자 하는 과학적 이해들에 의존하고 있기 때문이다. 그렇다면 김보영의 소설들은 이러한 과학적 전망이 구성하고 있는 우주에 대한 편의적인 이해로부터 벗어나 어쩌면 스스로 앞장서서 무한한 우주의 시공간 너머에 미리 다녀오고자 했던 시간여행자의 역할을 수행하고 있는지도 모른다. 그리고 그 여행은 더 많은 것을 보고 온 자의 특권적 시선이 아니라, 언제나 우리가 놓치면 안 되는 현재의 시간으로 향해 있다.

Queer
"Normal"
Freak

SF와 우리의 세계

3

SF와 (비)정상의 세계

심완선

SF라는 거대한 우주에서 발견할 수 있는
네 가지 세계 이야기.
이번에는 (비)정상의 세계를 목격한다.

345

1

비정상이 아닌 괴물들

SF 칼럼니스트. 글감 있음. 출장 가능.

심완선

윌리엄 깁슨의 소설 《뉴로맨서》의 첫 문장은 이렇게 시작한다. "항구의 하늘색은 방송 끝난 텔레비전 화면 색이었다."[1] 인류에게 하늘은 텔레비전보다 훨씬 오래된, 거대한, 당연한 대상이다. 그런데도 화자는 우중충한 하늘을 회색 텔레비전 화면으로 빗대어 본다. "사이버펑크에서 유기체와 비유기체의 경계는 불분명하며 탈자연화는 도처에서 발견되는 특징이다."[2] 등장인물들은 종종 인체를 인공물로 교체한다. 예를 들어 몰리는 영화 〈매트릭스〉의 트리니티나 모피어스처럼 선글라스를 낀 듯한 얼굴로 등장한다. 하지만 《뉴로맨서》는 〈매트릭스〉보다 훨씬 먼저 나왔으며, 몰리의 선글라스는 탈착식이 아니다. 몰리는 눈 자체를 거울면으로 갈아 끼웠다. 그 눈은 도구가 아니라 신체다.

덕분에 몰리를 비롯한 등장인물들의 몸은 현재의 '정상인' 기준으로는 다소 기이하다. 예를 들면 바텐더 래츠의 미소와 기계 의수는 추하게 매력적이다. "그의 추한 모습은 거의 전설적이었다. 돈으로 아름다움을 살 수 있는 시대임에도 일부러 그렇게 살아간다는 사실은 일종의 문장(紋章)과도 같았다. 그가 또 다른 머그잔을 향해 손을 뻗자 고물 팔이 윙윙거렸다. 러시아에서 군용으로 제작된 그의 기계 팔은 일곱 가지 기능에 앞뒤로 움직일 수 있게 조작된 장치로, 겉은 더러운 분홍색 플라스틱으로 덮여 있었다."[3] 누구나 돈만 들이면 외모를 바꿀 수 있는 세상이기에 표준적인 미형은 그다지 눈길을 끌지 못한다. 《뉴로맨서》만이 아니라 여러 SF 작품이 자연적이지 않은 몸을 자연스러운 모습으로 만들었다. 예를 들어 찰스 스트로스의 《유리감옥》에서 케이의 몸은 '전통적인 정규형'에 가깝지만 팔이 네 개다. 인간의 의식을 데이터베이스에 업로드하고 몸을 마음대로 주조하는 세상에서 팔 네 개 정도는 소박한 특징이다.

이러한 SF는 언뜻 '괴물' 신체를 야단스럽게 선보이던 프릭 쇼(freak show)와 닮았다. 팔 없는 불가사의 여자, 코끼리 얼굴의 엘리펀트 맨, 유인원 여자, 핀헤드, 샴쌍둥이… 과거 프릭 쇼를 관람한 비유색인이자 비장애인인 사람들은 쇼의 출구를 빠져나오며 자신의 정상성을 확인하고 안심했다. 쇼 제작자들은 "정상성을 측정할 수 있는 척도로서의 타자를 만들어내려는 욕망"[4]을 기꺼이 이용했다. 정상성을 자신하지 못하는 사람일수록 비정상을 배척하는 데 몰두한다. 비정상이 '정상이 아닌 것'인 만큼 정상은 '비정상이 아닌 것'을 통해 규정되기 때문이다. 정상(normality)은 사회규범(norm)의 규정에 따라 유동하는 개념이다. 매우 다양하게 존재하는 몸들 가운데 무엇이 표준이 되는지는, 무엇을 비표준으로 지정하느냐에 달렸다. 그러나 SF는 정상의 내용물이 흐물흐물한 부정형이라는 사실을 폭로한다. 인간 신체가 정상성을 잃어버리고 정규형으로만 남은 사회에서는, 정상 신체에 대비되는 괴물 신체도 없다. 비전형적 몸은 프릭이라는 이름에서 풀려난다. 이런 점에서 SF는 다른 세상을 만들 뿐만 아니라 다른 정상, 다른 몸, 다른 방식으로 존재하는 사람을 고안한다.

1 윌리엄 깁슨, 《뉴로맨서》, 김창규 옮김, 11쪽.
2 장정희, 《SF 장르의 이해》, 203쪽.
3 1의 책, 12쪽.
4 일라이 클레어, 《망명과 자긍심: 교차하는 퀴어 장애 정치학》, 전혜은, 제이 옮김, 164쪽.

It was pretty strange
that human beings
felt comfortable
walking around in bodies
mostly made of juice.
That was actually
bizarre.

Max Barry, 《Machine Man》, Random House

2

감각하는 몸: 새로운 정상

사회의 규칙을 조금 바꾸는 것만으로 이쪽과 저쪽을 가르는 선은 느슨해진다. 예를 들어 정소연의 〈우주류〉에서는 주인공과 같은 지체장애인의 몸이 오히려 우주 생활에 걸맞다고 인정받는다. "제대로 된 세계에서라면 아마 장애인은 **다른 능력을 가진 사람**일 것"[5]이라는 말 그대로다. 엘리자베스 문의 《어둠의 속도》는 루의 일상을 묘사하면서 자폐인이 그저 다른 능력을 가진 사람이라는 사실을 보여준다. 자폐 특성에 맞는 업무 환경이 보장되기만 한다면 이들은 평범하게, 혹은 유능하게 일한다.

다소 적극적으로 정상성을 잠식하는 경우도 있다. 최의택의 《슈뢰딩거의 아이들》과 김초엽의 〈마리의 춤〉은 소수자의 경험을 집단 바깥으로 퍼뜨린다. 《슈뢰딩거의 아이들》에서 학당의 아이들은 게임을 만들며 '유령'을 심는다. 게임 우승자가 유령을 감각하도록, 다른 사람이 이해해주지 않는 체험을 하도록, 그래서 혼자 '이상한 사람'이 되도록 유도한다. 〈마리의 춤〉에서 마리는 사람들을 '모그'로 만드는 물질을 흩뿌린다. 모그는 시지각 이상을 지닌 사람으로, 플루이드라는 일종의 신경계 임플란트를 이식해 세상을 다른 형태로 감각한다. 게다가 플루이드는 사용자 사이에 모종의 감각 네트워크를 형성한다. 따라서 마리는 "모그가 된다는 게 결핍이 아니"[6]라고 주장하는데, 이를 증명하듯 모그로 변한 사람들 일부는 치료를 거부하고 계속 모그로 살아가기를 선택한다.

그리고 물론 어떤 소설들은 SF답게 사회의 기반 설정을 바꾼다. 우리의 '비정상'이 여기에서는 보통이 된다. 김보영의 〈다섯 번

---

5 4의 책, 156쪽.
6 김초엽, 《방금 떠나온 세계》, 84쪽.

째 감각〉에서는 소리를 듣지 않는 사람이 보통이다. 이런 세상에서 (주인공은 소리가 들리는 사람이기는 하지만) 청각장애는 장애가 아니다. 심너울의 〈정적〉에서는 한순간 일대의 사람들이 모두 소리를 듣지 못해, 수화를 하는 사람만이 평소처럼 대화를 나눈다. 전혜진의 〈레디메이드 옵티미스트〉에서는 사회 전반이 진정 효과가 있는 약물 '아타락시아'를 복용한다. 그러므로 투약을 거부하는 쪽이 괴짜나 부적응자 취급을 받는다. 이서영의 〈데자뷔〉에서는 기억력이 문제가 된다. 보통 사람들은 완벽한 기억력을 유지하고 인구의 3퍼센트 정도만 기억이 불완전하다. 하지만 알고 보면 기억력이 '멀쩡한' 사람들이 바이러스에 감염된 사람들이다. 우리와 같은 '기억 장애인'들은 오히려 바이러스에 면역 체계를 갖춘 사람들이다.

장애가 장애가 아니라면 '치료'나 '극복' 역시 필요가 없다. 피터 와츠의 《블라인드 사이트》의 승무원들은 표준형에서 벗어난 대신 뛰어난 능력을 보인다. 승무원 중 수전은 여러 인격과 함께 생활하며 동시다발적으로 연산을 한다. 우리 기준으로 수전은 다중인격장애다. 그러나 미래 의학에 따르면 인격이 하나인 쪽이 오히려 뒤늦게 확립된 방식이다. "현대식 두뇌는 지각을 열 개 정도 운영해도 남는 자리가 있지. 게다가 지각을 동시에 여러 개 작동시키면 생존이라는 면에서 아주 유리해. … 통합은 상당히 최근에 일어난 사건일 거야. 전문가들 중에는 적절한 환경만 주어지면 아직도 여러 인격으로 되돌아갈 수 있다고 주장하는 사람들이 있어. … 요즘과 같은 식은 아니었어. 그때의 사람들은 엄청나게 야만적이었거든. 그런 현상을 장애라고 불렀지. 질병처럼 취급한 거야. 치료법이랍시고 생각한 게 여러 지각 중에 하나만 남겨두고 나머지를 죽이는 식이었어. 물론 살인이라고 부르지는 않았지. 자아통합이라든가 그런 헛소리를 했을 거야."[7]

다만 기술 발전이 장애인의 능력을 살린다는 입장은 주의할

---

7 피터 와츠, 《블라인드 사이트》, 김창규 옮김, 202-203쪽.

필요가 있다. 이런 능력주의는 테크노에이블리즘, 즉 "기술낙관론에 기반한 비장애중심주의"[8]라는 비판을 받는다. 장애와 같은 기능 손상을 여전히 열등하게 여기기 때문이다. 맥스 베리의 《머신맨》은 능력주의와 기술 윤리의 문제를 중점적으로 다룬다. 찰리는 기계에 다리가 절단된 뒤 새로운 다리를 디자인한다. 그를 고용한 기업 '더 나은 미래'는 찰리에게 '더 나은 신체'를 개발하는 일을 맡긴다. 찰리는 자신의 신체가 '월등'하다고 생각하므로 절대 자신을 장애인처럼 '가엾다'고 여기지 않는다.

그러나 찰리의 자부심은 자신이 개발한 신체에 한정된다. 연구원들이 만들어낸 다른 종류의 '더 나은 신체'들은 어딘지 부담스럽고 부자연스럽다. 이는 장애 당사자가 기술개발에 주체로 참여하게 하라는 크립 테크노사이언스 선언과 연결된다. 나아가 찰리는 신체를 사용하고 혹은 그에 휘둘리면서, 자신의 범위가 어디서부터 어디까지인지 찾느라 휘청거린다. 《머신맨》의 결론은 주체성이다. "내가 어떤 사람인지 고민하는 건 의미 없는 일이다. 나는 그게 뭐든 마침 그 순간에 철벅거리며 돌아다니는 화학물질들의 결합체이기 때문이다. 그래서 나는 진정한 자아를 찾지 않기로 했다. 내가 어떤 사람이 되고 싶은지는 내가 선택하는 것이다."[9]

3

인간-기계-인간 주체

위의 《블라인드 사이트》와 《머신맨》에 따르면 인간은 생화학 로봇이다. 김창규의 〈삼사라〉도 흥미로운 서술을 한다. 우주의 주된 종족인 코어들은 '인간'이라는 외계 종족의 생존자를 발견하고 그들을 돕기로 한다. 코어들과 마찬가지로 "저들도 기계니까 그럴

권리가 있"[10]기 때문이다. 인간이라는 유기물 기계 종족은 코어들이 보기에 "작동 원리가 우리와 다르고 구조가 다르고 어느 모로 보나 불안하기 이를 데 없"지만 "그들도 코드이고 기계"[11]다.

포스트휴머니즘은 일찍이 인간과 기계 등 이질적인 존재가 혼합된 혼종적 인간, 즉 사이보그를 새로운 주체로 제시한 바 있다. "혼합물, 이질적 요소들의 집합, 경계가 계속해서 구성되고 재구성되는 물질적-정보적 개체"[12]이자 "고정불변한 본성(nature)을 부정하고 끊임없이 변용하는 과정적인(process) 존재로서의 인간"[13]이다. SF는 사이보그의 가능성을 다양하게 실험한다. 아서 C. 클라크의 〈메두사와의 만남〉은 기계 생명체가 인간과 같은 탄소화합물 생명체를 능가할 것이라며 관조하는데, 화자는 이미 그 중간 지점에 있는 생명체다. 한나 렌의 〈싱귤래리티 소비에트〉에서 소련 측 구성원들은 자신의 뇌 용량 일부를 슈퍼컴퓨터 '보댜노이'의 연산장치로 제공한다. 덕분에 구성원이 '노동자 현실' 등급에 있는지, '서기관 현실' 등급에 있는지 등에 따라 현실 세상을 감각하는 정도가 완전히 바뀐다. 새로 태어나는 아이들은 훨씬 효율적인 연산장치다.

나아가 이언 M. 뱅크스의 《플레바스를 생각하라》를 비롯한 컬처 시리즈에는 인류 진화의 극단이며 기술 문명의 이상향인 '컬처'가 등장한다. 컬처 사람들은 유전자 조작으로 인해 모두 크고 강하고 아름답다. 사회 운영 같은 거창하고 귀찮은 일과 인간들의 세세한 불편은 인공지능이 돌본다. 이들의 일상은 인공지능과 결합되어 있다. 대신 컬처 사람들은 자기가 쓸모없지 않다는 인정을 갈망한다. 우주의 다른 문명에게 기술을 베풀며 자신들의 도덕성을 확인한다. 화자인 호르자는 이들이 "무르고 응석받이에 놀기

8 김초엽·김원영, 《사이보그가 되다》, 86쪽.
9 맥스 베리, 《머신맨》, 박혜원 옮김, 371쪽.

10 김창규, 〈삼사라〉, 68쪽.
11 10의 책, 64쪽.
12 캐서린 헤일스, 《우리는 어떻게 포스트휴먼이 되었는가》, 허진 옮김, 25쪽.
13 김윤정, 〈여성 SF 소설의 테크노피아와 소수자 문학〉, 현대문학의 연구, 2021, vol., no.75, 29p.

I wanted to *scream* at them.

How could they blind
all their *senses* so selectively?

And how could they see
me as so *impaired*?

Maybe they needed to see me
that way.

Maybe it helped them deal
with their consci*ence*.

Octavia E. Butler, «*Fledgling: A Novel*», Seven Stories Press

좋아하는 사람들"[14]이며 삶이 없다고 비난한다. 이는 다시금 의미의 문제, 주체성의 문제로 돌아가는 부분이다.

4

이상한 몸의 보통의 관계

'이상한(queer)' 몸은 사회 규범에 도전하는 존재가 되기에 잦은 마찰을 겪는다. 정상 되기에 실패했다고 간주되는 몸은 종종 혐오와 배제의 대상이 된다. 옥타비아 E. 버틀러의 《쇼리》에서 쇼리는 뱀파이어 종족 '이나'들 중에서 특별히 유전공학으로 태어난 인간 혼혈이다. 하얗고 늘씬한 몸에 익숙한 이나들은 쇼리를 '깜둥이 잡종견'이라고 경멸한다. 다른 이나들은 쇼리를 귀한 결실이자 새로운 가능성으로 여긴다. 쇼리가 유전적으로 햇빛에 강하고 낮에도 반쯤 깨어 있을 수 있기 때문이다. 쇼리는 자신이 온전한 사람이라고, 저들이 틀렸다고 외친다. "퀴어함은 성소수자를 '이상하다'며 비하하는 말이었지만, 사회와 불화하는 그 이상함이 사회가 추구하는 정상성의 폭력을 알아차리고 새로운 길을 모색하게 하는 정신이 되었다."[15]

물론 안타깝게도 모두가 주변의 이해를 얻지는 못한다. 새뮤얼 딜레이니의 《바벨-17》의 우주선 승무원 중 '항법사'는 세 명을 한 조로 감정적, 성적 결합을 하는 직역이다. 그래서 이들은 '정상' 결혼의 변질자로 취급된다. 지다웨이의 《막》은 여성 동성애와 트랜스젠더 서사로 읽을 수 있는 짧은 SF로, 모모를 이해할 만한 사람은 독자들뿐이다. 돌기민의 《보행 연습》의 주인공은 아예 외계인이다. 지구에 홀로 떨어진 무무는 먹고 살기 위해 고통스럽게 인간 흉내를 내며 섹스를 한다. 무무는 사랑을 갈구하지만 무무를 둘러싼 관계는 폭력과 살인이라는 극단적인 배척이다.

개인의 몸에 주체성이 중요하다면 사회적 몸은 관계의 문제로 이어진다. 퀴어를 퀴어하지 않게, 혹은 그저 퀴어로서 받아들이는 사람 하나하나가 퀴어를 죽지 않게 한다. 샘 J. 밀러의 《슈퍼히어로의 단식법》에서 주인공 맷을 거식증으로 몰아가는 것은 '남자는 어때야 한다'는 사회의 굳건한 믿음이고, 그가 동성애자라는 사실이다. 하지만 맷은 초능력을 분출하며 새로이 이상한 국면을 맞는다. 무시당하지 않을 힘을 얻는데다가, 짝사랑 상대와 사귀고, 가족과 마주할 기회가 생기기 때문이다. 이종산의 《커스터머》에는 중성인을 향한 오해와 차별과 혐오가 등장하지만, 수니는 그를 이해하고 사랑한다. 나아가 아말 엘모흐타르와 맥스 글래드스턴의 《당신들은 이렇게 시간 전쟁에서 패배한다》의 인물은 모두 포스트휴먼인 한편, 몸에 상관없이 모두 여성이다. 그리고 레드와 블루가 서로에게 사랑을 고백하는 데 둘 다 '그녀'라는 점은 전혀 영향을 끼치지 않는다. 이들은 서로를 사랑한 덕분에 양쪽 진영의 전쟁을 뒤엎을 가능성을 연다. 🐾

---

14 이언 M. 뱅크스, 《플레바스를 생각하라》, 김민혜 옮김. 49쪽.
15 장애여성공감, 《어쩌면 이상한 몸》, 20쪽.

Blossom Creative *and* Greenbook Agency

p. 353 – 359

"그래서, 무슨 일을 한다고?"

블러썸크리에이티브라는 회사에서 일한 지 6년이 되었지만,
가족 모임이 있을 때마다 똑같은 질문이 나온다.

"그래서 무슨 일을 한다고?"

어디서부터 어떻게 말해야 온 가족이 명쾌하게 알 수 있도록 설명할 수 있을지 고민하다가
많은 말들을 삼키고 이렇게 답하곤 한다.

"새로운 작가와 작품을 찾아 더 많이 알려질 수 있게 하고 있어요."

너무 거창했나 싶지만, 옳은 데다가
그럴듯해 보이기까지 한 설명이니 더 덧붙이지는 않기로 한다.

정지혜

블러썸크리에이티브 IP 사업팀에서 팀장으로 일하고 있다.

작가 에이전시 블러썸크리에이티브의 시작은 작가의 출판 외 활동에 대한 관리의 필요성이었다. 작가가 책을 출간하고 점차 대외적으로 알려지면서 외부 활동을 넓혀가게 되는데 작가에게는 '집필'의 절대적인 시간이 필요하다. 블러썸은 외부 활동을 관리하여 작가에게 집필 시간을 확보해주는 데서 출발했다.

작가가 작가만의 시간을 충분히 가질 수 있도록 한 후 다음으로 시도한 일은 글이 실릴 지면을 확대하는 것이었다.

지금은 잡지의 부활이라고 할 만큼 다양한 잡지들이 생겨나고 있지만 한때는 사양 산업인가 싶을 정도로 소리 소문도 없이 사라지는 지면이 많았다. 지면이 줄어드는 만큼 작가의 글이 실릴 수 있는 범위는 좁아졌기에 블러썸은 기업으로 눈을 돌렸다. 많은 기업에서 그들만의 브랜딩화를 위해 문화 사업에 관심을 두고 있었고, 그중 블러썸과 지향점이 맞는 온라인 게임 개발 기업의 협업으로 일곱 명의 작가가 참여한 앤솔러지가 탄생했다. 한 권의 책으로 나오기 전에 기업의 플랫폼을 통해 작품을 선공개하고, 포털사이트와 함께 오디오북 등을 선보이며 다양한 매체를 통해 작품을 알리고자 했던 기획이었다. 이어 블러썸은 굳이 단행본으로 최종물을 한정짓지 않고 작가의 활동이 영향을 미칠 수 있는 영역을 물색해 온라인 쇼핑 플랫폼과의 캠페인 이벤트, 기업과의 세계관 스토리텔링 구축 등의 새로운 작업을 진행하고 있다.

이 외에도 코로나19 이후로 확산되고 있는 영상 미디어의 시장에 따라 블러썸의 크리에이터 범위를 글과 그림을 함께 할 수 있는 쪽으로도 확장하여 이지은, 권정민, 최민지 등의 작가와 함께 그림책 영역을 새롭게 단장하고 있다.

블러썸에서는 원작(IP)의 OSMU(One Source Multi Use)에도 주목하고 있다. 넷플릭스를 시작으로 디즈니+, 애플 TV+ 등이 등장해 전 세계적으로 OTT 시장이 활발해지면서 영상화를 위한 원작 IP의 관심도가 나날이 높아지고 있다. 국내는 물론 해외 제작사를 통해 들어오는 2차 저작권 문의가 활발해짐에 따라 블러썸에서도 다양한 원작을 확보하고자 노력하고 있다. 원작의 저작권을 가진 작가와 출판권을 가진 출판사, 그리고 2차 저작권의 영업이 활발한 블러썸이 상호 긍정적인 결과를 얻을 수 있도록 하는 것이 가장 큰 목표이다. 또한, 단행본이 출간되고 난 후에 영상화 등에 대한 판권 문의가 이루어지던 기존의 방법에서 벗어나 기획에서부터 2차 저작의 판권을 염두하여 작가에게 원고를 청탁하고 출간 전에 미리 판권에 대한 논의를 마칠 수 있도록 하는 등의 새로운 진행을 다방면으로 시도하고 있다.

2020년대에 들어서면서 한국소설 중 장르 문학의 시장이 커지기 시작한 것도 블러썸이 원작의 중요성에 대해 주목하게 된 이유 중 하나이다. SF와 판타지, 영어덜트 등의 다양한 장르가 놀라우리만치 빠른 속도로 떠오르면서 블러썸에서도 김초엽, 천선란 작가를 시작으로 설재인, 조우리, 백온유, 나푸름, 권여름 등의 작가와 함께 성장할 수 있는 일들을 도모하고 있다.

해외에 자리 잡은 많은 문학 에이전시(Literary Agency)처럼 국내에도 다양한 에이전시가 생겨나 많은 작가가 온전히 창작에 몰두하며 편하게 외부 활동을 할 수 있기를 바란다. 그러면 언젠가 가족들이 내가 하는 일에 대해 자연스레 알게 될 수 있는 날이 오겠지, 라고 생각하며.

356

책이 아니라
작가를 팝니다

지난 3월로 그린북 에이전시에서 일을 한 지 1년이 되었다.

1년 넘게 에이전시에서 일을 했는데 주변 사람들은 아직도 내가 출판사에 다니는 줄 안다. 출판사가 아니라 에이전시라고, 책을 내지는 않는다고 열심히 설명해주면 "아, 그렇구나." 하고, 헤어지면 또 까먹는다.

작가 에이전시란 이렇듯 업계 바깥사람에게도 생소하고 심지어 업계 안에 있는 사람에게도 생소하다. 한국에 작가 에이전시가 정착될 만큼 많지 않기 때문이다.

임채원

그린북 에이전시에서 Product Manager로 일하고 있다.

에이전시 문화가 가장 잘 발달되어 있는 국가는 미국이다. 미국에서는 작가가 되고 싶다면 에이전시부터 가입하라는 말이 널리 쓰일 만큼 에이전시 제도가 보편적이다. 에이전시를 통하지 않고서는 무명의 신인 작가가 책을 내는 것이 무척 어렵고, 타당한 고료를 받기도 험난하다. 에이전시는 작가의 작품이 책으로 나올 수 있도록 출판사와 연결하고, 협상을 대행하고, 계약을 검토하며, 저작권을 관리한다. 그뿐만 아니라 작가와 소통하며 일정을 관리하고 작품을 읽으며 커리어 설계도 돕는다. 넓게 보아 연예기획사와 흡사하다고 할 수 있다. 이렇게 일하는 에이전시는 별도의 에이전시 이용료를 받기도 하지만 기본적으로 작가의 수익에서 일정 비율 수수료를 받는 식으로 이윤을 창출한다.

그린북 에이전시가 하는 일도 이와 같다. 그린북 에이전시는 2006년부터 저작권 에이전시로 활동해왔고, 2016년부터 작가 에이전시로 사업 분야를 넓혔다. 한국에서는 아직까지 '에이전시'라고 하면 저작권 에이전시를 먼저 떠올리는 사람이 많을 텐데, 저작권 에이전시는 해외 도서를 국내에 소개하여 국내 출판사가 낼 수 있도록 중개하거나 그 반대의 일을 한다. 그린북 에이전시 역시 저작권 에이전시로서 여전히 기능하고, 작가 에이전시로 사업을 넓힌 뒤로는 특히 전속 작가의 작품 수출에 힘쓰고 있다. 미국 하퍼 콜린스에서 출간된 김보영의 《I'm Waiting for You: And Other Stories》, PRH에서 출간될 예정인 듀나의 《평형추》, 전 세계 18개국에 수출되었으며 인터내셔널 부커상 후보에 오른 정보라의 《저주토끼》 등이 그린북 에이전시의 대표적인 수출 타이틀이다.

작가 에이전시는 한 명의 작가로 하나의 브랜드를 만든다. 해외 시장에서 넘쳐나는 번역서 중 한 권의 한국 소설로 끝나지 않고, 책 제목이 아니라 작가의 이름이 각인되도록 알리는 것이다. 차기작의 번역출판을 꾀하는 것은 물론 번역서를 기반으로 한 2차적 저작물이 활발하게 발생하도록 영업한다. 특히 해외의 영상물 제작사는 직접 접촉하는 것이 거의 불가능하고, 대개 에이전시와 에이전트들이 작품을 발굴하고 기획하여 제작사에 소개하는 여러 중간 단계를 거친다. 이들에게 우리 전속 작가는 어떤 장르의 작품을 쓰고, 어떤 주제에 천착하며, 어떤 캐릭터를 활용하는지 소개하는 일이 곧 브랜딩이 된다.

이러한 작가 단위의 브랜딩은 에이전시에서만 가능하다. 광범위하게 들리는 '저작권 관리'가 곧 이런 일들을 말한다. 한 작가가 한 출판사에서만 책을 내기란 불가능하다. 여러 출판사에서 나온 저작을 하나의 에이전시에서 도맡아 관리할 때 일관성 있는 영업이 가능하기에 에이전시는 계약서를 검토하고, 권리관계를 명확하게 정리하며, 저작권을 관리하는 주체가 에이전시가 되도록 협상한다.

해외가 아닌 국내 시장을 대상으로 한 영업도 마찬가지다. 신인 작가에게는 더 많은 지면과 기회가 생기도록, 탄탄한 인지도를 갖춘 기성 작가에게는 더 넓은 시장으로 진출할 수 있도록 지원한다. 메일을 쓰고, 미팅을 하고, 계약서를 검토한다. 작가가 쓰고 싶은 글을 쓸 수 있도록 지면도 확보하고 출간기획서도 쓰고 앤솔러지도 꾸린다. 인터뷰도 연결하고 강연도 연결하고 보도자료도 낸다.

그린북 에이전시의 궁극적인 목표는 언제나 하나다.

"작가가 글만 써도 먹고살 수 있도록 만들자."

안타깝지만 책만 팔아서는 조금 이루기 힘든 꿈이기에, 그래서 더더욱 2차적 저작물과 해외 시장 진출에 힘쓴다.

한국에서는 아직 작가 에이전시의 수도 적고 관계자들의 이해도도 낮다. 그린북 에이전시와 블러썸 크리에이티브 정도가 작가 에이전시로 활동하고 있고 소수의 기획개발사가 에이전시의 역할을 겸한다. 업무 시간의 1할 정도는 여전히 "에이전시가 뭐하는 곳이냐면요…."라는 자기소개로 시작한다. 얼마 전에는 "거기 작가 외주 업체죠?"라는 전화도 받았다. 외주와 청탁은 엄연히 다르다는 것을 오래 설명했는데, 전화를 끊고서는 또 잊어버리셨지 싶다. 에이전시의 역할에 대해 소개할 수 있는 지면이 생겨서 기쁘고, 창작자와 유통자, 이용자 모두 에이전시를 적극적으로 활용하는 장이 마련되기를 바란다. 🐾

DON'T MISS!

당신이 놓쳤을지 모르는 책 (2022.01–04)

이수현

20년간 상상문학을 주로 번역했고, 환상소설을 쓴다. 최근에 번역한 책으로
는 어슐러 르 귄의 《세상 끝에서 춤추다》, 리처드 파워스의 《새들이 모조리
사라진다면》이 있다. 저서로는 러브크래프트 다시쓰기 소설 《외계 신장》과
도시판타지 《서울에 수호신이 있었을 때》를 냈다.

재미있는 일이다. 혼자만의 상상이지만 김보영 단편집이 영어로 번역됐을 때는 휴고상 후보에 오르기를 꿈꿨고, 정보라 단편집이 영국에 출간 됐을 때는 셜리잭슨상 쪽을 기대했다. 그런데 뚜껑을 열어 보니 각각 전미도서상과 부커상 후보로 지명된 게 아닌가.

미국에서 대거상을 탄 윤고은의 《밤의 여행자 들》이나 셜리잭슨상을 탄 편혜영의 《홀》이 정 작 한국에서는 미스터리도 호러도 아닌 한국 문학으로만 호명됐던 일을 돌이켜보며, 진작부 터 장르의 경계선은 희미했고 문학성과 장르성 (그런 게 있다면)은 충돌하는 개념이 아님을 확인한다. 이제는 뛰어난 성취가 있었다는 이 유로 "이것은 그냥 SF가 아니다! 문학이다!" 같은 말을 볼 일은 없으면 좋겠다.

그러나 물론 SF 신간을 둘러볼 때도, 마케팅 측면을 고민할 때도, 그저 독자로서 즐길 때도 장르 분류에 대해 생각을 아예 놓기는 어렵다. 이를테면 최근에 SF를 일본 미스터리처럼 본격파와 사 회파로 나눠보면 어떨까 같은 생각을 한 적이 있다. 재미삼아 해본 생각이지만, 어차피 이렇게 나눈 다 해도 또 딱 들어맞지 않는 작품들이 많다는 결론에 이른다. 이번에 소개할 신간은 모두 사회파 라면 사회파겠지만, 그렇다면 본격파를 구성하는 요소는 대체 무엇이란 말인가.

소비에트 연방 시절, 강력하고도 비합리적인 검열 속에서 살아남기 위해 많은 작가들이 풍자, SF, 또는 풍자 SF에서 길을 찾았다. 폴란드 작가 스타니스와프 렘의 《이욘 티히의 우주 일지》(민음사)는 ❶ 풍자 SF란 무엇인가를 가장 잘 보여주는 소설이다. 우주판 《허풍선이 남자의 모험》이나 《걸리버 여행기》 같은 이 단편 연작은 또한 고전 SF의 거의 모든 테마를 망라하기도 한다. 로봇 반란, AI의 미래, 미지와의 조우, 타임 패러독스… 언뜻 떠올릴 만한 소재는 다 찾을 수 있다. 한국 작품을 주로 읽던 독자라면 처음에 읽기가 덜커덕거릴 수도 있지만, 익숙해지면 새로운 재미가 찾아올 것이다. 다만 유머 감각이란 호불호가 갈리는 법이라, 이 책을 낄낄거리면서 읽는 사람이 있는가 하면 어디가 재미있는지 전혀 모르겠다는 사람도 있을 테니 후자에게는 함께 재출간된 《솔라리스》를 비롯한 렘의 좀 ❷ 더 진지한 소설 쪽을 추천한다.

SF는 미래를 예측하지 않는다. 미래를 예측할 '수도' 있을 뿐이다. 그리고 가장 정확하게 미래를 예측했다는 말을 듣는 소설들은 많은 경우 기술의 미래가 아니라 인간의 현재를 생각했다. 옥타비아 버틀러의 《씨앗을 뿌리는 사람의 우화》(비채)도 그렇다. 30년 전 ❸ 에 쓴 이 소설에서 그리는 2020년대는 지금과 놀랍도록 닮았다. 물론 미래를 정확하게 예측했다는 것, 혐오나 젠트리피케이션, 기후 위기 같은 동시대 현안을 다룬다는 것만으로 좋은 소설이 될 리야 없다. 하지만 이건 올더스 헉슬리가 아니라 옥타비아 버틀러의 작품이다. 버틀러의 소설은 독자를 고통스러운 이야기에 빠뜨리고서도, 멱살을 잡고 한 발 한 발 쉼 없이 걷게 만드는 강력한 흡인력을 발휘한다. 깊이와 속도, 통찰과 재미를 다 누릴 수 있다. 고통을 보상하는 감동까지도. 하루빨리 국내에 버틀러의 전작이 출간되기를 바랄 뿐이다.

마침 이 우화 시리즈가 몇 년 전 재조명될 때 관여하고 새로 서문을 쓰기도 했던 N. K. 제미신의 신작 《우리는 도시가 된다》(황금 ❹ 가지)도 얼마 전 출간됐다. 어떤 단계에 이르면 도시가 자의식 있는 존재로 새롭게 '태어나고', 선택된 인간 화신이 그 도시를 지킨다.

이욘 티히의 우주 일지

스타니스와프 렘 선집 시리즈 (총3권)

지은이	스타니스와프 렘
옮긴이	이지원(이욘 티히), 최성은(솔라리스)
펴낸곳	민음사

**SF란 무엇인가를 가장 잘 보여주는 소설.
진지한 쪽이 좋다면 《솔라리스》를 추천!**

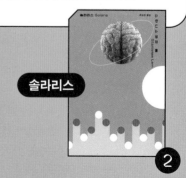

솔라리스

씨앗을 뿌리는 사람의 우화

3

아직 약한 도시를 오염시키고 장악하려 하는 적을 상대로 싸워야 하는 이 히어로들은 이제까지 본 적 없는 방식으로, 더없이 도시와 연결된 방식으로, 특히나 뉴욕다운 방식으로 싸운다. 물론 적의 공격도 지극히 지금 뉴욕의 현실을 반영한다. 30년이라는 시간을 사이에 두고 혐오와 차별과 도시 공동체의 붕괴를 다룬다는 점에서 《씨앗을 뿌리는 사람의 우화》와 나란히 읽는 재미도 있다. 옥타비아 버틀러와 비슷하게 독자를 붙잡고 끌고 가는 서사가 강력하면서도 조금 덜 무겁고, 덜 고통스러우며, 지난 30년간의 대중문화가 더 광범위하게 녹아들어가 있다. 이 책은 제미신의 작품 중에서도 특히나 가볍고 빠르게 읽히니 슈퍼 히어로 영화를 즐기던 분들이 시도해봐도 좋겠다. 아, 물론 도시판타지 팬과 러브크래프트 팬에게도 열렬히 추천한다.

씨앗을 뿌리는 사람의 우화

지은이	옥타비아 버틀러
옮긴이	장성주
펴낸곳	비채

독자를 고통스러운 이야기에 빠뜨리고서도,
한 발 한 발 쉼 없이 걷게 만드는 강력한 흡인력!
깊이와 속도, 통찰과 재미를 다 누릴 수 있다.
고통을 보상하는 감동까지도.

우리는 도시가 된다

4

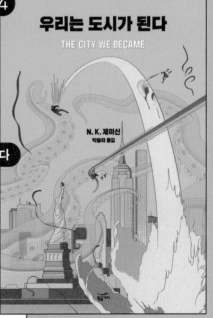

우리는 도시가 된다

지은이	N. K. 제미신
옮긴이	박슬라
펴낸곳	황금가지

제미신의 작품 중에서도 특히나
가볍고 빠르게 읽히니 슈퍼 히어로
영화를 즐기던 분들이 시도해봐도 좋겠다.
도시판타지 팬과 러브크래프트 팬에게도
열렬히 추천한다.

실은 이 소설을 처음 접했을 때 도시에 수호신이 있다는 아이디어로 쓰던 소설이 있어 철렁했다가 전혀 다른 이야기라는 사실을 확인하고 가슴을 쓸어내린 경험이 있다. 덕분에 거리낌 없이 사랑을 외칠 수 있어 다행이다.

한편, 생태 우화라는 카피를 달고 나온 마리 파블렌코의 청소년 소설 《사마아》(동녘)는 간결한 만큼 위 두 작품보다 직설적인 메시지가 강하다. 이제까지 읽어본 프랑스 SF 작가라고는 쥘 베른과 베르나르 베르베르, 미셸 우엘벡과 르네 바르자벨밖에 없었던 차에 처음으로 동시대 여성 작가의 책이 나왔으니 눈길이 갈 수밖에 없었지만, 기후 위기에 중점을 둔 점도 시의 적절하다. 멸망 후의 사막에서 살아가는 주인공의 부족은 나무를 사냥해서 도시에 팔면서 살아간다. 나무가 산소를 내뿜고 물을 붙잡으며 두고두고 살아갈 터전을 준다는 사실을 잘 아는 지금도 우리가 어떻게 살고 있는지 생각하면, 그런 사실조차 잊어버린 세상에서 인간이 제 목을 조른다는 게 무리한 이야기는 아니다. 홀로 사막에 조난당한 주인공이 나무에 의지하여 살아남으며 주위를 관찰하고 배워나가는 형식이라 쉽게 읽힌다는 것이 장점이다. 이 이야기가 마음에 든다면 〈바람계곡의 나우시카〉도 꼭 보라는 사심을 곁들여 본다.

한국 SF에 관심은 생겼는데 무엇부터 읽어야 하는지 묻는 독자가 있다면 내밀기 딱인 단편집도 두 권 눈에 띈다. 지난 8년간 한국 SF 어워드 중단편 부문 대상작만을 모은 책 《한국 SF 명예의 전당》 ❻ (아작), 그리고 전국국어교사모임에서 뽑아 모은 청소년 SF 작품집 《국립존엄보장센터》(서해문집)이다. 무슨 말을 더할 필요가 없는 좋은 소설, 좋은 SF들이다.

사마아

지은이	마리 파블렌코
옮긴이	곽성혜
펴낸곳	동녘

'지구를 위한 미래의 장대한 생태 우화'

기후 위기에 중점을 둔 점도 시의 적절하다.
쉽게 읽히는 것이 장점!

The Korea
Science Fiction
Hall of Fame
한국 *SF* 명예의 전당

김보영 김창규 박문영 심너울 아밀 이서영   아작

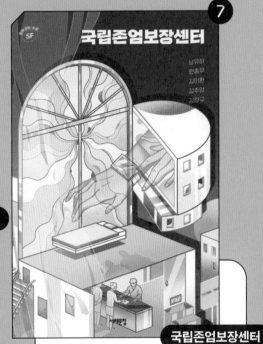

한국 SF 명예의 전당

 SF Award Winner 2014–2021 시리즈

지은이	김보영, 김창규, 박문영, 심너울, 아밀, 이서영
펴낸곳	아작

한국 SF에 관심은 생겼는데,
무엇부터 읽어야 하는지 모르겠다면?

2010년대 한국 SF의 진면목을 보여줄 수 있는
SF 어워드 대상 수상작을 한번에 만나보자.
2014년부터 2021년까지의 한국 SF 어워드
대상작을 모두 모아 실은 작품집.

국립존엄보장센터

함께 읽는 소설 시리즈

지은이	남유하, 원종우, 김이환, 김주영, 김창규
펴낸곳	서해문집

'SF를 처음 읽는 독자도 부담 없이,
하지만 묵직한 생각을 펼칠 수 있게'

전국국어교사모임 독서교육분과
물꼬방 교사들이 직접 뽑은 한 학기 한 권 읽기
맞춤형 테마소설선집.

NEWS BRIEF

SF NEWS

시간요원이 내일의 SF를 전해드립니다

서바이벌SF키트

'토끼한마리'와 '공상주의자'가 함께 진행하는 5년 차 팟캐스트. 소설, 영화, 게임, 만화 등 장르를 가리지 않는 'SF 맛집'을 소개한다. 유튜브, 팟빵 등 다양한 채널에서 들을 수 있으며 격주로 진행하는 유튜브 라이브를 통해서도 만날 수 있다.

HELLO FUTURE

영웅의 귀환, 토이 스토리와 스타트렉

BUZZ LIGHTYEAR

〈토이 스토리〉의 버즈를 주인공으로 한 SF 애니메이션 영화 〈버즈 라이트이어〉가 6월에 개봉했다. 장난감 '버즈'의 모델이 된 실제 인물 '버즈 라이트이어'가 동료들과 함께 우주를 누비며, 미지의 행성에 고립된 인류를 탈출시키려 분투한다. '캡틴 아메리카'를 연기한 크리스 에반스가 목소리를 맡아 시선을 끈다.

© Brenda Rocha / Shutterstock.com

STAR TREK (REBOOT) SERIES

© Willow Hood / Shutterstock.com

'스타트렉 리부트 시리즈'의 네 번째 작품이 나온다. 거듭 제작이 무산되는 우여곡절 끝에, 7년 만에 돌아온다는 소식에 팬들은 환호 중이다. 크리스 파인, 조 샐다나, 재커리 퀸토, 존 조 등 주요 출연진은 거의 그대로 유지된다. 올 하반기 촬영을 시작해 2023년 12월 개봉 예정으로, 드라마 〈완다 비전〉을 연출한 맷 샤크먼이 감독을 맡는다.

DUNE: PART 2

지난 제94회 아카데미에서 시각효과상을 비롯해 미술상, 편집상, 촬영상, 음향상, 음악상의 총 6개 부문을 휩쓴 〈듄〉 첫 편에 이은 후속작 〈듄: 두 번째 파트〉의 촬영도 시작됐다. 2023년 10월 개봉이 목표로, 하코넨 가문의 이야기를 더 깊이 있게 다룰 예정이다.

© BXELARIX / Shutterstock.com

스크린으로 펼쳐질
한국 SF

GREEN HOUSE
AT THE END OF THE EARTH

김초엽 작가의 베스트셀러 《지구 끝의 온실》이 〈스위트 홈〉 등을 제작한 스튜디오 드래곤에서 영상화된다. 원작은 공기 중에 퍼진 '더스트' 때문에 인간이 살기 어려워진 지구를 배경으로 한다. 과거와 현재, 말레이시아와 한국을 오가며, 푸른빛을 뿜는 식물 '모스바나'를 둘러싼 여정이 흥미롭게 펼쳐진다.

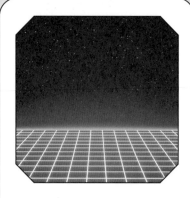

MOMENT ARCADE

한편, 황모과 작가의 제4회 한국과학문학상 대상 수상작 〈모멘트 아케이드〉도 〈82년생 김지영〉의 각색을 맡은 김효민 작가의 시나리오로 영화 제작 중이다. 기억과 감정을 고스란히 담은 '모멘트'를 거래하는 플랫폼을 어떻게 스크린에 그려낼지 기대된다.

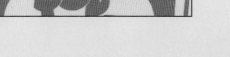

부커상 인터내셔널 부문 최종 후보로 오른 《저주토끼》,
오래 기다려 온 렘 탄생 100주년 걸작선

CURSED BUNNY

정보라 작가의 《저주토끼》가 세계 3대 문학상인 부커상 인터내셔널 부문 최종 후보로 올랐다. 호러와 SF, 판타지를 오가며 작가 특유의 분위기와 세계관을 보여주는 작품집으로, 부커상 위원회로부터는 '가부장제와 자본주의 비판의 메시지를 담고 있다'는 평을 받았다.

작품을 직접 발굴하고 번역을 맡아 후보 선정에 크게 기여한 안톤 허 번역가는 기존 문단문학에서 벗어나 장르문학, SF, 여성문학 등 보다 풍요로운 한국문학을 소개하고 싶다는 포부를 밝히기도 했다. 지난 〈어션 테일즈〉 2호에는 정보라 작가의 《그녀를 만나다》를 다룬 안톤 허 번역가의 리뷰도 실려 있다.

STANI-SŁAW LEM

스타니스와프 렘의 걸작선이 공인된 폴란드어 판본, 원전 번역으로 국내 출간되었다. '스타니스와프 렘 재단'에서 직접 선별해 엮은 단편집 《이욘 티히의 우주 일지》, 렘의 대표작으로 손꼽히며 영화로도 여러 번 제작된 《솔라리스》, '접촉 3부작'의 마지막 작품이자 오늘날에서야 대중적으로 알려진 인공 집단 지성이나 마이크로 로봇 같은 개념을 치밀하게 다룬 《우주 순양함 무적호》, 총 세 권이다. 지난해에는 정보라 작가가 번역에 참여한 《스타니스와프 렘》 단편선도 출간되었다. 동구권의 영향력 있는 SF 작가지만 국내 번역 소개된 작품은 턱없이 부족했으며 그마저도 대부분이 절판 상태였다. 그래서 렘 탄생 100주년(2021년)을 맞이한 번역서 출간 소식이 더욱 반갑다.

영미권에서는 8편의 작품을 모은 앤솔러지 《중국 SF의 새로운 목소리들(New Voices in Chinese Science Fiction)》이 발간되었다. 〈클락스월드〉의 닐 클라크, 중견 SF 작가 샤쟈, 중국 SF 연구자 레지나 칸유 왕이 편집에 참여해, 영어로 번역된 적 없는 중국 SF 작가들을 소개한다. 《양귀비 전쟁》 시리즈의 R. F. 쿠앙이 역자로 참여하기도 했다.

NEW VOICES IN CHINESE SCIENCE FICTION

NEW VOICES IN
CHINESE
SCIENCE
FICTION

↘

영미권과
일본에서는—

JAPANESE SF

제42회 일본 SF 대상에는 요시나가 후미의 만화 〈오오쿠〉가 선정됐다. 에도시대에 남성만 걸리는 치명적인 전염병이 퍼지며 여성이 가문을 잇게 되고, 여성 쇼군까지 등장하는 대체역사물이다. 일본 SF 작가 클럽 주최로 지난 4월 16~17일 개최된 'SF 카니발'에서 시상식과 관련 토크 이벤트도 진행됐다.

아시안 게임 e스포츠 종목 대표 선발 논란

ASIAN GAMES ELECTRONIC SPORTS

오는 9월에 있을 2022 항저우 아시안 게임에서 e스포츠가 정식 종목으로 채택되었다. 〈왕자영요〉, 〈도타 2〉, 〈삼국몽 2〉, 〈피파 온라인 4〉, 〈하스스톤〉, 〈리그 오브 레전드〉, 〈배틀그라운드 모바일〉, 〈스트리트 파이터 5〉 등 총 여덟 가지 게임에서 각국의 대표 선수가 승부를 펼친다. 우리나라에서도 각 부문에서 대표를 선발하고 있다. 〈리그 오브 레전드〉 부문에서는 한국e스포츠협회가 열 명의 국가대표 후보를 대상으로 평가전과 합숙 훈련을 진행하려 했으나, 선수들을 배려하지 않은 일정과 진행으로 큰 비판을 받았다.

연내 발매 예정이나 소식이 없는 게임들

2022년에 많은 게임이 발매될 예정이었으나, 대부분은 출시일이 연기되거나 확정되지 않은 상태. 2022년 초 발매 예정이었던 인디 게임 〈산나비〉는 한국을 배경으로 한 사이버펑크 플랫포머로, 작년 3월에 공개한 데모가 호평을 받았으나 아직 소식이 없다.

© NEOWIZ

SANABI
STRAY

동 시기 발매 예정이었던 〈스트레이〉는 고양이가 되어 인류가 멸망하고 로봇들만이 살아가는 도시를 탐험하는 게임이다. 한동안 업데이트가 없다가 올해 7월 19일로 발매가 연기되었다.

HOGWARTS LEGACY

© Warner Bros. Interactive Ent.

해리포터 세계관을 배경으로 한 대형 오픈월드 게임으로 소개되어 기대를 모은 아발란체 소프트웨어의 〈호그와트 레거시〉는 2022년 하반기 발매 예정이나 정확한 날짜는 공개되지 않았다.

S.T.A.L.K.E.R 2 HEART OF CHORNOBYL

우크라이나 게임사 GSC게임월드에서는 〈스토커 2: 하트 오브 체르노빌〉을 제작한다. 주인공은 게임 속 체르노빌에서 일어나는 괴현상을 파헤친다. 전작의 아성을 이을 수 있을지 기대를 모으고 있었지만, 러시아의 우크라이나 침공으로 인해 발매가 무기한 연기되었다.

© Lizardry

7 DAYS TO END WITH YOU

지난 2월 7일에는 게임사 리자드리에서 〈세븐 데이즈 투 엔드 위드 유〉를 공개했다. 낯선 여자의 집에서 깨어난 주인공은 자신이 누군지도 기억하지 못하고, 남이 하는 말을 알아들을 수도 없다. 주인공은 상대가 사용하는 단어의 뜻을 유추해서 자신에게 일어난 일을 알아내야 한다. iOS와 안드로이드에서도 간편하게 즐길 수 있다.

The
Earthian
Tales

3

Be my
IDOL

publisher   박은주
editor in chief   최재천
editor   설재인
art director   김선예
designer   서예린, 오유진
marketer   박동준

photographer   Augustine Park
illustrator   다닥

publishing company
(주)아작
04050 서울특별시 마포구 양화로 156 LG팰리스빌딩 1428호

Tel 02.324.3945-6 **Fax** 02.324.3947
arzak.tet@gmail.com
www.arzak.co.kr

registration
2021년 11월 26일 마포, 바00204

ISSN 2799-628X

ⓒ (주)아작, 2022

본지에 실린 글과 사진, 그림의 무단 전재 및 복사를 금합니다.

투고 안내
〈The Earthian Tales〉에서는 여러분의 소중한 원고를 기다립니다.
채택 시 내규에 따라 소정의 원고료를 지급합니다.

분야 및 분량(200자 원고지 기준)
초단편(15매 내외) │ 단편(80매 내외) │ 중편(250매 내외) │ 리뷰(10매 내외) │ 만화(자유분량)

보내실 곳 arzak.tet@gmail.com

Date of issue
The Earthian Tales N° 3
발행일 2022년 7월 1일